古典文學研究輯刊

二十編

曾永義主編

第7冊

孔平仲及其《續世說》研究（上）

林美君著

國家圖書館出版品預行編目資料

孔平仲及其《續世說》研究(上)／林美君 著 — 初版 — 新北市：
花木蘭文化事業有限公司，2019〔民 108〕
目 6+274 面；19×26 公分
(古典文學研究輯刊 二十編；第 7 冊)
ISBN 978-986-485-881-1（精裝）
1.（宋）孔平仲 2. 續世說 3. 傳記 4. 研究考訂
820.8　　108011728

古典文學研究輯刊
二十編 第七冊　　ISBN：978-986-485-881-1

孔平仲及其《續世說》研究（上）

作　者 林美君
主　編 曾永義
總編輯 杜潔祥
副總編輯 楊嘉樂
編　輯 許郁翎、王筑、張雅淋　美術編輯　陳逸婷
出　版 花木蘭文化事業有限公司
發行人 高小娟
聯絡地址 235 新北市中和區中安街七二號十三樓
電話：02-2923-1455／傳真：02-2923-1452
網　址 http://www.huamulan.tw 信箱 hml 810518@gmail.com
印　刷 普羅文化出版廣告事業
初　版 2019 年 9 月
全書字數 470666 字
定　價 二十編 19 冊（精裝）新台幣 40,000 元

孔平仲及其《續世說》研究（上）

林美君 著

作者簡介

林美君，出生於彰化市。東吳大學中文研究所碩士，世新大學中文研究所博士。曾任國立台北商專、醒吾科技大學講師，現任世新大學兼任助理教授。研究方向以中國古代小說爲主，旁涉人物考證、古典詩文。撰有《張耒及其詩文研究》、〈孔延之生平考述〉……等。

提　要

孔平仲（1044～1104？）字毅甫，臨江軍新淦縣人（今江西省樟樹市）。他和兄長孔文仲、武仲分別在嘉祐六年（1061）、八年（1063）以及治平二年（1065），連續三科、依次登進士第；又在元祐初同朝爲官，不僅是北宋政壇要人，文壇名家。身爲孔子四十七代孫，他同時也是一位以愛國之心、骨鯁之氣受人景仰的正直君子。可惜晚年坐黨籍，遭遷謫，著作散佚，一生事蹟幾乎湮沒。《宋史》卷三四四孔文仲傳，雖將平仲生平附於其後，但內容極其簡略，欲以史書中區區二百餘字，瞭解孔平仲一生，自是不足。

本論文以〈孔平仲及其《續世說》研究〉爲題，雖然規畫上、下二編，分別探討孔平仲生平，及《續世說》這部著作，其實包括三大內容：由於上編〈孔平仲生平考論〉有考證，也有論述，考證必須徵引相關的證據，論述受限於篇幅和理路，都無法深入剖析孔平仲每一篇作品的寫作背景。爲了彌補這方面的不足，且便於檢讀，乃以時間爲經，事件爲緯，將孔平仲作品無論是有切確年月可考，或無手月可考，而能證實寫於任職某處者，匯集在一起，並加按語說明，重新編撰〈孔平仲年譜及作品繫年〉。成爲二編以外，另一重要內容。

《續世說》十二卷，是孔平仲將其細讀諸史採擇到約一千一百南北朝至唐、五代的朝野軼事，仿照《世說新語》的體例編撰而成。由於是以《續世說》名書，過去一直被視爲是《世說新語》的續書，還以世說體小說的標準來評論其文學成就遠不及原著。然《續世說》的名稱只是一種尊重古賢的表示，其實孔平仲是本著宋代史學家總結歷史經驗、提供朝廷借鑒的精神，透過編撰《續世說》來表現其人生理想和政治抱負。所以本論文將以著史的角度重新探討此書。首章探究《續世說》的撰作背景、動機、成書時間、文獻運用以及版本流傳；第貳章探討孔平仲規畫編書的思維理路來源，以考查《續世說》繼承與創新之處；第三章討論《續世說》的架構與孔平仲編撰此書的用心。最後總結《續世說》的得失與價值。

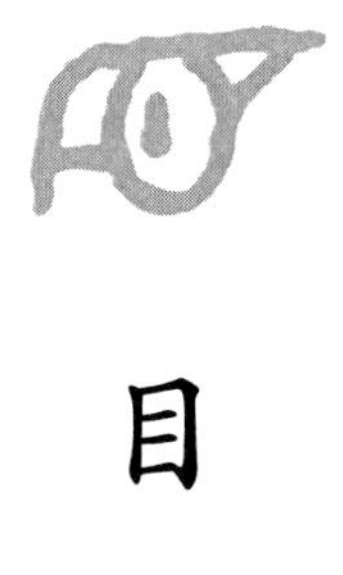

目次

上冊

下　冊

敘論：論題與規畫

一、研究動機

「續書」的創作是中國古典小說特有的現象，作家、作品數量之多，類別名稱之繁，涉及層面之廣，都讓人嘆爲觀止。其中有文言，有白話，有短篇，有長篇，有筆記志怪，有通俗演義；有續有衍，有仿有改，有情節移植，有技法承傳，作品林立，蔚爲大觀〔註1〕。

《世說新語》是我國志人小說的經典之作，問世後不但深受人們的喜愛，也成爲後世文人模仿的對象。歷代均有人按照它的體例和編撰方式來續貂。模仿《世說新語》而作的續書也是我國古代小說中數量最多的，從南北朝至清代，先後有二十餘種，甚至毫不迴避在書名冠上「世說」二字，形成所謂「世說體」〔註2〕。

基於個人對《世說新語》的喜好，在思考論文題目之際，以「世說體」小說爲優先考量，最後選擇孔平仲編撰的《續世說》。此書與《大唐新語》、《南北史續世說》、《明世說新語》、《今世說》、《新世說》等著作最大的不同在於其他著作只取一代故事；而《續世說》延續《世說新語》跨越數個朝代的宏觀，以通史的方式，將劉宋至五代歷史人物的故事，分門別類編撰成書。不

〔註 1〕見楊子怡〈中國古代小說續衍承傳現象及其文化意蘊——中國古代續書文化景觀概覽〉，頁 29。刊登在《韓山師範學院學報》1997 年 3 月，第 1 期，頁 29～37。

〔註 2〕「世說體」這一名稱最早由大陸學者寧稼雨提出，見氏著〈「世說體」初探〉，收錄在《中國古典文學論叢》（南京：江蘇教育出版社）第六輯，1987 年 10 月。

但時間上是《世說新語》的延伸，形式上也謹守《世說新語》以時間爲經、類目爲緯的結構方式，透過分門別類來收錄故事。熟悉內容之後，又發現《續世說》並非亦步亦趨模仿《世說新語》，《續世說》關注廟堂政事，和《世說新語》專尚清談大異其趣；孔平仲還經常透過採擇的故事來表達自己的政治抱負和社會責任感，其編撰動機值得探究。何況在本論文寫作之前，海峽兩岸研究此書的學位論文僅張一鳴的〈《續世說》考校〉而已，尚未出現針對《續世說》內容作研究的專著。

只是「頌其詩，讀其書，不知其人，可乎」(《孟子・萬章下》)，《續世說》出自孔平仲之手，這一點從《宋史》及一些私家藏書書目著錄來看並無疑義。但是他的生平事蹟，流傳卻十分有限。孔平仲和他的二位兄長孔文仲、孔武仲，元祐間一度同朝爲官，成爲北宋政壇要員，人們稱呼他們爲「臨江三孔」；身爲聖人之後，孔氏兄弟皆有著耿直的個性，對於新法的施行頗有意見。元豐八年神宗駕崩後，因爲爲皇太后高氏的關係，兄弟三人得以短暫同朝爲官。然而元祐八年九月哲宗親政之後，他們卻成爲章惇、蔡京等人眼中的異己，孔文仲當時已經亡故多年，仍舊受到追貶；孔武仲、孔平仲並坐黨籍遭貶。由於仕途受挫，連帶著作也隨之散佚。雖然《宋史》猶爲孔文仲立傳，並以附傳的形式記錄了武仲、平仲生平。但由於是和孫覺、李常、李周、鮮于侁、顧臨、李之純、王覿、馬默等人同傳，因此內容極其簡略，孔平仲部分更只有區區二百餘字，想以此瞭解其一生，自是不易。

正史之外，南宋王偁的《東都事略》及方志，對「臨江三孔」皆有所述，但文字簡短，參考價值不高。《宋史》採王偁之說而有所損益，內容亦不出《東都事略》範圍。民國以後又有《西江泉井安山孔氏族譜》刊行，提供許多《宋史》未載的事蹟，但眞僞參半，有待辨明。因此想要進一步了解孔平仲，正本清源的作法，還是得從他的作品一一去梳理出脈絡。可惜就如前面所說，受到晚年坐勾黨籍的影響，孔平仲不僅行蹤成謎，作品更在南宋王遵編《清江三孔集》時就已經「存一二於千百」(周必大〈序〉，詳下文)，後來甚至一度出現僅能看到表、章、奏、啓四大類文章的情形。值得慶幸的是經過前人努力不懈的蒐羅，本世紀初發行的宋集珍本叢刊的四十卷本《清江三孔集》(說詳下節)，終於讓書、簡、記、序、雜著、祭文、疏、銘、行狀、書紀、傳後等文類，再次呈現世人眼前。稍稍補足了孔平仲文「蓋佳處不傳多矣」(明王士禎《居易錄》卷十二)的缺憾，也提供研究孔平仲生平的第一手資料。

儘管「臨江三孔」政治成就不高，但仍舊以出色的才華聞名，在地方上他們和劉敞（1019～1068 年）、劉攽（1022～1088）二位前輩並稱「五賢」〔註 3〕，「一時聲名，風生雷吼，江西氏族，無出其右」（宋王庭珪《盧溪文集》卷四五〈故孔氏夫人墓誌銘〉）；在北宋文壇，他們兄弟也經常和「二蘇」相提並論，黃庭堅就十分肯定他們的文學造詣，認爲「二蘇上連璧，三孔立分鼎」（《山谷集》卷三〈和荅子瞻和子由常父憶館中故事詩〉）。三百年後主編《永樂大典》的詩人解縉，經過孔氏故居，尋訪「臨江三孔」遺跡之際，對他們的才德依然佩服不已〔註 4〕。〈江西訪孔宅贈孔氏昆仲〉：

> 卿家難弟復難兄，詩禮相傳屢過庭。派接魯邦承教雨，天開東壁見文星。
>
> 八州事業空塵土，三孔衣冠尚典型。沐浴精光今寂寞，願從洙泗受遺經。
>
> （《文毅集》卷五）

像「臨江三孔」這樣的衣冠典範，怎能讓其生平事蹟繼續湮沒在歷史洪流中？因此如何讓孔平仲的一生仕履完整呈現在世人眼前，也是本論文責無旁貸的要務。

孔平仲的著作不只《續世說》而已，除了《宋史》提到的《繹解稗》、《詩戲》，還有《璜珩新論》（舊名《孔氏雜說》）、《孔氏談苑》等書。詩文雖說是「存一二於千百」，但依舊可觀，值得探討，至於以下幾個問題，就不列入本論文的討論範圍。

首先是孔平仲詩和郭祥正《青山續集》相混淆的問題。可參考林宜陵〈郭祥正《青山集》研究〉〔註 5〕、毛建軍〈《青山集》版本及《續集》辨僞考〉〔註 6〕、羅凌〈四庫本《青山續集》前兩卷作品歸屬考辨〉〔註 7〕。

其次是〈早行〉、〈禾熟〉、〈吳仲卿夫人秦國挽詞〉是否爲孔平仲所作的問題。一來李春梅〈臨江三孔研究〉〔註 8〕已有說明；再則本論文並未規畫專章考論其著作。所以暫時擱置。

〔註 3〕《明一統志》卷五五〈臨江府〉：「五賢堂在府學講堂西。五賢：宋劉敞、攽；孔文仲、武仲、平仲，所謂二劉三孔也。」

〔註 4〕清同治十年刊，暴大儒等修、廖其觀等纂《峽江縣志》（台北：成文出版社，1989 年）引作〈至西江訪孔宅詩〉。

〔註 5〕1996 年，東吳大學中文研究所碩士論文。

〔註 6〕刊登在《郴州師範專科學校學報》第 24 卷第 6 期，頁 53～55。2003 年 6 月。

〔註 7〕刊登在《三峽大學學報·人文社會科學版》第 32 卷第 4 期，頁 43～46。2010 年 8 月。

〔註 8〕見論文肆之二〈三孔作品考辨〉，頁 69～70。

最後是孔平仲〈千歲秋〉詞眞僞的問題，亦可參考喻志丹〈秦觀〈千秋歲〉詞考辨〉〔註9〕、韓立平〈孔平仲〈千秋歲〉詞辨僞〉〔註10〕。

二、知見研究述評

關於「臨江三孔」的論題，國內學者向來鮮少涉及；倒是二十一世紀以後大陸地區出現幾本以三孔爲研究對象的學位論文，包括：李春梅的〈臨江三孔研究〉、楊興良的〈北宋三孔史學思想初探〉。單論孔平仲則有王文玉的〈孔平仲及其詩歌研究〉。專門討論《續世說》則有張一鳴的〈《續世說》考校〉（以下簡稱《考校》）。

其中 2002 年由四川大學碩士生李春梅撰寫的《臨江三孔研究》，年代最早，研究範圍也比較全面，在「臨江三孔」這個議題上，頗具蓽路藍縷之功。論文分成二編，第一編共四章，依序探討三孔生平及籍貫之爭、文學成就、政壇風雲及著述。第二編爲〈三孔事迹編年〉，除了網羅大量關於孔文仲、孔武仲、孔平仲三兄弟生平、仕履、交游的資料，還參酌曾鞏〈司封郎中孔君墓誌銘〉（《元豐類稾》卷四二）將其父孔延之的事迹，加以吸納整理。同時採用《西江泉井安山孔氏族譜》中一些過去未曾被注意到的資料，以編年的形式，完成這部便於翻閱的年譜。作者並且在〈序言〉中提到「臨江軍三孔爲北宋名人，其生平事迹甚有可紀念之處。在宋代已有人爲三孔撰寫年譜，《宋史》卷二〇九〈藝文志八〉有《清江三孔先生列傳譜述》一卷，宋龔臨正所撰。明《內閣藏書目錄》卷二、《蘇州府志》卷七五〈藝文一〉亦有著錄。可見此譜於明時尚在人間，清代諸書目未見記載，則清代已不復存。今人謝巍《中國歷代人物年譜考錄》亦著錄《清江三孔先生列傳譜述》一卷，且云『曾收得近人所著年譜，書遭失』，可見近代亦有人爲三孔編著年譜，只可惜已失傳」。希望此譜「以全面、以彌補三人年譜兩度遭失之憾」〔註11〕。

只是《臨江三孔研究》第一編《三孔論稿》，探討三孔生平及籍貫或其他問題時，都是將孔氏兄弟三人合爲一體作論述，很難看出各別差異。即使論文中有特定的章節專門討論三孔的文學成就，受限於體例，也只是點到爲止，無法做到詳實深入的地步。尤其是以三十卷本《清江三孔集》爲依據，這個

〔註9〕刊登在《學術論壇》1984 年第 1 期，頁 92～94。
〔註10〕刊登在《中國典籍與文化》2011 年第 1 期，頁 151～153。
〔註11〕見氏著〈臨江三孔研究〉，頁 75。

版本缺少孔平仲啓、狀、書、簡、記、序、雜著、祝文、祭文、疏、銘、行狀、墓誌銘及書記傳後等類型的文章，所以在論述孔平仲文學成就這部份，較孔文仲、孔武仲來得薄弱，對孔平仲的政治思想和仕宦經歷的闡述也有所遺漏。再則論文雖然多次引用《西江泉井安山孔氏族譜》的資料，但事先並未進一步查考其可信性，因此衍生出不少錯誤的推論。

倒是《臨江三孔研究》第二編〈三孔事迹編年〉頗具參考價値，所以 2003 四川大學出版《宋人年譜叢刊》時，還特別將這個部分以〈三孔事迹編年〉（以下簡稱〈編年〉）爲名，自論文中單獨摘錄出來，編入叢刊第五冊，置於〈東坡紀年錄〉之後，〈蘇穎濱年表〉之前〔註 12〕。這無疑是對作者學術成果的一大肯定。不過既然以「三孔事迹」爲名，自然不能獨厚孔平仲，加上用的又是三十一卷本《清江三孔集》，受限於視野，孔平仲這部分反倒成爲最難著力的一環。

楊興良〈北宋三孔史學思想初探〉是 2004 年廣西師範大學碩士論文。這篇論文以三孔的史學思想爲切入點，從三孔的「生平及其著述」、「史學思想形成」、「史學思想」、「史學實踐」、「史學思想評價」五個面向，對三人的史學思想進行初步探討。其中談論三孔的生平及其著述一章，多承襲李春梅的說法，沒有太多新意。不過在論文的核心〈三孔的史學思想〉一節，楊興良透過分析孔平仲的作品，歸納出其史學思想具有注重史學經世致用、重視史料考證、史不離道思想、主張秉筆直書四大特色。但從作者論述大量引用《珩璜新論》來看，他並未以《續世說》作爲孔平仲的史學著作，也沒有深入探討孔平仲編撰此書的用心。雖然他讚美孔平仲「對魏晉南北朝五代十國的掌故了若指掌」，而且熟悉「各國之歷史及相關記載」，所以能將此一時期紛繁複雜的史料「融會貫通，辨出材料的真僞」。卻只能空泛的以「平仲這方面的特長，在其著作中有所體現」〔註 13〕作結語。如果楊興良曾翻閱《續世說》，應該可以輕易從中舉出更多實例。

另外，對孔平仲的詩文，楊興良也只舉出〈鑄錢行〉和〈熙寧口號〉五首而已，證明他雖然看過胡思敬編的《清江三孔集》〔註 14〕，卻沒能進一步探索孔平仲作品的全貌，並將內容吸納到論文中。

〔註 12〕《宋人年譜叢刊》（四川：四川大學行版社，2002 年），吳洪澤、尹波主編。

〔註 13〕以上引文皆見〈北宋三孔史學思想初探〉，頁 19。

〔註 14〕由楊興良論文中註 6 和註 7 皆引用上海商務印書館於 1936 年所出版之胡思敬編《清江三孔集》，可知他所採用乃三十四卷本，而非三十卷本。

王文玉〈孔文仲及其詩歌研究〉是唯一將寫作重心放在孔平仲詩歌的專著，這篇2008年完成的江西師師範大學碩士論文，作者擷取孔平仲的詩句爲標題，先從宦海浮沉、政治觀、人生觀、人格形象探討孔平仲其人；之後對其詩歌淵源和詩歌創作進行論述。察考孔平仲的視角雖和前兩者不同，可惜仍舊未能突破前人建構的範疇，對孔平仲的仕宦過程和人生經歷做出較爲完整的表述。

至於討論《續世說》的專著，則有張一鳴的〈《續世說》考校〉。這篇西南交通大學的碩士論文，發表於2010年，是以上學位論文中年代最晚的一篇，但張一鳴認爲「孔平仲祇是《續世說》的編撰者，其書中內容均摘自史書，除因節錄影響文義而做的一些必要改動外，實無創作成份可言」〔註15〕，所以他對孔平仲生平的敘述，多沿襲李春梅的說法。雖然也闢有專章探討《續世說》的成書與流傳，可惜著墨亦不多。只是基於《續世說》「迄今尚無可資學術研究使用的整理本通行，故而應當予以關注，通過考證校勘」而作，至於「弄清文本，進而研究、發掘其價值，在小說史乃至學術史上給予其正確的評價和定位」〔註16〕並非其主要目標。

單篇論文數量較多，主要集中在以下幾個方面：

（一）關於三孔籍貫：聶言之〈三孔籍貫考辨〉〔註17〕、趙元春〈我對三孔里籍的認定〉〔註18〕、黃炳福〈關於三孔里籍的若干資料〉〔註19〕、黃宏〈北宋「三孔」籍貫新考〉〔註20〕

（二）關於三孔生平：黃健保〈關於「三孔」〉〔註21〕韓梅〈孔平仲評傳〉〔註22〕、陳蓮香〈江西「臨江三孔」生卒年考〉〔註23〕

（三）關於三孔的著述：杜愛英〈清江三孔詩韻考〉〔註24〕、聶言之〈孔

〔註15〕見〈緒論〉，頁4。
〔註16〕同上，頁1。
〔註17〕刊登在《贛南師範學院學報·哲學社會科學版》第1988卷第4期，頁31～35。1988年8月。
〔註18〕刊登在《新餘春秋》1993年第1期。
〔註19〕刊登在《新餘史志》1993年第2期。
〔註20〕刊登在《南京學院學報·哲學社會科學版》第7卷，第6頁，頁64～66。2005年11月。
〔註21〕刊登在《新餘高專學報》第3卷，第1期，頁10～13。1998年3月。
〔註22〕刊登在《明清小說研究》2000年第4期，頁11～13。2000年12月。
〔註23〕刊登在《新餘高專學報》第10卷，第3期，頁29～30。2005年5月。
〔註24〕刊登在《古漢語研究》1997年01期，頁42～47，1997年1月。

平仲詩中的蓬萊閣在何處〉〔註25〕、陳蓮香〈「臨江三孔」的文學活動〔註26〕、蘆瑩〈孔平仲雜體詩趣談〉〔註27〕、韓立元〈孔平仲千秋歲詞辨僞〉、李春梅〈清江孔氏著述考〉〔註28〕、李春梅〈三孔思想淺論〉〔註29〕

（四）關於《清江三孔集》版本：張劍〈現存清江三孔集版本源流略考〉〔註30〕、王嵐〈三孔集主要版本考論〉〔註31〕、嚴杰〈清江三孔集明鈔本探討〉〔註32〕

（五）關於《續世說》：程國政〈孔平仲與《續世說》〉〔註33〕、楊興良〈淺談《續世說》〉〔註34〕、齊慧源〈從名士清談到朝臣議政——《世說新語》與《續世說》比較〉〔註35〕

由上述研究現況來看，當前學界對臨江三孔的探究雖然談不上熱烈，卻也取得一定成果，尤其是三孔籍貫考辨這部分，留待本論文上編第壹章再做敘述；其次對《清江三孔集》版本的討論。張劍的〈現存《清江三孔集》版本源流略考〉，作者雖然自謙是「略考」，其實對於南宋以後《清江三孔集》的版本的版本流傳有著深入的分析，並繪製源流圖，極具參考價值。王嵐的〈三孔集主要版本考論〉，除了探討宋刻祖本、通行本、缺卷的明抄本、今存足本之外，還談到了近來問世的新整理本，以及理想善本應呈現的風貌。嚴杰〈清江三孔集明鈔本探討〉發表最晚，作者說自己是有感於祝尚書《宋人別集敘錄》、王嵐《宋人文集編刻流傳叢考》中《清江三孔集》部分，及張劍〈現存《清江三孔集》版本源流略考〉，「他們對明鈔本的敘述皆有未盡之處，

〔註25〕刊登在《江西師範大學學報‧哲學社會科學版》第26卷第4期，頁109～112。1993年10月。

〔註26〕刊登在《井岡山學院學報》第10卷，第2期，頁41～44。2005年3月。

〔註27〕刊登在《考試周刊》2011第82期，頁36～37。

〔註28〕刊登在《宋代文化研究》第13期，頁356～370，2006年12月。

〔註29〕刊登在《宋代文化研究》第13期，頁746～771，2006年12月。

〔註30〕刊登在《文獻季刊》2003年第4期，頁109～117，2003年10月。

〔註31〕刊登在《江西社會科學》第7期，頁39～42，2004年7月。

〔註32〕刊登在《古典文獻研究》第10期，頁457～460，2007年6月。

〔註33〕刊登在《湖北大學學報‧哲學社會科學版》，1991年第5期，頁61～66。1991年5月。

〔註34〕刊登在《昭通師範高等專科學校學報》第30卷，第1期，頁24～27。2008年2月。

〔註35〕刊登在《南京師範大學文學院學報》2013年第4期，頁41～45。2013年12月。

故草此短文，以供商榷。」〔註 36〕而他所提出的意見，的確也發揮了註腳的作用。

但論文沒有深入探討的還有臨江三孔生平及文學的論題。三兄弟中作品保留最齊全的孔武仲，迄今沒有專門研討的學術論文問世；而孔平仲，過去學術界只注意到他的詩，尤其是他的雜體詩。至於三孔的著作，目前多集中討論《清江三孔集》的版本問題。孔文仲傳世作品不多，姑且不論；孔武仲詩文以外，尚有《芍藥譜》；孔平仲除了詩文和《續世說》，還有《珩璜新論》、《孔氏談苑》流傳於世，但受關注的程度皆不高，這些都是學界未來可以研究的對象。

三、新增文獻述要

孔平仲仕途是三兄弟中最不順遂的一個，年過四十始得館職，在朝不到二年又四處爲官，晚年先以衡州失官米案，入獄潭州而貶韶州；復坐勾黨遭貶。風聲鶴唳之際，作品也隨之散佚。據孔家六十七世孫孔毓英所述〔註 37〕，南宋慶元五年（1199）王蓮訪求三孔遺文準備編纂《清江三孔集》時，就是由孔平仲子倬禮這一支系第五十三世孫〔註 38〕孫溫叔提供的手稿，才得以順利付梓。然集中所收三孔作品，比起三孔一生所作已是「存一二於千百」，偏偏孔平仲的文章又在流傳過程中散佚。不但明代王士禎所看到的就僅剩表、啓〔註 39〕，家族珍藏「共計四十卷帙，不知何代，自十一卷至十四卷殘缺一本，自三十五卷至四十卷殘缺一本」〔註 40〕。而三十五卷至四十卷正是孔平仲書、簡、記、序、雜著、祭文、疏、銘、行狀、書紀傳後這幾個類型的文章，也是作品中和思想、生活關係密不可分的部分。

至於考察其生平不可或缺的傳記資料，如宋龔頤正撰《清江三孔先生列傳譜述》一類著作，則在清代就已不復存在。

〔註 36〕見〈清江三孔集明鈔本探討〉，頁 457。

〔註 37〕豫章叢書本《清江三孔集》附錄二十五清孔毓英〈重抄三孔先生文集說〉:「慶元五年，太守王諱蓮訪求三孔遺文，我祖溫叔出其稿而刻之……」，頁 722～723。

〔註 38〕見《族譜》，頁 24。

〔註 39〕《居易錄》卷一二:「毅父文僅表啓，無可觀，蓋佳處不傳多矣。惜哉！」

〔註 40〕見豫章叢書本《清江三孔集》附錄二十五清孔毓英〈重抄三孔先生文集說〉，頁 722。

所幸在這科學昌明，文化備受重視的時代，過去誤以爲消失人間的珍貴文獻，拜科技之賜，經過整理翻新得以重現世人眼前，爲學術研究提供更多資料，本論文因而能夠獲得更有利資料而順利完成。在新增文獻中，最具影響力有以下三部書：

（一）《西江泉井安山孔氏族譜》

《西江泉井安山孔氏族譜》（以下簡稱《族譜》）六卷，由孔繼長修、孔廣愷編，扉頁題作「安山績公派下孔氏族譜」，首頁有「西江安山孔氏族譜」字樣，其餘各頁版心皆題作「西江泉井安山孔氏族譜」。稱「安山績公派下孔氏族譜」，蓋因居住江西安山這一支裔的始祖即是唐末爲躲避黃巢之亂的孔子第四十世孫孔績。依第一卷〈舊序贊銘傳〉所收種種序跋，最早爲此譜寫序的是元代著名的史學家、教育家及文學家揭傒斯，時間是元文宗天曆二年（1329）。最遲是民國二十五年出版前，由孔子七十三世孫孔慶愷所寫〈江西孔氏重修族譜記〉〔註41〕。可見其傳世之久。

這部族譜共分六卷，首卷有目錄、孔子像（聖像）、孔績像（推官公像）、孔氏姓考、條議、舊序贊銘傳、新序及記。第二卷以下分別記載孔績這一支裔，及其後代遷播後所形成的各支派。孔延之、三孔兄弟及其子孫事蹟多載於第二卷〈安山總圖〉，但三孔子孫輩中孔世寧（百朋子）遷居水北、孔端有（倬禮子）遷居袁城鈐西孔家洲，安山世系則不再敘其事，更列在水北世系（第三卷）及孔家洲世系（第四卷）。目前北京大學圖書館藏有民國二十五年木活字本一部。亦可透過中華尋根網：（http://ouroots.nlc.gov.cn/bookbyidsearch.do?id=30452&methodsearchBookbyID），查閱此書。

這本《族譜》載有不同於《宋史》的三孔傳記，上面清楚記載三人的出生年、月、日、時，以及父母、妻室、子嗣、葬身之地……等，對於解決臨江三孔的生卒年、兄弟排行……提供不同於正史的詳細資料，其可貴之處自不待言。但因傳世年代久遠，編纂者學養良莠不齊，錯誤在所難免。如《族譜・孔平仲傳》所載對他人生幾次重大轉折的陳述，非但於事無補，反而讓人更加迷惑。原因有的無法解釋，有的來自不正確的資料。尤其受到《族譜》第一卷〈舊序贊銘傳〉所收藏之三孔誥命影響。以和孔平仲相關的四篇勑文爲例，其中〈除太常博士誥〉爲蘇轍所撰，還能在《欒城集》中看到，《欒城集》卷三〇〈孔平仲太常博士〉云：

〔註41〕見《族譜》，頁223。

敕，具官某：刑政之得失，眾人知之。然所以興壞，止於其事而已。禮樂之得失，視之未必易見也。而治忽之端，或自是起。故朕於奉常之官，擇之必謹，用之亦速。爾以儒術精博，吏治通敏，以在茲選。其克爲朕別嫌明微，以詔爾長，俾上下内外不愆于舊章，則爾職舉矣。可。

《族譜》所收〈除太常博士誥〉卻作：

中書舍人蘇翰（林）行敕：平仲之得失，眾人知之。然所以興壞，止于其事而已。禮樂之得失，視之未必易見也。而治忽之端，或自是起。故朕于奉常之官，擇之必謹，用之亦速。以爾儒術精博，吏治通敏，故任之選。其克爲朕別嫌明微，以盡爾長，俾上下内外不愆于舊章，則爾職舉矣。元祐二年二月二十八日

除文字的差異，《族譜》明顯還多了日期。因此《族譜・孔平仲傳》是以「二月除太常博士。本年又遷太僕丞、校理」記錄這件事。不但時間和《續資治通鑑長編》（簡稱《長編》，下同）所說「（元祐二年八月癸卯）朝奉郎、集賢校理孔平仲爲太常博士」，前後相去半年之久（說詳上編第貳章〈回朝任職〉）；任職的順序，兩者也是南轅北轍。

而類似的情形還不止如此，其他三篇勅文雖然不詳出自何人之手，也都載有年月，〈徙單州團練副使誥〉題「元符二年七月十五日」，〈謫惠州別駕誥〉曰「詔聖二年二月二十八日」，經考證均與事實不符，僅〈起復原官誥〉作「元符三年七月十二日」，較爲可信。顯然都是受到勅文上的日期所誤導，所以《族譜》固然有其參考價值，引用其中資料又不可不慎！

（二）豫章叢書本之《清江三孔集》

我國郡邑叢書的編輯發源甚早，明天啓三年（1623）黃崗樊維城所彙刻的《鹽邑志林》即是這類書籍的濫觴〔註 42〕。但對素有「物華天寶，人傑地靈」之稱的江西而言，儘管自宋代以來就以人文鼎盛，著作如林，享譽全國。地方文獻的彙集與整理工作，卻是遲至光緒中期才由陶福履著手進行。不過陶福履的《豫章叢書》「所收概屬《四庫全書》未收者，且集中於清代，多爲私刻本或家藏本、手稿」〔註 43〕，並不包括《清江三孔集》。

〔註 42〕見豫章本《清江三孔集・整理說明》，頁 1。
〔註 43〕見豫章本《清江三孔集・整理說明》，頁 3。

《清江三孔集》被收入《豫章叢書》是胡思敬接手刊刻《豫章叢書》的事〔註44〕（故簡稱豫章本《清江三孔集》，下同）。胡思敬收書原則極爲嚴格，甚至有「撰人品學不端正者不收」的規條。在校勘方面，又有其同年進士魏元曠協助，以嚴謹的治學態度，處理得十分細緻。只是當年印行數量原本就不多，且受限於時代因素，未曾標點，多少影響到今人的閱讀和使用。直到一九九六年江西省高校古籍整理領導小組成立，重新點校陶福履、胡思敬所收書籍，還將一些與作者及該書相關的文獻資料作成附錄置於每一部書書後。

二〇〇四年全新面貌的《清江三孔集》問世了，內容依照胡思敬的想法，「改題文仲曰《舍人集》，武仲曰《宗伯集》，平仲曰《朝散集》，使可分可合」〔註45〕，儘管全書僅三十四卷，屬於孔平仲的朝散集，也只比三十卷本多出二卷，而且都是啓、狀類的文章，但校勘精細，周邊資料蒐羅豐富，既方便閱讀又利於研究，是不可多得的文本之一。

（三）宋集珍本叢刊之《清江三孔集》

文本的使用往往會影響研究成果，李春梅《臨江三孔研究》就因爲引用三十卷本《清江三孔集》的資料，導至在討論孔平仲時，許多問題無法得到解答，同時又造成仕歷銜接這方面的誤解。本文都將於稍後的陳述及〈年譜〉中一一點出。

胡思敬爲豫章本題跋時說到：「《三孔集》以王蓬所編四十卷本爲最古，計文仲集二卷，武仲集十七卷，平仲集二十一卷。」和《宋史》所著錄相去甚遠，連周必大都感嘆「存一二於千百」（〈三孔先生集敘〉）。偏偏慶元刻本也已佚失，張劍在〈現存《清江三孔集》版本源流略考〉提到目前大陸地區還保存四十卷本兩種，一藏於北京國家圖書館，係明抄本，但實際上是「僅存二十二卷」的殘本，這二十二卷「包括孔平仲詩文二十一卷，《孔氏雜說》一卷」。「抄工也時精時粗，竄亂處亦復不少，如卷第十六（四十卷本編次當爲卷三十五）中〈送范成老赴省序〉、〈李侍郎文集序〉、〈朱都曹字序〉三篇文章相互竄亂不能卒讀」。一藏於北京大學圖書館，係清抄本，「兩函十冊，卷一至二爲經父（文仲）集，卷三至十九爲常父（武仲）集，卷二十至四十爲毅父（平仲）集，前有周必大序，後有完整的王蓬跋（君按：強調完整，蓋因北京國家圖書館所藏明抄本中王蓬的跋只保存半篇）」。「錯亂較少，只有少

〔註44〕見豫章本《清江三孔集・整理說明》，頁1～6。
〔註45〕見豫章本《清江三孔集・胡思敬跋》，頁700。

數詩文，目錄中漏收但正文中俱在，是今存《清江三孔集》面貌最完整者，慶元刻本原始風貌賴此可窺，他本諸多缺失錯訛亦賴此改正」〔註46〕。

前面舉出幾篇討論《清江三孔集》版本的論文，其中張劍所說的兩種四十卷本《清江三孔集》，無論是明抄本或清抄本，都有其不足之處，因此王嵐建議「以北京大學圖書館藏四十卷本爲底本，校以國圖明抄殘本、《四庫全書》本、《豫章叢書》本等；或者以《豫章叢書》本爲底本，缺卷以國圖明抄殘本爲底本，參校北大四十卷抄本、《四庫全書》本等」〔註47〕，希望透過這兩條途徑來獲得比較合乎理想的新善本。2004 年北京線裝書局出版了一部四十卷本的《清江三孔集》（因置於《宋集珍本叢刊》第十六冊，故簡稱宋集珍本《清江三孔集》，下同），雖然和王嵐所期待的全本還有落差，但已經是目前所能找到堪稱完整的書籍了。這一部《清江三孔集》是取清鈔本《三孔先生清江集》與傅增湘校補的豫章叢書本《清江三孔集》結合而成，只是所用清鈔本《三孔先生清江集》不是《藏園群書經眼錄》著錄的南陽呂氏講習堂寫本，而是另一部源頭相同、經鮑廷博手校的版本，半頁九行、行十八字，字體清晰。傅增湘校補的豫章叢書本《清江三孔集》比前述胡思敬編的豫章本《清江三孔集》卷帙多出八卷，半頁十行、行二十字，可惜多數字體模糊難辨，解讀大爲不易。

四、研究規畫與預期成績

陳寅恪曾說：「一時代之學術，必有其新材料與新問題。取用此材料以研究問題，則爲此時代學術之新潮流。」〔註 48〕在欠缺研究主題之文本或研究對象之相關資料的情況下，即使全力以赴，終究巧婦難爲無米之炊，也難盡善盡美。如今孔平仲的作品經過胡思敬等人奔走蒐羅、整理校正，不但出版了三十四卷本的豫章叢書本《清江三孔集》，接著又有四十卷的宋集珍本《清江三孔集》付梓，爲研究這一主題提供信而可徵的新材料。《族譜》雖然眞僞參半的，也讓研究孔平仲、臨江三孔、乃至江西孔氏這一支裔有了新的思考方向，並且衍生出新的問題。

〔註46〕以上引文均見張劍〈現存《清江三孔集》版本源流略考〉，頁 111。

〔註47〕見嵐撰〈三孔集主要版本考論〉，刊登在《江西社會科學》第 7 期，頁 39～42，2004 年 7 月。

〔註 48〕見氏著〈陳垣敦煌劫餘錄序〉，故錄在《金明館叢稿二編》（上海：上海古籍出版社，1980 年），頁 266。

在此時撰寫論文，視野也隨著資料的增加而擴大，如何從新取得的文獻中披沙揀金、去蕪存菁，更完整且全面呈現出孔平仲的生平，是幸運也是考驗。何況須要用心梳理的，除了上述文獻，還有李春梅、楊興良、王文玉等人未曾引用的方志。但這畢竟只是「讀其書」、「知其人」的基本工作而已，當初設定爲研究課題的《續世說》，同樣是本論文寫作的重點。如何在前人已經完成考校的基礎上，深入《續世說》的內容，進而瞭解孔平仲藉撰作這部書來「發史氏之英華」（秦果〈序〉）的用心，以及這部書在宋人筆記小說及「世說體」小說的定位。也是須要從解讀每一則小故事，追溯其歷史淵源，點滴累積而來。

爲了兼顧作者與作品三大主題，因此規劃將全文區分成上下二編，上編「孔平仲生平考論」，首章先從孔平仲的家庭入手，探討江西孔氏這一支裔的來歷，以及其父孔延之如何「出白屋、起江表」（蘇頌〈中書舍人孔公墓誌銘〉）登第入仕，並且教子有方，讓孔文仲、武仲、平仲兄弟成爲能夠和「二蘇」相提並論的優秀人才，贏得臨江三孔的贊譽。藉此瞭解孔平仲的家學淵源和身爲聖人之後對他所產生的影響。貳、參章藉由考據的方式，還原孔平仲的仕宦的過程。孔平仲自弱冠登第，到徽宗崇寧元年（1102）管勾宮觀，宦海浮沉幾四十年，元祐元年（1086）在呂公著舉薦下試館職，進入朝廷爲官，是他仕途的一大轉捩，因此選擇以此爲分界點，分上、下兩部分敘述他官場的得失，與宦遊各地的情形。第肆章詩文著作述要，探討孔平仲於《續世說》之外的著作及其成就。附以孔平仲年譜，便於對孔平仲生平及著作有更清晰的了解。

下編《續世說》研究分四章：第壹章緒論，探討《續世說》的成書背景、時間，以及文獻運用、版本流傳等周邊的相關議題。第貳章敘述《續世說》在取材、體例、書寫模式、思想各方面對前代書籍的繼承與創新。第參章透過分析《續世說》的內容架構，認識這部書，和孔平仲如此安排的用心。第肆章探討《續世說》的得失與價值。

經由本論文的探究剖析，期待能夠達成以下四個目標：

（一）吸納新資料，由孔平仲的作品尋找證據，提供研究者對孔平仲的性格與人格有較爲完整且全面的認識。

（二）孔平仲的仕宦歷程，正史說法含糊，不但各階段職務銜接出空白、矛盾的現象，幾次重大的挫折也一直不爲世人所知。就連他在不同職位上的心情轉折、重要作品和交遊概況，長久以來始終未能得到論者的深入關注。事實上這些在一度被當做孔平仲佚失的作品中，皆有跡可循，只是詳略不同罷了。經過本論文抽絲剝繭、重新敘述之後，期待能夠補強《東都事略》及《宋史》在這方面的不足，並且有助於瞭解仕途偃蹇與孔平仲撰作《續世說》的關聯。

（三）《世說新語》是一部魏晉名士的言行論，書中難得出廟堂弘論，也聽不到人民的悲訴。《續世說》恰恰與之相反，君道、治道成爲全書主軸，而且充滿對老百姓的關懷。過去研究《續世說》的學者，都或多或少提到內容轉變的問題，但多半是站在續書的角度加以詮釋。透過這篇論文的分析，期待對《續世說》從名士清談到朝臣議政的原因能夠有具體的說明，特別是其受到《貞觀政要》及北宋文人士大夫熱中政治議題雙重影響的部分。

（四）《續世說》筆調平實，可看性及藝術性一般以爲不及《世說新語》。張一鳴甚至認爲「孔平仲祇是《續世說》的編撰者，其書中內容均摘自史書」，「實無人創作成份可言」來否定它的撰作意義及價値。本論文希望以持平的角度，評論《續世說》的得失。並藉由解讀《續世說》增加對孔平仲文學、史學、思想的瞭解。

上編所述，本應擴及孔平仲身處的文壇狀況，畢竟文學環境也是影響作家和作品的重要因素，所以區域文化、家學淵源、師友往來、時代思潮……都是研讀文學作品必須列入考量的條件。宋代文壇的特色之一，就是文人集團和文學流派的大量湧現。以三孔所處的年代，第一個讓人聯想到的便是北宋中後期受到蘇軾推薦提攜和影響的一批文人學士，也就是一般通稱的「蘇門」。清江三孔是否屬於蘇門的一份子，目前還是見仁見智的問題〔註49〕，但三孔和蘇軾兄弟的關係確是十分密切。尤其是孔平仲，他在出仕前就已經和蘇轍論交，登第後二人雖然有段時間始終緣慳一面，直到監江州錢監時彼此才再度取得聯絡，但分離卻一點也不顯響他們之間的友誼。而他和蘇軾的友誼也是在江州這段時間才眞正展開，並且很快成爲無所不談的朋友（說詳上編第貳章〈錢監時期交遊舉要〉）。中間幾經別離，二人的好交情卻絲毫沒有

〔註49〕王水照《蘇軾研究》（北京：河北教育出版社，1999年）之〈「蘇門」的性質與特徵〉略云，「蘇門」是指以蘇軾爲核心，以「四學士」、「六君子」爲骨幹的文人群體，主要包括蘇軾、蘇轍、黃庭堅、秦觀、陳師道、張耒、晁補之、李廌等人。頁40。楊勝寬〈蘇軾與蘇門文人集團的形成〉則將三孔亦納入其中。刊登在《樂山師範高學專科學校學報》2000年第1期，頁27～34。

改變，這點可以從蘇軾辭世前寫給孔平仲的手簡得到印證（說詳上編第參章〈吏部任職〉）。至於孔平仲和蘇門的中堅份子黃庭堅、晁補之認識的時間也相當早，張耒等人則是元祐初任職館閣那兩年，在京師陸續相遇從遊。這些當時的菁英為孔平仲的創作帶來什麼樣的激盪，因為論文寫作時間有限，無暇兼顧，只得暫時割愛。

由此衍生而來的還有交遊的議題。本論文在敘述孔平仲各階段仕宦歷程當中，會將這一時期孔平仲往來的對象擇要加以討論，但是隨著彼此職務的易動，雙方被迫分隔兩地；物換星移，有時得以再續前緣，有時從此斷絕訊息。無論是針對特定對象作考察，如孔平仲與晁補之交遊；或者全面整理出臨江三孔的交有脈絡。都是極具價值的研究方向，目前同樣只能規畫，期待日後繼續完成。

最讓人念茲在茲的就屬孔武仲的資料匯整工作，孔家三兄弟中作品保留最齊全的他居然到今天都沒有以他為研討對象的學術論文問世。而個人在整理孔平仲會譜時更發現，不同於孔平仲只能從詩文相關地點，推測其寫作時間；孔武仲習慣在自己的作品當中留下歲月和行蹤，如詩題直接標明〈癸酉冬雪時致齋於禮部〉、〈戊辰雪〉、〈丁卯春雪呈同僚〉；或在文章當中清楚繫年，如〈信州學記〉云：「信州新學作于元豐五年十一月之庚辰，成于明年三月之乙未。既成，州之學者相與造余而言請為之記……」〈渡江集序〉云：「元豐六年，余以信州從事得罷，歲暮入京師，自九江驛至安上門，凡千六百里，自己亥至乙丑，凡二十七日。時春冬之際，寒溫交爭，陰風怒號……」皆有助於瞭解孔武仲的一生。李春梅〈編年〉雖然沒忘記羅列孔武仲的生平事蹟，但是誤解、錯置之處，不下於孔平仲。因此為孔武仲製作獨立的年譜，又成了論文之後下一個要務。

所以一個階段的結束，往往是另一個階段的開始。「學無止境」這句成語，在此刻別具意義。雖然對孔平仲及《續世說》的鑽研隨著論文的完成告一段落，但和三孔相關的議題，仍有持續努力的空間。期待日後能按照規畫，逐步達成構想，對這個領域有較為深廣的認識。個人才疏學淺，難免多所挂漏，尚祈宿學才俊不吝指正。

上編：孔平仲生平考論

第壹章　家世考

第一節　先世考

南宋王明清《揮麈錄・後錄》：

> 國朝以來，父子兄弟叔侄以名望顯著薦紳間，稱之于一時者，如二呂：正獻（端）、左丞（余慶）。二竇：可象（儀）、望之（儼）。二孫：次公（何）、鄰幾（僅）。二宋：元憲（庠）、景文（祁）。二錢：子高（彥遠）、子飛（明逸）。二蘇：才翁（舜元）、子美（舜欽）。二吳：正肅（育）、正憲（充）。二程：明道先生（顥）、伊川先生（頤）。二章：莊敏（楶）、申公（惇）。二張：橫渠先生（載）、天祺（戩）。二邵：安簡（亢）、不疑（必）。二蔡：元長（京）、元度（卞）。二鄭：德夫（久中）、達夫（居中）。二鄧：子能（洵仁）、子常（洵武）。三陳：文忠（堯叟）、文惠（堯佐）、康肅（堯咨）。三蘇：文安先生（洵）、文忠（軾）、文定（轍）。三沈：存中（括）、文通（遘）、睿達（遼）。三王：荊公（安石）、平父（安國）、和父（安禮）。三孔：經父（文仲）、常甫（武仲）、毅甫（平仲）。三曾：南豐先生（鞏）、文肅（布）、文昭（肇）。三韓：康肅（絳）、持國（維）、莊敏（縝）。三范：蜀公（鎮）、子功（百祿）、淳夫（祖禹）。三劉：原父（敞）、贛父（攽）、仲馮（奉世）也。（卷五）

其中三孔：孔文仲、武仲、平仲兄弟，他們分別在嘉祐六年（1061）、八年（1063）以及治平二年（1065）連續三科依次登進士第，又在元祐間同朝為官，不僅是北宋政壇要人，也是當時文壇名家，又都與蘇軾、蘇轍相交甚深，因黃庭堅有詩曰：「二蘇上連璧，三孔立分鼎。天不墜斯文，俱來集臺省。」（《山谷集》卷三〈和荅子瞻和子由常父憶館中故事詩〉）時人常把「三孔」和「二蘇」相提並論。

孔氏兄弟個性耿直剛介，對新法多所指責，又與蘇軾、蘇轍、黃庭堅等人詩歌酬唱、書信不絕，孔文仲應制科，對策直陳時病，因此得罪王安石，仕途一度受挫；哲宗於元祐八年九月親政後，重新任用章惇、蔡京等人，文仲即使已經亡故多年，仍舊受到追貶；武仲、平仲並坐黨籍，身遭遷謫，著作散佚，生平事蹟亦隨之湮沒。《宋史》卷三四四雖有孔文仲傳，並附武仲、平仲生平，但與孫覺、李常、李周、鮮于侁、顧臨、李之純、王觀、馬默等人同傳，且內容極其簡略，孔平仲部份僅曰：

> 平仲字義甫，登進士第，又應制科。用呂公著薦，爲秘書丞、集賢校理。文仲卒，歸葬南康；詔以平仲爲江東轉運判官護葬事，提點江浙鑄錢、京西刑獄。紹聖中，言者詆其元祐時附會當路，譏毀先烈，削校理，知衡州。提舉董必劾其不推行常平法，陷失官米之直六十萬，置獄潭州。平仲疏言：「米貯倉五年半，陳不堪食，若非乘民闕食，隨宜泄之，將成棄物矣。倘以爲非，臣不敢逃罪。」乃徙韶州。又坐前上書之故，責惠州別駕，安置英州。徽宗立，復朝散大夫，召爲户部、金部郎中，出提舉永興路刑獄，帥鄜延、環慶。黨論再起，罷，主管兗州景靈宮，卒。平仲長史學，工文詞，著《續世說》、《繹解稗》、《詩戲》諸書傳於世。

單憑《宋史》這區區二百餘字，想要瞭解孔平仲一生，自是不足。因此本論文首章先追溯其世系源流，旁及兄弟姻婭，再述子孫後輩，期待能對三孔兄弟及其家族脈絡、和江西孔氏在北宋的活動情形有進一步認職。

孔平仲雖是「曲阜苗裔，宣聖之後」（蘇頌《魏蘇公集》卷五九〈中書舍人孔公墓誌銘〉）〔註1〕，但因年代隔絕，和世居闕里、襲王公封的嫡系，已經漸行漸遠；孔平仲本人在〈陶寺丞夫人孔氏墓誌銘〉（宋集珍本《清江三孔集》卷三八）中就提到這樣的狀況：「孔姓惟闕里最著，而廟宅譜牒以嫡相承者；支子旁孫，皆不復錄，故散而之四方者，莫可考正，大率多聖人之後，

〔註1〕《魏蘇公集》收錄在《宋集珍本叢刊》（北京：線裝書局，2004），冊十二，頁678～682。

今在江西者，惟新淦、潯陽爲右……」儘管如此，也無法改變其身爲孔子四十七代孫的事實〔註 2〕。傳世的《族譜》對江西新淦這一支系，自唐代南遷、卒留居於此的經過，及其子孫繁衍散播的情況，記錄尤其完整，可以補充曾鞏、蘇頌墓誌敘述不足或不確的地方，茲分別摘要如下：

據《族譜》所載，孔平仲的六世祖，亦即西江第一世始祖孔績，本是孔子第四十世孫，他「字有成，唐文德元年（唐昭宗年號，西元 888 年）調吉州推官。黃巢亂齊、魯、燕、趙之境，不能北歸，時未建臨江府，新淦尚隸吉州，故遂依新淦治下土著孔欽之家居焉。因與欽之認爲兄弟，但推官公爲東位，欽之派爲西位。再娶安成羅氏，封恭人，生子一、女二。推官公卒，葬前岡，駱駝啣寶形；恭人葬安山屋後大山嶺，壬山丙向；二墳俱司馬駝下。今居西江派安山者，皆公之後人也。子二：昌明、昌朋。」由於孔績並未歸葬原籍，孔氏第四十一世從此衍生出北、南二個譜系。《族譜》還有孔績像及像讚，曰：「德容宏粹，義氣充嘉。文明元胄，道德世家。功名追父兄之躅，宦聲表朝廷之華。其鍾東魯之秀，泰山之靈也耶。」後署「門下侍郎儀同中書省平章事桑維翰書」。桑維翰（898～947）〔註 3〕任中書門下平章事是五代後晉高祖石敬瑭即位（936）後、天福四年（939）以前〔註 4〕的事。

孔績長子昌明，「字昭儀。化光三年（按：「化光」當作「光化」，唐昭宗年號，光化三年即是西元 900 年）進士第七名及第。」由於孔昌明是孔績「在北時所生，仍居闕里」，因此隸屬江西孔家的這本《族譜》，並未將他納入世系當中。至於孔績和羅氏夫人所生的次子昌朋則成爲西江第二世，他原字謙遜，因此與北派鵬字同音，還特地更名昌謙，「封朝散郎，爲南派之祖。葬諶

〔註 2〕曾鞏〈司封郎中孔君墓誌銘〉：「君（指三孔父孔延之）臨江軍新淦縣人，孔子之後四十六世孫。」蘇頌爲孔文仲作〈中書舍人孔公墓誌銘〉：「其（指延之子孔文仲）先出魯曲阜苗裔，宣聖之後，襲王公封者，逮今四十八世（含孔文仲子女一輩）……」，由是可知，三孔兄弟乃孔子之後四十七世孫也。

〔註 3〕據張撝之、沈起煒、劉德重主編《中國人名大辭典》（上海：上海古籍出版社，1999），冊下，頁 2059。

〔註 4〕《新五代史・晉臣傳》：「桑維翰，字國僑，河南人也……晉高祖辟爲河陽節度掌書記，其後常以自從。高祖自太原徙天平，不受命，而有異謀，以問將佐，將佐皆恐懼不敢言，獨維翰與劉知遠贊成之，因使維翰爲書求援於契丹。耶律德光已許諾，而趙德鈞亦以重賂啖德光，求助己以簒唐。高祖懼事不果，乃遣維翰往見德光，爲陳利害甚辯，德光意乃決，卒以滅唐而興晉，維翰之力也。高祖即位，以維翰爲翰林學士、禮部侍郎、知樞密院事，遷中書侍郎、同中書門下平章事，兼樞密使。天福四年，出爲相州節度使，歲餘，徙鎮泰寧。」

田；娶吉州楊氏，葬前岡父墳右臂」。有子三人，即：孔瑄、孔瓊、孔玹。這些曲折是曾鞏、蘇頌所未曾提及，故補述於此，方便瞭解三孔祖先南遷江西、定居新淦的過程。

孔昌謙三個兒子當中的孔瑄，「字玉卿。登南唐進士第，累官至淩陽太守。娶胡氏，葬員嶺青山頭」。他育有五子，分別是：孔儒、孔僎、孔儀、孔倩、孔僑。其中孔倩，也就是曾鞏〈司封郎中孔君墓誌銘〉所說孔延之的「曾大父令倩」；至於孔延之的祖父，曾鞏、蘇頌都說是「文質」，而《闕里文獻考》〔註5〕、《族譜》則作「質」。按《族譜》的說法，孔瑄有五子曰：儒、僎、儀、倩、僑，五人皆單名，且從「人」字，令倩之說，未詳何據（君按：據《闕里志》所載明惠帝建文二年（1400年）始賜孔氏八字行輩，後陸續增加成：「希言公彥承，宏聞貞尚衍，興毓傳繼廣，昭憲慶繁祥，令德維垂佑，欽紹念顯揚，建道敦安定，懋修肇懿長，裕文煥景瑞，永錫世緒昌」。但江西支裔南遷後即有意與仍居闕里者做出區隔，明清以後亦未奉行頒布的字取譜名）。又《族譜》所載，孔倩有子三人，分別是質、楷、溫故，其中並無明顯關聯；而曾鞏、蘇頌素來與孔家熟稔，「文質」之說必有所本，因此不敢妄斷，並存其說。

孔質有二子，分別是孔中正與孔中德。孔中正「字友直」，「娶劉氏」，生子延之。孔平仲這一系祖先，自孔倩以後就不曾有過功名仕錄，直到孔延之「出白屋、起江表，登慶歷二年乙第」（蘇頌〈中書舍人孔公墓誌銘〉），加上日後三孔兄弟陸續登第，才躋身文學甲族。於是風水附會之說亦隨之而起，宋曾敏行《獨醒雜志》：

> 三孔之先本田家，翁常步行入巖谷間，少憩，覺和氣燠然，心甚愛之，已而忘歸。近暮，家人尋至其地，問故。翁曰：「我覺此山中氣暖，與他處異。若我死，當葬於此。」踰年而歿，其家從其言，後遂生司封君，再世而生經甫伯仲。其地今在新淦縣之西岡。（卷九）

更由於孔延之「自欽州九遷至尚書司封郎中」（《闕里文獻考》），朝廷先後封贈孔中正「正議大夫」、「右光祿大夫」；劉氏也獲贈「仁壽縣君」。

孔中正早卒，端賴劉氏獨自劬育孔延之長大成人，及其出仕，劉氏年事漸高。因此孔延之仕宦過程，數以母老向朝廷請辭〔註6〕。熙寧七年孔延之逝世時，她

〔註5〕《闕里文獻考》（濟南：山東友誼書社，1989），孔繼汾編。

〔註6〕曾鞏〈司封郎中孔君墓誌銘〉：「遷爲廣南西路轉運判官，辭母老，不許。」又曰：「知越州，移知泉州，以母老辭。」

猶在世，當時已經高齡九十〔註 7〕，亡故後安葬在「金雞嶺丁山」(《族譜》)。

但方志及筆記小說經常出現將孔延之與孔延世混爲一談的錯誤，除了名字相似，二人皆是孔聖之後，也是關鍵因素。如南宋王象之《輿地紀勝》卷九四〈廣南東路・封州・人物〉:「孔延世，嘉祐間守封州，遺愛在民。三子曰：文仲、武仲、平仲，初讀書於黃堂後，人榜曰『桂堂』。」就是一個明顯混淆的實例。其後明凌迪知《萬姓統譜》〔註 8〕也有同樣的錯誤。

王象之（1163～1230），金華人。字肖父，一作儀父。南宋寧宗慶元二年（1196 年）進士，嘗官長寧軍文學，知分寧縣，又知江寧縣。博學多識，著有《輿地紀勝》二百卷，《紀勝》逐州爲卷，圖逐路爲卷，其搜求亦勤矣，至西蜀諸郡尤詳〔註 9〕。以他的學識、經歷而記錄和自己年代相去不過一百五十年的孔延之，竟未能詳究事實而誤記，十分可惜。

君按：孔延世，字茂先，曲阜人，孔宜子，孔子四十五代孫。初以父死事，賜學究出身。至道三年（997 年），還接受宋眞宗親訪的榮寵〔註 10〕，繼而召人闕，授曲阜令，襲封文宣公，賜白金束帛及太廟御書印九經。咸平三年（1000 年）朝廷又詔本道轉運使，本州長史，待以賓禮。三年後，卒於官，得年三十八。《宋史》卷四三一有傳〔註 11〕。不僅時代早於孔延之，輩分也比孔延之高，而且他是孔聖北派闕里譜系的成員，二者相去甚遠。

不過後人之所以有此誤解，究其原因在於將延世、延之視爲「延」字輩，殊不知南遷江西後的孔氏支派，自四十世祖孔績別娶羅氏、生子昌朋以後，便刻意在譜牒上和北派居闕里者做出區隔（已見前述)。以孔延之爲例，其父名「中正」，叔名「中德」，中德有子曰履之、戒之、愼之，皆爲延之堂兄弟，顯見孔延之這一輩，並非以「延」字排行。後人一時失察，才會曲解。爲便於閱讀，茲將孔績留居江西以降，至孔延之父子，其家族傳承概況，依《族譜》所述繪成圖表，如【附表一〕西江泉井孔氏世系表（頁 55)。

〔註 7〕曾鞏《元豐類藁》卷三八〈祭孔長源〉云:「孰云不幸，奄與生隔。有親九十，世爲楚惻。」

〔註 8〕卷六八云:「孔延世，嘉祐間知封州，遺愛在民。三子文仲、武仲、平仲同讀書於郡齋後，人榜曰『桂堂』。」

〔註 9〕見昌彼得、王德毅、程元敏、侯俊德編《宋人傳記資料索引》(台北：鼎文書局，2001)，頁 248。

〔註 10〕《宋史・文苑傳序》曰:「至道三年，宋眞宗親訪孔子嫡孫，以孔子四十五世孫孔延世爲曲阜縣令。」

〔註 11〕見《宋人傳記資料索引》，頁 391。

第二節　父母兄弟

一、父母

孔平仲父孔延之，《宋史》無傳，茲參酌《族譜》、史書、方志及曾鞏〈司封郎中孔君墓誌銘〉（《元豐類藁》卷四二）……之資料，整理如下：

孔延之字長源。宋眞宗大中祥符七年（1014）正月二十七日生〔註 12〕。臨江軍新淦縣人〔註 13〕，孔子四十六世孫〔註 14〕。少孤貧，燃松夜讀，學藝大成，登慶曆二年進士〔註 15〕授，欽州軍事推官〔註 16〕。

慶曆四年（1044），歐希範誘白崖山蠻蒙趕反，孔延之協助廣南西路轉運按察安撫使杜杞前往討伐，代掌書奏，策畫謀議，作〈宋桂州瘞宜賊首級記〉記錄平亂經過〔註 17〕。

〔註 12〕關於孔延之的生年，《全宋詩》（北京：北京大學出版社，1998）卷八三九，冊 7，頁 4897、《全宋文》（上海：上海辭書出版社，2006）卷一〇三三，冊 048，頁 70、姜亮夫編《歷代人物年里碑傳綜表》（台北：文史哲出版社，1985），頁 253，皆云「大中祥符七年（1014）」；《族譜》則說是「祥符五年，甲寅年，丙寅月，甲寅日，甲戌時生」。君按：祥符五年歲次是壬子，七年才是甲寅，「五」字當爲誤書。

〔註 13〕關於孔延之的籍貫與先世。曾鞏〈司封郎中孔君墓誌銘〉：「君，臨江軍新淦縣人。」蘇頌作〈中書舍人孔公墓誌銘〉亦云：「家新淦，新淦今升爲軍，號臨江，其子孫遂爲臨江軍新淦人。」而《宋史》卷三四四孔文仲附武仲、平仲傳卻失察，乃謂「孔文仲，字經父，臨江新喻人」。南宋臨江守王逵又把他所蒐集編纂的「三孔」遺文，命名爲《清江三孔集》。其實孔氏兄弟的籍貫應爲宋時之臨江軍新淦縣；明嘉靖五年析新淦地置峡江縣，即今中國江西省新喻市，因此出現新淦、新喻、清江等分歧的說法。聶言之〈三孔籍貫考辨〉說之甚詳，可參。

〔註 14〕四十六世從曾鞏〈司封郎中孔君墓誌銘〉：「孔子之後四十六世孫。」《族譜》說法相同。

〔註 15〕《江西通志》卷四九〈選舉・慶曆二年壬午楊寘榜〉：「孔延之，新淦人，司封郎中。」《闕里文獻考》（濟南：山東友誼書社，1989），卷九十〈子孫著聞者・孔延之〉云：「宋仁宗慶曆二年鄉舉第一，明年成進士。授欽州軍事推官。」卷二八〈學校〉又云：「自隋大業中始設進士科，於是科目專以進士爲貴矣……仁宗慶曆三年有孔延之。」然而慶曆三年並未舉行科舉考試，殆誤記也，不足採信；宜從「慶曆二年」之說，與蘇頌、黃庶、王安石同年。

〔註 16〕曾鞏〈司封郎中孔君墓誌銘〉：「鄉舉進士第一，遂中其科，授欽州軍事推官。」

〔註 17〕孔延之文集今雖佚失，然《粵西文載》卷四五、嘉慶《廣西通志》卷二一六及《桂林石刻》皆收錄此篇，文末云：「時乙酉（慶曆五年）三月六日，欽州軍事推官、將仕郎、試祕書省校書郎、權節度推官孔延之記。」可參。

仁宗皇祐初，遷監杭州龍山稅〔註 18〕。至和前後，改知洪州新建縣〔註 19〕。嘉祐時再調筠州新昌縣〔註 20〕。還朝，會開封界中治孟陽河，中作而開封尹奏可罷，御史與尹爭議不決，詔延之按視。延之以爲費已巨，成之猶有小利。遂從其言〔註 21〕。

轉廣南西路〔註 22〕，知封州〔註 23〕，相度寬恤民力，所更置五十五事，弛役二千人。使者欲城封州，延之力爭，以爲無益，乃不果城。

治平初，遷爲廣南西路轉運判官〔註 24〕。以母老辭，不許，遂往。延之

〔註 18〕孔延之何時自欽州軍事推官，改監杭州龍山酒稅，史料並未明確記載，孔平仲〈游六和寺〉提到他童年嘗隨孔延之宦遊杭州到過此地，看過六和寺的金魚，熙寧四年（1071）他舊地重遊，沒想到「今踰二十年，僧死草木荒。此魚尚無恙，纖質不改常」據此往前推二十年，則孔延之監杭州龍山酒稅，當是皇祐元年（1049）到三年間事。

〔註 19〕孔延之知洪州新建縣一事，《新建縣志》但云：「仁宗時知新建時。」未註明年月。《隆慶臨江府志》卷一二則提出延之「宰新建，與周茂叔爲僚友」的説法。張伯行《宋周濂溪先生惇頤年譜》謂「先生時年三十八」，用薦者言改大理寺丞，知洪州南昌縣」。周惇頤生於宋眞宗天禧元年（1017），以此推之孔延之知洪州新建當在仁宗至和元年（1055）前後。

〔註 20〕孔延之知筠州新昌的時間亦不可考，但《峽江縣志》卷八〈官業・孔延之〉稱「初在建昌秋試，得曾子固。」曾鞏在嘉祐二年登進士第，則所謂「建昌秋試」，當是嘉祐元年（1056）事，在此之前，孔延之已經從洪州新建調至筠州。

〔註 21〕曾鞏〈司封郎中孔君墓誌銘〉：「還朝，會開封界中治孟陽河，中作而開封奏可罷，御史與開封爭不決，詔君按視，君言費已巨，成之猶有小利。遂從君言。」

〔註 22〕封州屬廣南東路，《宋史・地理六》：「廣南東路：府一：肇慶；州十四：廣、韶、循、潮、連、梅、南雄、英、賀、封、新、康、南恩、惠。」此云「即用爲廣南西路」者，蓋依曾鞏〈司封郎中孔君墓誌銘〉：「即用爲廣南西路，相度寬恤民力，所更置五十五事，弛役二千人，使者欲城封州，君爭以謂無益，乃不果城」云云。

〔註 23〕《宋史・地理一》：「開寶四年，平廣南，得封州。」《元豐九域志》卷九：「治封川縣。」李之亮《宋兩廣大郡守臣易替考・封州》下引《肇慶府志》：「孔延之，新淦（君按：當作「淦」）人。皇祐任。」又引《宋史翼》卷一本傳：「授欽州軍事推官。後知封州。」以爲孔延之在皇祐四年、五年繼曹覲後知封州。見頁 191。

〔註 24〕孔延之遷爲廣南西路轉運判官的時間，曾鞏〈司封郎中孔君墓誌銘〉並未註明。李之亮《宋代路分長官通考・廣南西路轉運判官》引《桂林石刻》第五一頁《余藻孔延之等四人龍隱岩題記》，以爲孔延之治平元年、二年任此職。頁 1137。考清嘉慶五年刊，謝啓昆監修《廣西通志》（台北：文海出版社，1966）所錄孔延之在廣南西路轉運判官所留下的題記，實不止於此一篇，尚有治平元年仲冬十八日之〈隱山題名〉、治平元年臘後一日之〈雉山題名〉、治平二年立夏後二日之〈伏波山題名〉，皆足以佐證。

在廣西，有惠政，計歲糴，高其估以募商販，不賦糴於民。昔儂智高平，推恩南方，補虛名之官者八百人，多中戶以上，皆弛役，役歸下窮，延之使復其故。欽、廣、雷三州蜑戶，以采珠爲富人所役屬，延之奪使自爲業者六百家，皆定著令。交阯使來桂州，陰齎貨爲市，須負重三千人，延之止不與，使由此不數至。雷州并海守方倪爲不善，官屬共告之。倪奪其書，並收官屬及其孥繫獄，晝夜榜笞，軍事推官呂潛以是瘐死。延之馳至，取倪屬吏治罪，百姓歡叫感泣〔註 25〕。

治平四年，改荊湖北路提點刑獄〔註 26〕，即本路爲轉運使，罷鼎州六寨，歲戍土丁千餘人。提點刑獄言溪洞南江宜麻稻，有黃金丹砂之產，遣人諭禍福，以兵勢隨之，可坐而取也。孔延之力奏乃止。神宗熙寧三年（1070）朝廷原本屬意孔延之出任湖北轉運使，神宗認爲他「精力緩慢，恐非監司之宜」，遂權開封府推官〔註 27〕。

熙寧四年（1071）以度支郎中知越州，後遷尚書司封郎中〔註 28〕。延之

〔註 25〕不賦糴于民及取方倪屬吏治罪二事，皆見於曾鞏〈司封郎中孔君墓誌銘〉。

〔註 26〕李之亮認爲孔延之改荊湖北路提點刑獄的時間在熙寧元年，是繼賈宣之後任此職。見《宋代路分長官通考・提點荊湖北路刑獄公事》，冊下，頁 1678。事實恐非如此。孔延之爲友人周惇頤撰〈邵州新遷州學記〉題後署名已稱：「權荊湖北路轉運使、朝奉郎、尚書度支郎中孔延之撰」；時間是「治平五年正月初三」。雖然治平實無所謂「五年」，因爲熙寧元年正月甲戌朔，神宗就已下詔改元了，但據此依舊可知熙寧元年正月以前孔延之已經改任荊湖北路轉運使。而改荊湖北路提點刑獄的時間又在此之前，推測當在治平四年。

〔註 27〕《長編》卷二一五：「（熙寧三年，九月）湖南轉運使張顒知鄂州，權發遣戶部判官范子奇權湖南轉運副使，湖北轉運副使（君按：「副使」誤也，揆之上下文，應是「湖北路轉運使」）孔延之權開封府推官，權發遣開封府推官孫珪爲湖北轉運使。上批：『聞顒母老，罕出巡，性亦好靜。延之精力緩慢，恐非監司之宜。』故以珪、子奇易之。」

〔註 28〕宋人施宿《嘉泰會稽志》（台北：成文出版社有限公司，1983），以爲孔延之是以度支郎官身份知越州。羅以智編《趙清獻公年譜》（北京：北京圖書館出版社，1999）也說：「（熙寧四年）三月，與越守孔度支延之餞另於金山，夏到青州任。」趙抃《清獻集》卷四有〈酬越守孔延之度支〉詩。但四庫館臣卻有不同的看法：「臣等謹案《會稽掇英總集》二十卷，宋孔延之撰。原本自序首題其官爲尚書司封郎中、知越州軍州事、浙東兵馬鈐轄，末署熙寧壬子五月一日越州清思堂。案：施宿《嘉泰會稽志》：『延之於熙寧四年以度支郎官知越州，五年十一月召赴闕。』壬子正當熙寧五年，其歲月與《會稽志》相合。惟《志》稱延之爲度支郎官，而此作司封郎中；集中有沈立等〈和蓬萊閣詩〉，亦作孔司封《集》爲延之手訂，於官位不應有誤，未知施宿何所據也？」（《四庫全書・會稽掇英總集提要》）黃師啓方以爲施宿所言亦未必有誤。

鑒於越州即古之會稽郡，自東晉而下，衣冠文物、紀錄賦咏之盛，宜以萬計；而時移代變，風磨雨剝，傳世者幾稀。於是申命吏卒，偏走巖穴，又詢之好事，彙集自太史所載至熙寧以來，所謂銘志歌詠，凡八百五篇，編成《會稽掇英總集》二十卷。

五年十一月以「沮壞鹽法」罷任越州〔註29〕，移知泉州，延之復以母老辭，改知宣州。未至，兩浙提舉鹽事盧秉奏越州鹽法不行〔註30〕，故課負，坐罷宣州。而課法以滿歲爲率，歲終，越之鹽課應法。乃以延之權管勾三司都理欠憑由司，出知潤州。未行，暴得疾，熙寧七年（1074）二月十五日卒於京師，年六十一〔註31〕。熙寧八年九月葬於德化縣仁貴鄉龍泉原〔註32〕。

延之氣仁色溫，寡言笑，不苟隨。見義慷慨，不顧避上官，不以齟齬易意。爲人居官，持以忠厚，不矜飾名智，世稱其「篤行君子」。平生與周惇頤、曾鞏友善。家食不足，而俸錢常以聚書，善爲文，纂有《會稽掇英總集》二十卷〔註33〕，另有文集二十卷，已佚〔註34〕。孔延之之生平事蹟可參拙著〈孔延之生平考述〉〔註35〕。

孔延之先以户部度支郎中知越州；既到任，遷爲吏部司封郎中。吏部郎中較户部爲高，故延之手訂《會稽掇英總集》時，才會自署「尚書司封郎中」。沈立（1007～1078），字立之，曆陽人。舉進士，簽書益州判官，提舉商胡埽。施宿等撰《會稽志》卷二：「沈立熙寧三年四月以右諫議大夫知，四年正月移杭州。」《會稽掇英摠集》卷十八附鄭戩所作〈宋太守題名記〉亦稱「右諫議大夫沈立，熙寧三年四月二十七日到，四年正月四日就移知杭州。」蓋孔延之前一任越州郡守也。

〔註29〕《長編》卷二四〇：「（熙寧五年十一月）丁巳，權發遣提點開封府界諸縣鎮、屯田員外郎吳審禮兼提舉淤田。司封郎中、知越州孔延之，庫部員外郎、通判裴士傑並衝替。以兩浙提舉鹽事司言延之等沮壞鹽法，虧歲額也。」

〔註30〕越州奏鹽法之人，曾鞏〈司封郎中孔君墓誌銘〉但云：「言者奏越州鹽法不行，故課負，坐罷宣州。」未明說越州奏鹽法之人爲誰；《長編》卷二一五林希《野史》提出奏劾延之者，實爲盧秉。按：《宋史・食貨志下四》：「（熙寧）五年，以盧秉權發遣兩浙提點刑獄，仍專提舉鹽事。」以時間看當是盧秉無誤。

〔註31〕〈司封郎中孔君墓誌銘〉：「熙寧七年二月癸未也，年六十有一。」

〔註32〕〈司封郎中孔君墓誌銘〉：「初，君樂江州之佳山水，買宅將居之，故其子以八年九月乙酉葬君於江州之德化縣仁貴鄉龍泉原，以楊氏祔君。」《族譜》：「熙寧七年二月卒，卜葬九江府德化縣仁貴鄉龍泉源。」

〔註33〕《宋史》卷二〇九〈藝文八〉：「孔延之《會稽掇英總集》二十卷。」馬端臨《文獻通考》卷二四九、陳振孫《直齋書錄解題》卷十五同。

〔註34〕《族譜》稱「有《燃松雜著》三十卷行世。」

〔註35〕刊登在《世新中文研究集刊》第九期，2013 年 7 月，頁 183～216。

據《族譜》所載孔平仲母乃「楊氏，贈仁和縣君」，熙寧七年孔延之逝世後，未幾亦卒，與孔延之「合葬德化縣龍泉源」。神宗元豐七年（1084）因爲朝廷推恩，獲贈德化縣太君〔註36〕。

二、兄弟及行第

（一）行第考

《族譜》謂孔延之「字長源，行二」，但對於孔中正的長子、孔延之的兄長卻是連名字都不曾提起。不過從小孤貧上進的孔延之本身卻是子嗣繁茂，曾鞏〈司封郎中孔君墓誌銘〉云：「有子七人：文仲，台州軍事推官。武仲、江州軍事推官。平仲，衢州軍事判官。和仲，進士。羲仲，太廟齋郎。餘早卒。女三人：嫁襲慶軍節度推官曾準，吉州吉水縣主簿應昭式，進士蔡公彥……」由此可知孔延之至少育有十名子女，非但數量多，而且除了早夭的兒子，存者皆有功名；就連女婿也不例外。只是過去很少人注意到孔延之七個兒子的排行問題，李春梅〈編年〉云：

> 按《新餘高等專科學校學報》一九九八年第一期載有黃健保《關於「三孔」》一文〔註37〕，其中云「三孔兄弟共七人，文仲行大，武仲行二，平仲行三，其下尚有四弟：康仲、和仲、義仲、南仲」，此說源于《臨江西江孔氏族譜》，族譜云：「（延之）子七：文仲、武仲、平仲、康仲、和仲、義仲、南仲。」而據《闕里文獻考》卷九〇載，文仲行二，武仲、平仲分別行三、四，康仲爲伯仲。且元符元年（一〇九八）的武仲卒，平仲有《祭三兄侍郎文》，即是明證（文載《永樂大典》卷一四〇五一）〔註38〕。

這段話顯然對「文仲行大」有所質疑，認爲事實當是「康仲爲伯仲」、「文仲行二」，武仲、平仲則分居三、四。

〔註36〕孔武仲〈焚黃疏〉：「元豐七年六月二十九日，宣德郎、新差知潭州湘潭縣事孔武仲，謹告於先考中散、先妣太君楊氏之墳。吾家不幸，怙恃相繼喪亡。其後諸孤，散仕四方，靡有定處。又十一年，而後文仲、平仲並官於朝，賴天子仁聖，以孝治天下，許以子恩推及父母。粵今四月，得告贈先考中散大夫，先妣德化縣太君……」

〔註37〕〈關于「三孔」〉一文，刊登在（新餘高專學報）1998年第3卷，第1期，頁10～13。

〔註38〕見《宋人年譜叢刊》，第五冊，頁2864。

其論文又云：

曾幾《茶山集》卷五有〈陸務觀效孔方四舅氏體倒用二舅氏題雲門草堂韻某亦依韻〉一詩，云：「陸子家風有自來，胸中所患卻多才。學如大令倉盛筆，文似若耶溪轉雷。襟抱極知非世俗，簿書那解作氛埃。集賢舊體君拈出，詩卷從今盥水開。」二舅、四舅分指文仲與平仲，而「集賢舊體君拈出」即指平仲之詩，平仲曾任集賢校理一職……〔註 39〕

以文仲、平仲爲曾幾的二舅及四舅，則李春梅對二人在家中行第的看法，也明顯和一般人熟知的大哥及三弟不同。

但《族譜》的體例，是「謹遵舊牒，倣蘇公體式，上列祖諱，下註行實與生歿配葬諸事」〔註 40〕編撰，也就是在每個人物名字上頭註明他是何人之子，有的還指出排行；於人物敘述之後，註明夫人姓氏、封贈，及子嗣的名字。（詳頁 57、58【書影】西江泉井安山孔氏族譜（一）（二））雖然有時難免也會誤書，但大抵可信。以孔文仲爲例，名字上方即有「延之長子」四字，生平之後加註「夫人蕭氏，封清江縣君。子一：元方。」至於黃健保〈關於「三孔」〉中提到三孔以外的其他四子，《族譜》的敘述完整抄錄如下：

延之四子康仲（無事蹟）

延之五子和仲：五舉進士

延之六子義仲：蔭補太廟齋郎

延之七子南仲：蔭補太廟齋郎

對照曾鞏〈司封郎中孔君墓誌銘〉的說法，和仲、義仲大致相符，康仲或因早卒，故無事蹟可考，敘述不一的就只有南仲了。

而《闕里文獻考》卷九○〈子孫著聞者・孔延之〉所記全文如下：

子七：康仲、文仲、武仲、平仲、和仲、義仲、南仲，皆自教以學，子多而賢，當時以爲盛。文仲、武仲、平仲自有傳，和仲五舉進士，義仲、南仲並以蔭補太廟齋郎。

編纂者也沒有對康仲作任何介紹，其餘三人皆和《族譜》相同，不排除是襲用《族譜》而來。只是《闕里文獻考》將康仲列於文仲之前，此舉是否就意味著「文仲行二，武仲、平仲分別行三、四」，恐怕還有待商榷。

〔註 39〕見《臨江三孔研究》，頁 45～46。
〔註 40〕見《族譜》卷一〈重修族譜條議〉。

爲證實孔文仲行二，李春梅爲此還舉出二個所謂的「明證」，先來看〈祭三兄侍郎文〉，這篇文章除了收錄在《永樂大典》卷一四〇五一，也見於宋集珍本《清江三孔集》卷三七，而且《永樂大典》所收尚有闕文，不及宋集珍本《清江三孔集》完整。尤其要注意的是這篇文章也是孔平仲現存詩文中唯一一次稱呼武仲爲「三兄」的特殊例證，其餘作品中他都以「經父」或「伯氏」替代文仲，以「常父」稱呼武仲。再細看〈祭三兄侍郎文〉的內容：

> 元符元年十二月二十七日，弟具位某謹以清酌庶羞之奠，致奠於亡兄侍郎之靈：嗚呼！昔我先君，有子七人，平仲與兄，歲晚獨存。相期築室廬山之下，休官皓首，虔詠于野。兄在元祐，平進多仇，云何例斥，遂死於憂。謫居池陽，寓舍猶逐。醫陋藥偏，心催氣蹙。今夏相見，扶持小安。中途承訃，或冀謬傳。扁舟南還，門巷非昔。孤訴孀號，舉目悽惻。昔我往矣，送我以言；今我來斯，叩棺莫聞。大川有窮，此恨無盡。敬奠一觴，肝膈糜殞。嗚呼哀哉，尚享！

祭文當中明白寫著「致奠於亡兄侍郎之靈」，因此標題中的「三兄」極有可能原本是「亡兄」二字，因爲形近且原稿字跡模糊而產生傳抄上的錯誤，並非孔平仲本意如此。

再說古代兄弟間互稱字號以示尊敬之意，互稱行第以表手足之親，這點在講求倫常的孔門，更是奉行不悖。可惜《清江三孔集》雖收錄孔文仲作品二卷，但其現存詩文沒有涉及兄弟親情之作，故無從窺知他是如何稱呼諸位弟弟。孔武仲存世作品較多，但他不以「伯氏」稱呼文仲，只稱「經父」。對於孔平仲則一向習慣以「毅父」或「毅甫」來稱呼，如：〈賦碼磁笛弟毅父所藏也〉、〈答毅父〉等。不過也有例外，如〈銅陵縣端午日寄兄弟〉詩就分成〈寄經父〉和〈寄季毅〉二首，而這也是孔武仲現存作品中唯一一次以「季毅」來稱呼平仲。只是「季」字的解釋亦不局限於兄弟間的排行而已，有時也拿來泛稱諸弟，李白〈春夜宴桃子園序〉云「群季俊秀，皆爲惠連」(《李太白文集》卷二六)，就是一個例子。所以不能單憑〈寄季毅〉三字就斷言孔平仲爲孔家老四(季)。何況武仲詩題中還曾經多次出現「四弟」這樣的字眼，如(至白湖驛寄四弟)，揆其詩意，均非針對平仲而寫。尤其是《清江三孔集》卷七〈至新息寄四弟〉，下一首即是〈送毅父弟知衡州〉，卷九〈和四弟夏雨〉之後便是〈之官宣城贈毅父次其韻〉、〈除宣城守贈元忠毅父次其韻〉設若四弟即是平仲，又何必如此區分？

至於李春梅的第二條「明燈」曾幾詩，一樣無法澄清孔家兄弟的行第。因爲今日陸游集中雖有〈留題雲門草堂〉詩〔註 41〕，但韻腳和曾幾所作並不相符，也未註明是仿傚何人而寫，顯然不是曾幾所見且依韻的那一首。另一方面，今日所見《清江三孔集》三孔兄弟都未留下和雲門有關的作品，即使「集賢舊體君拈出」指的就是曾任集賢校裡一職的孔平仲，亦無法斷定曾幾所說的二舅氏即指孔文仲。這一點可以從曾幾的其他作品得到證實。〈遺直堂〉詩前有序云：「三孔，某之舅氏也。伯舅舍人熙寧間實爲台州從事，手植檜于官舍之堂下，逮今八十有餘年矣。某假守是州，因以『遺直』名其堂，作詩六章，用叔向古之遺直爲韻，以告來者，庶幾勿翦焉。」詩中又云「三孔吾渭陽，猶及見叔仲。」（《茶山集》卷七）。這裡曾幾所說的「伯舅舍人」，就是稱呼早年任台州軍事推官的孔文仲；另外他還視孔武仲、孔平仲爲「叔、仲」。可見在這位深以外家爲榮的外甥眼中（詳下文），並沒有所謂「文仲行二，武仲、平仲分別行三、四」之事。李春梅所謂「康仲爲伯仲」，「文仲行二」，武仲、平仲則分居三、四，不可信。

（二）孔文仲

孔文仲，《宋史》卷三四四有傳；身後又有蘇頌爲作〈中書舍人孔公墓誌銘〉，是孔氏兄弟中生平事蹟比較完整的一位。但其生年、年壽說法不一，仕宦歷程亦失之簡略，茲參考《族譜》及其他文獻說法，釐訂如下：

孔文仲，字經父。仁宗寶元元年（1038）七月二十八日生〔註 42〕。年六七歲已能詩〔註 43〕，少刻苦問學，經、史、傳、注、百氏、子、集，外至於

〔註 41〕陸游《劍南詩稾》卷一〈留題雲門草堂〉：「小住初爲旬月期，二年留滯未應非。尋碑野寺雲生屨，送客溪橋雪滿衣。親滌硯池餘墨漬，卧看爐面散煙霏。他年遊宦應無此，早羅漁蓑未老歸。」

〔註 42〕孔文仲之生卒年及年壽，說法紛歧，梁廷燦編《歷代名人生卒年表》（台灣：商務印書館，1970），頁 35：「1038～1088」；《歷代人物年里碑傳綜表》，頁 190，看法相同；《宋人傳記資料索引》，頁 388：「1037～1087」；陳榮華、陳柏泉、何友良編《江西歷代人物辭典》（南昌：江西人民出版社，1990）又說是「1038～1088」。除《宋人傳記資料索引》，其他二種說法，俱由卒年逆推而論；從《宋史》「年五十一」者，即採「1038～1088」；若依蘇頌《蘇魏公文集》卷〈中書舍人孔公墓誌銘〉「享年五十有六」者，則當爲「1033～1088」。惟《族譜》云：「宋仁宗寶元元年（1038）戊寅歲，庚申月，癸亥日，戊午時生。故從《族譜》。

〔註 43〕《獨醒雜志》卷四：「孔經甫年六七歲能作詩。其父司封君嘗對客，召經甫侍立，客命經甫爲蓮實詩，經甫立成。記其一聯云：『一莖青竹初出水，數箇黃蜂占作窠。』語雖未工，而比類親切，客大奇之，經甫自此知名。」

天文、律曆、筭數之書，無不識於心而誦於口。舉仁宗嘉祐六年（1061）王俊民榜進士〔註44〕。南省考官呂夏卿，稱其詞賦贍麗，策論深博，文勢似荀卿、揚雄，白主司，擢第一〔註45〕。調餘杭尉〔註46〕。轉運使在杭，召與議事，事已，馳歸，不詣府。人問之，曰：「吾於府無事也。」再調南康軍司理參軍，以其父使湖北，請解官侍養〔註47〕；滿歲，用薦舉升台州軍事推官〔註48〕。

神宗熙寧三年（1070），翰林學士范鎮以制舉薦，對策九千餘言，力論王安石所建理財、訓兵之法爲非是。宋敏求第爲異等〔註49〕。安石怒，啓神宗，御批罷歸故官〔註50〕。齊恢、孫固封還御批，韓維、陳薦、孫永皆力言文仲

〔註44〕孔文仲何時登進士第，《宋史·本傳》無載。蘇頌《蘇魏公文集》五九卷〈中書舍人孔公墓誌銘〉：「嘉祐六年，隨鄉貢至禮部，奏名爲天下第一，廷試擢進士丙科。」《族譜》：「嘉祐元年鄉舉，三年再舉，六年省試中丙科，登王俊民榜進士。」

〔註45〕〈中書舍人孔公墓誌銘〉：「故紫微呂夏卿爲南省點檢官，得公卷曰：『詞賦贍麗，策論深博，其文似荀卿、子雲。』主司以爲知言。」《宋史·神宗四》未著當年考官爲何人，故不詳主司姓名。

〔註46〕《族譜》：「一命秘書省校書郎、杭州蘇杭尉。」與《宋史·本傳》「調餘杭尉」；蘇頌：「一命試秘書省校書郎、杭州餘杭尉」，有出入。應作「餘杭」。

〔註47〕調南康軍司理參軍事，《宋史·本傳》未載，但云：「再台州推官」耳，此據〈中書舍人孔公墓誌銘〉。《族譜》則謂：「再命南康軍司戶」。但墓誌及《族譜》都未載明年月，李春梅〈編年〉繫之治平元年（頁2868），依前述〈平仲之父母〉所考，孔延之由廣南西路轉運判官改荊湖北路提點刑獄的時間，大約是在治平二年立夏後，治平四年年底前，而非治平元年改調。李氏說法不可信。

〔註48〕宋陳耆卿撰《赤城志》卷四十〈辨誤門〉：「曾守幾作〈遺直堂〉詩，力辯孔文仲爲州推官，非爲司戶。文仲，曾舅也。故公序其事云：或云，孔公應制乃台州司戶參軍，非推官也。幾謂公爲舅，知公所歷無疑。試問其說，則曰，《實錄》、《會要》云爾。幾曰，是固書之少誤。州有公所譔修城記，曰從事；有天台詩集、有浮碧軒榜、有官文書，皆曰推官，可覆視也。或曰安知不嘗爲司戶乎？曰，公之墓誌，丞相蘇公之文也，一命試秘書省校書郎、杭州餘杭尉；再調南康軍司理；昇台州軍事推官；對制策趣還本任，未嘗爲司戶也。」

〔註49〕〈中書舍人孔公墓誌銘〉：「熙寧初，予方謫官，居京師，杜門不接外事。一日，龍圖宋公次道，惠然見訪，曰：『被命初考制科，得孔君策九千餘言，當世利病盡于此矣。雖仲舒之博、劉蕡之直，無以過也。然時議以爲書等過優，國朝故事，無有此比，考官行得罪矣。』予駭曰：『方朝廷求賢如飢渴，有人如此而不見錄，豈其論太高而難合耶？抑言太激而取怨耶？然聖明在上，斯人豈終抑不用者乎？』它日，聞吳丞相欲置之臺閣，才得學官而人已忌之，連蹇十餘年……」

〔註50〕孔文仲舉賢良方正事，《宋史·本傳》亦未載明年月。此據墓誌及《族譜》補。元陳桱撰《通鑑續編》卷八亦云：「（熙寧三年九月）策賢良方正之士，罷台州推官孔文仲，還故職。」

不當黜，五上章，不聽。范鎮又言：「文仲草茅疏遠，不識忌諱。且以直言求之，而又罪之，恐爲聖明之累。」亦不聽。蘇頌歎曰：「方朝廷求賢如饑渴，有如此人而不見錄，豈其論太高而難合邪，言太激而取怨邪？」

熙寧七年二月丁父憂，服滿，熙寧十年陳襄居經筵，以孔文仲「性行醇粹，如不能言；發爲文章，溫厚正直。稍加長育，必爲瓌碩之器」薦之朝廷〔註 51〕，然「帝不能盡用」〔註 52〕。吳充爲相，欲置之館閣，又有忌之者，僅得國子監直講〔註 53〕。學者方用王氏經義進取，文仲不習其書，換爲三班主簿，武選日受牒訴不下數百，求官者至有相詬競於庭。主判悉以諉之，文仲爲剖析曲直，得與不得，一語而決，人人莫不釋然。改著作佐郎〔註 54〕。

元豐三年，出通判保德軍〔註 55〕。軍城依山，居人常苦井飲不足，時有泉出城東山腹，挈瓶者又艱於出郭。文仲奏展城，圍其泉郭內城，人以爲非止便於用汲，亦可以爲守禦之備也〔註 56〕。時征西夏，眾數十萬皆道境上，久不解，邊人厭苦。文仲又陳三不便，曰：「大兵未出，而丁夫預集；河東顧

〔註 51〕《古靈集》卷一〈熙寧經筵論薦司馬光等三十三人章稿〉：「前台州司户參軍召試館閣孔文仲：性行醇粹，如不能言；發爲文章溫厚正直。稍加長育，必爲瓌碩之器。」又卷二五〈古靈先生年譜〉：「熙寧十年丁巳公年六十一：提舉司天監，冬郊祀大禮，爲禮儀使。有〈依赦文舉陳烈狀〉、〈經筵薦溫國司馬公而下三十三士章藁〉一卷。」

〔註 52〕《宋史》卷三百二一〈陳襄傳〉：「在經筵時，神宗顧之甚厚，嘗訪人材之可用者。襄以司馬光、韓維、呂公著、蘇頌、范純仁、蘇軾至於鄭俠三十三人對，謂光、維、公著皆股肱心膂之臣，不當久外；謂俠愚直敢言，發于忠義，投竄瘴癘，朝不謀夕，願使得生還。帝不能盡用。」

〔註 53〕《宋史》卷三百一二〈吳充傳〉：「吳充爲相，欲置之館閣，又有忌之者，僅得國子直講。」墓誌：「它日，聞吳丞相欲置之臺閣，才得學官而人已忌之，連蹇十餘年。」《族譜》未提及此事。

〔註 54〕孔文仲受牒決訴以及改著作郎事，《宋史・本傳》、《族譜》均未提起，此據墓誌補。

〔註 55〕孔文仲通判保德軍一事，《族譜》：「熙寧七年二月丁父憂，服滿，除充國子監直講、換三班院主簿，遷著作郎、通判寶（君按：當是「保」字之誤）德軍，宣德郎、遷奏議郎、大（君按：當是「火」字之誤）山軍通判……」，不載年月。蘇頌〈中書舍人孔公墓誌銘〉：「元豐四年，王師問罪夏臺，兵夫數十萬皆出保德境上。軍須百用，通判專任其責，雖趣辨應猝，措置無乏；然兵乆不解，邊人厭苦。公上疏論其不便有三……」然而孔平仲〈寄常父〉（「秋霏久不霽」）詩中已提到「伯氏副邊城，苦寒天早霜」，該詩作於元豐三年秋（說詳年譜），由此看來，早在元豐三年秋天以前，孔文仲就已通判保德軍。

〔註 56〕孔文仲奏展城圍其泉郭內城事，《宋史・本傳》、《族譜》均未提起，亦據墓誌補。

夫，勞民而損費；諸路出兵，首尾不相應。虞、夏、商、周之盛，未嘗無外侮，然懷柔制禦之要，不在彼而在此也。」官制行，由宣德郎遷奉議郎，還朝，法當得便官。屬火山軍闕通判，格用進士。有不悅公者，因以命之〔註57〕。二壘相距才數舍，俱號窮僻。公適自彼至，未旬月，復被遣，亦不辭而往。至則修舉廢墜，督責吏胥，案邊瑣輯，民務武守，賴以成績〔註58〕。八年，覃恩轉承議郎〔註59〕、校書郎〔註60〕。

哲宗元祐元年，召爲秘書省校書郎，進禮部員外郎〔註61〕。値神宗廟配享功臣，眾意多在王荊公。文仲曰：「精忠貫天地，功利及社稷，贈太師鄭國公富弼乃其人也。」眾不能奪，卒用鄭公配享。有言：「皇族唯楊、荊二王得稱皇叔，餘宜各系其祖，若唐人稱諸王孫之比。」文仲曰：「上新即位，宜廣敦睦之義，不應疏間骨肉。」議遂寢。遷起居舍人〔註62〕。

二年，自朝奉郎起居舍人拜左諫議大夫〔註63〕。文仲素懷致君及物之志，既在言責，益思自效。每朝廷政令之出，無不深求其得失之迹，以告於上。前後陳數十事，或用或不用，義之所在，亦不爲時之譽誹而回。日食七月朔，上疏條五事，曰邪說見正道，小人乘君子，遠服侮中國，斜封奪公論，人臣輕國命，宜察此以消厭兆祥。論青苗、免役、保甲、保馬、茶鹽法之流弊。

〔註57〕孔文仲通判火山軍一事，亦未見載於《宋史・本傳》；此據墓誌補。《族譜》雖有「通判寶（保）德軍，宣德郎，遷奏議郎，大（火）山軍通判，元豐二年在任」云云，年月恐不可信。又《江西通志》卷九〈職官表宋〉云：「孔文仲，江浙等路提點坑冶。神宗朝任。」說法同樣不可信（說詳附錄〈年譜〉元豐三年記事）。

〔註58〕孔文仲在火山軍時日頗長，依前引孔武仲〈焚黃疏〉云：「粵今四月，得告贈先考中散大夫，先妣德化縣君。已附遞往火山軍文仲收掌供養……」疏文作於元豐七年六月二十九日，直到可見元豐七年六月底以前，孔文仲都擔任此職。

〔註59〕《族譜》云：「（元豐）八年覃恩轉承議郎，召爲秘書監校。」

〔註60〕《長編》卷三六〇：「（元豐八年冬十月己卯）承議郎孔文仲爲校書郎。」

〔註61〕《長編》卷三六八：「（元祐元年閏二月丙申）校書郎孔文仲爲禮部員外郎。」

〔註62〕《長編》卷三九一：「（元祐元年十一月丙子）文彥博言：『祖洽熙寧進士首選，今十七年，黐謂淹滯。長卿嘗譔答高麗國書本，先帝稱之，與孔文仲皆曾爲校書郎，偶於未復館職以前就遷省郎，不該新制。乞並加近上職名。』緣此三人亦無人援例，於是文仲遷右史，而祖洽、長卿有是命。（舊錄但書祖洽、長卿除校理，不帶見所居官，亦無緣由。今以文彥博奏增入。）」

〔註63〕《長編》卷四〇一：「（元祐二年五月）戊辰，朝奉郎起居舍人孔文仲爲左諫議大夫。」《宋史・本傳》、墓誌亦皆繫於此，獨《族譜》受所收〈除起居舍人誥〉之日期影響，繫於元年（二月十一日）。

未幾，遷中書舍人〔註 64〕。偶寒疾，未拜命，猶謂所言未盡，惓惓不已。一夕草奏三千餘言，論前代英哲之君容受直諫，其始勤終怠，或致危亂。冀哲宗能聽納讜言，則天下幸甚。

三年，同知貢舉〔註 65〕。嘗謂士之挾藝以干進，升黜當否，繫有司之勤惰。於是晝則據案以稽參程衡，夜則篝燈以點定朱墨。前日之病猶未間，而治事不廢。同僚覺其勦瘵，因語以法有疾許先出，不爾且就枕，毋宜自苦如此。文仲曰：「居其官則任其責，豈敢以疾自便。」於是疾益甚，及事畢，奏牓歸第，於三月二十一日卒〔註 66〕，年五十一〔註 67〕。士大夫哭之皆失聲。蘇軾拊其柩曰：「世方嘉軟熟而惡崢嶸，求勁直如吾經父者，今無有矣！」詔厚恤其家，命孔平仲爲江東轉運判官，護喪返鄉安葬〔註 68〕。詔聖時，追貶梅州別駕〔註 69〕。元符末，復其官。有文集五十卷〔註 70〕。

〔註 64〕孔文仲遷中書舍人事，不見載於《宋史・本傳》；此據墓誌補。《族譜》亦云「元佑（祐）二年，遷中書舍人。」

〔註 65〕《長編》卷四〇八：「（元祐三年正月）乙丑，命翰林學士蘇軾權知禮部貢舉，吏部侍郎孫覺、中書舍人孔文仲同知貢舉。天下進士凡四千七百三十二人，並即太學試焉。」

〔註 66〕宋滕珙《經濟文衡》後集卷十四〈答程允夫〉：「程子之貶，蘇公嗾孔文仲齕而去之也。使其道果同則雖異世亦且神交意合，豈至若是之戾耶？文仲爲蘇公所嗾，初不自知，晚乃大覺，憤悶嘔血以至於死。見於呂正獻公之遺書尚可考也。」與《宋史・本傳》不同。《長編》卷四〇九：「（元祐三年三月）戊辰，朝奉郎、中書舍人孔文仲卒。」注曰：「又云：『其後宰相呂公著謂爲蘇軾所誘脅，論事皆用軾意，則文仲之爲人可知矣。』臣等辨曰：『呂公著之言，恐未必有此。且文仲所論青苗、免役、保甲、保馬、茶鹽之法，當時廷臣論者非一，一時公議如出一口，豈皆爲蘇軾所誘脅而盡用軾意乎？非呂公著之言明矣。以上二十九字今刪去。』」滕珙之說不可信，故不採。

〔註 67〕孔文仲年壽說法不一，《宋史・本傳》謂「年五十一」；墓誌云「享年五十有六」；宋王稱撰《東都事略》卷九十四則曰「年五十」。依《族譜》所著生年，當從《宋史・本傳》年五十一之說。

〔註 68〕〈中書舍人孔公墓誌銘〉但云：「及公之喪歸，集賢君（謂孔平仲）挈其孤相地之宜卜某山某穴，又吉于是。」《族譜》：「葬江州德化縣開元庄孟家嘴，去司封墓十里。」《江西通志》卷一一〇〈邱墓〉引《明一統志》：「中書舍人孔文仲墓在南康星子縣。」未知何據。

〔註 69〕《宋史全文》卷十三下：「（紹聖四年閏二月）壬辰，共隱分司南京，睦州居住。王覿改送袁州居住。孔文仲追貶梅州別駕……」

〔註 70〕馬端臨《文獻通考六》卷二百三十〈經籍考六十三〉：「《清江三孔集》四十卷……傳今其存者文仲才二卷。」趙希弁《郡齋讀書志》、陳振孫《直齋書錄解題》並同。

文仲爲人恬介自守，持重寡言笑，尤不事請謁。與人交不爲苟合，久乃見其情至。性喜飲酒，飲益多而色益莊。平居未嘗問家之有無，死之日家無餘貯，惟有書五千卷而已。

夫人蕭氏，同郡處士淇之女，封清江縣君〔註 71〕。一子曰元方，蔭補承議郎〔註 72〕；女三人〔註 73〕。

孔文仲以嫡嗣之故，其世系傳承情形，《族譜》載錄最爲詳細。依《族譜》所述繪成圖表，如【附表二】孔文仲世系表（頁 56）。

（三）孔武仲

孔武仲生平附於《宋史》卷三四四〈孔文仲傳〉後，然文字簡略，元祐以前仕歷幾乎付之闕如。孔武仲傳世詩文，卷帙頗多，茲就其作品及同代文人之敘述，並參酌《族譜》、方志……等資料，重新釐訂如下：

孔武仲，字常父。仁宗慶曆二年（1048）正月十一日生〔註 74〕。幼力學，登嘉祐七年（1060）國子解魁。舉嘉祐八年許將榜進士，中甲科〔註 75〕，調穀城主簿。任滿，爲光祿卿知襄州史炤的幕僚〔註 76〕。熙寧四年（1071）教

〔註 71〕此依〈中書舍人孔公墓誌銘〉所說，《族譜》但云：「夫人蕭氏封清江縣君。」

〔註 72〕〈中書舍人孔公墓誌銘〉云：「用公遺恩補承務郎。」

〔註 73〕〈中書舍人孔公墓誌銘〉云：「三女：曰保姐、曰館娘、皆幼；曰榮娘，早亡。」

〔註 74〕孔武仲生年《歷代名人生卒年表》、《歷代人物年里碑傳綜表》、《宋人傳記資料索引》、《江西報》」：「孔武仲生卒年應是公元 1041 年～1097 年」1994 年第 15 卷，第 3 期，頁 38。君按：《族譜》云：「仁宗慶曆二年壬午歲（1042），壬寅月，丙辰日，庚寅時生。」《長編》卷五〇二：「（元符元年九月甲戌）朝散郎、管勾玉隆觀孔武仲卒。」，得知孔武仲生於宋仁宗慶曆二年，卒於哲宗元符元年。

〔註 75〕《汴京遺蹟志》卷二十：「八年：進士一百九十三人，諸科十一人。省元：孔武仲；狀元：許將。」《族譜》：「次年省元中甲科第六，許將榜進士。」《長編》卷一九八：「甲子，御延和殿，賜進士許將等一百二十七人及第，六十七人同出身；諸科一百四十七人及第、同出身；又賜特奏名進士、諸科一百人及第、同出身、諸州文學、長史。將，閩人也。」二者說法略有不同。依《長編》。

〔註 76〕孔武仲〈謝史大卿薦館閣啓〉云：「謂委吏之賤，聖人處之而不辭；則主簿之卑，高士爲之而何愧！優游下邑，荏苒暮年。顧俗狀之日增，對陳編而自惡。尋祗召檄，俾近府庭。矧居庠序府中，獲肄聖賢之訓。補苴舊學之闕，紹緝前聞之餘。坐廢官箴，久糜廩粟。固已優容之太甚，夫何推挽之頻仍……」又云「入幕之榮，已叨于汲引；登瀛之美，復被于薦推。自顧無堪，夫何以稱。」由是可知。

授齊州，六年除江州軍事推官〔註77〕。

熙寧七年二月，父孔延之卒於京師，未幾，母亦卒。武仲毀瘠特甚，右肱爲之不舉。服滿，教授揚州〔註78〕。元豐三年（1080）改信州〔註79〕，六年罷，歲暮入京師〔註80〕。七年，宣德郎、差知潭州湘潭縣事〔註81〕。

元祐元年（1086）爲秘書省正字〔註82〕，校書郎〔註83〕。三年，集賢校理，著作郎〔註84〕。五年，國子司業〔註85〕。嘗論科舉之弊，詆王氏學，請復詩賦取士。又欲罷大義，而益以諸經策，御試仍用三題。進起居郎兼侍講〔註86〕。

〔註77〕《宋史・本傳》云：「選教授齊州，爲國子直講。」《族譜》云：「齊陽（揚）二州教授，江州軍事推官。」「爲國子直講」事，不知何據。《長編》卷二一五曾引述林希《野史》云：「孔文仲對制策，悉及時事，切直無所迴避，其語驚人。初考官宋敏求、蒲宗孟署三等上，覆考官王珪、陳睦畏避，止署四等，詳定官王存、韓維定從初考。故事推恩當得京官簽判，有怒其斥己者，自呂陶等皆推恩，惟文仲特黜，下流內銓遣還本任，中外大驚。既而召其弟武仲爲直講，辭不赴，怒者益甚；召其父延之爲開封推官，畏不敢來，乞外郡，得越州。」或由此而來，然《長編》已云「辭不赴」，故不從本傳。「江州軍事推官」，據曾鞏〈司封郎中孔君墓誌銘〉。

〔註78〕《族譜》：「初授穀城縣主簿，齊、陽（揚）二州授教，江州軍事推官。熙寧七年二月丁父憂，再調信州軍事推官，兼教授。」其實不然，授教揚州的時間當在武仲任江州軍事推官之後，說詳上編第貳章〈守制後的職務易動〉。

〔註79〕孔武仲〈南齋集稾序〉云：「元豐三年，余爲信州從事……」〈信州學記〉云：「前此三年，天子從使者之請，以州官兼治學事。余適爲幕中吏，得以承乏庠序。」由是可知。

〔註80〕孔武仲〈渡江集序〉：「元豐六年，余以信州從事得罷，歲暮入京師……」

〔註81〕前引〈焚黃疏〉：「元豐七年六月二十九日，宣德郎、新差知潭州湘潭縣事孔武仲，謹告於先考中散、先妣太君楊氏之墳……」

〔註82〕《長編》卷三六三：「（元豐八年十二月戊寅）吏部侍郎陳安石爲天章閣待制、知永興軍，承議郎、起居舍人邢恕，朝請郎、起居郎胡宗愈並爲中書舍人。（二十七日恕罷。）左司郎中滿中行爲起居郎，禮部郎中蘇軾爲起居舍人，中大夫、太僕卿李之純直龍圖閣、知滄州，朝請郎呂陶爲司門郎中，奉議郎孔武仲爲正字。」孔武仲〈丙寅赴闕詩稾序〉云：「元祐丙寅春，余自湘潭令爲秘書省正字」；又云：「自三月至於八月，乃抵東水門外。」

〔註83〕《長編》卷三七七：「（元祐元年五月戊午）正字李德芻、司馬康、孔武仲並爲校書郎。（三人除正字，德芻在元豐七年十一月，康在八年四月，以韓絳薦除，武仲在八年十二月。）」

〔註84〕《長編》卷四一四：「（元祐三年九月）癸亥，承議郎、校書郎孔武仲充集賢校理。」

〔註85〕《長編》卷四三九：「（元祐五年三月）辛卯，著作佐郎、集賢校理孔武仲爲國子司業。」《族譜》：「守國子監司業，充集賢院校理。」不著年月。

〔註86〕《長編》卷四四八：「（元祐五年九月丁卯）國子司業、集賢校理孔武仲兼侍講。」

元祐六年同權知貢舉〔註87〕，除左史〔註88〕，爲起居郎〔註89〕、起居舍人〔註90〕。七年，拜中書舍人〔註91〕，直學士院〔註92〕。初，罷侍從轉對，專責以論思。武仲言：「苟不持之以法，則言與不言，將各從其意。願輪二人次對。」時議祠北郊，久不決。武仲建用純陰之月親祠，如神州地祇〔註93〕。擢給事中〔註94〕，遷禮部侍郎〔註95〕，以寶文閣待制知洪州〔註96〕。請：「從臣爲州

〔註87〕《長編》卷四五四：「（元祐六年春正月）己巳命翰林學士兼侍講范百祿權知貢舉。天章閣待制吏部侍郎兼侍讀顧臨、國子司業兼侍講孔武仲同權知貢舉。」《族譜》：「元佑（祐）五年七月，差同知貢舉。」

〔註88〕《長編》卷四五六：「（元祐六年三月丁亥）及是，因實錄成，（六年三月。）始用庭堅爲起居舍人，既而罷之。（三月二十八日。）居四月，武仲乃與軒並爲左右史。（七月八日，武仲以集校、司業兼侍講除左史。軒以祕校、翌善除右史。此段專以劉摯日記增修，可見當時除官之不易也。擬左右史自五年十月，至六年七月乃定。）」

〔註89〕《長編》卷四六一：「（元祐六年秋七月乙丑）集賢校理、國子司業兼侍講孔武仲爲起居郎。」

〔註90〕《長編》卷四六八：「（元祐六年十一月）壬寅，左朝請郎秘閣校理守起居舍人陳軒、左承議郎集賢校理守起居郎孔武仲並爲中書舍人。」

〔註91〕《長編》卷四七二：「（元祐七年四月己卯）禮部侍郎兼侍講范祖禹言：『亟伏見……孔武仲等問該洽，講說明白。仁宗時賈昌朝、曾公亮皆以知制誥兼講職，今武仲若以中書舍人兼職，自如故事。』」《族譜》：「元佑（祐）六年轉起居舍人。未幾，進中書舍人，武騎都尉，賜緋魚，開國男爵，食封五百户。」未知何據。

〔註92〕《長編》卷四七八：「（元祐七年冬十月辛酉）中書舍人孔武仲兼直學士院。」

〔註93〕《長編》卷四七七：「（元祐七年九月戊子）吏部侍郎范純禮、彭汝礪，户部侍郎范子奇，禮部侍郎曾肇，刑部侍郎王覿、豐稷，權知開封府韓宗道，樞密都承旨劉安世，中書舍人孔武仲、陳軒，太常少卿盛陶、宇文昌齡，侍御史楊畏，監察御史董敦逸、黃慶基，左司諫虞策，禮部郎中孫路、員外郎歐陽棐，太常丞韓治，博士朱彥、宋景年、閻才等二十二人議曰：『南郊合祭天地，不見於經。王者親祠天，而地則闕焉，亦非典禮。神宗皇帝考按古誼，詔罷合祭。元豐六年，止祀昊天上帝于圜丘，配以太祖，又詔親祠北郊如南郊儀，仍命有司修定儀注，則于承事神祇，禮無違者。至于二郊之祭，或不並行，則有司攝事，亦自有典禮，合于周官大宗伯『王不與祭祀則攝位』之文。唯是北郊，先帝未及躬行，然詔旨明甚，所宜遵守，但當斟酌時宜，省繁文末節，則親祠之盛無不可爲。蓋天地重祀尤當敬重，不宜數有廢舉。若昨罷合祭違悖經典，固須改正，既已合禮而又紛更，恐失朝廷尊事神祇之意。伏請並依先朝已得詔旨施行。』武仲等又請以孟冬純陰之月，詣北郊親祠，如神州地祇之祭。」

〔註94〕《長編》卷四八二：「（元祐八年三月癸卯）中書舍人孔武仲爲給事中。」

〔註95〕《長編》卷四八三：「（元祐八年夏四月）庚戌給事中孔武仲爲禮部侍郎。」

〔註96〕《族譜》：「寶文閣待制，出知宣州，改洪州。」

者，杖以下公坐止劾官屬，俟獄成，聽大理約法，庶幾刑不逮貴近，又全朝廷體貌之意。」遂著爲令。徙宣州，坐元祐黨奪職，居池州〔註97〕。元符元年（1098）九月病逝〔註98〕，年五十七。葬池州，後其子百朋遷柩祔葬祖塋〔註99〕。元符三年，追復寶文閣待制。所著詩書論語說、金華講義、內外制、雜文共百餘卷〔註100〕。

（四）其他兄弟

依前述〈行第考〉，孔延之七子的排行，曾鞏〈司封郎中孔君墓誌銘〉的說法並無疑義。只是孔文仲、武仲、平仲以外的其他四子生平事蹟十分有限，加上墓誌與《族譜》所載又有出入，更添考證上的困難。

〈司封郎中孔君墓誌銘〉云：「有子七人：文仲，台州軍事推官。武仲，江州軍事推官。平仲，衢州軍事判官。和仲，進士。羲仲，太廟齋郎。餘早卒。」由此可知，在熙寧七年孔延之逝世前已有二子先他而亡，所以曾鞏未將其載入墓誌當中，而這兩人很可能就是其他書提到的康仲和南仲。

《族譜》所載早卒者僅康仲一人，《闕里文獻考》也只有康仲不著生平；而南仲則二書皆云「以廕補太廟齋郎」。但《郡齋讀書志》卻提供不同的說法，卷五下〈孔毅甫詩戲一卷〉條云：「右孔平仲毅甫之詩也。向子諲跋之。平仲父延之，字長源，生文仲、武仲、平仲，皆登制科。晚又得子，極穎悟、多才思，有故人見其三子既顯貴，以書勸長源歸休，長源報書云：『某又有一子，年七歲，能作梅花詩。云：「舊葉落未盡，新花開更繁。」俟其及第，則致仕。』未幾而夭。」可惜晁公武未能進一步說出孔延之這個夙惠卻早逝的孩子姓名爲何。以治平二年（1065）孔平仲考取進士的時間來計算，當時孔延之（1014生）早已過了知命之年，尚有七歲幼兒，說是「晚又得子」，並不爲過。假設《族譜》所記諸子行第正確，此兒當非康仲，而是排行第七的南仲。

〔註97〕《族譜》：「紹聖三年，再除宣州，未赴，坐鈞黨，落職管勾洪州玉龍觀，池州居住。」

〔註98〕《長編》卷五〇二：「（哲宗元符元年九月甲戌）朝散郎、管勾玉隆觀孔武仲卒。」依孔平仲〈祭三兄侍郎〉：「謫居池陽，寓舍猶逐。醫陋藥偏，心催氣蹙。今夏相見，扶持小安。中途承訃……」

〔註99〕《族譜》：「葬池州。後子江陵通判百朋遷柩祔葬九江府德化縣先塋，一期後復遷歸葬本里金雞嶺。池州今猶有遺塚焉。」

〔註100〕此依《宋史》卷三四四〈孔武仲傳〉。據晁公武《郡齋讀書志》卷三下所載，尚有《孔氏雜記》一卷、《芍藥圖序》一卷。

另一個問題是康仲早卒，這點目前所有資料皆如此顯示。但孔武仲有幾首詩卻是明白標出是寫給「四弟」的，包年〈至白湖驛寄四弟〉：

江頭言別頗匆匆，暮止荒陂破屋中。散盡烟雲無夜雨，喚驚鳧雁有春風。卻思僧舍一少會，坐卷香醪百盞空。薄祿牽人非得已，相望秋思浩無窮。

〈和四弟夏雨〉：

蠶月雨冥冥，愁雲滿太清。庭階猶積潤，溝港更繁聲。嫩綠應浮野，餘涼稍及城。隋河今不淺，故艇欲南征。

〈至新息寄四弟〉：

江上分飛已隔年，春風初轉月初圓。今宵相望長淮北，只有星河共一天。

這三首詩雖然無法確知寫作時間，但從詩意來看，「四弟」不像是熙寧七年孔延之逝世前就夭亡的康仲，因為在丁憂前，孔武仲曾任穀城主簿、齊州教授、江州軍事推官，任內並沒有經過新息軌跡，寄信的對象比較可能就是原本排行老五的孔和仲。儘管《族譜》說孔延之「行二」，但其兄長或因夭折等緣故，《族譜》中並未著錄其名號，因此排除堂兄弟統稱的問題。也不是孔氏兄弟間之所以會出現排行、稱呼不一的情形，其實與大排行無關。因為康仲早卒，使得武仲習慣將和仲視為「四弟」。這樣的情形並非僅僅孔家如此，以蘇軾為例，蘇軾上有一兄〔註 101〕，故蘇軾一字「和仲」〔註 102〕。然其兄早卒，故世稱蘇軾為「長公」，轍為「少公」〔註 103〕。如魏了翁〈跋蘇氏帖〉即有「今觀少公帖，所謂與家兄同在京，則熙寧二年所遣也。時長公判官告院；少公為條例司檢詳……」等語，就目蘇軾為長。都是以現實為考量的做法。

然而孔和仲與孔羲仲年壽似乎也都不長。孔平仲在監江西錢監時寫給孔武仲的詩，談到彼此的近況，就隱約透露出兩個弟弟已經不在人世的訊息。〈寄常父〉：

愁霏久不霽，翳此白日光。陰風薄庭柯，落葉墮我旁。蕭條秋氣高，百感攪中腸。側觀南飛雁，肅肅尚有行。念昔來此土，弟昆各康彊。二季皆鸑鷟，梧桐殞朝陽。踟躕故所游，墟墓早已荒。會合須臾期，去日一何長！吾兄近仳別，咫尺非異方。官守畏簡書，羈絆不得驤。

〔註 101〕歐陽修〈故霸州文安縣主簿蘇君墓誌銘〉（一作〈趙郡蘇明允墓誌銘〉，收錄在《文忠集》卷三四）：「三子，曰景先，早卒。」。

〔註 102〕蘇轍《欒城後集》卷二二〈亡兄子瞻端明墓誌銘〉：「公諱軾，姓蘇，字子瞻，一字和仲。」

〔註 103〕見《鶴山集》卷六〇。

如星限河漢，東西但相望。江魚肥可薦，庭葉菊粲以芳。崢嶸時節晚，誰與共一觴？伯氏副邊城，苦寒天早霜。石火雖云煖，不如還故鄉。群飛隘霄極，弱羽因飄揚。祿薄未足飽，胡爲從皇皇？古人有三高，彼豈悅膏粱。願言同斯志，畢景事畊桑。

此詩作於元豐三年秋天（說詳附編〈年譜〉），當時孔文仲因通判保德軍的關係，身在邊城；孔武仲則是在這年四月由揚州州學教授，改信州軍事推官，與平仲兩人繼昔日分別教授齊州、密州之後，再度相去咫尺爲官。但是令人傷感的是元豐二年〔註 104〕孔平仲初到江州時，儘管兄弟們仕途都稱不上順遂，至少「弟昆各康彊」，也聊可安慰；但才過一年光景，二位鸞鶯般優秀的弟弟都已亡故。若曾鞏所說可信，康仲、南仲在孔延之逝世前就已經不在人間，那麼詩中殞落的兩個弟弟就是孔和仲與孔羲仲了。元豐三年（1080）孔平仲也不過才三十七歲，兩個弟弟年紀又更輕了。他二人聲名不及三位兄長，且未到強仕之年就已身故，生平因此湮沒也是其來有自。

第三節　妻室子女

一、妻室

不同於兩位兄嫂皆出身江西大族蕭家〔註 105〕，孔平仲娶的是世交之女陳氏〔註 106〕，兩人大約是在孔平仲任職洪州分寧主簿期間結縭的〔註 107〕，前人研究孔平仲的幾篇論文對她著墨不多。從孔平仲的詩文當中顯示，熙寧四年孔平仲教授密州時，他倆已經育有子女；隨夫赴任後，陳氏也親自操持

〔註 104〕孔平仲〈李侍郎文集序〉：「公薨之年，二子雖死，京其兩從子也，自長沙來九江，不遠千里，盼能孜孜次公遺文以＃＃於世，其志可尚，不得不爲之書。元豐二年九月初六日魯國孔平仲序」。由是可知，元豐二年九月以前孔平仲已抵達江州（說詳附編〈年譜〉）。

〔註 105〕《族譜》謂孔文仲「夫人蕭氏封清江縣君」。即蕭淇女。清・符執桓纂修之《新喻縣志》（台北：成文出版社股份有限公司，1989）卷十二〈隱逸〉：「蕭淇字子美，貫之子，以詩禮名家，爲鄉里師法。隱居自適，絕意宦情，中書舍人孔文仲私諡曰：孝靖先生。」孔武仲「夫人蕭氏封金華郡夫人」。

〔註 106〕孔平仲〈祭陳用臣〉（宋集珍本《清江三孔集》卷三七）：「我識君祖，逮皇考君，前兄後弟，聯續婚姻。鄉閭之義，通于三世。」

〔註 107〕孔平仲〈祭陳端臣〉（宋集珍本《清江三孔集》卷三七）：「我來自洪，婚姻好合，恩義仍重……」

家務〔註108〕，極力做好妻子的角色。在密州「再歲得兩子」〔註109〕，當時共有三男二女〔註110〕。

陳氏的身體出現狀況，最早見於孔平仲〈謝夢錫見臨〉中提到的「小僕旋來熒火燭，病妻無力治盃盤」。但不知當時是偶感時症，還是已成痼疾。鄭夢錫是孔平仲教授密州時的至交，當初他倆到達密州的時間，相隔僅一個月，但鄭夢錫在熙寧六年立秋以前就已離職〔註111〕。若作詩時陳氏不是短暫欠安，那麼她約在三十歲左右（熙寧六年孔平仲正好三十歲）就已經纏綿病榻。

此後孔平仲仕途沉浮，陳氏的健康更是每下愈況，到了元豐元年，陳氏的身體更加虛弱，孔平仲在〈二十二日大雪發長蘆〉:「我有常病妻，素羸多不粒。及茲益憒亂，卧喘氣吸吸……」此後陳氏可能就長期臥病了。

就在元豐六年（1083）孔平仲監江西錢監時，陳氏撒手人寰，這一年孔平仲只有四十歲。孔平仲本人沒留下悼念妻子的文字，倒是因烏臺詩案貶黃州團練副使的蘇軾，和受到牽連監筠州鹽酒稅務的蘇轍〔註112〕，兄弟倆都作挽詞來悼。蘇軾〈孔毅父妻挽詞〉（《東坡全集》卷十三）云：

> 結褵記初歡，同穴期晚歲。擇夫得溫嶠，生子勝王濟。高風相賓友，古義仍兄弟。徒君吏隱中，窮達初不計。云何抱沉疾，俯仰便一世。幽陰淒房櫳，芳澤在巾袂。百年縱得滿，此路行亦逝。那將有限身，長瀉無益涕。君文照今古，不比山石脆。當觀千字誄，寧用百金瘞。

〔註108〕孔平仲〈常父寄半夏〉有「齊州多半夏，採自鵲山陽。纍纍圓且白，千里遠寄將。新婦初解包，諸子喜若狂」云云，由是可知陳氏親治庖廚。

〔註109〕孔平仲〈代小子廣孫寄翁翁〉:「爹爹來密州，再歲得兩子：牙兒秀且厚，鄭鄭已生齒。」

〔註110〕孔平仲〈常父寄半夏〉:「齊州多半夏，採自鵲山陽。纍纍圓且白，千里遠寄將。新婦初解包，諸子喜若狂。皆云已法製，無滑可以嘗。大兒強占據，端坐斥四旁。次女出其腋，一攫已半亡。須臾被辛螫，棄餘不復藏。競以手捫舌，啼噪滿中堂。父至笑且驚，亟使啖以薑……」又〈代小子廣孫寄翁翁〉:「爹爹來密州，再歲得兩子。牙兒秀且厚，鄭鄭已生齒。翁翁尚未見，既見想懽喜……」此二詩皆作於平仲任密州教授時，由詩意推之，當育有三子二女。

〔註111〕〈立秋日呈夢錫〉:「今日纔立秋，涼風已蕭瑟。我不感時節，念子行有日。憶初同赴官，相後惟一月。子先脫然去，我獨不得發……」

〔註112〕《長編》卷三〇一：「（元豐二年十二月庚申）祠部員外郎、直史館蘇軾責授檢校水部員外郎、黃州團練副使、本州安置，不得簽書公事，令御史臺差人轉押前去。絳州團練使、駙馬都尉王詵追兩官勒停。著作佐郎、簽書應天府判官蘇轍監筠州鹽酒稅務，正字王鞏監賓州鹽酒務，令是開封府差人押出門，趣赴任。」

蘇轍〈孔毅父封君挽詞二首〉（《欒城集》卷十二），詩云：

交契良人厚，家風季婦賢。詩書中有助，蘋藻歲無愆。象服期他日，恩封屬此年。神傷自不覺。弔客問潸然。

別日笑言重，歸來藥餌憂。鍾歌掩不試，貝葉亂誰收。恨極囊封在，情多壟木稠。埋文應自作，一一記徽猷。

陳氏死後，平仲似乎還曾續弦，而且娶的也是陳家姐妹。〈祭九姨〉（宋集珍本《清江三孔集》卷三七）中一度提到：「我之兩娶，夫人昆弟。鄉里之契，婚姻之義。」但《族譜》只說：「夫人陳氏，封清江碩人，葬前崗祖墳山」，不及其他，故無從詳考。

二、子女

（一）平仲之子

孔平仲究竟有幾個子，若照他所作〈代小子廣孫寄翁翁〉所說：「爹爹來密州，再歲得兩子。牙兒秀且厚，鄭鄭已生齒。翁翁尚未見，既見想懽喜……」則平仲任密州教授時，已育有三子，分別是廣孫、牙兒和鄭鄭。但這三名幼子是否順利成長？之後是否有新生命加入？由於缺乏文獻記載，且詩中皆以小名稱呼，如今已無從考證。

按常理來說，欲解決子嗣的問題，《族譜》應該是參考的首選，偏偏西江安山這一世系的族譜，卻在孔武仲、孔平仲子姪輩出現所載前後不一的情形，讓原本用來釐清事實的證據，反而讓問題變得更加複雜。

《族譜・武仲》下云：「子二：百朋、百祿。」《族譜・平仲》下云：「子二：百禮、倬禮。」但到了四八世（江西第九世）卻有了不一樣的說法。首先是孔百朋，在其名字上方有「武仲長子」字樣，下云：「字鈞錫。江陵府通判。」前後一致，且孔武仲有〈遣百朋赴太學補試〉詩，云：「冉冉浪相逐，江湖今十年。念使從遠學，家貧乏鞍韉。一官來京都，環堵當西阡。學省咫尺近，彷彿聞誦弦。暫當辭家庭，裘馬去翩翩。英豪多出此，切琢期勉旃。昔我遠方來，算里近五千。清燈耿殘月，積雪堆窮年。對經必斂衽，求師欣執鞭。絢藻頗不乏，屢貢多士先。所願克堂構，使我安食眠。爾祖最爾愛，置膝自撫憐。追恨不及見，泪下如湧泉。」從「爾祖最爾愛，置膝自撫憐」，可以看出孔百朋出生時孔延之還健在，相對於孔平仲子牙兒、鄭鄭「翁翁尚未見」(〈代小子廣孫寄翁翁〉),年紀較長,且《族譜・孔武仲傳》也提到孔武仲過世後,原葬於池州,是孔百朋任江陵通判時遷柩回先塋安葬的(詳上節〈孔武仲〉)。故孔百朋爲武仲長子,應當可信。

孔百祿,名字上方亦有「武仲次子」字樣,下云:「字天錫。蔭補大廟齋郎。」雖然孔武仲不曾提起,但也未有矛盾之處。

値得注意的是孔百禮部份,《族譜》中他的名字上方不見「平仲長子」字樣,卻作「武仲三子」;反而是孔倬禮上方註明是「平仲長子」,又新增一人曰「孔百福」,註明是「平仲次子」。如此一來,百朋、百祿爲武仲之子,當無疑義;但百禮究竟是何人所生?何有了爭議。

《族譜》對孔百禮的敘述是「字從道,宣教郎慶南軍通判。」〔註 113〕以字號來看,和百朋字鈞錫、百祿字天錫,並無關聯;但因爲《族譜》於倬禮、百福皆未加註字號,若只爲了孔百禮字號和二位兄長不同就認定他不是武仲之子,結論也未免過於武斷,故不敢妄下結論。

不過孔平仲倒是曾在他的文章中一度提及孔百禮。〈再與李純仁簡〉曰:

> 平仲啓:數數馳問,兵至虔州,不知公尚在大庾也。不審今猶領事否?伏惟動止安佳,眷集同寧。平仲蒙恩罷歸,六月下旬發河中,至鄭暴下,幾不可救。一向冒暑搖蹙,不得將息,至京得厥逆之疾,危惙,今幸安矣。緣此世味彌薄,百不計校,法合在外指射差遣。登舟已久,旦夕東下,欲徑還清江治茅舍,又畏江險,并百禮得陳留酒稅,冬間闕,此行遇可住即住也。壽安以下無恙。遞中忽承來教,匆匆裁復,亦只發虔遞。諸令嗣必在鄉應舉也。秋涼,萬萬保重,不宣。平仲再拜純仁親家教授。

孔平仲寫信的對象李純仁,是他的兒女親家(說詳下文),寫他的時間在崇寧元年,那年六月四日朝廷突然將原本提舉永興路刑獄的孔平仲和畢仲游、黃庭堅、晁補之等人「並送吏部,與合人差遣」(見《宋會要・職官》六七之三七〈黜降〉),八月二十五日孔平仲接獲「管勾兖州太極觀」的詔命(見《宋會要・職官》六七之四〇〈黜降〉,說詳上編第參章〈晚年行跡考辨〉),當此仕途受挫之際,孔平仲選擇前往孔百禮處暫住,除了地點考量,二人關係也是關鍵。

〔註 113〕李春梅〈編年〉:「平仲長子百禮,字從遂(君按《族譜》作從「道」)宣教郎、慶南軍通判;次子倬禮,徙袁城孔家州;三子百福。」頁 109。既不符《族譜》所載,亦未註明出處,故不採。

孔平仲曾作〈代謝提點舉監酒稅〉（宋集珍本《清江三孔集》卷三四）：

伏蒙照牒舉某監陳留縣酒稅者，竊以保任之法，於今爲難，特達之知，自古所重。聞命之始，撫躬若驚。某生於卑薄之鄉，長無洪秀之譽。尋師問友，雖日苦心。發策決科，未見成效。例霑一命，行且十年，眷戀親闈，闊疏仕版。泰山北斗，每高長者之風，崑玉秋霜，實激懦夫之氣，固欲招衣承教，擁篲掃門，不敢通咫尺之書，未嘗干左右之助。豈意驟加采拔，首被薦論，此蓋伏遇某官操無黨之平，廓不同之大，議論抗直，不爲注俗所移，志節修明，自與先民爲伍，故於取予之際，尤見好惡之公，蕞爾末愚，出於推擇。良醫畜藥，不遺敗鼓之皮；大冶躍金，奚取折鉤之喙。欲親之德，矢死靡他。然而鴟章朝騰，驛詔暮下，一顧增價知己，出於至誠，九仞及皋，願更終於大賜。

就內容看來，這裡所說的「代作」，極可能就是代孔百禮而作。果眞如此，那麼無論是子是姪，孔百禮都是孔家唯一與孔平仲有往來，且見諸作品的晚輩。

（二）女及女婿

孔平仲曾在他的詩歌提到自己的女兒。〈常父寄半夏〉：「次女出其腋，一攫已半亡。須臾被辛螫，棄餘不復藏。」當時孔平仲正教授密州，孔武仲從齊州寄土產過來，幼小的她和兄弟搶食半夏的憨態，令人印象深刻。而詩中說這位是「次女」，顯然還有長女。考諸文獻也證實孔平仲至少有二個女兒：一位嫁給李珙；另一位則是親上加親嫁給妹夫應昭式的姪子。

王象之《輿地紀勝》卷三二〈江南西路・贛州・人物〉：「紹興十一年，虔州免解進士李珙，特封養素居士。珙，贛縣人。朴從子也。行義修潔，該通典故，秘閣校理孔平仲以其子妻之。江西諸司上其行義於朝故也。《繫年錄》」

現存清代《興國縣志》三種，無論是乾隆十五年刊本〔註 114〕、道光四年刊本〔註 115〕、或同治十一年刊本〔註 116〕，皆云：「李珙字元瑞，朴從子。博

〔註 114〕見孔興浙等修、孔衍倬等纂《興國縣志》（台北：成文出版社，1989），卷十，〈志人・文學〉，頁 358。

〔註 115〕見蔣敘倫等修、蕭朗峰等纂《興國縣志》（台北：成文出版社，1989），卷二五，〈人物三・處士〉，頁 792。

〔註 116〕見崔國榜等修、金益謙等纂《興國縣志》（台北：成文出版社，1989），卷二五，〈人物三・處士〉，頁 956。

雅蚤有時譽，孫毅夫以女妻之。崇寧中，計偕京師，阻疾而歸，遂不仕。後徵辟不起，賜號養素居士。子謙，登進士。」對比《輿地紀勝》的說法，三本方志所說的「孫毅夫」當是「孔毅父」之誤也。

又方志提到李珙的家世時，往往以「朴從子」來介紹他。李朴字先之，興國人。登紹聖元年進士第，調臨江軍司法參軍，移西京國子監教授，程頤獨器許之。移虔州教授。以嘗言隆祐太后不當廢處瑤華宮事，有詔推鞫。忌者欲擠之死，使人危言動之，朴泰然無懼色。旋追官勒停，會赦，注汀州司戶。徽宗即位，右司諫陳瓘薦朴，有旨召對，朴首言言熙甯、元豐以來，政體屢變，一二大臣互相排擊，失今不治，至不可勝救。又言今士大夫之學，不求諸己，而惟王氏之聽，敗壞心術，莫大於此。蔡京惡朴鯁直，復出爲虔州教授。又嗾言者論朴爲元祐學術不正，不當領師儒，罷爲肇慶府四會令，改知臨江軍清江縣、移廣東路安撫司，主管機宜文字。欽宗即位，除著作郎，半歲凡五遷至國子祭酒，以疾不赴。高宗即位，除秘書監，趣召，未至而卒，年六十五。贈寶文閣待制。朴自爲小官，天下高其名。蔡京俾所厚道意，許以禁從，朴力拒不見。中書侍郎馮熙載欲邂逅見朴，朴笑曰：「不能見蔡京，焉能邂逅馮熙載邪？」自志其墓曰：「以天爲心，以道爲體，以時爲用，其可已矣。」有《章貢集》二十卷行於世。《宋史》卷三七七有傳。是當時頗受敬重的人物。李珙的「行義修潔」，當是家風所致。

但是李珙之父，也是全然不可考，宋集珍本《清江三孔集》卷三五所收〈與李純仁〉書信二封〔註117〕，信中所稱的「純仁親家」，雖然無法得知他的名字爲何，不過這位李純仁就是李珙父的可能性是很高的。同卷〈與李先之〉；

> 平仲啓：久欲跂承，舟御抵岸，以有親客，未即造諸。純仁在此，公行何遽？來早且同一飯，切望少駐也。匆匆馳誠，不宣。平仲再拜先之教授。

字裡行間都透露出孔平仲、李朴、李純仁三人，不僅彼此認識而且有一定程度的熟識，否則也不會信手寫下短箋邀對方「且同一飯」？若李純仁就是李珙父，那他和李朴原是從兄弟，也就不必拘禮了。

至於三種《興國縣志》所說的李珙子李謙，其實不是李珙與平仲女孔氏所親生，這點《宋人傳記資料索引》就曾提起：「李謙字和卿，號雲峯居士，

〔註117〕《全宋文》有收錄，一篇作〈與李純仁簡〉，出《永樂大典》卷一一三六八；另一篇作〈再與李純仁簡〉，亦出《永樂大典》卷一一三六八。頁184、185。

興國人，或云贛縣人，珙嗣子……」〔註 118〕。而李謙的親生父親則是李珙的兄弟李珝〔註 119〕。

李謙字和卿，朴從孫。少承家學，淳熙二年進士〔註 120〕，爲安福縣尉，累官太常寺丞，提舉浙東，值歲饑，賑濟有方，遷左司郎中，再遷左司諫。光、寧間，上封事義氣激烈，趙汝愚讀之曰：「臺諫手也。」呂祖謙以直節被竄，謙贈以詩，因忤韓侂胄，罷歸，築圃雲峰以居，有文集四十卷〔註 121〕。

孔平仲的另一個女婿，雖然也是官宦子弟，但聲名卻不及李珙，也沒有事蹟流傳。不過從孔平仲的文章，約略知道他是貴溪應舜臣之孫，孔平仲妹夫應昭式的姪兒。當年孔平仲的妹妹嫁給了應舜臣之子應昭式，卻不幸早逝（詳第五節）。儘管應昭式後來又更娶他姓，但孔平仲仍因爲應昭式的兄長「德義可托」，於是將自己的女兒許配給應家，期盼延續兩家婚姻通好的情誼。應家親翁辭世時，孔平仲還撰寫祭文致哀，以「親家應朝散」稱呼他。雖說朝散郎是正七品官，知州的身分較有可能，但根據乾隆九年應姓掘得舜臣少子應默的墓誌銘所載，應舜臣有子八人，其中姓名得以流傳的是只有曾任筠州使君的應昭緯、擔任江州使君的應昭式，和墓誌的主人應默三人而已〔註 122〕，無從確知孔平仲口中這位「應朝散」爲誰。但孔平仲至少有二位女婿，則是事實。

第四節　子孫考

北宋時期先聖後裔分佈情形就如孔平仲自己所說「孔姓惟闕里最著，而廟宅譜牒以嫡相承者；支子旁孫，皆不復錄，故散而之四方者，莫可考正，大率多聖人之後，今在江西者，惟新淦、潯陽爲右……」（〈陶寺丞夫人孔氏墓誌銘〉）孔延之及三孔兄弟這一脈不論在政壇或文壇，其成就無疑都是孔績南遷江西之後，最受世人矚目的支系。三孔身後，其子孫有具體事蹟可考者，茲依《族譜》所載，按輩分整理如下：

〔註 118〕見《宋人傳記資料索引》，頁 920。

〔註 119〕詳《攻媿集》卷三七〈浙東提舉李謙乞將合轉朝奉郎一官回授本生父珝贈承事郎〉、〈本生前母王氏本生母陳氏並贈孺人〉。

〔註 120〕君按：《江西通志》卷五十〈選舉〉所載李謙是「淳熙二年乙未詹騤榜」進士。

〔註 121〕見《江西通志》卷一六八〈列傳・贛州府〉。

〔註 122〕見同治十年刊，楊長杰等修、共聯�星等纂《貴溪縣志・名臣》，頁 1082～1084。

四十八世

孔元方：奉補承務郎
孔百朋（字鈞錫）：江陵府通判
孔百祿（字天錫）：蔭補太廟齋郎
孔百禮（字從道）：宣教郎慶南軍通判
孔倬禮：徙袁城孔家洲

四十九世

孔浩然（字子元）：臨安府僉判
孔世察（字觀道）：奏補
孔世寧（字吾道）：徙居水北，以祖蔭襲宣議郎，爲水北起祖。元符二年己卯（1099）生，淳熙四年丁酉（1177）歿。娶劉氏，封恭人。子六：次恩、次顯、次誠、次序、次賢、次庸
孔彥喬：蔭補迪功郎監南岳祠
孔彥況：以伯祖中書舍人遺澤，補從政郎，監南康府星子縣酒稅
孔彥說（字希博）：賀州富川令
孔元亨：寓居袁州分宜
孔端有（字有斐）：娶劉氏。子二：瑄明、拱懷。隨父徙居分宜孔家州
孔彥邦（字必達）：教授撫州

五十世

孔梓（字元蹈）：安豐主簿，朱子門人
孔次玉：福州察推
孔之戢：襄陽察推
孔次楹（允覺）
孔次茂（字德隆）國子上舍

五十一世

孔伯元：嘉定庚辰（十三年，1220）進士，調新豐主簿，階迪功郎。
孔伯迪：嘉定庚辰進士，知新建縣事，階著作郎
孔伯損：補迪功郎，瀏陽縣尉
孔伯益：上舍生

五十二世

孔徧（字幼德）：待補承事郎

孔宗武（字希亮）：登寶祐癸酉（君按：寶祐無癸酉，當是寶祐元年癸丑（1253）之誤。今依《江西通志》卷五十一〈選舉〉改）進士，承事郎高安尉、瑞州通判

孔宗式（字希德）：威通七年（君按：南宋並無「威通」這一年號，或爲「咸淳七年（1271）」之誤）鄉舉

孔宗任（字希元）：上舍生

孔宗遠（字希盛）；待補

由以上敘述可知孔平仲子姪輩中，除了《族譜》所說「宣教郎慶南軍通判」、曾監陳留酒稅的孔百禮，算是備受家人期待，較有聲名的一位。其餘諸人即使因蔭補而出仕，成就已不如父祖。

再則，透過《族譜》也能看到孔家子孫的遷徙狀況。最早離開新淦的是孔平仲子倬禮，孫孔元亨、孔端有，他們三人都沒有功名，卻舉家徙居袁州分宜孔家洲，使得江西泉井安山這一譜系不再記載孔倬禮一族情況，不僅造成今天《族譜》孔平仲部分錯誤遠比二位兄長來得多，也因此增添考述上的困難。

同樣的情形還有孔百朋的次子孔世寧，他以祖蔭襲宣議郎，但也因爲徙居水北，成爲水北起祖，中斷了江西泉井安山這一譜系的記錄。而孔百禮的次子孔彥況，則是另一個因爲仕宦告別家鄉外移的孫輩，《南康府志》卷十九〈寓賢〉：「孔延之，字長源，新淦人，孔子四十七世孫。幼孤，自感勵，晝夜耕讀，舉進士，與濂溪買宅居之。爲欽州推官，累贈金紫光祿大夫。三子：文仲、武仲、平仲皆歷顯官。至孫彥貺調南康稅院，遂家星子。」〔註 123〕

孔平仲曾孫輩中沒有特別出色的人物。直到了五十一世又出現以文名見長者，那就是被稱爲「後三孔」的孔伯元、孔伯迪和孔宗武。《闕里文獻考》卷九四〈子孫著聞者〉：「伯元、伯迪並寧宗嘉定三年（1210）進士，祖浩然，臨安府僉判；父梓，安豐主簿，朱子門人；伯元新豐主簿、伯迪知新建縣事；宗武寶祐元年（1257）進士，官至瑞州通判。」三人皆出孔文仲一脈。不過

〔註 123〕見同治十一年刊，盛元等修纂之《南康府志》（台北，成文出版社，1989），頁 490～491。

《族譜》和《闕里文獻考》之記事並非完全可信，《闕里文獻考》中孔伯元、伯迪登第時間就是誤記，嘉定三年並未舉行貢舉，據《江西通志》卷五〇〈選舉〉所載，二人實爲嘉定十三年庚辰（1020）劉渭榜進士。另外孔伯元還是贛縣主簿李仲承的女婿〔註 124〕，這點也是各書所忽略的。

而孔子教人不只重學更重德，江西後裔中也有以德行見稱者。同治《新淦縣志》：「孔會心，武仲八世孫。至元間，由經明行修，授安慶教授。元末，守城不屈，赴蓮池死。贈參軍都錄事。」〔註 125〕立下孔聖後人忠義的典範。

第五節　姻親

一、曾氏

據曾鞏〈司封郎中孔君墓誌銘〉所載，孔延之有三個女兒，分別許配給襲慶軍節度推官曾準、吉州吉水縣主簿應昭式以及進士蔡公彥。嫁入應家的女兒因爲早逝，應昭式又再續弦（詳下文），互動不多；蔡公彥，生平籍歷皆失考。

另外在探討和孔家往來最頻繁的長婿曾準以前，先要辨正一段傳聞。明人王瑋在〈跋曾茶山帖〉說：「父準，贈少師，娶清江孔毅父女，故公之學得之於外家爲多。」認爲孔平仲即是曾幾的外祖父，這樣的說法其實是誤解。曾準所娶者，乃孔延之女，孔平仲的姊妹也。這由《輿地紀勝》卷三四〈江南西路・臨江軍・人物・孔延之〉稱：「外孫曾鞏、開、幾皆爲中興法從云。」〔註 126〕可以作爲佐證。

曾準字子中，贛縣人，刻勵嗜學，百家悉手鈔口頌。登嘉祐八年許將榜進士，與孔武仲同年。調武功簿，攝理獄事，抗論不撓。知公安縣，火燔民居，叩天反風。通判臨江，愼刑獄，芝草生闥扉，或勸以獻，曰：「此偶然耳。」〔註 127〕。歷集慶軍節度推官、知藍田，所至俱有治蹟，卒祀鄉賢〔註 128〕。

〔註 124〕楊萬里《誠齋集》卷一三二〈贛縣主簿李仲承墓誌銘〉：「女三人：長適承務郎監衡州安仁縣稅楊次公、次適免解進士羅子介、次適鄉貢進士孔伯元……」

〔註 125〕見同治十二年刊《新淦縣志》卷八〈人物志・忠義〉，頁 1737。

〔註 126〕據張撝之、沈起煒、劉德重主編《中國人名大辭典》，冊七。

〔註 127〕見趙之謙等撰《江西通志》（台北：華文書局，1967），卷一六八〈列傳三五贛州府〉，頁 3566。

〔註 128〕見同治十一年刊，魏瀛等修、鐘音鴻等纂之《贛州府志》（台北，成文出版社，1989），卷五四〈人物志・儒林〉，頁 990。

同治《贛州府志》卷四一〈人物志・寓賢〉：「新喻孔延之，家貧好學，夜燃松照讀，日前帶經而鉏（君按：「鉏」當作「鋤」）。服膺周子，以女妻贛人曾準，嘗至虔同準就周子講學。」〔註129〕因此曾準的學術成就有別於三孔。《贛州府志》卷五四〈人物志・儒林〉：「周子判虔州時，準與深相契洽。其傳序稱虔州曾子中實開儒術之先，厥後曾氏一門皆文學之選……」

曾準與孔氏育有四子：長子曾弼，崇寧二年（1103）進士，累官提舉京西南路學事，按部渡江溺死。

次子曾楙，字叔夏。元符三年（1100）進士，紹興中授知福州。曾拒僞楚張邦昌之命，上表奏請高宗登位。後力撫虔州動亂局勢。累官至吏部尚書。著有《內外制》、《東宮日記》。

三子曾開，字天遊。少好學，善屬文。崇寧二年進士（1103），調眞州司戶參軍，累遷國子司業，擢起居舍人，權中書舍人。掖垣草制，多所論駁，忤時相意，左遷太常少卿，責監大寧監鹽井。欽宗即位，除顯謨閣待制、提舉萬壽觀、知潁昌府，兼京西安撫使。進寶文閣待制，知鎭江府兼沿江安撫使。遷禮部侍郎兼直學士院。值秦檜當政，專主和議，開當草國書，辨視體制非是，論之，檜議奪職，同列以爲不可，提舉太平觀、知徽州。以病免，居閑十餘年。檜死，始復待制。開孝友厚族，信于朋友。其守歷陽也，從游酢學，日讀《論語》，求諸言而不得，則反求諸心，每有會意，欣然忘食。其留南京，劉安世一見如舊，定交終身。故立朝遇事，臥大節而不可奪，師友淵源，固有所自。

少子曾幾（1084～1166），字吉甫，又字志甫。後僑居茶山，自號茶山居士。幼有識度，事親孝，母死，蔬食十五年。入太學有聲。兄弼按部溺死，無後，特命幾將仕郎，試吏部，賜上舍出身，擢國子正兼欽慈皇后宅教授。遷辟雍博士，除校書郎。靖康初，提舉淮東茶監。高宗即位，改提舉湖北，徙廣西運判、江西提刑，又改浙西。會兄開忤秦檜，開去，幾亦罷。檜死，起爲浙西提刑、知台州，治尚清淨，民安之。孝宗受禪，幾又上疏數千言。將召，屢請老，乃遷通奉大夫，致仕，擢其子逮爲浙西提刑以便養。乾道二年（1166）卒，年八十二，諡文清。

四人之中又以曾幾與孔家最爲親密。《宋史》本傳謂「早從舅氏孔文仲、武仲講學」，「爲文純正雅健，詩尤工。」有《經說》二十卷、《茶山集》三十

〔註129〕見同治十一年刊《贛州府志》，頁1043。

卷。君按：曾幾生於元豐七年（1084），元祐三年孔文仲（1088）去世時，年紀尚不足五歲，從學之說，有待商確。陸游〈曾文清公墓志銘〉:「考準，朝請郎，贈少師，妣魏國太夫人孔氏。公有器度，舅禮部侍郎孔武仲、秘閣校理孔平仲嘆譽以爲奇童。」曾幾《茶山集》卷七〈遺直堂〉自序云:「三孔某之舅氏也，伯舅舍人熙寧間實爲台州從事，手植檜于官舍之堂下，逮今八十有餘年矣。某假守是州，因以遺直名其堂，作詩六章，用叔向『古之遺直』爲韻，以告來者，庶幾勿翦焉。」其詩稱「三孔吾渭陽，猶及見仲叔。堂堂舍人公，再拜但喬木。長身一庭中，勁氣九霄上。思公立朝時，凜凜不可向。策登董相科，賦作長卿語。劉牢出外甥，愧我不如古。老柏蜀人愛，甘棠召南思。領客清樾下，作詩詠歌之。元祐幾閱歲，諸公一無遺。吾舅典型在，神明力扶持。柏葉松其身，在時公手植。雜樹誰所栽，一錢初不直。」「渭陽」是引用《詩經》的典故，《詩・秦風・渭陽序》:「渭陽康公念母也。康公之母，晉獻公之女。文公遭驪姬之難，未反而秦姬卒。穆公納文公，康公時爲大子，贈送文公于渭之陽，念母之不見也。我見舅氏，如母存焉。及其即位，思而作是詩也。」(《毛詩注疏》卷一一）詩中特別引用《晉書》卷八五〈何無忌傳〉中桓玄贊美「何無忌，劉牢之之甥，酷似其舅。共舉大事，何謂無成」的典故，雖自謙「劉牢出外甥，愧我不如古」，其深以外家爲榮的心情於此表露無遺。

二、應氏

孔延之次女婿、也是孔平仲妹婿應昭式，可考事迹不多，目前只知道他是貴溪應舜臣之子，熙寧三年葉祖洽榜進士〔註130〕。孔延之亡故時他擔任吉州吉水縣主簿，(曾鞏〈司封郎中孔君墓誌銘〉）之後還曾擔任江州使君（詳下文)。

和孔延之一樣，《宋史》也沒有應舜臣的傳記。據同治《貴溪縣志》引《舊志》云:「應舜臣字仁伯。少卓犖不羈；及長，篤志向學，登慶曆丙戌（六年，1046）進士，累官太常少卿，判三司。每登對，極言新法不便，忤王安石，出知洪州，擢安撫使。藏書數萬卷，公餘披誦，日夜忘疲。與文潞公、曾南豐諸公相友善。卒贈金紫光祿大夫，禮部侍郎。」〔註131〕又云:「乾隆九年應

〔註130〕見《江西通志》卷四九〈選舉〉。

〔註131〕見清同治十年刊，楊長杰等修、黃聯文等纂《貴溪縣志》(台北：成文出版社，1989)，卷一四〈名臣〉，頁1083。

姓掘得舜臣少子默墓誌碑，載舜臣官太常少卿、江西兵馬鈐轄。贈銀青光祿大夫。痓迹孤童，致身卿列，直道自持，見知王文公，謂厚德君子。自三司度支判官，除江東轉運使兼提舉常平。議者恐公不能遵新法，改知洪州。有子八人：筠州使君昭緯、江州使君昭式，相繼以譽聞，登高科，見稱循吏。按碑首列奉議郎新差權通判杭州兼管內勸農事借緋張根撰，奉議郎睦親西宅大小學教授朱獻明書。官階俱合宋制，知非贗本，且事較本傳更詳，亟登之。又按〈選舉部〉進士內有應昭式，無應昭緯，知前賢遺渥者多矣。」〔註132〕

由以上敘述，不難發現應舜臣登科的時間雖然比孔延之還要晚四年，但二人有許多共同點，除了都是「奮迹孤童，致身卿列，直道自持」、「謂厚德君子」之外，二人同樣熱愛藏書，而且子嗣甚繁，再則依李之亮《宋兩江郡守易替考》所載，應舜臣曾在治平元年至治平四年知臨江軍〔註133〕，或因地緣之便和孔家父子有往來，加上應昭式金榜題名，遂進一步成爲兒女親家。只可惜應昭式和孔平仲妹未能白頭偕老，元豐八年之前，伊人已經不在人間〔註134〕。這年孔平仲才四十二歲，其妹之早逝由此可知。

孔平仲妹亡故之後，應昭式再續弦虞太熙之女，兩家本應就此疏離。但隨著孔平仲的女兒許配給應昭式的姪兒，兩家婚姻通好的情誼又朝下一代延伸。

紹聖二年正月應家親翁過世，孔平仲因爲還在淮南西路提點刑獄公事任內，迫於「山川組脩，職事省守」，不克親自前往，還特地作祭文悼念他。〈祭親家應朝散〔註135〕文〉（宋集珍本《清江三孔集》卷三七）：

> 維紹聖二年歲次已亥正月戊寅朔日，具位謹以庶羞清酌之奠，致祭于故親家朝散應君之靈。嗚呼！我之女弟，君之弟婦。歲年不幸，人情宜疏。惟君繾綣，愈久彌篤。德義可托，復聯昏姻。乃以息女，

〔註132〕見清同治十年刊，楊長杰等修、黃聯文等纂《貴溪縣志》，頁1084。

〔註133〕〈臨江軍〉下引《臨江志》云：「應舜臣，知臨江軍。」且云「在郎潔後一人。」頁592。

〔註134〕據新出土〈北宋虞太熙墓誌銘〉（又名〈宋故揚王荊王府侍講朝散郎充集賢校理輕車都尉虞公之碑〉）已有「女五人，嫁奉議郎石景衡、進士沈純禮、明州定海縣尉石景雯、朝奉郎應昭式，一未嫁」之記載。君按：此墓誌銘係王存所撰，文中稱虞太熙「卒以元豐八季十月乙亥，其葬以元祐二年正月辛酉」，由是推知。

〔註135〕《永樂大典》卷一四〇五三亦收錄此文，題作〈祭親家應朝敬文〉。以內容觀之，「敬」當作「散」。

> 歸君之子。鄉土接連，世契稠疊。惟君中粹外溫，又廉且直。謂當進用，爲儀天朝。夫何奄忽，以至大故！聞訃失聲，哭不待次。山川阻脩，職事省守。寓誠一奠，背來無窮。

字裡行間處處可見他對這位親翁的感念和惋惜。但由於文章未提及亡者的名諱，偏偏就如第三節所說應舜臣有子八人，其中身分可考者只有曾任筠州使君的應昭緯、擔任江州使君的應昭式，和少子應默。而應昭式在兄弟間的行第又無從考證，所以應家親翁雖官居正七品官朝散郎，也無法就此斷言他即是應昭緯。

此外，應氏家族中還有一位曾經出守章江的成員，和孔家二世亦有好交情。〈祭應卿文〉（宋集珍本《清江三孔集》卷三七，另《永樂大典》卷一四〇五四也有收錄）：

> 惟公仁施于親戚，誼著于友朋。剛方誠厚，謙畏廉潔。日止一食，家無媵侍。耳目聰明，筋力如狀。而又利害不嬰其心，喜慍不形于色。兼是數者，皆宜享年。出守章江，曾未歲半。從容宴語，奄至大故。此物理之不可曉，而出人意之不圖。聞訃駭怛，血涕如雨。向者先人不幸，實在京師。變起倉促，誰告誰託。公臨其喪，日或三四。親視匠事，手加朝服。慰老恤幼，祭饋哭泣。使子弟爲之，亦不過此。是時諸孤在外，獨某先歸，故知公尤詳。以此恩勤，宜如何報！及公喪背，宜何爲心。而又方纏重憂，近以大事。山川阻脩，情理莫展。其爲痛恨，又何可言，此身未死，粗立於世。苟有可以盡其義，以復公德，其敢有愛？公靈如在，當鑑此懷。馳奠以文，哀無次序。

願意在孔家諸孤來不及奔喪之際，挺身而出協助處理後事，且盡心盡力做到「子弟爲之，亦不過此」的地步，除了具有古人「凡民有喪，匍匐救之」（《詩經・谷風》）的美德，斷非一般泛泛之交所能做到。可惜這篇祭文提供的線索有限，使得這位熱心的應家後裔也和應朝散一樣無從查考。

【附表一】西江泉井孔氏世系表

（人名／江西世系排行／曲阜孔氏家族世系總排行）

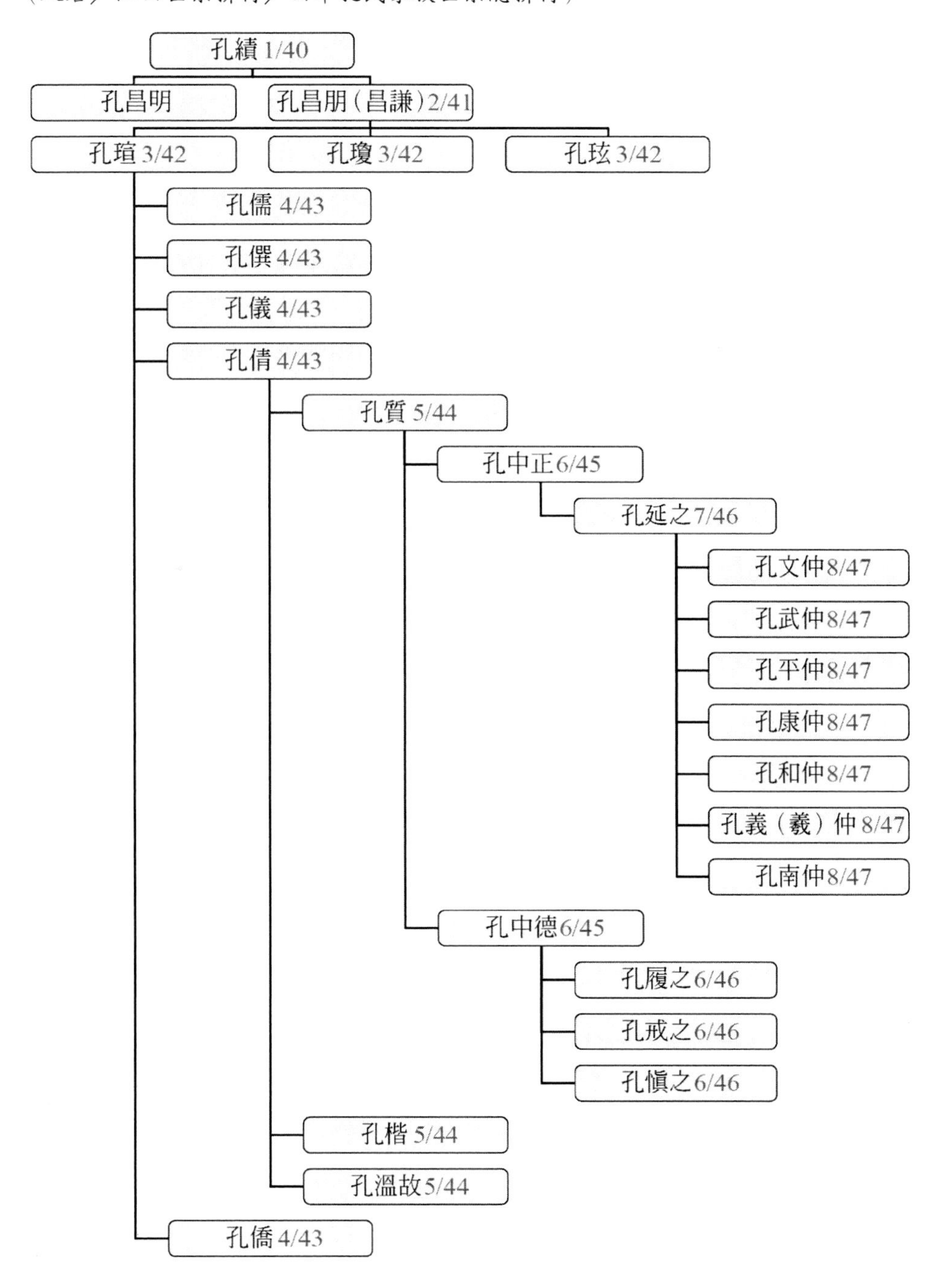

【附表二】孔文仲世系表（人名／曲阜孔氏家族世系總排行）

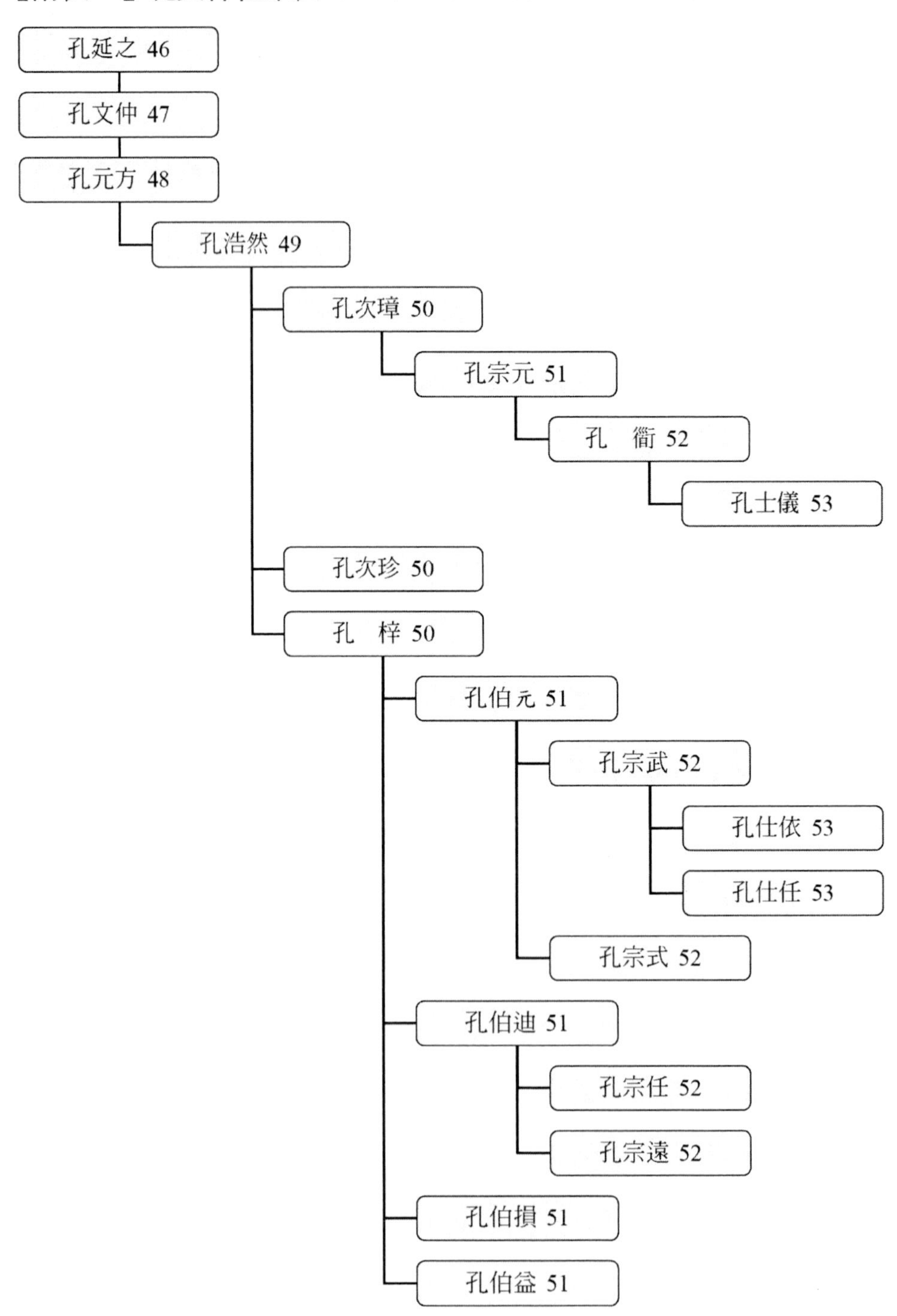

【書影】西江泉井安山孔氏族譜（一）

西江泉井安山孔氏族譜

延之三子 平仲

夫人蕭氏封金華郡夫人　子二　百朋　百祿
字毅父宋仁宗慶歷四年甲申歲乙亥月己亥日丙寅時生嘉祐
七年鄉舉治平元年國學解魁次年彭汝礪榜進士一命洪州分
寧縣主簿熙寧三年六月薦舉密州教授試秘書校省書郎衢州
軍推官熙寧七年二月丁父憂守秘書省著作郎充監水監勾當
公事元豐元年七月奉議郎通判虔州騎都尉元豐七年六月覃
恩轉朝奉郎元祐元年尚書戶部侍郎呂公著薦舉召試館職朝
奉郎騎都尉賜緋魚袋元祐二年二月除大常博士本年又遷
大僕丞校理江浙提點京西南路刑獄勸農提舉河渠公事轉朝
請郎元祐六年四月二十三日充秘書[illegible]校理朝奉大夫加護軍
未幾坐鉤黨落職責惠州別駕英州安置徽宗即位量移單州團
練使饒州居住元符三年三月至家接復官誥元符三年七月進
朝奉大夫主管兗州仙源縣景靈宮太極觀崇寧元年十一月除
尚書戶部郎中徙金部郎中除提點刑獄公事朝奉大夫充集賢
院校理權知虔州經畧安撫使護軍賜紫金魚袋再坐鉤黨奉祠
南康洪慶宮卒葬江洲德化縣孟家山
夫人陳氏封清江碩人葬前崗祖墳山　子二　百禮　倬禮

【書影】西江泉井安山孔氏族譜（二）

文仲子 元方 奉補承務郎 子一 浩然
武仲長子 百朋 字鈞錫 江陵府通判 子二 世察 世寧
武仲次子 百祿 字天錫 蔭補大廟齋郎 子一 彥安
武仲三子 百禮 字從道 宣教郎 慶南軍通判 子五 彥喬 彥伉 彥說 彥元 彥信
平仲長子 倬禮 徙袁城孔家洲 子二 元亨 端有
平仲次子 百福 子一 彥邦
職長子 興宗 字光祖 娶江氏葬厚聚金鼎玉屋後左右頭邊與母墳相連
江氏附姑墳右 子二 環 湘
職次子 興賢 字光朝 國子上舍
職三子 興嗣 字光裔 寓臨江臨江軍廟學掌祭
子二 邦達 邦翰

第貳章　仕宦考（上）

第一節　應試及初仕

一、進士及第初入仕途

孔平仲雖是「曲阜苗裔，宣聖之後」（蘇頌〈中書舍人孔公墓誌銘〉），其五世祖孔瑄也曾「登南唐進士，累官至淩陽太守」（《族譜》），但入宋以來家族並未出現過功名顯著者，直到他的父親孔延之「出白屋，起江表，登慶曆二年乙第」（〈中書舍人孔公墓誌銘〉），臨江孔氏才在北宋政壇漸爲人知。尤其難得的是延之有子七人，「皆自教以學，子多而賢，當時以爲盛」（《闕里文獻考》）。孔平仲也是在父親調教下，逐漸有了文名。

嘉祐七年（1062）年方十九的歲孔平仲首次參加鄉試，兩年後（治平元年，1064），獲得國學解魁〔註 1〕，爲進入仕途邁出第一步。正値弱冠，他對自己能夠繼父兄之後，光耀門楣，喜悅的心情全表現在〈國學解元謝啓〉中：

> 伏覩解榜，叨被薦名。切以國家之興，文物甚盛。舉天下之士，其多至於十萬；而預歲中之選者，不足乎二千。又况太學之居，尤爲豪俊之會，南窮北際，陸走川浮，紛然而來，豈可勝計。以敵其小，不若敵其大之爲武；得於外，不若得於中之爲榮。皆抱師友講習之功，累年積學之力，以相比量。復得館殿儒雅之臣，深見偉識之士，爲之衡鑑。苟充其數，爲幸已深，矧在上游，豈易以處？如某者學

〔註 1〕《族譜》：「（孔平仲）嘉祐七年鄉試；治平元年，國學解魁；次年彭汝礪榜進士。一命洪州分寧縣主簿。」

不足以通天下，而涉獵以自鄙；才不足以動世俗，而蟲篆之爲羞。幼承父兄教訓之勤，長蒙庠序熏灼之美，僅能秉筆，趨於大較之前；不圖積薪，輒在群公之上。默揣其自，誠有所因。此蓋伏遇某官爲國旁求，存心樂育，釆以下體，收其寸長，致此妄庸，免於黜落。敢不益勤修省，愈究精微，庶幾後効之收，以爲至公之報。

隔年春天，他再接再厲登上彭汝礪榜進士，終於能夠和兩位兄長一樣登科仕進，同時也締造出「一門父子四進士」的佳話。這使得臨江孔氏再次受到世人矚目，當時甚至還流傳一段關於他考場告捷的神話故事。南宋曾敏行《獨醒雜志》：

孔毅甫爲舉子時，嘗夢有以五色線系角黍來饋者，毅甫食之既。其年試於南宮，遂中選。（卷三）

孔平仲的同年當中不少也是來自郡邑望族或江西大家。狀元是饒州鄱陽人彭汝礪，其所著《詩義》深受王安石青睞〔註2〕。另外包括董鉞、董乂兄弟；鄧潤甫弟鄧祐甫；曾鞏的姪兒曾覺；與孔武仲齊名的彭持〔註3〕；以及孔文仲同年朱伯虎之弟朱伯熊〔註4〕等人（餘詳附編〈年譜〉治平二年紀事）。

放榜後，依照朝廷用人的慣例，孔平仲必須先到地方擔任判、司、簿、尉〔註5〕之屬的地方官員，而他生平第一個職務，便是擔任洪州分寧主簿。洪州，治平時隸屬於江南西路，因爲是以南昌爲州望，所以孔平仲詩文當中，常用「鍾陵大郡」〔註6〕來代稱洪州。對孔平仲而言，洪州也不是完全陌生的

〔註2〕《東都事略》卷九四：「彭汝礪字器資，饒州鄱陽人也。少嗜學，舉進士爲禮部第一，王安石得其所著《詩義》，善之，以爲國子監直講……」

〔註3〕《江西通志》卷七二：「彭持字知權，分宜人。少喜學西漢文，爲諸生時，知軍州事張顒稀簡接士，求見者先令詩賦，方得通，士無敢進者，持奮曰：『是謂秦無人矣。』因入謁，顒令作日新之謂盛德賦、藏器待用詩，皆立就，張大稱賞，貢入太學。與臨江孔武仲齊名。擢進士甲科，元豐間累遷司農丞，出爲監司，號『霹靂手』，終江西提舉。」

〔註4〕孔文仲嘉祐六年辛丑王俊民榜進士，《浙江通志》卷一二三〈選舉・嘉祐六年辛丑王俊民榜〉下云：「朱伯虎，嘉興人，江東運判。」同卷〈治平二年乙巳彭汝礪榜〉又云：「朱伯熊，嘉興人，提舉。」

〔註5〕《長編》二〇四：「賜貢院奏合格進士、明經、諸科鄱陽彭汝礪等三百六十一人及第出身，汝礪等三人授初等幕職官，如咸平元年例，餘授判、司、簿、尉，出身人守選。」

〔註6〕唐李吉甫《元和郡縣志》卷二九〈江南道・洪州〉：「管縣七：南昌、高安、新吳、豐城、建昌、武寧、分寧。」又云：「南昌縣：漢高六年置。隋平陳改爲豫章縣。寶應元年六月改爲鍾陵縣，十二月改爲南昌縣。」

所在，當年孔延之知洪州新建時，他也曾隨宦來到這裡〔註7〕，居住過一段時間。只是那時年紀尚幼，未必有機會到新建以外的地方遊歷罷了。

據《宋史・地理志四》記載，洪州共轄「縣八：南昌，望。新建，望；太平興國六年置縣。奉新，望。唐新吳縣，南唐改。豐城，望。分寧，望。建炎間，升義寧軍，尋復。武寧，緊。靖安，中，南唐改。進賢。崇寧二年，以南昌縣進賢鎮升爲縣。」這裡所謂的「望、緊、中」是承襲唐代的州縣等級劃分，《通典》卷三十三〈職官十五・州郡下〉謂「大唐縣有赤、畿、望、緊、上、中、下七等之差，凡一千五百七十三縣，令各一人」。宋・廖行之《省齋集》卷五〈統縣本末箚子〉：「按《通典》唐縣有赤、畿、望、緊、上、中、下六等之差。京師所治爲赤縣，京之旁邑爲畿縣，其餘則以戶口多少、資地美惡爲差。國朝之制，縣四千戶以上爲望，三千戶以上爲緊，二千戶以上爲上，千戶以上爲中，不滿千戶爲下。」如此看來，分寧在當時算是大縣，加上這裡原本就是個人文薈萃的地方，江西詩派奉爲初祖的黃庭堅〔註8〕，以及余良肱、余卞、余爽〔註9〕；徐禧、徐俯〔註10〕父子都是分寧人。孔平仲兒時從學的對象周惇頤早年也曾擔任過分寧主簿一職〔註11〕。所以到此爲官，對初出茅廬的孔平仲來說，雖非故鄉，卻不陌生。

二、出任洪州分寧主簿

孔平仲是在治平二年（1065）登進士後不久，前往洪州分寧縣擔任主簿，當時他才二十二歲，簿領的工作對他來說只是仕途的起步。

或許是臨江新淦孔氏父子兄弟的名望，早已爲時人所知，孔平仲到分寧任職後，儘管年紀輕，資歷又淺，卻受到長官、同僚的照顧，得以參與機要，

〔註7〕宋集珍本《清江三孔集》卷三七〈祭周茂叔文〉：「童蒙之歲，隨宦於洪，論父之執，賢莫如公……」

〔註8〕見《四庫全書總目・伐檀集》提要。

〔註9〕《宋史》卷三三三：「余良肱，字康臣，洪州分寧人……七子，卞、爽最知名。」

〔註10〕《名賢氏族言行類稿》卷六：「徐禧德占，洪州分寧人也，有膽氣，好言兵。呂惠卿力引之，不次驟用，累官給事中，沒於永樂，謚忠愍。子俯字師川，以恤典補官，懷奇負氣，爲莞庫、爲吉倅，皆棄官去……」

〔註11〕《族譜・孔延之》：「嘗宰新建，與濂溪周茂叔同官，遂命子文仲、武仲、平仲從學。時未有知濂溪之賢者性，公先知之，人服公之識。」據許毓峯撰《宋周濂溪先生惇頤年譜》：「（至和元年甲午）先生用薦者言，遷大理寺丞知洪州南昌縣。」見頁38。在此之前周惇頤嘗在康定元年到慶曆三年爲洪州分寧縣主簿，見頁15～17。

同遊名勝，吟詠唱和，這段時光著實令他懷念不已。〈平上去入四首寄豫章舊同官〉云：

思君何時休？川長波悠悠。棊枰今生塵，詩筒誰相詶。諸公皆才豪，吾衰慚非儔。猶當陪從容，重游東湖舟。自注：俱平聲。

鍾陵朋寮中，我鄙且蹇淺。諸公無緇磷，許我以繾綣。難題詩交鋒，小户酒減盞。荒林今誰同，引領迤邐遠。自注：一句平一句上。

鏗鏘非金絲，唱和旦至暮。予頑居其間，鄭衛廁大濩。濛濛煙波中，遇興自綴句。猶承諸公餘，膏潤譬霧露。自注：一平一去。

相從雖須臾，博約實得益。交情何其深，弗易若竹柏。煙迷青楓林，日落白石壁。船牕居無聊，嘿嘿獨憶昔。自注：一平一入。

可以想見孔平仲公餘的生活，以及他和同僚間的密切互動。

「難題詩交鋒」因爲這四首詩在格律上有別於一般五言律詩，這種與正常詩格相對的詩體統稱爲雜體詩。孔平仲洪州時期留下的詩，大都屬於雜體詩。這個名稱在歷代詩歌論著中又是個範圍不斷擴大的概念〔註 12〕。這類詩早在兩漢魏晉即已產生，宋代涉筆雜體的詩人爲數不少，孔平仲也是熱衷者之一，目前流傳三卷題爲「詩戲」的創作，便是收錄各種不同形式的這一類詩作。不同於正常詩爲抒情言志而寫，雜體詩往往是爲了消閒娛樂、調侃戲謔而作，所以在字形、句法、聲律、押韻各方面，經常別出心裁，帶有文學遊戲的性質。舉例來說，古詩對字的聲調是有嚴格要求的，可是雜體詩的創作者卻可以突破常格、追求變化。以這四首詩爲例，原先各本沒有注，補上豫章本的注〔註 13〕，它和尋常律詩在聲律上的差別就很清楚。

分寧的同僚除了對孔平仲詩歌創作有所啓發，生活上也是照顧有加，「小戶酒減盞」就是眾人對他這個後生晚輩寬容的表現，也是孔平仲無聊憶昔時，感慨「相從雖須臾，博約實得益」的理由。

孔平仲在洪州任職將近六年之久，由於分寧距離孔平仲的老家臨江軍新淦不算太遙遠〔註 14〕；相較於兄長孔文仲登第後調餘杭尉，武仲當初授穀城主簿，孔平仲算是兄弟中離家最近，因此在其父孔延之遠赴廣西爲官

〔註 12〕見郞化志《中國古代雜體詩通論》（北京：北京大學出版社，2001）第二章〈詩歌正體雜體概念的起源和雜體詩範圍的界定〉，頁 47。

〔註 13〕《全宋詩》：「注原缺，據豫章本補，下同。」

〔註 14〕《元豐九域志》卷六〈同下州臨江軍〉：「自界首至洪州一百五十里。」

那幾年〔註 15〕，他還肩負起返鄉祭祖的工作。〈還鄉展省道中作四聲詩寄豫章寮友〉：

> 蕭灘波潺湲，巴丘山崔嵬。江天如相迎，風吹浮雲開。思鄉人皆然，惟予頻歸來。松楸稱青鮮，春容生泉臺。
>
> 久雨水陡長，泱漭似海廣。葦底解小艇，曉起蕩兩槳。早飯野篠下，鳥語靜愈響。有酒我不飲，引領但子想。
>
> 四際又暮夜，意詣尚未到。繫纜坐樹蔭，嘒嘒厭聚噪。徑步氣向暝，岸嘯韻自報。內顧自慰幸，比歲屢拜掃。
>
> 執熱逼入伏，一葉益局促。日落月欲出，豁若脫桎梏。木色鬱碧幄，竹節削綠玉。赤腳踏白石，宿泊得沐浴。

從詩中「頻歸來」、「屢拜掃」的敘述看來，孔平仲初次爲官，非但沒有離鄉背井的悵惘，而且經常往返任所和鄉里間，還多了幾許觀覽山水之樂。

孔平仲〈還鄉展省道中作四聲詩寄豫章寮友〉這組詩內容並無難解之處，其特點就在第一首是平聲詩，全詩皆爲平聲字，沒有其他聲調。而第三首都是去聲字，第四首則都是入聲。只有第二首應該都是上聲字，卻在最後一句「引領但子想」插進一個去聲「但」。不過這是今日的解讀，在北宋時「但」字有上、去兩聲：上聲爲徒旱切，旱韻。去聲屬翰韻，徒案切。所以就當時而言，並非例外。

但是擔任職分寧主簿這些年，不只開啓孔平仲雜體詩的創作之路，甚至連他的婚姻大事，也是在洪州期間完成的〔註 16〕，對象是是世交之女陳氏〔註 17〕。孔平仲現存詩文中對妻子著墨不多，一方面是作品大量佚失，另外妻子的早逝也是原因之一。但孔平仲和妻子娘家的互動卻始終熱絡。陳氏有姐「少遘閔凶」，孔平仲「我持其配，以歸季宗」〔註 18〕。他還特別卜居城南，希望有

〔註 15〕依曾鞏〈司封郎中孔君墓誌銘〉所載孔延之曾知封州，後遷廣南西路轉運判官，時間就在嘉祐、治平間，詳上編第壹章〈父母〉。

〔註 16〕孔平仲〈祭陳端臣〉（宋集珍本《清江三孔集》卷三七）：「我來自洪，婚姻好合，恩義仍重……」頁 786。

〔註 17〕孔平仲〈祭陳用臣〉（宋集珍本《清江三孔集》卷三七）：「我識君祖，逮皇考君，前兄後弟，聯續婚姻。鄉閭之義，通于三世。」頁 787。

〔註 18〕孔平仲〈祭九姨〉（宋集珍本《清江三孔集》卷三七）：「嗚呼！夫人，少遘閔凶，我持其配，以歸季宗。有夫藝賢，經行收科。子多且孝，克紹其家。夫人儉勤，歷歲艱苦。如燕營巢，更累迭補。亦既成室，謂享百年。云何不幸，一病長捐。我之兩娶，夫人昆弟。鄉里之契，婚姻之義。病不饋藥，喪不哭幃。#衣重服，有涕漣洏。」頁 786。

朝一日能與姻親陳端臣、陳用臣一起徘徊林下、相守終老〔註 19〕。

在洪州分寧這段日子，一直是孔平仲心中難以抹滅的美好回憶，多年之後，他以過來人的心情爲郭知章（字明叔）介紹這裡的風土人情時，依戀之情猶不減當年，〈送郭明叔任分寧〉：

西安蕭洒我常游，去自脩川泛小舟。民本豐饒矜氣節，士多儒雅出公侯。

梅山晚翠屏當户，茶井春芽雪滿甌。預想弦歌富閒暇，白雲深倚鳳凰樓。

脩川即是修水，因爲源遠流長而得名〔註 20〕；而雙井茶更是洪州出了名的土產，黃庭堅就有「我家江南摘雲腴，落磑霏霏雪不如」（《山谷集》卷三〈雙井茶送子瞻〉）之句。從他還能如數家珍地談起當年泛舟脩水、晚眺梅山，和品味春茶的種種美好回憶；並以過來人身分向郭知章（字明叔）娓娓訴說此地民生富裕百姓進退有節、學風儒雅公侯代有所出的人文特色，讓身爲基層官員的他也能倚樓弦歌的寶貴經驗。可見儘管事過境遷，他始終念念不忘分寧這個初次爲官的地方。

孔平仲任分寧主簿將近六年，這段期間除了留下上述詩篇記錄他和長官、同僚的互動，對於上司也有著說不完的感謝。謝謝他們「待必加於異禮，言皆出於至誠。爲幸之多，免責而去」（〈謝洪簽啓〉）。雖然剛剛步入仕途，又是基層官員，孔平仲仍舊頗受長官青睞的。除了屢屢獲得薦章之外，對於生活細節的關照，更讓他銘感五內。〈謝洪倅啓〉云：

某天資至頑，吏事不敏，向備員於簿領，幸託迹於庇庥。屢趨門庭，又屬車馬。告辭曲謁之日，留意挽舟之兵，使無風濤之虞，愈知恩德之大。此蓋某官寬明直性，謙靜秉心，以爲待下雖勤，固不失乎爲上之道；與人無間，適足以增知己之光。忘其尊高，習以成就，乃下親於卑賤，皆曲盡於優容。雖甚愚蒙，豈不感激！方朝廷之籲俊，况器業之邁倫，想在匪朝，進用不次。更祈順序自重，慰人所瞻。

就是一例。雖說謝啓難免有許多制式的客套話，但孔平仲並非逢迎拍馬之徒，不可能杜撰子虛烏有之事，以博取長官的歡心。囑咐車馬，留意行舟，皆是

〔註 19〕〈祭陳端臣〉（宋集珍本《清江三孔集》卷三七）又云：「卜築城南，期以歸老，與子林下，相對華皓。」頁 786。〈祭陳用臣〉（宋集珍本《清江三孔集》卷三七亦有「城南之居，君與種蒔，今歸曷託，無復南意……云云」頁 787。

〔註 20〕《方輿勝覽》卷十九〈江西路・隆興府〉：「修水在分寧西六十里，其源自郡城東北流六百三十八里至海昏，又東流百二十里入彭蠡湖，以其遠故曰修水。」

小事，當然能夠得到上司照料，也不是人人都有的經驗，這又和他本身的家世、才華有關。

宋集珍本《清江三孔集》卷三四收錄二篇孔平仲在洪州期間代筆的文章，一篇是韓絳自三司使、吏部侍郎除樞密副使時，他所寫的〈代賀韓樞密〉；另一篇則是爲邵必權三司使而作的〈代賀邵三司〉〔註 21〕。根據《宋史・宰輔表二》韓絳除樞密副使在治平四年九月辛丑（二十六日）。邵必權三司使，則是在治平四年十一月十四日以前的事（說詳附編〈年譜〉）。換言之，孔平仲最遲在到分寧之後的第三年，就已經受到上司倚重，並且在職務上發揮所長了。

比較可惜的是除了孔平仲的同年以外，他任職分寧期間的長官，姓名幾乎都全不可考。乾隆四十六年正月四庫館臣所進、由江西巡撫都察院右副都御史謝旻等人編纂的《江西通志》，書中雖然對宋代知洪州的官員作了一番整理，但鮮少加註任職年月；清吳廷燮《北宋經撫年表》與近人李之亮《宋兩江郡守易替考》〔註 22〕在任免時間上已經作出排序，但二人說法往往南轅北轍。不過孔平仲任分寧主簿期間，曾經有多位長官薦舉過他，透過孔平仲留下的幾篇謝啓，或許能夠打破吳廷燮與李之亮二人間的歧異，找到更貼近事實的人選。爲便於閱題，茲先將吳、李二氏所舉官員列表如下：

時　間	《北宋經撫年表》	《宋兩江郡守易替考》
治平二年	程師孟 度支判官程師孟知洪州，改舒。	徐晉卿 《江西通志》卷九：「徐晉卿字國梁，衢州□化人，知洪州。」在葉均後一人。 施元長 《江西通志》：「施元長，治平二年以兵部郎中任。」
治平三年	周豫 集賢校理周豫知。	施元長 《古今圖書集成・明倫匯編・氏族典》卷四一：「施元長，宜城人，天聖中進士，累遷兩浙提點刑獄。後徙知洪州，有惠政。」 周豫 《江西通志》：「周豫，以集賢校理任。」在施元長後一人。

〔註 21〕二篇均見頁 754。

〔註 22〕《北宋經撫年表》（北京：中華書局，1984），以下所引見卷四〈江南西路〉，頁 302；《宋兩江郡守易替考》（四川：巴蜀書局，2001），以下所引均在頁 303。

治平四年	杜植 少府監杜植知。	周豫
熙寧元年	未著。	周豫 葉均 《江西通志》卷九：「葉均，司封員外郎，知洪州。嘉祐中任。復以集賢校理再任。」 杜植 《江西通志》：「杜植，以少府監任。」在周豫後一人。
熙寧二年	未著。	杜植
熙寧三年	榮諲 八月，戶部副使榮諲知洪州。參《長編》。	杜植 榮諲 《宋史》卷三三三本傳：「以集賢殿修撰知洪州。以疾故，徙舒州，未至而卒。」

首先，從孔平仲來到洪州的第一年（治平二年）看起，吳廷燮認爲本年知洪州者乃是程師孟；李之亮則列出徐晉卿和施元長。《江西通志》卷四六〈秩官一〉並未著錄徐晉卿，而且將程師孟排在「至和間以禮部郎中任」的唐介和「嘉祐間以司封員外郎任、以集賢校理再任」的葉均之間，顯然《江西通志》的編纂者認爲程師孟是仁宗時來知洪州，而不是英宗治平年間。

依照《宋史》卷三三一〈程師孟傳〉的說法，程師孟曾以「度支判官，知洪州」，但並未註明確切的時間。不過南宋李壁在其所撰的《王荊公詩注》中，對此作了考證。由於王安石和程師孟私交甚篤，程師孟每有職務易動，安石往往有詩送行〔註 23〕。程師孟知洪州，安石也曾爲長句贈別。《王荊公詩注》卷八〈送程公闢（師孟字）之豫章〉云：

> 畫船插幟搖秋光，鳴鐃伐鼓水洋洋。豫章太守吳郡郎，行指斗牛先過鄉。
> 鄉人出郭航酒漿，炰鼈膾魚炊稻粱。芡頭肥大菱腰長，醻醻喧呼坐滿床。
> 怪君三年滯瞿塘，又驅傳馬登太行。纓旄脫盡歸大梁，飜然出走天南疆。
> 九江左投貢與章，揚瀾吹漂浩無旁。老蛟戲水風助狂，盤渦忽折千丈強。
> 君聞此語悲慨慷，迎吏乃前持一觴。鄙州歷選多俊良，鎮撫時有諸侯王。
> 拂天高閣朱鳥翔，西山蟠繞鱗鬣蒼。下視城塹眞金湯，雄樓傑屋鬱相望。
> 中戶尚有千金藏，漂田種秔出穰穰。沉檀珠犀雜萬商，大舟如山起牙檣。

〔註 23〕以目前《王荊公詩注》所錄，計有：卷八〈送程公闢之豫章〉，卷二六〈次韻送程給事知越州〉、〈送程公闢得謝還姑蘇〉，卷三十〈送程公闢轉運江西〉。

輸瀉交廣流荊揚，輕裾利屣列名倡。春風踏謠能斷腸，平湖灣塢煙渺茫。
樹石珍怪花草香，幽處往往聞笙簧。地靈人傑古所臧，勝兵可使酒可嘗。
十州將吏隨低昂，談笑指揮回雨暘。非君才高力方剛，豈得跨有此一方。
無爲聽客欲霓裳，使君謝吏趣治裝，我行樂兮未渠央。

李壁於詩題下注云：「公闢先爲夔州路提點刑獄，夷數犯渝州邊，公闢自夔乞徙，治渝州，大賑民饑，旋徙節河東路，入爲三司判官、刑部郎中，出知洪州。時嘉祐七年五月。」因此吳廷燮認爲程師孟治平二年知洪州，恐非事實。

不過，治平年間程師孟的確曾在洪州停留，但其身份並非知州而是江南西路轉運副使。此行王安石同樣有詩記其事，《王荊公詩注》卷三十〈送程公闢轉運江西〉注云：「公闢於嘉祐間嘗爲洪州主，治平三年爲江西路轉運副使。」正因爲如此，孔平仲才機會結識程師孟，並獲得他的舉薦。《清江三孔集》於〈謝程卿舉職官啓〉題下有注曰：「得之按：尙書謝公鄂所跋，蓋轉運程師孟，時先生爲分寧主簿。」據王遷爲《清江三孔集》所作跋文提到當時編輯此書的工作分配，有「新蘄春知監徐得之編次」等語〔註 24〕。這行注應是徐得之所加，徐氏的說法又源自謝鄂。謝鄂（1121～1194），字昌國，號艮齋，新喻人〔註 25〕。紹興二十七年（1157）進士，歷樂安尉、吉州錄事參軍、知分宜縣，所至皆有惠政。光宗登基，獻十箴，除御史中丞、權工部尙書。年七十四卒，贈通議大夫。《宋史》卷三八九有傳。謝鄂去孔平仲不過百年，又是新淦同鄉子弟，其所作跋今雖不傳，但既是徐得之所親見，其中必有足以採信的理由，才會特別註明，應可當成程師孟已經不再是洪州知州的佐證。

那麼李之亮所說的徐晉卿和施元長，究竟何者才是孔平仲的長官？《江西通志》所載宋代知洪州官員當中，並沒有徐晉卿；至於施元長則是列在葉均之後。而且註明葉均是「嘉祐間以司封員外郎任，以集賢校理再任」。吳廷燮書中也曾提出葉均和徐晉卿，並將葉均知洪州一事，暫時安插在唐介之後、徐晉卿之前〔註 26〕。對比《浙江通志》卷一百六十六〈人物二〉中徐晉卿小傳所云：「《天啓衢州府志》：『字國梁，開化人。仁宗朝召對，爲〈義井記〉，嘉其才，敕知洪州。尤精於韜畧，後戰亡於廣南金城驛。』」若其說可信，則徐晉卿知洪州應會仁宗朝的事，治平以後是否還在任，目前無法考證。

〔註 24〕見宋集珍本《清江三孔集》，頁 804。
〔註 25〕見《宋人傳記資料索引》冊五，頁 4108。
〔註 26〕《北宋經撫年表》卷四：「(嘉祐)七年，葉均。(唐)介遷，司封員外郎葉均知，再任。(《志》)《志》：『均後有徐晉卿，應考。』」頁 302。

而吳廷燮也同意施元長曾知洪州，但他所提出的結論卻是治平元年「以兵部員外郎」的身份來知〔註 27〕。無論是時間點或官銜都和李之亮不同，但對照其他書籍所載，李之亮的說法似乎更接近事實。首先，李之亮引用《古今圖書集成・明倫匯編・氏族典》卷四一所記：「施元長，宣城人，天聖中進士，累遷兩浙提點刑獄。後徙知洪州，有惠政。」而《淳熙三山志》卷二十五〈秩官類六〉也說：「施元長，司封員外郎。嘉祐三年至六年移兩浙提刑。」證明施元長知洪州是在兩浙提刑之後。《江西通志》卷十七〈學校一〉又云：「南昌學始於晉，太康中豫章太守胡淵建於郡西……宋雍熙間漕使楊緘修，景祐二年知州趙槩廣廊廡、築齋舍、繪禮器制度甲諸郡，余靖記。治平二年。知州施元長遷於州治東南，即今所，建炎中火於兵，紹興四年知州趙鼎復建，胡世將、李綱成之，慶元二年知州蔡戡重修，楊萬里記。」清・陳宏緒撰《江城名蹟》卷三亦稱：「南昌府學自晉至唐皆建于郡西，宋治平二年知洪州施元長遷于洗馬池東、明堂路西，即今之儒學也。」因此施元長治平二年在任，當可信。

接下來要探討的是治平三年知洪州的官員，這回《江西通志》和吳、李二人倒是意見一致說是周豫；不過提到任期，看法又出現落差：吳廷燮認周豫知洪州只有短短一年光景；李之亮卻說周豫在洪州任上大約有三年之久。

周豫，永嘉人。慶曆六年丙戌賈黯榜進士。孔平仲有〈謝周學士舉職官啓〉題下原注：「得之按：周學士，乃知洪州周豫。」儘管吳廷燮與李之亮對周豫知洪州的時間，看法不一。但對周豫以「集賢校理」來知，卻是一致。王安石《臨川文集》卷五十一有〈集賢校理周豫太常博士餘如故制〉，周豫身分當無異議。只可惜此制不著年月，不能提供時間參考。

因爲對周豫的任期見解不一，所以下一任官員杜植何時到任，二人說法也是天差地遠：吳廷燮說是「治平四年」，在周豫之後；李之亮認爲是熙寧元年，在葉均之後；《江西通志》則是列在周豫之後。

杜植，無錫人。杜鎬之孫，杜杞之兄。以文雅知名，以祖蔭補官，累任監司，尚書駕部員外郎，終少府監。植善吟咏，皇祐中嘗有詩刊石州治。《宋人傳記資料索引》也認是「治平四年由少府監知洪州」〔註 28〕，可惜未註明

〔註27〕《北宋經撫年表》卷四：「治平元年，施元長，兵部員外郎施元長知洪。《江西志》：楊傑記。」頁 302。

〔註28〕見《宋人傳記資料索引》，冊二，頁 801。

所據為何。孔延之年輕時嘗從杜植弟杜杞討伐歐希範、蒙趕，孔平仲卻未留下和杜植互動的作品，故而無法幫助釐清杜植知洪州的時間。

最後提到滎諲（1007～1071），字仲思，濟州任城人，宗範子。舉進士，累遷戶部副使，歷官皆有惠政。以集賢殿修撰知洪州，熙寧四年徙舒州，未至卒，年六十五〔註29〕。《宋史》卷三三三有傳。孔平仲也未留下和他互動的作品，不過滎諲來知洪州，已是熙寧三年八月的事，此時孔平仲恐怕早就離開洪州，等候待選去了。

知州之外孔平仲尚有〈謝方卿舉職官啓〉，題下原注云「得之按：方卿，乃提刑方嶠。」據李清馥《閩中理學淵源考》卷九〈光祿方次山先生嶠〉所錄，「方嶠字之山，景祐元年進士。初調平陽尉，改福州司理參軍，遷秘書省著作郎，知山陽縣，移知循州，改秘書丞，就遷太常博士，知潮州，潮與循鄰，民熟知其治，行不待教而服，兩州皆為立祠，而潮以配韓愈。累遷屯田員外郎，通判淄、濰二州，權密州，撫循有方，密人德之，故相龐籍、學士孫沔交薦可用，余靖、韓宗彥又舉才行遺逸，會遣使寬恤諸路民力，乃以嶠使福建，嶠詢訪利病條上，多見施行。英宗即位，改職方員外郎，與通判吉州，遷屯田都官郎中，守汀州，汀、虔鹽寇剽刼，至，悉討平之。汀有巡檢與賊戰死，部卒懼失主帥并誅，遂謀為亂，嶠諜知，取其首謀三人斬之，餘悉奏免，所活數百人。遷司封郎中，改太常寺卿，卒。與兄峻並贈金紫光祿大夫，莆人稱白社二金紫。子：伯騫、仲宇、叔完、宙。」由於小傳並未記載方嶠擔任提刑的經歷，李之亮《宋代分路長官通考・江西路提點刑獄公事》也沒有方嶠曾任此一職務的記錄。而孔平仲雖未直呼他為提刑，但文章中有「恭遇某官操使者之重，抱古人之明；斷獄尚欲其不冤，察吏豈容而自晦？以敦重薄俗為己任，以夫翊高風為素心，遂賜薦揚，以收孤陋。乘軺所至，尤畏澄清之威；入幕非才，豈堪保任之意……」云云，則方嶠曾任提刑，當是事實。這篇文章正可補李清馥〈傳〉之不足。

三、六年任滿前途難期

熙寧三年對孔家而言，是變動不斷、吉凶難料的一年。先是這年七月，孔平仲擔任荊湖北路轉運使的父親孔延之與判官吳太元不和，受到朝廷關

〔註29〕見《宋人傳記資料索引》，冊四，頁3306。

注，雖然事後證實錯不在孔延之〔註 30〕，卻因此成爲朝廷人事易動的優先考量。（說詳上編第壹章〈父母兄弟〉）

同年九月，孔平仲任台州軍事推官的兄長孔文仲由范鎮推薦，赴京應賢良方正〔註 31〕，卻因爲對策極言王安石新法之不當引發軒然大波，最後即使御批罷黜還故官收場〔註 32〕，連當初推薦孔文仲的范鎮也五次上疏乞致仕〔註 33〕。

〔註 30〕《長編》卷二一三：「（熙寧三年，七月）庚子，詔江、淮發運司及荊湖北路提點刑獄司體量荊湖北路轉運使孔延之、判官吳太元不和事狀以聞。仍令太元赴闕。以上批聞『延之、太元不和，而太元不直』故也。」

〔註 31〕《長編》卷二一五：「（熙寧三年，九月）乙巳，御崇政殿策賢良方正，又策試武舉人。」

〔註 32〕《長編》卷二一五：「（熙寧三年，九月）是歲，舉制科者五人，文仲所對策，指陳時病，語最切直。初考，宋敏求、蒲宗孟置第三等上，覆考，王珪、陳睦置第四等，詳定韓維從初考。陶語亦稍直，繪記誦該博，錢勰文稍工，皆入第四等。侯溥稱災異皆天數，又用王安石洪範說，云：『肅時雨若非時雨順之也，德如時雨耳。』黼皆惡其阿諛而黜之。維又奏勰文平緩，亦黜之。安石見文仲策，大惡之，密啓于上，御批黜文仲。知通進銀臺司齊恢、孫固屢封還御批，維及陳薦、孫永皆求對，力言文仲不當黜，維章凡五上，略曰：『陛下無謂文仲一賤士耳，黜之何傷，臣死賢俊由此解體，忠良結舌，阿諛苟合之人將窺隙而進，爲禍不細，願改賜處分。』卒不聽。」

〔註 33〕《長編》卷二一六：「（熙寧三年，十月）詔翰林學士、戶部侍郎兼侍讀、集賢殿修撰范鎮落翰林學士，依前戶部侍郎致仕。先是，鎮奏乞致仕曰：『臣近舉蘇軾諫官，蒙御史劾奏；又舉孔文仲應制科，蒙下流內銓，告諭令歸本任。職臣之故，上累聖德，下累賢才，臣無面顏復齒班列，望除臣致仕，仍不轉官，以贖軾販鹽誣妄之罪，及文仲對策切直之過。』不報……最後奏曰：『臣請致仕，已四上章，歷日彌旬，未聞可報。緣臣所懷，有可去者二：臣言青苗不見聽，一可去；薦蘇軾、孔文仲不見用，二可去。負二可去，重之以多病早衰，其可以已乎！今有人言，獻忠與獻佞孰是？必曰獻忠是。納諫與拒諫孰是？必曰納諫是：蘇軾、孔文仲可謂獻忠矣，陛下拒而不納，是必有獻佞以誤陛下者，不可不察也。若李定避持服，遂不認母，是壞人倫、逆天理也，而欲以爲御史，御史臺爲之罷陳薦，舍人院爲之罷宋敏求、李大臨、蘇頌，諫院罷胡宗愈。王韶上書肆意欺罔，以興造邊事，敗則置而不問，反爲之罪帥臣李師中。及御史一言蘇軾，下七路捃摭其過。孔文仲則遣之歸任。以此二人況彼二人，以此事理觀彼事理，孰是孰非，孰得孰失，陛下聰明之主，其可以逃聖鑒乎？惟審思而熟計之。朝廷所恃者賞罰，而賞罰如此，如天下何！如宗廟社稷何！至于言青苗，則曰有見效者，豈非歲得緡錢數十百萬？緡錢數十百萬，非出于天，非出于地，非出于建議者之家，一出于民。民猶魚也，財猶水也，水深則魚活，財足則民有生意。養民而盡其財，譬猶養魚而欲竭其水也。今之官但能多散青苗、急其期會者，則有自知縣擢爲轉運判官、提點刑獄，急進僥倖之人，豈復顧陛下百姓乎？陛下有納諫之資，大臣進拒諫之計；陛下有愛民之性，大臣用殘民之術。臣職獻替，而無一言，但風波並未就此平息，且對孔家造成影響。《長編》卷二一五稍後又引林希《野史》云：「孔文仲對制策，悉及時事，切直無所迴避，其語驚人。初考官宋敏求、蒲宗孟署三等上，覆考官王珪、陳睦畏避，止署四等，詳定官王存、韓維定從初考。故事，推恩當得京官簽判。有怒其斥己者，自呂陶等皆推恩，惟文仲特黜，下流內銓遣還本任。中外大驚。既而召其弟武仲爲直講，辭不赴，怒者益甚；召其父延之爲開封推官，畏不敢來，乞外郡，得越州。」

雖然《長編》作者最後只以「希所云武仲、延之辭召事當考」作結，對林希所說持保留態度。不過《族譜》並未記載孔武仲曾受召爲直講之事，《宋史・本傳》儘管有「武仲字常父。幼力學，舉進士，中甲科，調穀城主簿，選教授齊州，爲國子直講……」的說法，但時間卻是置於教授齊州之後，和林希的講法明顯有出入，因此無從證實是否眞有「辭不赴」之舉。另一方面，不論是孔延之自乞外郡，抑是被一句「精力緩慢，恐非監司之宜」所否決，最後孔延之終究還是離開京師，出知越州。是以《野史》所云，在這部分多少還是有幾分可信的。

就在此時，孔平仲任分寧主簿，轉眼將近六年，也到了應該調整職務的時候了。《族譜》說他「熙寧三年六月薦舉密州教授」，但從平仲留下的作品來看，一切似乎不是如此輕易就拍板定案。比較切合實際的說法應是熙寧三年六月他就已經離開洪州，準備動身進京待選。大約在這年的初秋〔註 34〕，他來到襄州。由於兄長孔武仲在穀城主簿任滿之後，幸運受到上司的青睞成爲襄陽府的幕僚〔註 35〕。讓他此行多了個落腳的地方。

則負陛下多之矣！臣知言入觸大臣之怒，罪在不測。然臣嘗以忠事仁祖，仁祖不賜之死，才聽解言職而已；以禮事英宗，英宗不加之罪，才令補畿郡而已。所不以事仁祖、英宗之心而事陛下，是臣自棄于此世也。臣爲此章欲上而中止者數矣，既而自謂曰：今而後歸伏田閭，雖有忠言嘉謀，不得復聞朝廷矣！惟陛下裁赦，早除臣致仕。』」

〔註 34〕君按：《長編》卷二二三：「(熙寧四年五月癸卯）光祿卿史炤知邢州。」而孔平仲〈謝襄州史大卿狀〉有「方秋之初，於氣尚熱，伏期順時保練，對國寵光」等語，由是可知平仲途經襄州是三年事，四年秋史炤已調往邢州。

〔註 35〕孔武仲〈謝史大卿薦館閣啓〉云：「謂委吏之賤，聖人處之而不辭；則主簿之卑，高士爲之而何愧！優游下邑，荏苒暮年。顧俗狀之日增，對陳編而自惡。尋祗召檄，俾近府庭。矧居庠序之中，獲肄聖賢之訓。補苴舊學之闕，紹緝前聞之餘。坐廢官箴，久縻廩粟。固已優容之太甚，夫何推挽之頻仍……」又云「入幕之榮，已叨于汲引；登瀛之美，復被于薦推。自顧無堪，夫何以稱。」由是可知。

孔平仲留在襄陽這段日子，孔武仲的上司也曾親自接見他，這樣的禮遇讓他感佩不已。〈謝襄州史大卿狀〉云：

竊以貴之待賤，卑者視尊，先王之經，固有等差以相制；後世之薄，乃至隔塞而不通。居上者藐然而自高，在下者畏之而難進。欲祛此弊，當得偉人，昔恨未聞，今榮親見。恭惟某官位爲刺史，秩在正卿，問俗觀風，六持於使斧；承流宣化，累綰乎郡章。爵齒俱尊，中外攸服。某半通賤吏，一介書生，其行誼不足紹古人之休，其文采不足收當世之譽，走以往還之際，宜宣奔走之勤。以材而論，則賢否之不同；以勢而言，則輕重之殊絕。乃蒙畧去體貌之峻，接以語言之溫，烜赫旌麾，下臨於館舍；從容樽俎，嘗沐於宴歡。雖矯曲鎮浮，自將敦盛德之重；而寡聞渺見，何以當至意之隆！但切悚皇，仍增感激，越治封而未久，想祥履之彌休。再惟明公宇量端閎，風猷清遠，藹然搢紳之公論，簡在當宁之深知。暫留一邦，實鬱餘地，佇登不次之用，以究非常之才。方秋之初，於氣尚熱，伏期順時保練，對國寵光。

這裡所說的史大卿就是史炤。他字中煇，或作中暉。在當時頗有政聲，與文彥博、范鎮、張仲巽、劉伯壽號「西京五老」（王應麟《小學紺珠》卷六）。是一位致力於地方建設的好長官，歐陽修〈峴山亭記〉云：「熙寧元年，余友史君中煇，以光祿卿來守襄陽。明年，因亭之舊，廣而新之，既周以迴廊之壯，又大其後軒，使與亭相稱。君知名當世，所至有聲，襄人安其政，而樂從其遊也……」（《文忠集》卷四十）《長編》也提到他因爲「于水史甚宣力」，神宗還公開表示「宜優獎以勸眾」〔註 36〕。

巧合的是歐陽修這篇〈峴山亭記〉作於熙寧三年十月二十一日。代替史炤答謝歐陽修「不拒其請，賜之述紀，使斯山之勝槩與叔子之遺風，顯揚發揮于垂廢之際，而荊州之故事，復播于無窮」（〈代史大卿謝歐陽永叔書〉）的，正是擔任襄陽府幕僚的孔武仲。武仲還撰有〈謝史大卿薦館閣啓〉，推崇長官「德爵之重，與齒而俱尊；分寸之長，取人而不廢」。從史炤對孔家兄弟的態度看來，歐陽修之所以會說人「樂從其遊也」，絕非溢美之詞。而孔平仲對史炤「煊赫旌麾，下臨於館舍；從容樽俎，嘗沐於宴歡」的作風，更是感激。

〔註 36〕事見《長編》卷二二三：「（熙寧四年五月癸卯）光祿卿史炤知邢州。上謂執政曰：『炤在襄州，于水利甚宣力，宜優獎以勸眾。』」

離開襄州，孔平仲接著去江陵〔註 37〕觀省擔任湖北轉運使的父親孔延之，並在其任所停留下來，其間他還寫信向荊門知軍張維〔註 38〕表達感謝之意。〈謝荊門知軍啓〉云：

向者北走帝都，南還親侍，兩趨赤幟，再屈朱轓，蒙下接之加優，結中藏而增感。越治封而未久，計祥履之彌休。恭以某君天機精明，世務詳練。措諸萬事，莫不左右而皆宜；施之一邦，不勞指顧而自治。考之公論，言未盡有餘之才。想在匪朝，當別拜非常之命。更祈順時保育，對國寵光。

在宋人眼中，江陵乃是「蠻荊之地，五方雜居，衣冠藪澤，競渡之戲」，加上地理位置「東連吳會，西有洞庭，南通五嶺，北繞潁泗」，堪稱是「據江湖之會，即西川江南廣南都會之衝南」〔註 39〕。孔平仲因緣際會來到這裡，當然不能免俗的，得趁遊覽洞庭風光。〈至日阻風飲於轉運行衙呈經父〉：

杜渚停風棹，華堂置酒壺。雲低岳陽市，雪滿洞庭湖。醉眼看梅蘂，歡心合棣柎。去年今夕夢，江國面京都。

登臨之餘，他也藉由詠物來抒懷，〈詠櫓〉：

以小能行大，天機寄物形。沿流最有助，深壑屢嘗經。迅速功無比，謳鵶韻可聽。江空揷羽翼，水府散雷霆，駕浪來湘浦，搖風過洞庭。侵凌秋島霧，破碎暮灣星。雁鶩驚羣起，蛟龍睡一醒。浩然乘此興，東去絕滄溟。

〈詠柁〉：

厥初誰創物，似此亦難求。擺合千尋浪，回旋萬斛舟。行如一臥扇，力敵九牦牛。出沒居相半，東西勢自由。高風當絕倚，淺瀨亦徐收。軋軋微鳴曉，峩峩逈浸秋。隨灣掉轉尾，避石掣開頭。自有施功地，何嘗厭下流。

〔註 37〕君按：《元豐九域志》卷六：「荊湖路，咸平二年分南、北路。」又云「北路：府一、州一十、縣四十七。次府江陵府江陵郡荊南節度，治江陵縣。」《宋史》卷八八〈地理四〉亦云：「江陵府，次府，江陵郡，荊南節度。舊領荊湖北路兵馬鈐轄，兼提舉本路及施、夔州兵馬巡檢事。」

〔註 38〕李之亮《宋兩湖大郡守臣易替考・荊門軍》下云：「《欒城集》卷一〈答荊門張都官維見和惠泉〉。」頁 214。

〔註 39〕以上皆引自宋・祝穆撰《方輿勝覽》卷二七〈湖北路・江陵府〉。

由孔平仲的詩解讀，這年冬至他還在湖北觀覽洞庭景色，其實此刻孔延之的職務已經悄悄調動〔註 40〕，接任湖北轉運使的官員孫珪很快就要前來履新。而代替孔延之致書給由開封府推官改任湖北轉運使孫珪的，正是當時住在轉運行衙的孔平仲，〈代與孫珪〉（宋集珍本《清江三孔集》卷三四）：

> 伏審光膺優渥，榮領轉輸，恭惟歡慶。伏以某官朝之俊明，時有問望。弼成大農之政，輔宣京兆之封。上結宸衷，外分使指。洞庭之野，乃經制之嘗游；皇華之官，展澄清之素志。惟渺然之無似，辱賢者之相承。叨麇久居，豈有告新之政；脂軍入覲，莫諧道舊之歡。企向之深，敷宣曷悉。

孔平仲是否陪同父親一起離開湖北，不得而知。但可以確定的是孔延之由湖北轉運使權開封府推官之議，遭到朝廷否決之後，很快被任命知越州軍州事〔註 41〕，並於熙寧四年春天〔註 42〕走馬上任。孔平仲曾經再次代替父親寫信給兩浙路的官員，證明在暮春之前〔註 43〕，他已經抵達會稽與家人團聚。

第二節　密州教授

一、出任密州教授之背景

熙寧四年，因爲孔延之改調知越州軍州事的關係，孔平仲也前往會稽，途經鄂州時，求見過知州張顒，爲了感謝張顒對他的照顧，事後孔平仲特別寫信致謝。〈謝鄂守張職方啓〉云：

〔註 40〕《長編》卷二一五：「（熙寧三年，九月）湖南轉運使張顒知鄂州，權發遣戶部判官范子奇權湖南轉運副使，湖北轉運副使（按：「副使」誤也，揆之上下文，應是「湖北路轉運使」）孔延之權開封府推官，權發遣開封府推官孫珪爲湖北轉運使。」

〔註 41〕《四庫全書·會稽掇英總集提要》：「臣等謹案《會稽掇英總集》二十卷，宋孔延之撰。原本自序首題其官爲尚書司封郎中、知越州軍州事、浙東兵馬鈐轄，末署熙寧壬子五月一日越州清思堂。」

〔註 42〕孔延之何時知越州，施宿《嘉泰會稽志》卷二謂：「孔延之熙寧四年四月以度支郎官知，五年十一月召赴闕。」羅以智編《趙清獻公年譜》（北京：北京圖書館出版社，1999）則說：「（熙寧四年）三月，與越守孔度支延之餞別於金山，夏到青州任。」趙抃《清獻集》卷四有〈酬越守孔延之度支〉詩，自注云：「去年春三月，公之會稽，予自杭徙青，餞別于潤州之金山。」由是可知，孔延之到越時日雖不可考，當在春天以前就已抵達任所。

〔註 43〕宋集珍本《清江三孔集》卷三四有〈代越州與兩浙漕〉、〈代與兩浙憲〉，前者稱「物方鬯茂，俗肇澄清」；後者云：「春華寖盛，德宇彌沖」，皆春日景象，由是可知孔平仲在暮春以前就已抵達越州。

比者罷秩歸寧，經塗請見，過蒙顧遇，尤切感銘。自阻遠於崇墉，方服勞於行役，闕然奏記，甚矣靦顏。尚冀高明，曲加寬貸。恭惟某官夙著異等，屈臨一邦，處之有餘，坐以無事。臺閣之選，旦夕以須。方淑氣之甚暄，想沖襟之多裕。更祈遵養，少副願言。

張顒是在熙寧三年九月這波官員調動中，和孔平仲的父親孔延之同時調整職務，由湖南轉運使改知鄂州的〔註44〕。張顒向來不大接見後生晚輩，《江西通志》卷七二〈人物〉：「彭持字知權，分宜人。少喜學西漢文，爲諸生時，知軍州事張顒稀簡接士，求見者先令詩賦，方得通，士無敢進者，持奮曰：『是謂秦無人矣。』因入謁，顒令作日新之謂盛德賦、藏器待用詩，皆立就，張大稱賞，貢入太學……」所以孔平仲對他格外恭敬。從信中提筆染翰之際，正値「淑氣甚暄」的季節。寫信的時間比〈代越州與兩浙漕〉、〈代與兩浙憲〉還要來得早一點。且提到是因「罷秩歸寧」，可見此時朝廷似乎還是未就孔平仲的未來做出安排。讓他得以在越州這個歷史悠久的名城古郡，四處尋幽訪勝。

越州治下的會稽、山陰〔註45〕，素以「山川自相映發，使人應接不暇」著稱〔註46〕，孔平仲寄情山水之餘，也藉由詩文向二位兄長傾吐懷抱，〈和常父寄經父〉：

候得早潮來，江邊風又起。錢塘與海接，浩渺無涯涘。長鯨呼鱷魚，蛟此正掉尾。豈惟波浪聲，號泣半溺鬼。臨流不敢渡，尋尺如千里。僥幸亦可往，無力觸萬死。蕭然古山根，客棹於此艤。吳亭明可數，游觀信爲美。安敢慕紛華，而不重行止。回首卧此居，想在青雲裏。相思寂寞晚，誰伴西樓倚？

經過大約半年的等待，終於一切塵埃落定，孔平仲的新職是擔任密州教授，負責教化諸生的工作。這一職務是因應當時朝廷罷詩賦及明經諸科，以經義、論、策試進士這樣的重大變革所產生的，《長編》卷二二〇：

（熙寧四年）二月丁巳朔，中書言：「古之取士皆本於學校，故道德一於上，習俗成於下，其人材皆足以有爲於世。自先王之澤竭，教

〔註44〕《長編》卷二一五：「（熙寧三年九月）湖南轉運使張顒知鄂州，權發遣户部判官范子奇權湖南轉運副使，湖北轉運副使孔延之權開封府推官，權發遣開封府推官孫珪爲湖北轉運使……」

〔註45〕《元豐九域志》卷五：「大都督府越州會稽郡鎭東軍節度，治會稽、山陰二縣。」

〔註46〕《世説新語・言語》：「王子敬云：『從山陰道上行，山川自相映發，使人應接不暇。若秋冬之際，尤難爲懷。』」

養之法無所本，士雖有美材而無學校師友以成就之，此議者之所患也。今欲追復古制以革其弊，則患於無漸。宜先除去聲病偶對之文，使學者得以專意經義，以俟朝廷興建學校，然後講求三代所以教育選舉之法，施於天下，則庶幾可復古矣。明經及諸科欲行廢罷，取元解明經人數增解進士，及更俟一次科場，不許諸科新人應舉，漸令改習進士。仍於京東、陝西、河東、河北、京西五路先置學官，使之教導……五路先置學官，中書選擇逐路各三五人，雖未仕，有經術行誼者，亦許權教授，給下縣主簿、尉俸。願應舉者亦聽，候滿三年，有五人奏舉，堂除本州判、司、主簿、尉，仍再兼教授。即經術行誼卓然，爲士人所推服者，除官充教授。其餘州軍並令兩制、兩省、館閣、臺諫臣寮薦舉見任京朝官、選人有學行可爲人師者，中書體量，堂除逐路官，令兼本州教授。」從之。

孔武仲、孔平仲都曾當過主簿，在此之前各自也都屢受上司薦舉任京朝官，兄弟二人均符合擔任學官的資格，所以才會雙雙雀屏中選，分別派任齊州和密州。

《族譜》稱孔平仲「熙寧三年六月，薦舉密州教授」的說法，上一節已經指出時間上的錯誤，李春梅〈編年〉對這一點也有說明：

按：《宋史》本傳不載密州之任，此從平仲詩文中推知。平仲有〈常山四詩並序〉云：「熙寧六年之仲冬，太守以旱有事於常山。平仲職在學校，不預祭祀。」常山爲密州望山，因祈雨常應而得名。說明平仲熙寧六年冬任密州教授，而其在密州任上歷官兩年，見於他被辟舉進京時所作的〈途中口占〉云：「兩歲東州不自知，人情全在欲分時。」則平仲於熙寧五、六年或六、七兩年在密州任上。而考〈司封郎中孔君墓誌銘〉，父孔延之熙寧七年二月卒於京師，其時平仲已改授衢州軍事推官，則平仲離開密州時爲熙寧六年歲末。平仲在赴密途中曾作〈日出〉詩，云：「仲冬十一月，我行赴高密。」上溯兩年則平仲到達密州時爲是年（熙寧四年）十一月。平仲到密州任選撰〈上王相公書〉，云：「昨蒙恩授密州教授，已於某月日到任訖。」則此職爲王安石所薦也〔註47〕。

〔註47〕見頁2875。

以孔平仲作品，推翻《族譜》「熙寧三年六月」的說法，比對上一節孔平仲分寧主簿任滿、赴汴離汴的過程，〈編年〉所做推測大致可信；但稱孔平仲教授密州，「此職爲王安石所薦」，原因恐怕不是〈上王相公書〉開頭的二句話就能完全概括的。按：宋代官員在職務調動時，依例皆應上書或表稱謝，而王安石正好是當時的宰相，因此孔平仲上書給他也是順理成章。所以想要進一步明白其中原委，還是得從書信的內容來解讀。宋集珍本《清江三孔集》卷三五就收錄了這封書信，儘管字跡部份模糊難辨（即下文＃處）。爲避免斷章取義，茲錄全文如下：

> 昨蒙恩授密州教授，已於某月日到任訖。惟朝廷更張，萬事之＃，興起學校，以輔太平，爲之設官，倡率義理，士大夫得豫是選者，莫不以爲榮；而不由論薦出，於初除者，又以爲甚榮。某之愚不敢當於此，然私有＃焉。某＃蔽之性，本喜讀書，向在場屋，則困於聲病對偶破碎之文；比竊祿食，又苦於簿書期會奔走之役。雖嘗妄意經術，而尤不專。年日益長，智日亦奪，大燿將滅不自振，今也乃得脫去＃餘，備員庠序，日以講論道義爲職，遂將由此而進一二，此不肖之所以爲大幸也。重惟去聖已遠，家異習、人異論，自相公之言＃而六經之趣明，天下＃競＃，學者宗仰，如見孔子。某游門下之日雖至淺，而誦相公之學爲最篤，今＃被命，但當竭盡鄙識，申揚微旨，以告諸生，必使有立，庶幾塞新語之意，而報門下之辱遇，過此以往，則非所知。

通過書信不難看出「此職爲王安石所薦」的關鍵，就在於孔平仲曾遊於王安石門下，即使他本人謙虛的表示「日雖至淺，而誦相公之學爲最篤」，但從「今＃被命，但當竭盡鄙識，申揚微旨，以告諸生，必使有立，庶幾塞新語之意，而報門下之辱遇」這幾句話，出自王安石之薦當無疑義。

何況孔平仲在王安石面前自稱門下，也不上出現〈上王相公書〉而已。元豐元年春天孔平仲爲赴新職路過江寧，還曾特地前往拜謁，留下〈造王舒公第馬上作〉、〈呈舒公〉二詩（說詳第三節）。詩中孔平仲也自稱「朱門舊時客」。

此外，孔平仲作品中和王家相關的還有〈上王學士元澤一作代人〉（宋集珍本《清江三孔集》卷三三）和〈祭介父〉二篇。前者已證實是代人作（說詳附編〈年譜・熙寧八年〉）；後者收錄在宋集珍本《清江三孔集》卷三七，全文如下：

謹以清酌庶羞之奠，致祭于故丞相荊國公之墓。嗚呼！人之相知，自古難偶，至於不肖，一見加厚。雖未及用，意則至＃。王公山中，俯仰十年，奉命出使，今復來此，音容＃＃，松柏拱矣！酒薄食陋，所置者誠，再拜奠公，敢有死生。尚饗！

這裡所說的「奉命出使」，指的是元祐三年孔文仲死後，朝廷任命孔平仲為江南東路案運判官，為兄護柩歸葬一事。隔年他前往金陵〔註 48〕，七月又因江寧大旱，親上蔣山祈雨，宋集珍本《清江三孔集》卷三六還保存三篇〈祭蔣山祈雨文〉；稍後獲得嘉應，他還親視匠事、修廟致謝（說詳上編第參章〈以運判護兄柩歸葬〉）。也就是說元祐四年的七月至十一月，孔平仲都留在江寧府。而王安石墓據《江南通志》卷三七〈輿地志・壇廟祠墓〉所載，「在上元縣鍾山半山寺後」，和其「弟秘閣校理安國、右丞安禮墓，竝在江寧」。推測孔平仲前往祭拜王安石的時間，當在此時。王安石卒於元祐元年四月〔註 49〕，距離平仲前來致祭已有三、四年的時間，因此祭文才會出現「音容＃＃，松柏拱矣」的感慨。

祭文中孔平仲再次強調「人之相知，自古難偶，至於不肖，一見加厚。雖未及用，意則至＃」。從這些敘述都可以感受到孔平仲對王安石始終有份惦念。可惜就像周必大〈清江三孔集序〉所說，今日傳世的三孔詩文，其實是「存一二于千百」；而王安石作品中，也不見任何提及孔平仲的記錄。無法透過更多文獻，了解二人交遊的經過。

不過，李春梅忽略了一件事，那就是孔平仲對王安石的禮敬，不僅只於曾遊門下，其父孔延之和王安石以及黃庭堅之父黃庶皆為同年，都是慶曆二年壬午楊寘榜進士（《江西通志》卷四九〈選舉〉）。身為後生晚輩孔平仲於情於理都應尊敬王安石。而王安石本人其實也是惜才愛才。《山谷年譜》卷五〈熙寧四年辛亥下・衝雪宿新寨忽忽不樂〉條下云：

按：《垂虹詩話》云：「山谷尉葉縣日，作新寨詩，有『俗學近知回首晚，病身全覺折腰難』之句。傳至都，半山老人見之，擊節稱歎，謂『黃某清才，非奔境俗吏。』遂除北都教授，即為潞公所知。」

〔註 48〕宋集珍本《清江三孔集》卷三七〈祭申國呂司空文〉有「來至金陵，聞公之訃，號叫失聲」等語。申國呂司空指呂公著，公著元祐三年四月加司空同平章軍國事；元祐四年二月卒，封申國公，謚正獻。而孔平仲寫祭文的時間是元祐四年二月二十七日，由此可知是年二月孔平仲人在金陵。

〔註 49〕《長編》卷三七五：「（元祐元年四月）癸巳，觀文殿大學士、守司空、集禧觀使、荊國公王安石卒。」

值得注意的是王安石擢用黃庭堅的時間也熙寧四年。雖然在此之前，王安石曾因孔文仲對策極言新法之不當而罷制科，但剛步入仕途的孔平仲並未參與其事。當此朝廷亟需用人之際，王安石放下私人恩怨，提攜孔平仲也合乎常理。

二、赴密州教授行跡考述

《宋史》本傳不載密州之任，李春梅〈編年〉謂須從平仲詩文中推知，的確有此必要。由於孔平仲密州時期所作詩文，於今尚存者頗多，從這些作品可以還原出他從赴任到離職及在密州期間的生活狀況。只是王遘當初編輯《清江三孔集》時，並未將此一時期的作品串聯在一起，因此時間上必須重新排序。

依照上一節的敘述，熙寧四年秋天，孔平仲已然到了孔延之越州的新任所，並且在這裡停留，還和家人共同歡度中秋佳節。〈熙寧四年中秋〉云：

> 月滿光尤好，秋殷氣更清。頻年苦陰雨，此夜獨清明。後閣羅甥妹，前堂合弟兄。團圓最相稱，盡飲至更深。

如此溫馨的家庭聚會看似尋常，卻是前些年孔平仲任職洪州，父母兄弟亦各自宦遊一方時，所無法享有的天倫之樂。然而這樣的團聚並不長久，大約就在中秋節過後，孔平仲也收拾行囊啓程前往密州。

何以確定孔平仲是自越州赴任，這還得從他的作品分析。〈和舍弟送行至密州〉云：

> 一覽鳳凰句，况當鴻鴈秋。雲山回倦首，烟雨上扁舟。土俗京東陋，官居學舍幽。蓬萊醉中夢，尋我海邊州。

雖然目前無法得知詩題中所說的「舍弟」是指孔延之諸子中的那一位，以及他爲孔平仲而作的送行詩內容爲何，不過和詩的前四句已經清楚說出孔平仲是在秋天某個陰雨的日子走水路出發的。接下來「土俗京東陋，官居學舍幽」是孔平仲想像密州的風土人情與居住環境。最具關鍵性則在尾聯「蓬萊醉中夢，尋我海邊州」。孔平仲習慣用與海相關的字眼來代指密州。例如：

> 東北風聲急，西南日景斜。斷雲方散錦，飛雪忽成花。見落初猶少，量深乆漸加。遠天明映玉，晴地濕團沙。浩蕩隨陰氣，須臾變水華。清輝迷粉蝶，寒色帶昏鴉。又是流年暮，同居滄海涯。寂寥求自遣，小詠寄詩家。(〈晚晴見雪呈夢錫〉)

> 二月中和節，海邊猶積陰。風雷失春信，霜雪損花心。挾纊誰能禦，圍爐興愈深。寒暄地氣異，故國想如今。（〈中和節〉）
>
> 海邦窮僻想知音，疋馬春風入岱陰。千里山川忘道遠，一門兄弟辱恩深。發揚底滯先生德，振拔崎嶇長者心。更以詩篇壯行色，東歸勝挾萬黃金。（〈上曾子固〉）
>
> 學館人歸靜若山，久陰海濕上衣冠。酣酣雨意牽愁遠，颯颯秋聲吹夢寒。竹笋解包堆屋角，蓼花抽穗出墻端。此時最憶吳江上，千頃煙波一釣竿。（〈風雨有秋色率然成小詩呈道濟長官〉）

惟獨詩中與之相對的「蓬萊」究竟指何處？由於過去有人將其解釋成與密州有地緣關係的登州蓬萊，使得詩意變得滯礙難解〔註 50〕。直到聶言之〈孔平仲詩中的蓬萊閣在何處〉一文提出「孔平仲詩中的蓬萊閣不在登州，也不在杭州，而是在越州」，「《寶慶會稽續志》云：『蓬萊閣……乃吳越錢鏐所建』。宋時分別矗立南北兩處的蓬萊閣，越州蓬萊閣的創建要比登州蓬萊閣早一百多年」的看法〔註 51〕。至此無論是「蓬萊」，或是「蓬萊閣」，在孔平仲詩中的意象就代表留在越州的家人，也是孔平仲離家後，醉裡夢裡思念的表徵。

除了弟弟一路隨同到密州，孔平仲的母親也送了遠行的兒子一程。〈次韵和常父〔註 52〕發越州〉：

> 北堂相送至城西，忍見臨分獨自歸。日暮荒村一回首，秋風吹涕各沾衣。水通鑑曲行將盡，山似稽陰認却非。薄宦牽攣不得已，此心何以報春暉。

〔註 50〕聶言之〈孔平仲詩中的蓬萊閣在何處〉：「孔平仲有七律〈寄常父〉一首，詩云：『繚繞龍山半府陰，春來飄泊阻登臨。蓬萊閣下花多少，清曠亭前水淺深。暮靄漫天迷望目，東風絕海送歸心。新詩亦有思家意，應記當年共醉吟。』商務印書館出版的《辭源》（修訂本）收有詞條「蓬萊閣」，書證即引用此詩頷聯。詞條釋義曰：「閣名。在山東蓬萊縣北丹崖山上，下臨海岸。宋嘉祐中郡守朱處約就原海神廟改建。為州人游賞之所。閣上有蘇軾海上詩刻。」上述文字中的「州」、「郡」實指登州，蓬萊為登州附郭縣。《辭源》編纂者以為孔平仲詩中所咏蓬萊閣是在蓬萊縣，但仔細閱讀全詩，卻會發現詩中的描述與位於蓬萊縣的蓬萊閣的實際情況不相吻合。」刊登在（江西師範大學學報・哲學社會科學版）第 26 卷，第 4 期，1993 年 10 月，頁 109。

〔註 51〕二者分別引自〈孔平仲詩中的蓬萊閣在何處〉頁 110 及 111。

〔註 52〕「常父」三十卷本作「堂父」，依豫章叢書本、宋集珍本叢刊《清江三孔集》改。

一開始孔平仲就將慈母送別至城西的不捨之情，透過「獨自歸」的身影，傳神地勾勒出來。接下來無論是「秋風吹涕各沾衣」或「山似稽陰認却非」〔註53〕等語，皆與〈和舍弟送行至密州〉遙相呼應，證明孔平仲密州行是在秋天從越州啓程的。可惜孔武仲現存詩作中無法找到韵腳相符者，不能進一步獲悉孔武仲赴齊州的相關訊息。

正因爲是陰雨天走水路出發，啓航之後，船行一直不順利。〈渡淛江未得〉：

> 辭家已四日，三日雨兼風。海水飛天上，江雲入坐中。愁腸寒更結，歸夢濕難通。未有淹留恨。封圻尚淛東。

「淛江」就是今日慣稱的浙江，正是越州所在地；連日狂風暴雨使得船行受阻，讓孔平仲不禁憂心一旦風波不止，將會延誤他就任的時間，途中他寫了〈上密守啓〉向長官致意〔註54〕，表達自己「但恐迅詔，已在半途。倘或賤迹未伏於軒墀，大旆已歸於京闕，則仰高之意，無時以伸」的疑慮。幸好一切峰迴路轉，熙寧四年十一月終於抵達，迎接他的是前所未見的奇景。〈日出〉：

> 仲冬十一月，我行赴高密。路出東海上，晨起駭初日。騰騰若車輪，只向平地出。較于昔所見，得此十之七。蟾蜍尚弄影，皎皎横參畢。輝光一迸散，散氣掃若失。扶桑想可到，俗慮苦難訖。壯觀曾未厭，側嘆流景疾。

孔平仲的學官生活也在朝日光輝下正式展開。

三、密州時期交遊及生活

（一）家庭和樂兄弟咫尺

密州之行對孔平仲來說，是前所未有的全新體驗：於公，這是他首度擔任教授的工作；於私，孔平仲雖是孔子第四十七代孫，實際上此行是他初次踏上山東這塊土地。根據上一章敘述，孔延之宦遊的蹤跡，自登科後初授欽州軍事推官，繼而監杭州龍山酒稅，知洪州新建，筠州新昌，轉封州，而後遷廣南西路轉運判官，改荊湖北路提點刑獄、轉運使，知越州，更因言者奏越州鹽法不行入汴京，最後以暴疾卒於京師，終其一生從未到過山東。因此經常隨父遷居的孔平仲，當然也沒有機會前來。

〔註53〕君按：《元和郡縣圖志》卷二七〈江南道〉：「(越州）管縣七：會稽，山陰，諸暨，於姚，蕭山，上虞，剡。」故以會稽、山陰代指越州。

〔註54〕君按：題下原注云：「教官未到，上太守。」

密州屬京東路，包含諸城、安丘、莒、高密、膠西五個縣（《宋史・地理志一》），雖然以諸城爲郡望，但學宮卻在高密。當地民眾原本有焚香、燒紙錢祭拜孔子的習俗，孔平仲上任之後，訂下孔廟管理的新規則，禁止淫祀。〈止謁先聖廟者〉：

高密古名城，其地近闕里。絃歌聲相聞，往往重夫子。學宮雖荒涼，廟貌頗嚴偉。上元施燈燭，下俗奠醪醴。高焚百和香，競爇黃金紙。所求乃福祥，此事最鄙俚。朝廷謹庠序，五路玆焉始。建宮以主之，不肖實當此。澆敝皆掃除，安可循舊軌。丁寧戒閽人。來者悉禁止。嘗聞之魯論，丘之禱久矣。生也既無求，歿豈享淫祀。夜亭甚清虛，古柏自風起。悅之以其道，吾祖當亦喜。

隨著寒冬的腳步過去，他和同僚逐漸熟悉起來。家庭生活也有了明顯的變化，年近而立的他，在這塊陌生的土地上孕育下一代，家中因此增添了新成員，〈代小子廣孫寄翁翁〉：

爹爹來密州，再歲得兩子。牙兒秀且厚，鄭鄭已生齒。翁翁尚未見，既見想懽喜。廣孫讀書多，寫字輒兩紙。三三足精神，大安能步履。翁翁雖舊識，伎倆非昔比。何時得團聚，盡使羅拜跪。婆婆到輦下，翁翁在省裏。大婆八十五，寢膳近何似。爹爹與妳妳，無日不思爾。每到時節佳，或對飲食美。一一俱上心，歸期當屈指。昨日又開爐，連天北風起。飲闌却蕭條，舉目數千里。

透過這首詩，不難發現，年屆而立的孔平仲，此時膝下已有廣孫、牙兒、鄭鄭、三三、大安五名子女，儘管父母親和高壽的祖母都不在身邊，讓孔平仲在遇上佳節或美食當前之際，就會思量起他們，希望歸期指日可待，好讓孩子們早些拜見長輩。但平常由於密州家中也是兒女成群，加上此時妻子陳氏的身體狀況還不錯，一家和樂的氣氛多少沖淡他的鄉愁，讓他的心靈有所慰藉。

至於公務，畢竟學官不同於過去簿領生活的忙碌，而他也十分滿足教化弦歌的工作。〈學舍〉：

簿領如棼處處忙，日華偏向此中長。吟餘林表孤雲改，夢覺窓間小雨涼。珮玉上趨承斗極，棹歌深入釣滄浪。何如瀟灑詩書局，不在山林不廟堂。

〈七月二十六日〉：

蘄州小簟琴光枕，學館無人日午時。睡去沈酣本避暑，夢迴展轉却添疲。倏忽雲雷出天意，清涼風雨報秋思。世間此味宜無比，只說羲皇已自卑。

〈晝眠呈夢錫〉：

百忙之際一閒身，更有高眠可詑君。春入四支濃似酒，風吹孤夢亂如雲。

諸生弦誦何妨靜，滿席圖書不廢勤。向晚欠伸徐出户，落花簾外自紛紛。

「清閒」成了孔平仲一生中唯一一次的教授生涯的最佳寫照。恐怕連他都想像不到，在自己的人生中，這幾年「不在山林不廟堂」的生活，竟是空前絕後的一段安穩無憂的歲月。

另一項讓孔平仲意想不到的是這裡的風物。密州終究不同於洪州；洪州距離臨江軍不算太遠，氣候、物產差異有限。如今來到東方海濱的密州，許多事物都是全新的體驗。〈食鰒〉：

風流東武鰒，三月已看花。及冬稍稍盛，來自滄海涯。味腴半附石，

體潔不藏沙。被之以火光，何幸掛齒牙。一舉連十頭，不復錄魚蝦。

海物類多毒，惟汝性則佳。清水洗病眸，七九爲等差。況今咀其肉，

課効想更加。劉邕最可怪，辛苦剝瘡痂。

鰒魚即是石決明，又名鮑魚，是山東特有的水產，具有滋陰明目的效用〔註55〕，自古就深受醫家的推崇。從孔平仲「一舉連十頭，不復錄魚蝦」的喜好看來，顯然對豐腴鮮美又能夠明目去翳的鰒魚，愛不釋手。不只孔平仲，另一位也曾到過密州任職的官員蘇軾，一樣是鰒魚的愛好者，爲此還特地寫了一首〈鰒魚行〉〔註56〕，記錄牠的美味與難得。

〈食梨〉：

東方早寒雪霜摯，新梨十月已滿市。削成黃臘圓且長，味甘骨冷體

有香。芳尊命友先眾果，百十磊砢升君堂。贈君玉壺曾氷之皎潔，

〔註55〕《唐本草》:「石決明是鰒魚甲也，附石生，狀如蛤，惟一片無對，七孔者良。」《本草衍義》亦稱：「石決明，《經》云味鹹，即是肉也。人采肉以供饌，及幹致都下，北人遂爲珍味。肉與殼兩可用，方家宜審用之。然皆治目，殼研，水飛點磨外障翳，登、萊州甚多。」

〔註56〕《蘇軾詩集》卷二六：「漸臺人散長弓射，初啖鰒魚人未識。西陵衰老繐帳空，肯向北河親饋食。兩雄一律盜漢家，嗜好亦若肩相差。食每對之先太息，不因噎嘔緣瘡痂。中間霸據關梁隔，一枚何啻千金直。百年南北鮭菜通，往往殘餘飽臧獲。東隨海舶號倭螺，異方珍寶來更多。磨沙瀹瀋成大胾，剖蚌作脯分餘波。君不聞蓬萊閣下駝碁島，八月邊風備胡獠。舶船跋浪黿鼉震，長鑱鏟處崖谷倒。膳夫善治薦華堂，坐令雕俎生輝光。肉芝石耳不足數，醋芼魚皮眞倚牆。中都貴人珍此味，糟浥油藏能遠致。割肥方厭萬錢廚，決眥可醒千日醉。三韓使者金鼎來，方奩饋送煩輿臺。遼東太守遠自獻，臨淄掾吏誰爲材。吾生東歸收一斛，苞苴未肯鑽華屋。分送羹材作眼明，卻取細書防老讀。」

副以金莖皓露之清凉，柰何撥火取煨栗，梨雖至美或不嘗，顰眉三嚥手摩腹。謂此發病爲第一，奪之兒口錫止哭。君不記南方無此物，五更酒渴喚水時，思此千里莫致之，及今乃以多見賤，南方橘柚東方梨。

對於十月就已上市的新梨，甘、涼、香的滋味，孔平仲也有一份特的好感，認爲是解酒渴的首選，不應以產量多而輕賤之。

對離鄉背井的孔平仲來說，客居密州這段日子，生活上最大的安慰，除了兒女天眞的言語，莫過於兄長孔武仲也被派到齊州擔任教授的職務。齊州在熙寧七年京東路尚未爲二之前，與密州同屬京東路，儘管兄弟兩各自爲工作牽絆，還是無法見面，但相較於散居越州和臨江的其他家庭成員，以及因爲制策罷歸本任而待在浙江擔任台州軍事推官〔註 57〕的另一位兄長孔文仲，這已經算是近在咫尺了。尤其是新來乍到那段日子，靠著和孔武仲的書信往來、彼此唱和，沖淡不少思鄉愁緒。〈次韻和常父〉：

臥龍當日醉吟身，冷落天涯一旅人。早夕思親增悵望，嘯歌懷古更愁辛。
角吹海上千山月，草入江南萬里春。欲去尚留心未決，夢魂長在越谿濱。
赴官並出江湖上，講學聯居海岱中。會合尤嗟別離促，音書何似笑言同。
黃鸝度曲爭催曉，紅杏薰香半知風。景物佳時憶相見，恨無雙翅逐飛鴻。

令他喜出望外的是，就在熙寧五年二月〔註 58〕，孔平仲獲派自密州經青州前往齊州，雖然他本人並未提及此行所爲何事，但從送行的場面看來，公出的成分居多，〈以事往齊州初發密〉：

〔註 57〕熙寧五年秋，孔平仲因制策罷歸本任，爲台州軍事推官一事，見李春梅著〈編年〉，頁 2877。其說法如下：「文仲赴台州推官任，過杭，與蘇軾唱酬。據《蘇軾年譜》（孔凡禮著，中華書局，一九九八年版。下同），時蘇軾亦因反新法倅杭。文仲贈詩已佚，蘇軾有《次韻孔文仲推官見贈》詩：『我本麋鹿性，諒非伏轅姿。君如汗血馬，作駒已權奇。齊驅大道中，並帶鑾鑣馳。聞聲自決驟，那復受縶維。謂君朝發燕，秣楚日未欹。云何中道止，連蹇驢騾隨。金鞍冒翠錦，玉勒垂青絲。旁觀信美矣，自揣良厭之。均爲人所勞，何必陋鹽輜。君看立仗馬，不敢鳴且窺。調習困鞭箠，僅存骨與皮。人生各有志，此論我久持。他人聞定笑，聊與吾子期。空齋臥積雨，病骨煩撐支。秋草上垣墻，霜葉鳴堦墀。門前自無客，敢作揚雄麾。候吏報君來，弭節江之湄。一對高人談，稍忘俗吏卑。今朝枉詩句，粲如鳳來儀。上山絕梯磴，墮海迷津涯。憐我枯槁質，借潤生華滋。肯效世俗人，洗刮求瘢痍。賢明日登用，清廟歌緝熙。胡不學長卿，預作封禪詞。』見《蘇軾詩集》卷八（曾棗莊、舒大剛主編《三蘇全書》本）。詩中有『秋草上垣墻』句，則此時應爲秋季。」

〔註 58〕按孔平仲〈青州席上〉云：「笙歌相引入東園，二月青州花正繁」由是可知，其出發時間當在二月前後。

忽忽行色犯晨鷄，起見荒坡落月低。多謝使君相送厚，已將歌舞出城西。

之後在想家的情緒中，瀏覽途中的春日美景，〈里伏驛〉：

去家一日已思家，浩渺歸期未有涯。滿眼春風最多恨，無言似笑小桃花。

接下來映入眼簾的壯麗風光，令孔平仲耳目一新，原來青州就在面前了。〈將至青州〉：

磅礴西南萬疊山，屈盤飛舞意相關。天形地勢俱雄壯，人指青州在此間。

來到青州之後的孔平仲，知道再往西走就可以和朝夕盼望的兄長聚首，心情也跟著雀躍起來，〈王舍人莊〉：

西出齊州似不遠，晚留逆旅尚徘徊。泰山一夜興雲雨，洗耳流泉待我來。

連惱的夜雨都像是上天刻意安排，足以看出已經邁入而立之年且爲人父的他，談到手足之情，仍不失赤子之心。

齊州對孔平仲來說原本應該是非常陌生的，但透過武仲的書信，週遭的景色卻猶如早已神遊般熟悉，對應沿途所見所聞，他不僅深深爲武仲能在此居住感到高興，還迫不及待寫信表達一路行來的觀感，〈寄常父〉：

歷城未到已嘗聞，文綵魚鹽市不貧。修里山川齊故地，百年風俗舜遺民。

泉聲滑滑長如雨，海氣昏昏晚得春。北渚環波皆好景，爲兄詩筆長精神。

抵達目的地之後，孔平仲除了辦理公務，還謁見了當時知齊州軍事的曾鞏，並在曾鞏盛情接待下遍遊齊州勝景，而且和武仲團聚。這段兄弟共處的時光，留給他無限美好的回憶。〈寄常父〉：

六月涼泉聲似雨，千家脩竹勢凌雲。齊州瀟灑共閑暇，洗耳清流對此君。

〈和常父見寄〉

濟南風物稱閒官，兄弟偕遊意益歡。幽圃水聲從地涌，畫橋山色逼人寒。

別來夢想猶相接，他處塵埃不足觀。寂寞東齋又經夏，落花新葉共誰看。

直到這年冬天他依舊念念不忘和武仲在一起的日子。〈寄常父二首〉其一：

欲和來詩詩未就，恍然心在歷山陽。寒燈一點靜相照，風雪打窗冬夜長。

孔平仲到密州後，除了清江的親故偶而會送來牛貍、黃雀、金橘一類家鄉特有的土產〔註 59〕，做爲兄長的孔武仲對孔平仲也十分照顧，經常寄東西

〔註 59〕孔平仲〈收家書〉：「開包視封題，親故各有寄。牛貍與黃雀，路遠不易致。東人罕曾識，專享無所遺。豈徒抵萬金，鼓腹快異味。」又〈兄長舟次會稽以十月九日發書清江親故以此日譴使仍以十一月十二日同到去歲會稽書清江人亦同日到嘗有詩記其事〉：「年年歲晏享異味，牛貍黃雀并金橘。」《方輿勝覽》卷二一〈臨江軍〉也特別提出：「土產黃雀酢。」

給他。〈常父寄蕈〉：

此物固已美，採之從歷山。蒙兄遠相寄，深意在加餐。冷落虀鹽地，蕭條蓬艾間。書云次越品，寧復昔時歡。

〈常父寄半夏〉：

齊州多半夏，採自鵲山陽。纍纍圓且白，千里遠寄將。新婦初解包，諸子喜若狂。皆云已法製，無滑可以嘗。大兒強占據，端坐斥四旁；次女出其腋，一攫已半亡。須臾被辛螫，棄餘不復藏。競以手捫舌，啼噪滿中堂。父至笑且驚，亟使啖以薑。中宵方稍定，从此燈燭光。大鈞播萬物，不擇窳與良。虎掌出深谷，鳶頭蔽高岡。春草善殺魚，野葛挽人腸。各以類自播，敢問孰主張。水玉名雖佳，神農錄之方。其外則皎潔，其中慕堅剛。奈何蘊毒性，入口有所傷。老兄好服食，似此亦可防。急難我輩事，感惕成此章。

而這些土產不但讓平仲飲食更添風味，還有一分濃濃的手足情誼。

但是饋贈也好，魚雁往返也罷。終究不及父子共聚一堂、朝夕相處來得親密。想起滯留京師的父母親，和重回台州的孔文仲，那份渴望一家團圓之情，竟讓未到強仕之年的孔平仲，早早萌生辭官的念頭。〈寄常父〉：

台州與京邑，中有泰山陰。誰謂三隅遠，長分一寸心。南陔戒已舊，棠棣興尤深。思作團圓計，囊無買舍金。

〈再用前意〉：

台州雲海濶，梁苑雪天低。地隔書來少，心分夢去迷。惟兄最鄰近，同路隔東西。常欲投簪笏，相招傍虎溪。

而所有懷鄉思親的落寞心情，也只能就近向孔武仲傾訴了。〈寄常父〉：

海上窮秋白日陰，霜飇獵獵稍相侵。手持黄菊江南意，目送征鴻萬里心。每想清談眞麗矚，欲彈流水少知音。東山兄弟非難繼，誰敢先爲招隱吟。

〈寄常父二首〉其二：

不得家書又幾朝，思親夢斷不堪招。欲歸每恨川途遠，从客空驚歲月消。雪意尚濃雲黯淡，角聲吹絕晚蕭條。相看惟有兄相近，回首時能慰寂寥。

殊不知在兩兄弟未來的人生當中，像這樣近距離爲官的時間，還眞是不多見。而「相看惟有兄相近，回首時能慰寂寥」，也成了他客居密州前二年的心情最佳寄託。孰料孔武仲比他早一步調任，讓孔平仲往後的歲月更加孤獨。

（二）新知舊識歡聚唱和

除了和二位兄長的書信往來，孔平仲密州詩文還記錄了更多與友人的互動，特別是鄭夢錫、楊節之和孫昌齡這三位來至密州才結織的好友。

孫昌齡，眞州人，一作晉陵人。神宗熙寧七年（1074），知通州。元豐初，知江寧府。六年（1083），改兩浙轉運副使。哲宗元祐元年（1086），以其親老，移蘇州〔註60〕。

楊節之是晁補之的舅父輩，節之卒後，晁補之曾爲他撰寫墓誌銘〔註61〕。據晁補之的說法，楊節之「諱某，字節之。世家單州成武。」「生警悟異甚，年十六，舉進士，以高等薦，即知名，尤爲吳申、江淵諸生進名士所稱。文采贍逸，造端立語則破的驚人。初調密州諸城主簿。再舉進士，又首薦不第。遂盡屏其少所學，益治經考古，去華而居實矣。諸城劇邑，令以病不勝事去，君承令乏。吏少君，君爲晦圭角，調晒不遽，吏稍縱，因微得其宿姦狀，盡置諸理，一邑大駭。時清獻趙公抃方安撫青州，亟言君才於朝，又以吏事稱，再調開封府襄邑縣尉……」墓誌又云「元祐八年（1093）二月戊辰右通直郎新通判河中府事楊君卒于家……享年五十一」。由此推算，則楊節之生於慶曆三年（1043），長孔平仲一歲。孔平仲結識楊節之後，曾讚美他所作的賦「讀之百復不能已」，並感慨「新詞琢就若瑤琨，故實織成侔錦綺。可憐苦心自少年，近日改科無用此」（〈還楊秘校賦〉）二人共事很可能就在楊節之以秘書省校書郎「初調密州諸城主簿」時。

鄭夢錫，名失考，但不是拒絕秦檜授官的鄭昌齡（亦字夢錫）〔註62〕。從孔平仲的詩中約略可知他是一名節度推官〔註63〕，且在輪調以前便掛冠求去，因此沒有太多事跡可考。但他和孔平仲交情最爲深厚，這和當初他倆到達密州的時間有很大關係，畢竟中間相隔僅一個月而已〔註64〕，同樣新來乍到的處境，讓他們彼此惺惺相惜。〈呈夢錫〉：

〔註60〕參《全宋詩》卷九七八，册17，頁11321。

〔註61〕詳見《雞肋集》卷六八〈右通直郎楊君墓誌銘〉。

〔註62〕嘉靖年間所刊，明陳應賓、閔文纂修之《福寧州志》（上海：上海古籍出版社，1990年）卷十一〈人物〉：「鄭昌齡，九都福首人。性不苟合，登進士，秦檜聞其才名，欲處以美官，命其客李性者先以書諭意，昌齡謝以詩，有云：『先生傲睨醉客旁，不覺滂沱入醉鄉。來書恐是醉中語，使我大笑識荒唐。』後以太常寺簿召，不赴；調本路機宜文字，中承議郎。」頁443。收錄在天一閣藏明代方志選刊續編（上海：上海書局，1990），册四一。

〔註63〕〈呈夢錫〉：「妻孥能相期，每出必遽還。如其歸稍晚，必謁鄭推官。」

〔註64〕孔平仲〈立秋日呈夢錫〉有「憶初同赴官，相後推一月」云云。

與君來往半歲餘，三日不見已爲疎。入門褫帶不相揖，下馬且復休僕夫。
形骸禮數不足問，但論肝高之何如。昨朝萬事俱撥置，與子齋中同負爐。
去時苦寒冒風雪，歸路清輝踏霜月。但取樽前笑語歡，豈知門外陰晴別。

兩人的好交情由此可見一斑。

正因爲兩人相知甚深，所以總是不吝惜與對方分享所好，〈夢錫惠墨荅以蜀茶〉：

墨者色自黑，黑者墨之宜。所以陳玄號，聞之于退之。近世工頗拙，
所巧惟見欺。摹成古鼎篆，團作革靴皮。揮毫自慘淡，色比突中煤。
誰最畜佳品，鄭君眞好奇。贈我以所貴，有不讓金犀。堅如雷公石，
端若大禹圭。研磨出深黝，落紙光陸離。較之囊中舊，相去乃雲泥。
辱君此賜固已厚，何以報之乏瓊玖。不如投君以嗜好，君性嗜茶人罕有。
建溪龍鳳想厭多，越上槍旗不禁乆。我收蜀茗亦可飲，得我峨眉高太守。
人情或以少爲珍，心若喜之當適口。更憐此物來處遠，三峽驚波如電卷。
江湖重覆千萬里，淮海浩蕩漣漪淺。舍舟登陸尚相隨，今以荅君非不腆。
開緘碾潑試一嘗，尤稱君家銅葉盞。

〈夢錫遺蔗〉：

憶昔游五嶺，甘蔗彌野濶。一來瑯琊城，此味乆所闕。商人自東南，
駕海連天筏。所致雖不多，愛養尚如活。傍求未得之，分遺意特達。
中凝甘露漿，外削紫玉屑。漸欣入佳境，仍喜對高節，應知方著書，
持此解消渴。

除此之外，從〈夢錫同遊賀園題詩云誰知清淡者冬月亦登臨〉、〈新作書室夢錫示詩羨其清坐〉、〈晚晴見雪呈夢錫〉、〈飲夢錫官舍出文君西子小小畫眞〉等詩，不難發現兩人時常清談消閒暇，吟詩添雅興。而一起出遊、吟詩、品酒、觀畫……更成爲兩人生活不可或缺的部分，眞正做到陶淵明所謂「鄰曲時時來，抗言談在昔。奇文共欣賞，疑義相與析」（〈移居〉二首其一）。每次夢錫的造訪，總爲孔平仲寂寥的生活帶來歡樂。〈謝夢錫見臨〉：

雪月交光夜正寒，何人相伴語更闌。惟君狂駕時能慰，令我幽居意解歡。
小僕旋来熒火燭，病妻無力治盃盤。清談已倦還觀史，冷淡相看不厭難。

也能看出儘管是君子之交，有此知己，對孔平仲來說，是何其重要！

在孔平仲眼中，三位好友各具不同的性格：「夢錫更時事，恢然君子儒；節之瓊樹枝，秀氣發扶疎；昌齡出相家，謙謹乃繩樞」（〈夢錫楊節之孫昌齡

見過小飲〉)。對於他們四人湊在一起時的歡樂景象，孔平仲詩裡有段極為生動的描述：「夢錫飲中豪，節之亦其徒。昌齡稍姦黠，我勸勢頗虆。左手扼其肩，右手進觥盂。勉強為我盡，淋漓滿衣裾。醉坐各忘去，蓬燭已見跗。幽談入鬼怪，巧謔相揶揄。勿言輕此樂，此樂勝笙竽」(〈夢錫楊節之孫昌齡見過小飲〉)。這是三位好友造訪孔家的剪影，若是前往其他人府上，那麼排場就更不一樣了。〈夜聚楊節之秘校廨宇〉

雲亂海天低，風吹馬耳破。黃昏訪主人，同向幽齋坐。談資綠酒長，歡敵紅裙座。倒載夜深歸，雪花如掌大。

〈集于昌齡之舍〉：

初筵悄無語，良久歡且發。就爐自溫標，覺此飲量濶。既觀舞袖垂，又聽歆聲闋。醉心漸紛紜，醉眼成恍惚。勿輕栢直狗，所負尚可悅。當年入績事，今日逼華髮。愈令坐客心，感嘆惜時節。夜長更恐曉，起挽青天月。

但無論如何放懷豪飲，都只是文人雅興，四人還是會在「明朝酒醒後，相對禮如初」(〈夢錫楊節之孫昌齡見過小飲〉)。

這份傾心相交、毫不做作的友情，讓客居密州的孔平仲在他鄉異地度過一段美好時光。可惜天下無不散的筵席，楊節之得到趙抃的青睞調離〔註65〕，鄭夢錫也託疾引歸，落寞遂洋溢在孔平仲的詩篇中。〈又寄夢錫〉：

自君卧漳濱，我意恍若疾。無人與笑言，兀兀守一室。當寢或不寢，當食或不食。有思氣塡胸，可駭幾戰慄。想君端在家，比我乃安逸。妻孥以嬉娛，簿頌久閣筆。南城趨北城，道路無所隔。我豈無僕馬，子不見賓客。哦亭足清風，林木助蕭瑟。葵花無數開，蓮葉亦已出。起來定何時，幸會能幾日。已令篘白醪，待子歡促膝。

然而夢錫終究還是在熙寧六年秋天託疾引歸，此後落單的孔平仲更加慨嘆「不知比我離高密，誰向長亭折柳條」(〈有感時夢錫尋醫而思求免官〉)了。

另一件令平仲兄弟興奮的事，那就是曾鞏在熙寧四年四、五月間由越州通判改知齊州軍事，且於六月中到任〔註66〕，比孔平仲兄弟前來履新的時間，

〔註65〕君按：《長編》卷二一八：「(熙寧三年十二月庚申) 侍御史知雜事謝景溫言：『知青州鄭獬卧病，乞別選近臣代之。』詔知杭州資政殿學士趙抃知青州。」又卷二三六：「(熙寧五年閏七月) 甲戌，知青州資政殿學士趙抃為資政殿大學士、知成都府。抃在青州踰年。」

〔註66〕君按：《宋史》卷二九一本傳但云「知齊州，其治以疾奸急盜為本」，未註年

早了大約半年。曾鞏和孔家兄弟，年齡雖然有一段差距，但因為他當年鄉試時，是孔延之所考擇〔註 67〕；因此和三孔素有往來。這從曾鞏所作的〈祭孔長源文〉自述「維我與公，綢繆平昔。詩書討論，相求以益。我試於鄉，自公考擇。彌久彌親，情隆意獲」（《元豐類稿》卷三八）數語得到證實，而且彼此情誼也不同於一般。

孔武仲教授齊州，和曾鞏二人異地重逢，欣悅之情自不待言。曾鞏〈和孔教授〉：

> 治煩方喜眾材同，坐嘯南陽郡閣中。几案有塵書檄簡，里閭無事稻粮豐。
> 衣冠濟濟歸儒學，俎豆詵詵得古風。幸屈異能來助我，敢將顏色在蜚鴻。
> （《元豐類藁》卷六）

可惜武仲原詩已佚，無法得知他是如何看待這位長官。不過從曾鞏詩中，倒也透露出齊州同僚間的互動。〈雪後同徐祕丞皇甫節推孔教授北園晚步〉：

> 沙草正黃瀕海意，江梅還白故園情。循除遠水春前急，繞郭空山雪後明。
> 林影易斜寒日短，角聲吹去暮雲平。最慙佳客忘形契，肯伴衰翁著屐行。
> （《元豐類藁》卷六）

直到曾鞏過世，武仲還念念不忘在齊州這段日子，以及曾鞏給予的教導。〈祭曾子固文〉：

> 我少方蒙，公發其源。長仕岱陰，從以周旋。決疑辨惑，一語不捐。
> 或鈎其細，毫積絲聯；或究其大，苞方括圓。面獎所是，奪其不然。
> 粗若有之，公賜多焉。（《清江三孔集》卷一九）

也可以看出曾鞏在孔家兄弟心中的地位。

相形之下，身在密州的孔平仲似乎少了孔武仲那份幸運，無法親炙曾鞏。沒想到熙寧五年春天，他因為公事前往齊州，竟得到謁見曾鞏的機會。這趟意想不到的行程讓孔平仲興奮不已，他獻詩表達對這位同鄉前輩的敬意，〈上曾子固〉：

> 海邦窮僻想知音，疋馬春風入岱陰。千里山川忘道遠，一門兄弟辱恩深。
> 發揚底滯先生德，振拔崎嶇長者心。更以詩篇壯行色，東歸勝挾萬黃金。

月。李震編《曾鞏年譜》（蘇州：蘇州大學出版社，1997）卷三：「震按：曾鞏於六月入齊境，當於四、五月有是命。」又云：「曾鞏當於熙寧四年六月十三日入齊境，六月十六日到任。」頁 269。

〔註 67〕見清同治十年刊，綦大儒等修、廖其觀等纂《峽江縣志》（台北：成文出版社，1989）卷八〈官業・孔延之〉謂延之「在建昌秋試，得曾子固。」，頁 736。

曾鞏也滿懷欣喜歡迎這位後生晚輩，〈和孔平仲〉：

> 園池方喜共追尋，正是槐榆夾路陰。雙燭縱談樽酒淥，一枰消日紙牕深。
> 波濤萬字驚人筆，塵土千鍾異俗心。坐句從來知寡和，愧將沙礫報黃金。
> （《元豐類稿》卷七）

由詩的前四句看來，孔平仲留在齊州這段日子，有曾鞏陪同飲酒、下棋、遊園、賦詩，越發讓他覺得「一門兄弟辱恩深」。曾鞏曾有詠齊州景物之作，令孔平仲亦作，於是孔平仲便將自己從仲春到初夏遊覽齊州所見，寫成〈曾子固令詠齊州景物作二十一詩以獻〉，爲此行留下美好回憶。

宋集珍本《清江三孔集》卷三五還收錄了孔平仲〈上曾子固謝答書〉，從書信開頭提到「昨進奏官迎到，賜書一封，伏讀五六，不勝震越……」諸語看來，曾鞏知齊州期間，孔平仲不止一次上書給他，儘管信的內容目前多已佚失，但當時曾鞏確實都不吝予以回覆，由此可以想見武仲、平仲兄弟敬佩曾鞏當眞是其來有自。

曾鞏知齊州軍事直到熙寧六年九月才在「州人絕橋閉門遮留，夜乘間乃得去」（曾肇〈亡兄行狀〉）的情況下離開，繼任的李師中辟蘇轍爲掌書記，蘇轍因此前往齊州〔註 68〕。

蘇轍和孔平仲結識甚早，〈次韵孔平仲著作見寄四首〉其一：「昔在京城南，成均對茅屋。清晨屣履過，不顧車擊轂。時有江南生，能使多士服。同儕畏鋒銳，兄弟更馳逐。文成劇翻水，賦罷有餘燭。連收頷底髭，未耗髀中肉。飛騰困中路，黽勉啄場粟。歸來九江上，家有十畝竹。一官粗包裹，萬卷中自足。還如白司馬，日聽杜鵑哭。我來萬里外，命與江波觸。罪重慙故人，囊空仰微祿。己爲達士笑，尙謂愚者福。米鹽巳草草，奔走常碌碌。尺書慰貧病，佳句爛珪玉。多難畏人知，胡爲強題目。徂年慕桑梓，歸念寄鴻鵠。但願洗餘愆，躬耕江一曲。」（《欒城集》卷十一）。李春梅〈編年〉爲這段文字下了註腳，以爲「『成均』即稱國學，『能使多士服』即謂平仲中國學解魁一事，則平仲與蘇轍交遊即爲是年（君按：指治平元年）」〔註 69〕。也就是說早在孔平仲舉進士、入仕途之前，就已經和蘇轍論交了。

〔註 68〕見孔凡禮《三蘇年譜》（北京：北京古籍出版社，2004）卷二三：「四月己亥（二十六日），文彥博自樞密使以守司徒兼侍中、河東節度使判河陽。轍有賀啓。彥博辟轍爲學官，轍有謝啓。未赴。」冊一，頁 710。又云：「轍改齊州掌書記。蓋李師中（誠之）所招。」冊一，頁 711。

〔註 69〕見〈編年〉，頁 2269。

可惜蘇轍來到齊州之後，卻和孔平仲始終緣慳一面，倒是和孔武仲互動熱絡，不但一起尋幽訪勝，還留下唱和詩。孔武仲曾爲齊州〈環波亭〉、〈北渚亭〉、〈鵲山亭〉、〈檻泉亭〉留下題詠；蘇轍也作〈和孔教授武仲濟南四詠〉（《欒城集》卷五）紀勝。武仲詩今日已經佚失，獨賴蘇轍作品記錄美好風光。

只不過孔武仲和蘇轍相處的時光並未持續太久，稍後蘇轍陪同李師中的詩篇中〔註 70〕，已經不再有孔武仲的行蹤。孔武仲詩文同樣不曾提到李師中。推測在李師中抵達齊州之前，他就已經離職。至於他的動向，根據曾鞏〈司封郎中孔君墓誌銘〉的說法，武仲此刻已除江州軍事推官。孔武仲離開齊州以後，蘇轍還惦記二人短暫的相處，〈寄孔武仲〉：

> 濟南舊遊中，好學惟君耳。君居面南麓，洶湧岡巒起。我來輒解帶，簷下炙背睡。煎茶食梨栗，看君誦書史。君歸苦倉卒，窻户日摧毀。遷居就清曠，改築富前址。開畦得遺植，遶壁見題字。雲山顧依然，簿領輒隨至。思君猶未忘，滿秩行自棄。雨來鉅野溢，流潦壓城壘。池塘漫不知，亭榭日傾弛。官吏困堤障，麻鞋汙泥滓。別來能幾何，陵谷既遷徙。它日重相逢，衰顏應不記。（《欒城集》卷七）

所以，孔凡禮在解讀蘇轍與孔武仲的唱和詩時，說：

> 《欒城集》卷九〈答孔武仲〉中云：「濟南昔相遇，我齒三十六。談諧傾蓋間，還往白首熟。從君飲濁酒，過我飯脫粟。西湖多茭葑，白晝下鴻鵠。城西野人居，柴門擁脩竹。後車載鴟夷，下馬瀉醽醁。醉眠卧荒草，空洞笑便腹。疎狂一如此，豈望世收錄。」轍今年三十五歲，云「三十六」，知熙寧七年武仲尚在濟南，今并繫於此〔註 71〕。

如此認知，其實並不正確。因爲孔凡禮只注意到蘇轍的年齡問題，卻忽略了熙寧七年二月癸未孔武仲父孔延之在京師病逝的事實。由於父親的猝逝，孔武仲必須趕往奔喪；不可能「尚在濟」。何況喪父之前，孔武仲就已經調職他處了。

〔註 70〕蘇轍有〈和李誠之待制燕別西湖并敘〉、〈送李誠之知瀛州〉，並見《欒城集》卷五。

〔註 71〕見《三蘇年譜》卷二三，冊一，頁 727～728。

第三節　密州後之經歷

一、密州任滿丁父憂

熙寧六年密州又見乾旱，影響的程度更勝前二年，讓孔平仲也忍不住爲百姓擔心，〈祈雨〉：

皇天从不雨，旱風滿東國。春田廢鉏犁，秋事闕牟麥。縣官緊租賦，
守令抱憂責。交馳謁羣望，不敢愛牲帛。而我處學宮，于邦乃賓客。
霜寒怯早起，卧聽車馬適。方茲祈求急，不預奔走役。精誠倘蒙報，
豈不沾潤澤？古有支離形，亦有支離德，而我頗施施，支離在官職。
雖然憫元元，覽鏡見顏色。高詠雲漢篇，千秋意悽惻。

然而上天似乎沒有聽見孔平仲的心聲，直到仲冬旱象仍舊持續，迫使太守都得親自前去常山祈禱，只期盼神明庇佑能夠早日降下甘霖。擔任教授的孔平仲也略盡棉薄之力，寫下楚辭體的〈常山四詩〉供祭典使用。過去這四首詩被解讀成他在密州的最後印記，還被認定作詩後不久他便因職務調動離開山東到衢州去了〔註 72〕。但實事並非如此，這年冬天他還寫了〈熙寧口號〉和〈冬至日作〉等詩，時間恐怕還在〈常山四詩〉所說的「仲冬」之後。

〈熙寧口號〉是由五首七言絕句串聯成的組詩，第一首開頭二句就是「日坐明堂講太平，時聞深詔下青冥」，正符合他教授的身份。第二首更提到「萬戶康寧五穀豐，江淮相接至山東。須知錫福由京邑，天子新成太一宮」，依照《宋史》卷十五〈神宗二〉：「(熙寧四年十一月)丁亥(初六)，作中太一宮。」又同卷：「(熙寧六年)十一月癸丑(十四日)，中太一宮成，減天下囚罪一等，流以下釋之。乙卯(十六日)，親祀太一宮。」的說法，詩的寫作時間無疑是在中太一宮落成之後；同樣提到太一新宮的還有〈冬至日作〉：

今宵當月滿，此日又陽生。明淨乾坤氣，歡和井邑聲。年年對佳節，
處處樂昇平。遙想京師盛，新宮太一迎。

〔註 72〕李春梅〈編年〉云：「仲冬，平仲作〈常山四詩〉。詩序云：『熙寧六年之仲冬，太守以旱有事于常山。平仲職在學校，不預祭祀，太守以常山密之望，而太守出城，爲非常故，帥以往。平仲既不辭，又不敢無言以助所請也，作〈迎神〉、〈酌神〉、〈禱神〉、〈送神〉四詩以畀祠官。』詩見《清江三孔集》卷二二。」又云：「歲末，平仲除衢州軍事判官(曾鞏〈司封郎中孔君墓誌銘〉、《族譜》。)頁 2880。

首句蓋針對該年冬至而寫，由於當天正好是十一月十五日（甲寅），故云「今宵當月滿」。次聯顯示此時孔平仲人並不在京師，全詩也沒有任何即將離開密州的跡象。所以就算有職務易動，最早也應在十一月下旬以後。

倒是孔平仲另外二首較少被提出來討論的詩，交代了熙寧六年冬天以後的動向。〈隨辟入京師答同列贈別〉：

揮鞭西指鳳凰城，疎野之心無所營。預約牡丹花下酒，歸時節物近清明。

〈隨辟入京師答同列贈別〉三十卷本作〈隨倅入京師答同列贈別〉，豫章本及宋集珍本《清江三孔集》「倅」字皆作「辟」。「辟」有徵召之意，就詩歌第二句「疎野之心無所營」來看，隨倅入京僅是跟隨長官出公差，沒有所謂「營」的問題；若是接受徵召入京，那未來的動向就存在許多考量、營求的空間。何況孔平仲自熙寧四年受命到密州，轉眼即將邁入第三年，此時易動也合常理。由於二者意義、結果大不相同，因此孔平仲才會在離別之際，強調自己此行沒有、也不打算營謀追求些什麼，所以才會「預約牡丹花下酒」，表明自己其實是傾向重回密州，與大家繼續共事。同卷〈省覲有日〉也可以爲「隨辟」作個註腳，詩云：

捧檄欣然喜可知，輕裘淺蹬去如飛。親庭一別今三載，即得從容戲綵衣。

如果是隨倅入京師，則詔命當在長官處，行程安排也要聽命行事；只有隨辟是針對孔平仲個人，因此才會手捧檄，就即刻整裝飛奔而去。

何以確定這二首詩的寫作時間是爲熙寧六年年底或熙寧七年年初呢？這得從孔平仲來到密州的時間說起。孔平仲在他的〈日出〉詩中，清楚寫明「仲冬十一月，我行赴高密」，當年他出發的地點是越州，動身時母親和弟弟還曾送他一程。之後孔平仲的父親孔延之一直待在越州，熙寧五年五月一日他還在越州清思堂爲自己任職期間所編纂的《會稽掇英總集》二十卷寫序〔註 73〕；直到十一月〔註 74〕，孔延之因「沮壞鹽法」的緣故被朝廷從越州召赴闕〔註 75〕，重返汴京（說詳上編第壹章〈家世考〉）。在此之前，

〔註 73〕據《四庫全書·會稽掇英總集提要》云：「臣等謹案《會稽掇英總集》二十卷，宋孔延之撰。原本自序首題其官爲尚書司封郎中知越州軍州事浙東兵馬鈐轄，末署熙寧壬子五月一日越州清思堂……」

〔註 74〕嘉泰《會稽志》：「孔延之，熙寧四年以度支郎官知，五年十一月赴闕。」

〔註 75〕《長編》卷二四〇：「（熙寧五年十一月）丁巳，權發遣提點開封府界諸縣鎮、屯田員外郎吳審禮兼提舉淤田。司封郎中、知越州孔延之，庫部員外郎、通判裴士傑並衝替。以兩浙提舉鹽乾司言延之等沮壞鹽法，虧歲額也。」

即使孔平仲有機會回京師，亦無由拜見雙親。何況詩中明明白白說到「親庭一別今三載」，無論是從熙寧四年中秋離家、或是十一月到達密州算起，也只有熙寧六年底至七年初這個時間點最爲合理。

當然這二首詩也有作於洪州分寧主簿期間的疑慮，但就實際情形分析，可能性卻是微乎其微。因爲從治平二年孔平仲登科仕進以來，孔延之除了短暫回朝述職，一直都是在地方做官。熙寧三年好不容易有機會「召爲開封府判官」，隨後又遭到否定，此事上一章〈家世考〉已有說明，不再贅述。所以在洪州六年當中，就算孔平仲有幸進京，也無緣拜見雙親。

儘管孔平仲這次進京，期盼與父母親團聚、承歡膝下的心，遠超過對自己前程的憧憬。但最後的結果，仍舊取決於朝廷，而非個人意願。根據曾鞏《元豐類稾》卷四二〈司封郎中孔君墓誌銘〉的說法，他終究還是被調任爲衢州軍事判官。至於受命時間是在進京途中或入京之後，則不可考。

可以確定的熙寧七年二月癸未（十五日）孔延之病逝於京師這一天，他並未隨侍在側。這一點可以從孔平仲的〈祭應卿文〉（宋集珍本《清江三孔集》卷三七）得到證實。在這篇充滿感激與哀傷的祭文當中，孔平仲回憶「向者先人不幸，實在京師。變起倉促，誰告誰託」的窘迫困境，更慶幸有這位應姓的姻親「臨其喪，日或三四。親視匠事，手加朝服。慰老恤幼，祭饋哭泣。使子弟爲之，亦不過此。」也強調「是時諸孤在外，獨某先歸，故知公尤詳」。

不過，若照曾鞏〈司封郎中孔君墓誌銘〉的說法，孔延之去世時，孔文仲的職稱是台州軍事推官，孔武仲是江州軍事推官。台州和衢州俱屬兩浙路，據《元豐九域志》所載，台州距離開封有二千九百二十五里〔註76〕；而衢州更遠，有三千五十里〔註77〕；最近的是江州，也有一千八百里〔註78〕。何以孔平仲能夠趕在二位兄長之前「先歸」，唯一合理的解釋應當是在他尚未抵達衢州任所之際，就已經得知孔延之驟逝的消息，因而中途改道折返奔喪。

〔註76〕《元豐九域志》卷五〈兩浙路〉：「上台州臨海郡軍事治臨海縣，地里東京二千九百二十五里……」

〔註77〕《元豐九域志》卷五〈兩浙路〉：「上衢州信安郡軍事治西安縣，地里東京三千五十里……」

〔註78〕《元豐九域志》卷五〈江南東路〉：「上江州潯陽郡軍事治德化縣，地里東京一千八百里……」

但是命運帶給孔平仲兄弟的打擊還不止於此，就在孔延之過世後不久，孔母楊氏和高齡的祖母劉氏亦相繼亡故。〈中書舍人孔公墓誌銘〉:「初，公（孔文仲）熙寧中遭正議公（孔延之）憂，未幾母夫人仁和縣君楊、祖母仁壽縣君劉相繼棄養。値歲之不易，並舉三大喪，而祖塋無可葬者，遂謀去新淦而宅九江，此德化縣某鄉某里之某穴吉，躬冒山谷，涉歷寒暑，不數月而冢宅成，未終喪而室堂具。鄉人見其區處，咸以爲得禮之體。」孔平仲兄弟也因守制暫時中斷仕途。

二、出任都水監始末

（一）守制後的職務易動

如同上節所述，孔延之過世前，孔平仲就已經調改衢州軍事判官，卻因爲父親猝逝的緣故，到任以前又倉促折返京師奔喪。所以熙寧九年服滿之後的動向，格外値得關注。然而《宋史》卷三四四對於三孔兄弟守制前後的敘述，除了提到孔武仲「喪二親，毀瘠特甚，右肱爲不舉」之外，更無一語。使得三人在熙寧末、元豐初這段期間的生活狀況幾乎呈現空白的狀況。

孔文仲由於有〈中書舍人孔公墓誌銘〉傳世的關係，還能夠約略知道他「服除，除充國子監直講。時學者方用王荊公經義進取，以公不習是學，換三班院主簿。」至於孔武仲、平仲二人，目前仍舊缺乏全面性的記錄，即使《族譜》或多或少有些記載，說法卻是籠統含糊難以完全置信。

先來看孔武仲的部分，《族譜》是這麼說的：

> 初授穀城縣主簿，齊、陽二州授教，江州軍事推官。熙寧七年二月丁父憂，再調信州軍事推官，兼教授。宣德郎、知潭州湘潭縣……

想藉這段話還原事實，恐怕只會陷入更深的泥沼。孔武仲教授齊州及出任江州軍事推官這二次經歷。上一章〈家世考〉，與本節前文的敘述，都曾經討論過，已證實是信而有據之事；但是「陽州授教」一句，是「揚州」誤書成「陽州」，還是《族譜》編纂者有所避諱，已是令人費解；再就陳述的方式看來，「陽」州教授的時間彷彿還在武仲任江州軍事推官之前，這點更加可議。

其他書籍對孔武仲生平的敘述，《東都事略》是從元祐說起〔註 79〕，《全

〔註 79〕《東都事略》卷九四：「武仲字常父，幼力學，舉進士，爲禮部第一。元祐初爲祕書省正字，遷校書郎著作郎……」

宋詩》〔註 80〕、《全宋文》〔註 81〕中的作者小傳都一致跳過這幾年。只有李春梅〈編年〉錄了二條熙寧十年孔武仲的事蹟，一爲「是年，武仲任江州推官，作〈秋賽諸廟文〉」；一爲「是年，武仲大病垂死，賴良醫乃得活」〔註 82〕。其中被拿出來當成佐證的〈秋賽諸廟文〉是否作於江州任上，仍舊有待商榷，不妨先從原文看起：

> 歲在丁巳，淮海一方，欲雨而雨，欲暘而暘。和氣浹充，歲以豐穰。既溢拎囷，既羨拎場。匪人之智，能贊陰陽。惟神之力，斡之杳茫。潛之無間，播之無疆。俾物蕃腴，無有壞傷。俾民佚樂，靡近凶荒。惟古秋報，聲于樂章。功德之隆，疇其敢忘。挹酒拎壺，登饌在堂。神其無恫，顧此馨香。尚享！

文章中提到的丁巳歲，即是熙寧十年（1077），時間方面無庸置疑。但指「淮海一方」爲江州，實爲不妥。江州雖然因爲地理位置特殊，一度獨立設置爲路〔註 83〕，但那也是建炎以後短暫施行而已，大部分時間它還是被歸入江南路，以「淮海一方」來形容顯然失當，倒是當時隸屬淮南東路的揚州〔註 84〕，比江州更加符合「淮海一方」。

何況孔武仲丁憂服滿之後，是否又回到江州續任軍事推官，即使目前無法獲得證實。不過他到揚州任職這件事，由諸多證據看來，應是不誣。單憑他本身提到揚州的文章，至少還有〈問候揚州陳丞相啓〉（《全宋文》「丞」下無「相」字）和〈陳成肅公畫像記〉二篇可供參考，而武仲所稱的「陳丞相」及「陳成肅公」，其實都是同一人，指的就是陳升之，從陳升之的生平仕歷，或許可以讓孔武仲在揚州的時間更爲明確。

〔註 80〕《全宋詩》卷八七九：「仁宗嘉祐八年進士，調穀城主簿，選教授齊州，爲國子直講。哲宗元祐初……」冊一五，頁 10232。

〔註 81〕《全宋文》卷二一八六：「幼力學，舉進士中甲科。調穀城主簿，選教授齊州，爲國子直講。元祐初歷秘書省正字……」不提元豐年間仕歷。詳冊 100，頁 150。

〔註 82〕〈編年〉，頁 2884。

〔註 83〕《宋史》卷八十八〈地理四〉：「江州，上，潯陽郡，開寶八年，降爲軍事。大觀元年，升爲望郡。舊隸江南東路。建炎元年，升定江軍節度。二年，置安撫、制置使，以江、池、饒、信爲江州路。紹興元年，復爲二路，本路置安撫大使。」

〔註 84〕《宋史》卷八十八〈地理四〉：「淮南路舊爲一路，熙寧五年分爲東西兩路。東路，州十：揚、亳、宿、楚、海、泰、泗、滁、眞、通：軍二：高郵、漣水。縣三十八。」

陳升之，字易叔，建州建陽人。成肅是他的諡號。《宋史》卷三百十二有傳。陳升之是熙寧八年（1075）閏四月罷爲鎮江軍節度使、同平章事、判揚州〔註 85〕，熙寧十年（1077）十月還曾因爲刺配年小賊人罪，最後朝廷詔特釋之〔註 86〕。元豐二年（1079）四月受封秀國公，致仕。二日後，卒〔註 87〕。而孔武仲〈問候揚州陳丞相啓〉云「伏念自託甄鎔，亦更歲序」；又云「歲律崢嶸，鈴齋閒暇。更祈上爲宗社，精調寢興」。可見是他來到揚州那年的歲暮所寫。熙寧八年冬孔氏兄弟猶在守制期間；所以孔武仲上書陳升之的時間應在熙寧九年或是熙寧十年。再對照孔平仲元豐元年正月和他見面時所作的〈再用元韻〉（指前一首〈初三夜作〉之韻，說詳下節）中提到的「半年不見白頭兄」，那麼孔武仲來揚州最可能的時間，當在熙寧十年夏天。

至於孔武仲是否以教授身份來揚州，他本人在〈陳成肅公畫像記〉只輕描淡寫地說：「元豐二年春揚州新學成而成肅公薨……于是揚之官屬，相與屬余爲文以記之。」不過自從齊州重逢之後，一直和孔武仲有著書信往來的蘇轍曾在詩中提及孔武仲在揚州擔任學官一事。〈次韻答孔武仲〉云：

白髮青衫不記年，相逢一笑斐欣然。誦詩亹亹鋸木屑，展卷駸駸下水船。

未肯尺尋分枉直，自知鑿枘有方圓。閑官更似揚州學，猶得昏昏晝日眠。

（《欒城集》卷九）

雖然孔武仲的詩已經佚失，但從蘇轍答詩中略帶玩笑的「閑官更似揚州學，猶得昏昏晝日眠」，可以想像孔武仲來詩對自己的生活狀況必定有所陳述，蘇轍才會這樣調侃他。蘇轍所次詩《三蘇年譜》繫在元豐二年三月〔註 88〕，和〈陳成肅公畫像記〉的時間相去不遠，教授揚州當是事實。

此外，孔武仲還有一本著名的《揚州芍藥譜》傳世，在《揚州芍藥譜》

〔註 85〕《長編》卷二六三：「(熙寧八年閏四月）乙未，樞密使、禮部尚書、同平章事陳升之罷爲鎮江軍節度使、同平章事、判揚州，」

〔註 86〕《長編》卷二八五：「(熙寧十年十月己丑）詔判揚州陳升之刺配年小賊人罪，特釋之。」

〔註 87〕《長編》卷二九七：「(元豐二年四月）丁巳，鎮江節度使、同平章事、秀國公陳升之致仕，直學士院安燾草辭，有云：『尹躬一德，共嘉同體之和，說命三篇，獨先注意之任，卒有成績，基於始謀。』御史舒亶指此六句，以爲悖禮失實。詔燾改之。乃盡去六句，止云：『早從士論，擢與冢司。』貼麻行下。後二日，升之卒，贈太保、中書令，輟視朝二日，成服于苑中，謚成肅。升之深狡多數，善傅會以取富貴，丹陽居第，壯大踰制，南方人驚詫，以爲未識，其它豪侈類此。舊紀並書致仕，新紀但書卒。」

〔註 88〕見《三蘇年譜》卷二九，冊二，頁 1099。

前面的序當中，他就明白說出「余官于揚學，講習之暇，嘗載而之六氏之園，與凡佛宮道舍有佳花處，頗涉獵矣。懼其久而遺忘也，問之州人，得其粗，又屬秀州滿君方中、丁君時中，各集所聞，得其詳，蓋可紀者三十有三種。世之有力者，或能邀致善工，列之圖畫，可揭而遊四方。然莫若書之，可傳于眾。乃具列其名，從而釋之。」又說「吾見其一歲而小變，三歲而大變，卒與常花無異」。這不僅是他曾經任職揚州州學最有說服力的證據，也間接證明他在揚州任官至少經歷過三度花開。

綜合上述幾點，可以拼湊出孔武仲大約在熙寧十年夏天以學官身分抵達揚州，雖然這一年芍藥花時已過，但元豐三年他改任信州從事〔註 89〕時，還來得及親見花開，因此得知此花「一歲而小變，三歲而大變」的特質。

另一方面，孔平仲丁憂後的動向又如何呢？《東都事略》、《宋史》也都是從元祐以後的經歷說起，《東都事略》甚至只提到「入館選」和「京西路提點刑獄」〔註 90〕，其他皆略而不談。《全宋詩》則簡單提到「神宗熙寧中爲密州教授」、「元豐二年爲都水監勾當公事」二事〔註 91〕。《全宋文》「治平二年舉進士」之後，即云「又應制科，爲秘書丞、集賢校理」，亦不提入仕前期的經歷〔註 92〕。倒是孔平仲本人在擔任淮西提刑時，曾於回覆淮南西路轉運副使莊公岳的書信當中不經意說出「言念備員農正，素忝朋游，承乏省曹，竊覘風采」這樣的話。根據《長編》所載，莊公岳熙寧七年知司農寺丞〔註 93〕，熙寧十年爲秘書丞〔註 94〕，因此孔平仲在服喪結束之後，或曾與之共事，但是當時的官職爲何，由於缺乏其他證據，故不敢貿然臆測。

〔註 89〕孔武仲〈南齋集稾序〉:「元豐三年，余爲信州從事……」

〔註 90〕《東都事略》卷九四：「平仲字毅父，舉進士。元祐中入館選，即出爲京西路提點刑獄。坐黨籍，謫知韶州，又責惠州別駕、英州安置……」

〔註 91〕卷九二三，冊 16，頁 10817。

〔註 92〕見《全宋文》卷二二七二，冊 104，頁 93。

〔註 93〕《長編》卷二五八：「(七年十二月己巳) 同判司農寺張諤言：『本寺總領民政，推行委曲，始自畿甸，其常平官尤在得人。今府界提舉官二人，乃以都水監丞、主簿兼領，職守不專，乞許於本寺丞內選舉兩員兼府界提舉，罷都水監官。』從之，差知司農寺丞程之才、莊公岳兼管，仍令都水監丞司勾當公事三員內選留一員。」

〔註 94〕《長編》卷二八〇：「(熙寧十年二月己酉) 詔知制誥熊本、司勳員外郎呂嘉問、大理寺丞高鎛、贊善大夫曾孝綽、殿中丞石？著作佐郎杜常、張僅各展磨勘一年。太常寺丞集賢殿修撰張琥、秘書丞莊公岳各展二年；太子中允王輔之、前判司農寺張諤，候將來陞用，當磨勘日展三年；選人黃實、閻令、史邈候轉京官，各展一年。並坐申請賣廟也。」

比較確定的是孔平仲待在京師的時間似乎並不長，他的詩就記錄了一段攜眷之官的經過，顯示職務又有易動，只是頭銜和目的地同樣不是很清楚。〈二十二日大雪發長蘆〉：

張帆風尚小，出口勢愈急。扁舟已中流，前後無所及。側看岸旋轉，白浪若山岌。礫砉時有聲，百罅水爭入。危檣聽欲折，柁柄脫操執。我有常病妻，素羸多不粒。及茲益憒亂，卧喘氣吸吸。婢姥半北人，茲險未嘗習。蒼皇面深墨，嘔噦皆膽汁。可憐兒女輩，往往相聚泣。出門強指揮，飛沫濺衣濕。江豚踊吾前，猵獺作人立。意如餮吾孅，行沒相百十。呼神擲楮泉，祈佛啓經襲。是時正月尾，於節甫驚蟄。雲氣作冥晦，氣候變寒澁。日中僅得止，性命危若拾。紛然方寸亂，魂幹乆不集。官期幸未迫，安用苦汲汲。官兵勇貪程，一震當少戢。何如彼居民，生不出井邑。吾田雖曠瘠，飦粥粗可給。勞生嘿自慨，茅舍行且葺。

詩中孔平仲提到赴任途中，不幸行舟突然遇上風浪，原本「官期幸未迫」，用不著如此汲汲於趕路。卻因「官兵勇貪程」，使得一家人飽受驚嚇。尤其是他多病的妻子拖著羸弱的身體奔波隨宦，已經是苦不堪言，加上這次水上風暴的折騰，更是輾轉床榻、奄奄待斃。偏偏一旁侍候的婢姥多半是不習慣坐船的北方人，面對突發狀況個個「蒼皇面深墨，嘔噦皆膽汁」，自顧且不暇，遑論照料女主人。從這些細節看來，這次驚險的經歷無疑是發生在南下的行程中。另外讓孔平仲一家遭遇風波的時間，也能由詩中看出端倪。一般說來驚蟄這個節氣多半落在農曆二月，而詩中卻云「是時正月尾，於節甫驚蟄」，這二句話大有蹊蹺。詳細查證熙寧十年前後的曆日，只有元豐元年由於閏月的關係，所以驚蟄就落在閏正月庚寅（十五日）這一天，如果孔平仲一家受到驚嚇的這個二十二日，就是元豐元年閏正月二十二的話，那麼剛好是驚蟄過後的第七天，「於節甫驚蟄」這句話也能夠得到合理的解釋。所以孔平仲父喪後曾短暫「備員農正」，與莊公岳共事，並於元豐元年調往南方，應該是可以確認的。

如果再結合其他幾首詩做個比對，甚至連爲何在「官期幸未迫」的情況下，官兵還如此魯莽的趕路的原因，也能一一得到答案。

根據《中國歷史地名大辭典》所載，宋人所說的長蘆鎮，一在今日河北省滄州市，另一處在南京東北方，相當於現在江蘇省的長蘆鎮〔註 95〕。而孔平仲受困的地點，正是在南京的這一處。雖然標題點出是「大雪發長蘆」，實際上長蘆不是他啓程的地點，在到達這裡以前，孔平仲已經在路上逗留一段時間了。沿途他留有數篇詩作，只是王蓮當初編輯《清江三孔集》時，並未將這些的作品集中在一起，經過重新排序，孔平仲離開京師後的行程大致可以串聯如下。

首先，孔平仲由汴京東行要到揚州探望兄長孔武仲，最方便的途徑應該是走水路由泗水入洪澤湖東北邊的楚州，再沿水路南下經高郵至揚州。從〈初三夜作〉：

曉色漫漫看雪下，溪流脉脉見潮生。船窓靜坐無賓客，樽酒相從只弟兄。

會合都來能幾日，留連遮莫到三更。何如徑就舟中宿，岸斗深泥不可行。

〈再用元韻〉：

小舟銜雪魚新買，濕荻吹煙火旋生。一笑兼留青眼客，半年不見白頭兄。

厭厭劇飲罍頻恥，衮衮高談僕屢更。故使移船相近住，幾番潮信不能行。

將時間往前推，孔平仲大約在熙寧十年年底就已經動身，而詩中的初三，極可能是元豐元年正月初三。儘管爲了延長這難得的相處時光，兄弟倆可說是遍尋藉口，但是孔平仲在揚州停留仍舊不長，〈初十夜作〉：

泱泱積水遶亭基，月白風清夜坐時。轉舵開船即千里，祇應重到解相思。

顯示在元豐元年正月上旬，孔平仲就解舟離開。

至於不得不忍痛話別的原因，在稍後所寫的另一首詩中找到答案。〈發儀眞寄常父兄〉：

丱角同出處，中路稍差池。往事如一夢，新年生白髭。小官仍齟齬，異國更羇棲。長時恨隔濶，既見少開眉。朝共壚邊飲，暮同窓下棋。一日復一日，眷眷不忍離。今茲解舟去，豈爲赴同期。从往恐相溷，蕭然生事微。欲將眼中淚，一灑別時衣。諸緒正牢落，勿令心重悲。融怡和笑語，惝怳迷東西。甘言戒婢子，循髮祝阿宜。憒憒情懷惡，正同中酒時。晚泊蘆荻岸，江天雲四垂。高城已不見，春雨更如絲。

〔註 95〕史爲樂主編《中國歷史地名大辭典》（北京：中國社會科學出版社，2005）：「長蘆鎮，1 北宋熙寧四年（1071）廢長蘆縣爲鎮，屬清池縣。故址即今日河北滄州市。2 北宋置，屬六合縣。即今江蘇南京市東北長蘆鎮。」冊上，頁 429。

詩中清楚交代見面時間是「新年」，而且聚首之後兄弟倆「朝共爐邊飲，暮同窓下棋。一日復一日，眷眷不忍離」。最後還是因爲害怕「久住恐相溷，蕭然生事微」，兩家人才強忍悲哀分開。而詩作於儀真，又說明了孔平仲離開揚州之後，是由大運河西南行至眞州。《清江三孔集》中有〈眞州元夕〉：

擾擾州城一彈丸，燈光疎冷月光寒。杖行猶恐人相識，紫褐圓條著道冠。

證明這年元宵節孔平仲一家是在眞州度過。

離開眞州（儀眞）之後，孔平仲往何處去，不得而知。但是當他輾轉來到長蘆，已經是元豐元年閏正月二十二了。正因如此，才會讓陪同的官兵急到不顧天氣驟變，也要冒險兼程趕路，造成〈二十二日大雪發長蘆〉詩中生死一瞬間的驚險場面，也讓全家人吃足了苦頭。

但是離開長蘆，欲往何處？詩中並未提起。數日後孔平仲再作詩寄給孔武仲，〈次韻常父二十九日閘上作〉：

泊舟不厭城南淺，談笑淹留驚晷短。爲傳潮信艤江干，暫移已覺如天遠。

足音來此慰寂寞，酒面自紅爐自煖。預愁會合有睽離，人事猶如月虧滿。

何如便賦歸去來，百尺高帆席同卷。

詩題中的「閘」，暗示孔平仲是從長蘆的瓜步（瓜州渡）下閘入長江，前往下一個目的地。循著這條線索得知原來孔平仲南渡長江是爲了要到對岸的江寧，抵達後他還曾前往拜會王安石，〈造王舒公第馬上作〉：

濯濯春容在柳梢，野梅相壓吐香苞。日邊明晦雲無定，雨後寒暄氣欲交。

抱蘂懸蟲猶帶繭，銜枝飛鳥已營巢。高懷不愛三公府，白水青山滿近郊。

據宋祝穆撰《方輿勝覽》卷十四所述：「半山寺（今名保寧寺）即王介甫故宅，自東門徃蔣山，至此半道，故以爲名。亦曰：白塘自王介甫卜居，乃鑿渠決水以通城河，後請以宅爲寺，因賜今額。」孔平仲詩中的舒公第當是此地。見面之後，孔平仲又獻上詩作，〈呈舒公〉：

磻溪莘野亦初閒，去逐功名遂不還。豈有太平辭將相，却來高卧對湖山。

冥心眞出三千界，注想長虛第一班。踽踽朱門舊時客，冒寒衝雨到郊關。

依據《宋史》所載，王安石是在元豐元年正月乙卯（初九）爲尙書左僕射、舒國公、集禧觀使（卷一五〈神宗二〉）。對比孔平仲詩中所述的景色，他登門造訪已經是仲春、暮春間。

在江寧，孔平仲還曾到天慶觀一遊，並賦詩寄給孔武仲，〈游江寧天慶觀久視軒見梅已落有寄常父〉：

記得東齋折小梅，數枝寒色未全開。江上別來今幾日，暖風吹逕雪成堆。

回想兄弟話別之際，梅花猶未盡開，曾幾何時江梅就爲暖風吹落，宛如堆雪，令他驚覺時間流失之快，也和前面二首詩中的季節相呼應。

至於孔平仲是就此留在江寧，或者另往他處就任，可惜保存下來的詩文未再記載，也就無法進一步瞭解後續的生活情形及變化。

（二）充都水監勾當公事

另外《族譜》也對孔平仲守制後的經歷提出不同的說法：

> 熙寧七年二月丁父憂，守秘書省著作郎，充監（「都」之誤）水監勾當公事。元豐元年七月，奉議郎通判虔州騎都尉。

通判虔州騎都尉一事，由於宋制並沒有「騎都尉」這一官銜，元豐元年七月這個時間點又和前段所說南下赴任的季節、過程不符，恐非事實。先來探討他充都水監勾當公事的來龍去脈。

《長編》卷二九八：「（元豐二年五月）壬辰，詔：都水監主簿陳祐甫罷相度河事，止令逐路監司同相度以聞。都水監勾當公事孔平仲，歲滿，減罷，更不補人。」證明《族譜》孔平仲充都水監勾當公事之說不假，只是時間還要再議。

考《宋史》卷一六五（職官五）所載：「都水監舊隸三司河渠案，嘉祐三年，始專置監以領之。判監事一人，以員外郎以上充，同判監事一人，以朝官以上充；丞二人，主簿一人，並以京朝官充。輪遣丞一人出外治河埽之事，或一歲再歲而罷，其有諳知水政，或至三年。置局於澶州，號曰外監。元豐正名，置使者一人，丞二人，主簿一人。使者掌中外川澤、河渠、津梁、堤堰疏鑿浚治之事，丞參領之。凡治水之法，以防止水，以溝蕩水，以澮寫水，以陂池瀦水。凡江、河、淮、海所經郡邑，皆頒其禁令。視汴、洛水勢漲涸增損而調節之。凡河防謹其法禁，歲計茭揵之數，前期儲積，以時頒用，各隨其所治地而任其責。興役以後月至十月止，民功則隨其先後毋過一月，若導水溉田及疏治壅積爲民利者，定其賞罰。凡修堤岸、植榆柳，則視其勤惰多寡以爲殿最。南、北外都水丞各一人，都提舉官八人，監埽官百三十有五人，皆分職涖事；即幹機速，非外丞所能治，則使者行視河渠事。」可見都水監勾當公事一職，主要還是以治理黃河爲主。所以熙寧十年年底到元豐元年閏正月二十二日這段期間，孔平仲正攜眷南下赴任，他的職務雖然無從查考，但由地緣看來與都水監勾當公事無關，應予排除。不過在此之後，受命可能性就大爲提高。

熙寧十年黃河波瀾再起，且釀成嚴重災情。雖然文彥博早在正月六日就曾上奏向朝廷稟告「大河自去年秋夏至今冬河底淤澱，通流不快，河勢變移，不循故道」的狀況，但是都水監並未針對他的話作出擘畫，使得黃河在七月十七日大決於澶州曹村〔註96〕，而且一發不可收拾，八月又決滎澤〔註97〕。黃河接連潰決所久發的災情，迫使權判都水監俞充不得不向朝廷請求增派人力支援，並提出包括「差大使臣勾當汴口」〔註98〕等多項要求。

儘管水患肆虐尚未平復，孔平仲已經舉家南下，準備就任新職。但是就算治水、止水收到成效，重建工程也非一日可蹴，朝廷一旦需要人才，孔平仲還是隨時有機會被徵召。何況孔平仲現存作品中就有〈代都水謝表〉，原文如下：

> 議皆素定，役不繁興，障回狂瀾，弭去巨害。(中謝)伏以大河之患，曠古天然，雖云天時，亦繫人事。瓠子之決，縱之則二十餘年；館陶之功，急之則三十六日。倘或朝廷銳意，上下徇公，有志欲爲，事無不集。一昨堤防既乆，雨潦過常，溢鉅鹿以橫流，齧桑浮而南

〔註96〕《長編》卷二八二：「(熙寧十年七月丙子)文彥博言：『臣於今年正月六日奏，爲據德州申：大河自去年秋夏至今冬河底淤澱，通流不快，河勢變移，不循故道，見今四散漫流，兩岸俱被水患。臣詳黃河下流淤澱，疏濬不行，泄水不快，即上流水勢須至壅遏。若不預行經制，切虞將來河水泛漲，必爲魏、博、恩、澶等州決溢爲患。自後不聞水監別有擘畫，只是固護東流北岸。今年五、六、七月，聞大名金新隄一帶諸埽非常危急，果致澶州決溢。備要云：此非天災，人力不至也。臣又檢會今年正月八日奏，爲近年以來，河防官吏以減省物料，指望酬賞，只緣三四年來，黃河非常水小，埽岸偶無危急是致。減得物料，即非久遠常制，必恐埽岸漸次有失添修，若將來河水泛漲如舊，必致簄虞。伏乞檢會舊條，不以減省物料指望酬錦。今年夏秋水漲，諸埽危急，多稱物料少數。今來曹村埽決溢，自熙寧八年、九年、十年檢計春料，合行接貼低怯之處，三年之中，並不曾應副接貼。兼本埽兵士多在別處占使，或駕船裝般水利司小麥外，見在只有兵士十七人實役，致今來以隄身低下怯薄，遂致決溢。臣前來因論列河事并及水官，乞行審擇。今河朔、京東州縣人民被水患者，莫知其數，嗷嗷籲天，上軫聖念，而水官不能自訟，猶汲汲以希賞，於理何安！臣前後所陳，出於至誠，本圖補報，非敢激訐，輕有干冒，伏望聖慈垂察。』熙寧十年奏，今附七月末河決後，河大決乃七月十七日也。」

〔註97〕《長編》卷二八四：「(熙寧十年八月)月末，河又決滎澤。」

〔註98〕《長編》卷二八四：「(熙寧十年九月癸酉)權判都水監俞充言：『汴口近經裁減，矯革過中，事難濟辦。乞自今差大使臣勾當汴口，小使臣一人夾河巡檢，京西都大司差部役使臣二人，河清、廣濟指揮增爲八百人，汴口歲差廂軍千五百人。』從之。」

注。官守憂惕，人言沸騰。異論紛紛，自有源山之勢；寸心耿耿，但深填海之誠。上賴宸斷主張，廟謀敷賛。兵夫鱗集，木石雲屯，曾未周星，已趨故道。潤澤既還于北野，膏腴亦被于全齊。此蓋質之於心，處以無事。運聰明之先見，天且不違；修禮義之大防，水得其性。救民昏墊，措物敉寧。臣等親稟睿謨，獲覩成効，驩呼踴躍，倍萬等夷。

文章引用漢元光三年（西元前 132 年），黃河決入瓠子河，東南由巨野澤通於淮、泗，梁、楚一帶連年受水災之苦。直到元封二年（西元前 109 年），武帝在泰山封禪後，才發卒萬人治理決口，延宕二十餘年；和《漢書・溝洫志》王延世三十六日修復河堤〔註 99〕的故事。強調黃河之患「雖云天時，亦繫人事」，並慶幸這次水災由於天子明斷，不到一年（「未曾周星」）就弭平了。

從文章的內容推斷，寫作時間當在水患平息之後。據《宋會要・方域》一四之二五載：「(熙寧）十年七月十七日黃河大決於曹村下埽，二十四日澶淵絕流，河道南徙，又東匯于梁山張澤灤，分爲二派：一合南清河入淮；一合北清河入于海。凡灌郡縣四十五，而濮、齊、鄆尤甚。壞官亭民舍數萬，田三十萬頃。上惻然矜愍，遣御史按視而賑其民。乃案圖書相山川形勢，詔以明年春作治修塞下，都水監考事計功，以閏正首事距。五月一日新堤成，河還北流。詔獎官吏有差，凡興功一百九十餘萬，材一千二百八十萬，錢米各三十萬。」而《長編》卷二八九已有元豐元年四月以治水有功，賜封贈同判都水監、司勳員外郎劉璯的記錄〔註 100〕。由此看來，這篇文章極可能作於元豐元年四、五月。

雖然這篇文章是爲他人代筆，但與其說是孔平仲在南方寫好，再千里迢迢送來，不如說是作於都水監勾當公事任上來得合理。倘若孔平仲元豐元年

〔註 99〕《漢書》卷二九〈溝洫志〉：「後三歲，河界決于館陶及東郡金堤，氾濫兗、豫，入平原、千乘、濟南，凡灌四郡三十二縣，水居地十五萬餘頃，深者三丈，壞敗官亭室廬且四萬所。御史大夫尹忠對方略疏闊，上切責之，忠自殺。遣大司農非調調均錢谷河決所灌之郡，謁者二人發河南以東漕船五百艘，徙民避水居丘陵，九萬七千餘口。河堤使者王延世使塞，以竹落長四丈，大九圍，盛以小石，兩船夾載而下之。三十六日，河堤成。」

〔註 100〕《長編》卷二八九：「元豐元年四月）庚午，詔贈同判都水監、司勳員外郎劉璯爲刑部郎中，官其一子，賜絹三百匹。以上批：『璯自擢置水官，累任以事，悉心公家，凡以職事建明，朝廷無不可者。河埽流急，晝夜躬親監護，至於忘食。重冒寒暑，感疾不瘳，深可憫惻。可特優與贈官，厚賜其家。』故有是命。後河決塞，又賜帛五百。」

四、五月已在任，那麼元豐二年五月剛好滿一年，又和《長編》「歲滿，減罷，更不補人」的說法合若符節。可惜的是孔平仲沒有其他作品，能夠提供研究。倒是在都水監勾當公事期間，他似乎還因緣際會結識文壇後起之秀晁補之。不但爲文壇增添一段佳話，也間接證明元豐元年下半年孔平仲人已經來至北方。

晁補之（1053～1110）字無咎，濟州鉅野人，晁迪、晁宗簡之後〔註101〕。父端友，工于詩。補之聰敏強記，蘇軾稱其文博辯雋偉，必顯於世。元豐二年（1079）舉進士，試開封及禮部別院，皆第一。神宗閱其文曰：「是深於經術者，可革浮薄。」調澶州司戶參軍，北京國子監教授。元祐初，爲太學正、除秘書省正字、遷校書郎，以秘閣校理通判揚州，召還，爲著作佐郎。章惇當國，出知齊州。坐修《神宗實錄》失實，降通判應天府、亳州，又貶監處、信二州酒稅。徽宗立，復以著作召。既至，拜吏部員外郎、禮部郎中，兼國史編修、實錄檢討官。黨論起，爲諫官管師仁所論，出知河中府，修河橋以便民，民畫祠其像。後徙湖州、密州、果州，遂主管鴻慶宮。還家，葺歸來園，自號歸來子。大觀元年（1107）出黨籍，起知達州，改泗州。四年卒，年五十八。

徽宗建中靖國元年（1101）晁補之出知河中府，孔平仲爲永興提刑，兩人久別重逢，補之作〈敘舊感懷呈提刑毅父並再和六首〉，回顧半生宦海浮沉，師友死生闊別之慟。其一云：

〔註101〕《宋史》卷四四四〈文苑六〉：「太子少傅迥五世孫，宗慤之曾孫也。」其實不然。大陸學者劉煥陽〈晁補之生平敘論〉：「歷代的史傳和文學史專家，均把晁補之說成是中眷太子少傅晁迥的五世孫，如元脱脱等的《宋史》卷四百四十四云：『晁補之，字无咎，濟州鉅野人，太子少傅晁迥五世孫……父端友，工於詩』。厥後，清人厲鶚的《宋詩紀事》及今人陸侃如、馮沅君合著的《中國詩史》等都沿襲了這種說法，把晁補之作爲傅晁迥的五世孫，其實謬誤。關於晁補之的世系，最爲可信的應當是與晁之之關係非常密切的黃庭堅在爲他的父親所寫的〈晁君成墓志銘〉中的記載，該文曰：『晁氏世載遠矣，而中微，有諱迪者，事某陵爲翰林學士承旨，以太子少保致仕，謚文元。生子執政開封，晁氏始顯。君成曾王父諱迪，贈刑部侍郎；王父諱宗簡，贈吏部尚書；父諱仲偃，庫部員外郎；刑部視文元母弟也。夫人楊氏，生一男則補之……』。根據黃庭堅的記載，我們可以看出，中眷晁迥是東眷晁迪的弟弟，晁補之乃東眷刑部侍郎晁迪的五世孫、吏部尚書晁宗簡的曾孫，庫部員外郎晁仲偃之孫，晁端友之子。」刊登在（聯大學學報・哲學社會科學版）1989年，第3期，1989年，6月，頁44～49。本段引文見頁44。

兒童豪氣自堪驚，未入鄉人月旦評。叔向亦聞呼使上，子將一見便知名。

平生蘭省追高步，老去秦川共此行。賴有蒲城桑落酒，高樓條華慰人情。

(《雞肋集》卷十七)

詩末自注曰：「補之初舉進士，毅父爲考官，即首送。」

孔平仲長晁補之十歲，治平二年（1065）登進士，踏入仕途的時間雖比元豐二年（1079）才登第的晁補之足足早了十四年，以資歷而言並非不可能。可惜目前關於晁補之生平的幾篇著作，如劉少雄〈晁補之年譜〉〔註 102〕、劉煥陽〈晁補之生平敘論〉〔註 103〕都略而不談；唯一提到「主考官爲孔平仲」一事就是羅鳳珠《晁補之及其文學研究》第三章〈晁補之的學術環境背景〉，但也只輕描淡寫地說「孔平仲於英宗治平二年（1065）舉進士，《宋史》稱其：『長史學，工文詞』，晁補之應試時，他是考官，與晁補之時相過從，晁補之給他的詩作有十四首。」〔註 104〕沒有深入考察這個問題。甚至連晁補之何時、何地參加秋試，三人亦均未有一言及之。

按晁補之自己的說法，其父晁端友是在熙寧八年病逝於京師昭德坊〔註 105〕，時間較孔延之還要晚一年；當時二十三歲的晁補之尚未考取功名。隔年，他和母親返回鉅野老家〔註 106〕，熙寧十年七月黃河決堤之際，晁家也受害甚深〔註 107〕。晁補之於元豐二年中進士，但依據《長編》的說法，這年受命爲禮部知貢舉的是許將、蒲宗孟和沈季長〔註 108〕，並非孔平仲。雖說所謂考官，有時只是泛稱，如參詳官、點檢官皆在考官之列，未必全指知貢舉、同知貢舉。但同樣缺乏證據。

〔註 102〕劉少雄〈晁補之年譜〉刊登在（中國文哲研究通訊）第六卷第二期，1996 年 6 月，頁 53～83。

〔註 103〕劉煥陽〈晁補之生平敘論〉(聯合大學學報・哲學社會科學版）1989 年，第 3 期，1989 年 6 月，頁 44～49。

〔註 104〕見羅鳳珠著《晁補之及其文學研究》(台北：樂學書局月，1998)，頁 129。

〔註 105〕《雞肋集》卷一〈與魯直求撰先君墓誌書〉「補之再拜：補之不孝，熙寧中，先君捐館舍於京師。於時家在吳，貧不能以時葬……」

〔註 106〕《雞肋集》卷一〈求志賦〉:「余生之罹閔兮，歸將母乎故都。」〈釋求志〉:「『將母故都』，予喪先人歸濟時也。」

〔註 107〕《雞肋集》卷一〈求志賦〉:「吾不能操贏而坐閭兮，耕東山而自食。歲早暵而不雨兮，螟有生余之場。屬秋歲之有穀兮，河出墳而湯湯。」〈釋求志〉:「『東山』濟東郭予所田處。比二年不雨，河決，卒不獲。」

〔註 108〕《長編》卷二九六：「（元豐二年正月）己卯，命翰林學士、權知開封府許將權知禮部貢舉，知制誥蒲宗孟、天章閣侍講直舍人院沈季長權同知貢舉。」

然而晁補之也不是阿諛攀附之徒，他之所以會自下注解，必定有此事實。而他所說的「初舉進士」、「首送」等語，都像是參加地方性考試。以晁補之元豐二年舉進士往前推，那麼他應該在制滿之後，自元豐元年秋試脫穎而出，取得赴京參加來年禮部春試的資格。都水監外監置局於澶州，而晁補之又是澶州晁氏的支裔〔註109〕，或許是元豐元年秋天以後，黃河水患已經稍稍平息，孔平仲因此得以參與試務，才在試場提前認識這位神宗口中「深於經術」、「可革浮薄」〔註110〕的後進。

三、江州交遊及生活

（一）南下江州就任錢監

前述《長編》卷三八九只提到孔平仲都水監勾當公事，「歲滿減罷，更不補人」，時間就在元豐二年五月，但並未交代之後的職務或動向。《宋史》卷三四四本傳對於他從治平二年（1065）登科，到元祐元年（1086）因呂公著薦舉召試館職，這中間二十餘年的仕進歷程，又是一片空白。因此孔平仲元豐二年以後的行蹤，只能從他本人的作品和同時期文人的著作中尋找證據，拼湊出最接近事實的樣貌。而時間與卸任都水監勾當公事最爲接近的，就屬〈李侍郎文集序〉（宋集珍本《清江三孔集》卷三五），文章後頭所署的日期是元豐二年的九月初六。在這篇爲故刑部侍郎李受文集而寫的序當中，孔平仲清楚交代提到自己之所以寫作此序的原因，就是被長沙進士李京的誠意所打動。李京雖然只是李受的「兩從子」（君按：當是姪孫。）卻是「自長沙來九江，不遠千里，盼能孜孜次公遺文以＃＃於世，其志可尚，不得不爲之書」。由此可知，元豐二年五月任滿以後，孔平仲就南下江州了。

至於因何來到江州，〈李侍郎文集序〉沒有多做解釋，不過諸多訊息顯示，他在江州的新職和坑冶鑄錢有極爲密切的關係。〈城東作〉：「九江雖寓居，城東乃松楸。泉府固勞冗，十日得一休。」〈送朱君貺德安宰罷任還〉說「江邊鍾官老鑄錢，坐髀已消窮且瞑。」其中「泉府」是負責鑄錢的機構；「鍾官」是和冶鑄有關的官員。都可以當做新職的註腳。

〔註109〕見易朝志《晁補之年譜簡編・元豐元年》，頁33。刊登在（煙臺師範學院學報・哲學社會科學版）1990年第1期，1990年3月，頁28～36。

〔註110〕《宋史》卷四四四〈文苑六・晁補之傳〉:「晁補之，字無咎，濟州鉅野人……舉進士，試開封及禮部別院，皆第一。神宗閱其文曰:『是基於經典者，可革浮薄。』」

宋代坑冶鑄錢工作交由專責機構「提舉坑冶司」來負責，《宋史》卷一六七〈職官七〉：「提舉坑冶司，掌收山澤之所產，及鑄泉貨以給邦國之用。歲有定數，視其登耗而賞罰之。舊制一員，元豐初以其通領九路，歲不能周歷所部，始增爲二員。分置兩司：在饒者，領江東、淮浙、福建等路；在虔者，領江西、湖廣等路。至元祐復併爲一員。」《江西通志》卷九〈職官表〉也強調：「提舉坑冶司，江西之專官也，舊置一員。」編纂者還於其下加注：「謹按《宋史・仁宗紀》：景祐二年八月己卯置提點刑獄鑄錢官，前此蓋無定員。」同卷又云：「元豐二年定爲兩司：在饒者，領江東、淮浙、七閩；在虔者，領江西、荊湖、二廣。元祐元年詔併爲一。政和七年復置兩員。」下亦有注曰：「謹按《文獻通考》云：雖有上項指揮，後來多在饒州置司，贛州只係巡歷。至紹興二年從提點王喚請，始分駐二州。」〔註 111〕從這些歷史沿革看，孔平仲到江州任職，應是朝廷有這方面的需求。

不過即將邁向強仕之年的孔平仲，這時恐怕還不是以提點坑冶鑄錢的身分前來就任，否則他也不會有「江邊鍾官老鑄錢，坐髀已消窮且瞑」的慨嘆。那麼他的職稱究竟爲何，這點他本人沒有言明；但是黃庭堅在元豐四年太和縣任內，曾寫下〈次韵和答孔毅甫〉云：

> 鵬飛鯤化，未即逍遙游；龍章鳳姿，終作廣陵散。湓浦鑪邊督數錢，故人陸沉心可見。氣與神兵上斗牛，詩如晴雪濯江漢。把詠公詩闔且開，旁無知音面墻歎。我今廢書迷簿領，魚蠹筆鋒蛛網硯。六年國子無寸功，猶得江南萬家縣。客來欲語誰與同，令人熟寢觸屏風。竊食仰愧冥冥鴻，少年所期如夢中。江頭酒賤樽屢空，南山有田歲不逢。相思夜半涕無從，千金公亦費屠龍。

史容注此詩云：「平仲字毅甫。元祐入館。時監江州錢監。按：《潯陽志》：廣寧監歲鑄錢二十萬。東坡帖云：『數日前毅甫見過。此人錢監得替，欲入京注擬，中路思家而還。』」（《山谷外集詩注》卷十）對照孔平仲自己也有〈鑄錢行〉、〈夜入監中〉等詩，史容「監江州錢監」的說法應不誣。

而李春梅〈編年〉認爲孔平仲充都水監勾當公事歲滿之後，先在元豐三年通判虔州〔註 112〕，元豐四年始監江州錢監〔註 113〕。同時也引用了黃庭堅〈次韵和答孔毅甫〉，以及史容所作的注，並作按語云：

〔註 111〕見光緒七年刊之《江西通志》，頁 209～210。
〔註 112〕見頁 2886。
〔註 113〕見頁 2888～2889。

> 詩中有「湓浦爐邊督數錢」之句。史容注此詩云:「平仲字毅甫。元祐入館，時監江州錢監。」時平仲即爲江州錢監。《輿地紀勝》卷三○〈江州〉謂湓浦乃江州。平仲江州錢監一職亦或於本年（君按:指元豐四年）遷。

事實並非如此，孔平仲元豐二年五月任滿以後，就南下江州，有〈李侍郎文集序〉爲證；此外，元豐三年孔平仲還受江州知州李昭遠所囑，寫下〈九江王廟記〉和〈九江甘棠湖南堤清暉館記〉二篇文章（詳下節），文中他都自稱是李侯的部屬，足以證明他人在江州，而非虔州。

然而錢監這份新差使，對孔平仲而言，又和當初都水監勾當公事一樣，都只是無法施展抱負的閒官，這難免讓他意志消沉。況且他的作品中還顯示，此時孔平仲一家寓居在九江，他因爲工作的關係必須待在廣寧〔註 114〕，還好據《元豐九域志》卷六所載廣寧在「州南一百二十步」，即使兩地往返也不會太過勞累，所以他很快適應這樣的生活模式，〈城東作〉:

> 九江非吾土，𠂋寓忘羇棲。丘墳之所宅，舍此亦安歸。錢官最閒暇，因得治其私。松楸鬱在望，時復至郊圻。駕言上東原，藹藹晨露晞。草木新過雨，秀色可療飢。念此道旁民，散居在山蹊。新秋百物熟，入城各有攜。芋迸紫卵壯，薑抽紅笋肥。穲香憶烹鯉，稻白想流匙。養生無不有，美味仍及時。此土遂可老，行當結茅茨。雲水有深約，塵埃無盡期。人生適意耳，富貴亦何爲！

話雖如此，現實生活中的鑄錢體驗，還是讓孔平仲頗爲感慨，〈鑄錢行〉:

> 三更趨役抵昏休，寒呻暑吟神鬼愁。從來鼓鑄知多少，銅沙疊就城南道。錢成水運入京師，朝輸暮給苦不支。海內如今半爲盜，農持斗粟却空歸。

〈夜入監中〉:

> 欹枕汗如洗，出門更已深。長風萬里至，河漢清人心。芙蕖有佳氣，楊柳搖疎陰。秋聲繁促織，月色動棲禽。落魄衣忘帶，逍遙髮懶簪。聽從涼冷入，一快直千金。

〔註 114〕《宋史》卷八十八〈地理四〉:「江州上，潯陽郡，開寶八年，隆爲軍事。大觀元年，升爲望郡。舊隸江南東路。建炎元年，升定江軍節度。二年，置安撫、制置使，以江州池、饒、信爲江州路。紹興元年，復爲二路，本路置安撫大使。嘉熙四年，爲制置副使司治所。咸淳四年，移制置司黃州；十年，還舊治。崇甯户八萬四千五百六十九，可一十三萬八千五百九十。貢雲母、石斛。縣五:德化，望。唐潯陽縣，南唐改。德安，緊。瑞昌，中。湖口，中。彭澤。中。監一:廣寧，鑄銅錢。」由此可知孔平仲平日應常留在廣寧。

從早到晚陪著工匠爐邊煎熬、寒呻暑吟之苦，這些都是他過去主掌領簿、教授諸生所看不到的生活面向，怎能說工作不辛苦呢？只是這樣的生活何嘗不是大隱市朝？心念一轉讓他領悟出辛勞工作也不至於全無樂趣可言，才能坦然說出「人生適意耳，富貴亦何爲！」

（二）錢監時期交遊舉要

孔平仲雖然不是以行政官員身分到江州任職，但在公卿的文會雅聚中卻依舊看得到他的身影，〈十三日南湖集賓主六人謹成詩十韵拜呈〉：

> 律筦秋灰動，銖衣暑服輕。居官半舜牧，環坐列周卿。攬轡湖邊集，談經席上傾。逸交希李白，奇策擬陳平。博奕休言戲，韜鈐且議兵。續箋詩義白，重演卦爻成。午日停龍馭，西風駐鷁程。弓鈞寒力壯，天暮霽華明。綠野接鄉遂，良辰推甲庚。浴沂人已散，終日夢魂清。

又〈郡集虎渡亭賓主十人〉：

> 築館當陽月，驅車及上旬。盈分勸美酒，指旨聚佳賓。闕里推高第，姬朝倚亂臣。全鑒參老手，鶩駕望清塵。佛地前舊緣，堯曦普照均。瀛洲何足羨，天日坐中人。
>
> 欲結朱輪日，相期已及旬。木圖橫畫棟，玉德集談賓。濟濟多周伯，詵詵倍舜臣。身調宰夫膳，有視屬車塵。聞一才將埒，能千智亦均。可知前世陋，作者欠三人。
>
> 璜臺成百日，斗酒宴兹旬。文雅昇平客，風流結綺賓。橈椎皆敏手，諫組必名臣。御史歸清望，黃門掃俗塵。專門知業廣，就傅亦年均。忠信推吾邑，疇非善行人。
>
> 盛比芳林會，歡非洛汭旬。國城推帥長，龜數集朋賓。益一參卿列，增三補諫臣。天泉開象緯，日煇散光塵。束帛蒙恩厚，菸弓校力均。論言雖幼學，柳惲實兼人。
>
> 長亭接雙堠，良月屆初旬。修義推賢守，同心會眾賓。公卿正當位，輿隸迭相臣。庇蔭樓層勢，追隨驥步塵。東薪恩不薄，瑴玉價仍均。共取封侯貴，持旌將萬人。

據《方輿勝覽》卷二十二〈江州〉所載，南湖乃「刺史李君濬之，蓄水爲湖」；虎渡亭在「在外門外，取宋均虎渡江之義」命名。孔平仲能夠參與地方官員及「文雅昇平客」的聚會共覽名勝，顯然他在當時他已經具有一定的名望。

而孔平仲監江州期間的幾任知州，也都待他十分友善。孔平仲初來江州時，江州知州爲李昭遠，依孔平仲〈九江王廟記〉（宋集珍本《清江三孔集》卷三五）所描述，李昭遠「元豐始元」就以「太常博士」的官銜來到這裡〔註 115〕，還曾在己未（元豐二年）夏大旱和庚申（元豐三年）七月不雨之際，率其僚謁九江王廟祈雨，並在獲得嘉應之後，治新祠以爲報，是一位誠信愛民的長官。李昭遠同時也是一位致力於地方建設的官員。唐朝的李渤曾在甘棠湖南堤蓋了一座清暉館，「嘉祐中，湖出堤上，於是呂公誨爲太守，縱民漁於湖，使之早暮輸石」來固堤；孰知熙寧八年一場大水，竟使得堤壞館廢。最後也是李昭遠在元豐三年任內，修復受損的南堤，並且在原址重建清暉館，讓「南北往來之人，無復塗潦之患」（〈九江甘棠湖南堤清暉館記〉宋集珍本《清江三孔集》卷三五）。

孔平仲除了爲清暉館作記，還有〈清暉館〉詩：

> 湖山秀氣合，庭榭綠陰初。吹臘新嘗酒，鳴榔旋取魚。青規諫官疏，
> 丹轂使臣車。醉尉無儀檢，將軍莫怪渠。

由詩意看來也是作於官員聚會的場合，可見他所受到的青睞，並不因錢監的身分而有所改變。

孔凡禮《三蘇年譜》謂蘇軾在黃州時，曾有李姓江州守贈送一部《陶淵明詩集》給蘇軾〔註 116〕，蘇軾貶黃州團練副使，於元豐三年二月一日到任，七年正月量移（詳下文），則所謂「江州守李某」極可能就是李昭遠了。

李昭遠在江州任職只到元豐三年，繼他之後接任江州知州的是劉瑾。劉瑾，字元忠，吉州人，劉沆之子。第進士，爲館閣校勘。《宋史》卷三三三有傳。劉瑾知虔州時，戰棹都監楊從先奉旨募兵不至，又遣其子懋糾諸縣巡檢兵集郡下，受到劉瑾怒責，楊懋因此投訴於朝廷，致使劉瑾遭奪官，在家逾年，才得以復待制、知江州。但劉瑾知江州時間不長，依照李代亮《宋兩江郡守易替考》考證的結果，元豐四年四月他就改知福州了〔註 117〕。

〔註 115〕李之亮《宋兩江郡守易替考・江州》則將李昭遠知江州的時間置於元豐二年到三年之間，頁 334。和孔平仲的說法有所出入，故註明於此。

〔註 116〕《三蘇年譜》卷三四：「在黃，江州守李某嘗送《陶淵明詩集》一部，軾爲書其後。」冊二，頁 1445。

〔註 117〕李之亮《宋兩江郡守易替考・江州・元豐三年庚申》：「《宋史》卷三三本傳：『復待制、知江州，歷福州、秦州、成德軍。』按：瑾知福州在元豐四年四月。」，頁 345。

劉瑾之後出知江州的官員姓名雖不可考，對孔平仲仍舊照顧有加，〈元豐四年十二月大雪郡侯送酒〉：

平明大雪風怒嘷，屋上卷來亭下高。更深更密皆能到，所在紛紛如雨毛。
堆床壓案埽復聚，取筆欲書氷折毫。鬚眉沾白催我老，自頸以下類擁袍。
此時只好閉門坐，右手把酒左持螯。奈何巑岏據聽事，千兵踏藉泥如糟。
強登曹亭要望遠，紙傘掣手不可操。黑陰熟眼鋪水墨，寒氣刮耳投兵刀。
飢腸及午尚未飯，更搜詩句無乃勞。幸有使君憐寂寞，亟使兵廚分凍醪。
余雖不飲為一釂，兩頰生春紅勝桃。醉眼瞢騰視天地，蜾蠃螟蛉輕二豪。
匆令小暖氣便壯，自笑世間皆我曹。

可以想見這位新長官體恤下屬的心意。

歷任知州之外，孔平仲和江州的地方官員也有往來，包括朱君貺、曾安止等人。朱君貺（又作「況」）嘗為德安縣令，孔平仲和他頗在往來。〈朱君以建昌霜橘見寄報以蛤蜊〉：

贈我以海昏清霜之橘，報君以淮南紫脣之蛤。橘膚軟美中更甜，蛤體堅頑口長合。開花結子幸採摘，沒水藏泥豈斬得？二物同時有不同，賦形與性由天公。請君下筯聊一飽，莫索珠璣向此中。

〈和朱君況卜居〉：

吾身當老此園中，世路崎嶇幾萬重。且飽稻粱隨雁鶩，盡將雲雨付蛟龍。
求閒有志終須得，招隱何人肯見從。且為莆田朱處士，比隣先種七株松。

朱君貺任滿之際，孔平仲也有詩贈別，〈送朱君貺德安宰罷任還〉：

潯陽五邑誰善政，歷陵令尹朱為姓。孜孜常以民存心，四境安娛吏無橫。
吾愛其人頗眞率，笑語詼諧喜譏評。山有猛虎藜藿長，人得朋友衣冠正。
當時文學推第一，濶步青雲乃蹊徑。大賢百里固非地，赤子三年且無病。
如君才智可自達，今歸朝廷惟所應。君臣昔以譬壎篪，吉甫文武陛下聖。
當陳半策縮萬金，翩翩六翮凌風勁。江邊鍾官老鑄錢，坐髀已消窮且瞑。
倘君富貴不通書，當驗行藏素非佞。

再者是曾安止，字移忠，號屠龍翁。北宋泰和人。熙寧九年進士。歷官洪州豐城縣（今江西豐城縣）主簿、知江州彭澤縣（今江西彭澤縣）。因潛心研究水稻品種及栽培，致雙目失明、棄官歸鄉。著有《禾譜》五卷、《車說》一卷、《屠龍集》若干卷〔註 118〕。不過孔平仲與曾安止見面時，曾安止猶在江

〔註 118〕見《江西歷代人物辭典》，頁 49。

州彭澤知縣任上，雙目亦未失明，而且二人還有詩歌酬答。〈用常甫元韻寄彭澤曾移忠〉：

清秋古邑氣象開，健令曳組從南來。淵明已往狄公死，繼有賢者荒山隈。
九江安流息駭浪，百里和氣迎新雷。積年逋事一朝決，落筆翩翩何快哉！
幽潛曲折皆照見，正以寶鑑懸高臺。古稱豈弟民父母，君視百姓猶嬰孩。
近來俗吏狃文法，往往習尚以利回。惟君用心知自性，造次所發皆矜哀。
政成訟簡當暇日，間或吟詩持酒盃。言辭泠泠韻不俗，識子眉宇無纖埃。
長篇示我已踰月，詩債甚久煩君催。我如荒田廢畊墾，嘉穀不植歲且灾。
爲君鉏頑揠枯槁，滿把所收惟草萊。金山萬丈絕梯級，手聚沙礫空成堆。
龍鱗難攀徒自苦，狗尾強續良可咍。想君風采方引領，忽見泝浪停高桅。
迎門倒屣喜如沃，相與一咲傾新醅。曹亭孤峙眺回遠，杖策共尋幽磴苔。
諸峯積雪倚天白，此處訓唱須清才。老雞爪觜未易犯，斂翅避子甘低徊。

詩中不僅表達對曾安止關心民生的敬重，也以曾氏所長的耕稼爲喻，推崇其才情出眾。

由於江州是當時南來北往必經之地，因爲地利之便，孔平仲在這裡結交了不少宦海浮沉、南北遷徙的朋友：元豐二年十二月大理寺丞王觀（字通叟）因罪流管路過此地〔註 119〕，孔平仲爲他寫作〈送王通叟〉、〈謝王通叟回紋詩〉；隔年十一月施君發之縣丞，艘隻在江州停泊，也邀孔平仲登船觀賞其收集的百紙名書〔註 120〕。在這些因爲陞遷貶謫、因緣際會，進而與孔平仲相識相知的官員當中，和他往來最密、交情最篤的就屬熊本和蘇軾、蘇轍兄弟了。

熊本字伯通，鄱陽人，慶曆六年丙戌賈黯榜進士。爲撫州軍事判官，稍遷秘書丞、知建德縣。熙寧初，上書稱旨，除提舉淮南常平、檢正中書禮房事。七年，以邊功擢刑部員外郎、集賢殿修撰、同判司農寺。河、湟初復，爲秦鳳路都轉運使。八年，神宗稱其文，遂知制誥。元豐元年，落知制誥，爲屯田員外郎。三年，提舉太平宮。四年，知滁州，改廣州。五年，召爲工

〔註 119〕《長編》卷三〇一：「（元豐二年十二月辛酉）詔大理寺丞王觀除名，永州編管，坐如江都縣受賄枉法罪至流也。」

〔註 120〕〈元豐三年十一月施君發之縣丞艤舟潯陽出所收書相示好之篤蓄之多裝褫之妙可尚也詩以記其事〉云：「發之之舟繫湓水，示我名書百餘紙。自言此乃十之一，訪尋藏蓄尚未已。裝褫卷襲皆精緻，從前所見無此比。城荒俗陋誰與游，如君好事固可喜。天寒手冷不厭觀，似我賞音知有幾。自今有得當助君，不憚緘封寄千里。」

部侍郎，以邊事，道除龍圖閣待制、知桂州，遂爲廣南西路經略使。七年，入爲吏部侍郎。八年，力請外，知洪州。元祐初，徙杭州、江寧府。六年五月，再知洪州。九月召還，卒於道，年六十六。著有文集三十七卷、奏議二十卷。《宋史》卷三三四有傳〔註 121〕。熊本長孔平仲十九歲，二人何時結識不得而知。孔平仲丁憂期間，熊本以熟知西南少數名族習俗，擔任梓夔路察訪使、秦鳳路都轉運使，十分稱職，受到神宗的賞識和禮遇〔註 122〕。後因治河之爭〔註 123〕，分司西京，又在元豐三年閏九月提舉江州太平觀。熊本到達之後，孔平仲曾多次以故人之姿前去造訪，留下〈入山馬上口占」、〈再用元韵呈熊伯通」、〈寄熊伯通」、〈再用宵字韵」等詩。

元豐四年熊本改知滁州，孔平仲爲作〈送提舉太平觀熊舍人」三首，詩云：

> 未歸西掖掌絲綸，且面南譙作守臣。三已何嘗覿慍色，一鳴從此却驚人。
> 朱幡暫去求民瘼，黃閣行當秉國鈞。記取廬山公舊隱，幾多草木待青春。
> （其一）
> 江州幾日到滁州，風送征帆暮不收。幽谷水聲先入夢，爐峯山色遠隨舟。
> 素無公事多閒暇，當有新詩自唱酬。寂寞舊居誰復顧，桂花深鎖一堂秋。
> （其二）
> 高才喻蜀策擕羌，凜凜威名動四方。裁正稷宮新法度，發揮詞掖好文章。
> 暫還紫府烟霞冷，却上青霄道路長。寄語吏民休浪喜，使君寧久在滁陽。
> （其三）

道出自己對熊本無法回朝爲官的惋惜，也期待未來能有更多新詩唱酬。沒想到上蒼也不希望這對忘年之交，就此匆匆話別，天氣突然有了變化，打亂熊本的行程。〈熊伯通阻風未發挐舟就謁留飲數杯〉：

> 清晨已送君南浦，蒲暮未行天北風。此別謂言千里遠，笑談還此一樽同。
> 鐵山重疊雲垂地，玉馬騰驤浪駕空。涉險臨危須自戒，且維舟楫莫匆匆。

這個突如其來的機會，讓他們又笑談同飲一回。另外，熊本知滁州時所上謝表，也是由孔平仲代筆，兩人的好交情不言可喻。

〔註 121〕參《全宋文》卷一〇四七，冊 048，頁 263。

〔註 122〕《長編》卷二七一：「(熙寧八年十二月）辛卯，刑部員外郎、集賢殿修撰熊本知制誥。本既平南川獠賊，執政議除天章閣待制。上曰：『熊本之文，朕所自知，當遂令掌制誥。』遣中使迎勞，賜茶藥，而有是命。」

〔註 123〕范子淵遂訟陳祐甫、熊本事見《長編》卷二八二。

熊本赴滁州後，果眞應了孔平仲「寄語吏民休浪喜，使君寧久在滁陽」這番話，不久再以集賢殿修撰、知廣州，更難能可貴的是兩人情誼並沒有因爲距離越來越遠而受阻，這次改官的謝表仍由孔平仲代筆。

元豐二年十二月，因爲烏臺詩案的緣故，蘇軾貶黃州團練副使；蘇轍監筠州鹽酒稅務〔註 124〕。元豐三年正月蘇軾從京師出發，並在二月一日抵達黃州〔註 125〕。另一方面，蘇轍也從南京赴筠州，於七月來到任所〔註 126〕。孔平仲和蘇轍論交甚早，當年孔平仲才剛奪下國學解元，尚未步入仕途，而蘇轍則是在京閒居侍父，拜居所鄰近之賜，兩人彼此欣賞，進而成爲好友。但是自孔平仲登進士第，蘇轍和孔平仲始終緣慳一面，熙寧六年蘇轍到齊州掌書記，和同樣在齊州任教授的孔武仲有過短暫相處；至於人在密州的孔平仲則是無緣一會。這次蘇轍到筠州赴任，途中曾經二度會晤孔武仲，並且同遊賦詩〔註 127〕；之後他經過江州，孔平仲或因充都水監勾當公事才剛任滿解職，仍在赴江州的道途中，因此二人仍舊未能見上一面〔註 128〕。幸好彼此都安頓下來以後，靠著魚雁往返、詩歌唱和，再度開啓友誼之門，成爲無所不談的好朋友。

元豐四年孔平仲於江州官舍作小菴，蘇轍題詩寄之〔註 129〕；蘇轍在筠州期間還寫下〈次韻孔平仲著作見寄四首」，詩云：

> 昔在京城南，成均對茅屋。清晨徙履過，不顧車擊轂。時有江南生，能使多士服。同儕畏鋒鋭，兄弟更馳逐。文成劇翻水，賦罷有餘燭。連收頷底髭，未耗髀中肉。飛騰困中路，黽勉啄場粟。歸來九江上，家有十畝竹。一官粗包裹，萬卷中自足。還如白司馬，日聽杜鵑哭。

〔註 124〕《長編》卷三〇一：「（元豐二年十二月庚申）祠部員外郎、直史館蘇軾責授檢校水部員外郎、黃州團練副使、本州安置，不得簽書公事，令御史臺差人轉押前去。絳州團練使、駙馬都尉王詵追兩官勒停。著作佐郎、簽書應天府判官蘇轍監筠州鹽酒稅務，正字王鞏監賓州鹽酒務，令開封府差人押出門，趣赴任。」

〔註 125〕《三蘇年譜》卷三〇：「正月，初一日，軾離京師赴黃州」。同卷又云：「二月一日，軾到黃州，上謝表。」分見冊二，頁 1172 和 1177。

〔註 126〕《三蘇年譜》卷三〇：「轍至筠州鹽酒稅任。時毛維瞻（國鎮）爲筠州守。至筠州爲七月，大水初去。」冊二，頁 1214。

〔註 127〕《三蘇年譜》卷三〇：「轍四月至金陵，晤孔武仲，和武仲〈金陵九詠〉。同卷又云：「五月，至池州，轍重遇武仲。」分見冊二，頁 1197 和 1200。

〔註 128〕《三蘇年譜》卷三〇：「（六月）至江州。轍作〈江州五詠〉。」又曰：「轍游廬山山陽，賦七詩，爲留二日。」分見冊二，頁 1208 和 1209。

〔註 129〕《三蘇年譜》卷三一：「孔平仲（毅父）江州官舍作小菴，蘇轍題詩寄之。平仲次韻。」冊二，頁 1282。

我來萬里外，命與江波觸。罪重慙故人。囊空仰微祿。已爲達士笑，尚謂愚者福。米鹽已草草，奔走常碌碌。尺書慰貧病，佳句爛珪玉。多難畏人知，胡爲強題目。徂年慕桑梓，歸念寄鴻鵠。但願洗餘愆，躬耕江一曲。

共居天地間，大類一間屋。推排出高下，何異車轉轂。死生本晝夜，禍福固倚伏。誰令塵垢昏。浪與紛華逐。譬如薪中火，外照不自燭。感君探至道，勸我減粱肉。虛心有遺味，實腹不須粟。芬敷謝桃杏，清勁比松竹。息微知氣定，睡少驗神足。胡爲嗜一飽，坐使百神哭。要知丹砂異，不受腥腐觸。可憐山林姿，自縛斗升祿。君看出世士，肯屑世間福？寧從市井遊，與眾同碌碌。不願束冠裳，腰金佩鳴玉。斯人今何在，未易識凡目。恐在廬山中，飛翔逐黃鵠。試用物色尋，應歌紫芝曲。

百病侵形骸，漸老同破屋。中有一寸空，能用輻與轂。忽如丹砂走，不受凡火伏。前瞻已不遠，後躡愈難逐。將炊甑中飯，未悟窗下燭。聰明役聲形，口腹嗜魚肉。塵泥翳泉井，荊棘敗禾粟。未知按妙指，漫欲理絲竹。廬山多名緇，過客禮白足。達觀等存亡，世俗強歌哭。確然金石心，不畏蚊蚋觸。順忍爲裳衣，供施謝榮祿。眞人我自有，渡海笑徐福。眾皆指庸庸，自顧非碌碌。愧君詩意厚，桃子報瓊玉。舉網羅眾禽，有獲非一日。喧啾定無用，要自取黃鵠。君看大方家，愼勿留一曲。

治生非所長，兒女驚滿屋。作官又迂疎，不望載朱轂。因緣罣罪罟，未許即潛伏。空餘讀書病，日與古人逐。老妻憐眼昏，入夜屏燈燭。上官念貧窶，時節饋醪肉。衰年類蒲柳，世事劇麻粟。數日望歸田，寄語先栽竹。文章亦細事，勤苦定何足。君詩四相攻，欲看守陴哭。愧無即墨巧，不解火牛觸。自非太學生，彫琢事干祿。安心已近道，閉口豈非福。胡爲調狂詞，玉石相落碌。腹中抱丹砂，呑下漱白玉。作詩雖云好，未免亂心目。奕秋教二人，不取志鴻鵠。摩詰非不言，遺韻寄終曲。

孔凡禮《三蘇年譜》認爲這四首詩是和答孔平仲元豐四年歲末所作的〈寄子由〉(「晨興悲風鳴」)〔註130〕，以及作於元豐五年春的〈再寄子由〉

〔註130〕見孔凡禮《三蘇年譜》卷三二，冊1310。

(「湓城趨高安」)〔註131〕二首詩。不過孔平仲還有一首〈余比見管勾太平觀劉朝奉見嫌太盛教以一食之法自用有效因以告子由且進先耆後欲之說蒙示長篇竊服高致謹再用元韵和寄〉,所謂「再用元韵和」,用的就是〈寄子由〉、〈再寄子由〉二詩韻。而蘇轍第二首詩提到「感君探至道,勸我減粱肉。虛心有遺味,實腹不須粟」、「息微知氣定,睡少驗神足。胡爲嗜一飽,坐使百神哭」,又和劉朝奉所教的一食之法相呼應,當是收到孔平仲這幾首詩之後有感而發。透過詩歌將兩人年輕時的往事,眼前面臨的窘境,乃至養生的方法、回歸林下的願望,都毫無掩飾的向對方傾訴,好交情由此可知。

相形之下,孔平仲與蘇軾相識的時間就難以論斷,因爲嘉祐二年春天,蘇軾、蘇轍兄弟同榜進士及第,不久就返回四川料理母親的喪事,直到嘉祐五年三月服滿,父子三人才又重新回到汴京〔註132〕。此時孔平仲年方十七,尚未應鄉試,當無由與一會。治平元年孔平仲爲國子解元,始與蘇轍論交;蘇軾卻因嘉祐六年參加制科考試,除大理評事、簽判鳳翔府〔註133〕,不在京中。治平二年正月蘇軾任滿還京〔註134〕;孔平仲卻又在這年二月登第,隨即被派往洪州分寧任主簿。在這短短數月間能否與蘇軾見面締交,也很難下定論。不過蘇軾在熙寧五年通判杭州之時,就先後接觸過孔平仲的父親孔延之和兄長孔文仲。

熙寧三年,孔文仲因翰林學士范鎮之薦舉賢良方正,從台州來到汴京,孰料卻因對策激怒王安石被奏罷還本任。此事雖有朝中大臣出面力爭,認爲孔文仲不當黜,最後仍舊沒有轉圜的餘地(詳上編第壹章〈家世考〉)。熙寧五年,孔文仲返回台州時,曾在杭州停留,會見蘇軾繼而與之論交。回到任上又作詩寄給蘇軾,如今詩雖然已經佚失不傳,但蘇軾所和作品尚在,〈次韻孔文仲推官見贈〉:

> 我本麋鹿性,諒非伏轅姿。君如汗血馬,作駒已權奇。齊驅大道中,並帶鑾鑣馳。聞聲自決驟,那復受縶維。謂君朝發燕,秣楚日未欹。云何中道止,連蹇驢騾隨。金鞍冒翠錦,玉勒垂青絲。旁觀信美矣,

〔註131〕見孔凡禮《三蘇年譜》卷三二,冊1310。

〔註132〕《三蘇年譜》卷十:「二月十五日,到京師,賃居西岡一宅子。」冊一,頁301。

〔註133〕見《三蘇年譜》卷一一:「軾除大理評事、簽判鳳翔府判官。」冊一,頁334。

〔註134〕見《三蘇年譜》卷一五:「二月,軾還朝,除判登聞鼓院。」冊一,頁455。

自揣良厭之。均爲人所勞，何必陋鹽輜。君看立仗馬，不敢鳴且窺。調習困鞭箠，僅存骨與皮。人生各有志，此論我久持。他人聞定笑，聊與吾子期。空堦卧積雨，病骨煩撑支。秋草上垣墻，霜葉鳴堦墀。門前自無客，敢作揚雄麾。候吏報君來，弭節江之湄。一對高人談，稍忘俗吏卑。今朝枉詩句，粲如鳳來儀。上山絕梯磴，墮海迷津涯。憐我枯槁質，借潤生華滋。豈效世俗人，洗刮求瘢痍。賢明日登用，清廟歌緝熙。胡不學長卿，預作封禪詞。

由詩中「人生各有志，此論我久持。他人聞定笑，聊與吾子期」看來，蘇軾非但不以孔文仲得罪當朝爲意，還以「汗血馬」比喻孔文仲，希望他勿爲一時失意而沮喪。日後二人成爲莫逆之交，和這次會面彼此投契有著極大關係。

同年十一月，孔平仲的父親孔延之被兩浙提舉鹽事司以「沮壞鹽法，虧歲額」的罪名上奏朝廷，從越州罷官還朝，途經杭州，受到當地官員的熱情接待，夜飲有美堂，作詩聯句，並且留下「天日遠隨雙鳳落，海門遙蹙兩潮趨」這樣的佳句。當時擔任杭州通判的蘇軾也在座。席間孔延之和蘇軾的互動雖未被記錄流傳，但從隔年病逝於京師，蘇軾爲悼念他而寫的〈孔長源挽詞二首〉〔註135〕來看，蘇軾對這位「方微時，已數劘切上官，無顧避。及老，益自強，守所聞於古，不肯苟隨」（曾鞏〈司封郎中孔君墓誌銘〉）的長者，不僅印象深刻還十分敬佩。

基於二家世交情誼，不管這次蘇軾貶黃州因緣際會和孔平仲往來，是二人論交之始，還是再續前緣，能迅速建立友誼，也是順理成章的事。

元豐四年孔平仲於江州官舍作小庵，不只蘇轍有詩寄來〔註136〕，蘇軾也作詩寄題〔註137〕，從此加入唱和的行列。此後持續和孔平仲相互酬唱，留下〈次

〔註135〕見《三蘇年譜》卷二五，頁835。〈孔長源挽詞二首〉：「少年才氣冠當時，晚節孤風益自奇。君勝宜爲夫子後，林宗不愧蔡邕碑。南荒尚記誅元惡，東越誰能事細兒。耆舊如今幾人在，爲君無憾爲時悲。（其一）」「小堰門頭柳繫船，吳山堂上月侵筵。潮聲夜半千巖響，詩句明朝萬口傳。豈憶日斜庚子後，忽驚歲在巳辰年。佳城一閉無窮事，南望題詩淚灑牋。（其二）」

〔註136〕《欒城集》卷一一〈孔平仲著作江州官舍小庵〉。詩云：「近山不作看山計，引水新成照水庵。閉口忘言中自飽，安心度日更誰參。簡編圍遶穿書蠹，窓户低回作繭蠶。我亦一軒容膝住，敝裘粗飯有餘甘。」

〔註137〕《東坡全集》卷二〈和子由寄題孔平仲草庵次韻〉：「逢人欲覓安心法，到處先爲問道庵。盧子不須從若士，蓋公當自過曹參。羨君美玉經三火，笑我枯桑困八蠶。猶喜大江同一味，故應千里共清甘。」

韻孔毅甫集古人句見贈五首〉、〈次韻孔毅甫久旱已而甚雨三首〉、〈孔毅甫以詩戒飲酒、問買田且乞墨竹，次其韻〉多首詩，但孔平仲的原作皆已佚失，從詩題及蘇軾所和，不難看出二人酬唱之作內容遍及買田、築室、苦雨、嘆旱、戒酒、養生、乞畫、論詩……各種不同的話題，幾乎稱得上是無所不談的好朋友。

除了詩，蘇軾還有書信寄給孔平仲，且因江州乃是黃州到筠州必經之地，蘇軾還曾託孔平仲代轉信件給蘇轍〔註 138〕。彼此熟稔，不在話下。

孔平仲監江州錢監，對他個人而言，或許有些學非所用的委屈；相較之下，被貶至黃州的蘇軾，他所承受的不只是政治生涯沉重的打擊，還飽嚐世態炎涼、人情澆薄的傷痛。「我謫黃岡四五年，孤舟出沒煙波裏。故人不復通問訊，疾病饑寒疑死矣」(〈送沈逵赴廣南〉)是他謫居這段期間刻骨銘心的感受;「自得罪後，雖平生厚善有不敢通問者」(〈荅陳師仲書〉)更不知有幾許。可是孔平仲卻不然，他非但透過詩歌送暖，還毫不避諱的與蘇軾會面，史容詩注所引〈東坡帖〉中「數日前毅甫見過」一段話，足以看出孔平仲的道德勇氣和對朋友的患難眞情。

這段情誼直到元豐七年蘇軾離開黃州、前往汝州才稍稍中斷，元祐元年蘇軾擢升爲翰林學士，孔平仲也因呂公著薦舉任館職，二人再次於京師聚首。但那時兩人皆已步入仕宦的輝煌時期，和失意時歷經患難而不衰的金石之交，不可同日而語。

官員之外，喜愛下棋的孔平仲還結交了張舉和張子明二位同好。張舉（？～1105)，字子厚，毗陵人。英宗治平四年（1067）進士（一說哲宗元祐四年進士)，調青溪主簿，不赴。其後近臣屢薦，皆不就，終身不仕。徽宗崇寧四年卒，賜諡正素先生。事見《文定集》卷一〇〈題呂子進集〉、《宋文鑑》卷一三二〈毗陵張先生哀辭〉，《宋史》卷四五八有傳〔註 139〕。張舉以「清通遠略，不爲崖異，與前此號隱居，嘩然自誇於俗者不類」見稱。因此士大夫「相與推敲，日款其門，隨高下接之，無不滿其意」〔註 140〕。孔武仲曾爲作〈張子厚睦州唱和集序〉。孔平仲則有〈戲張子厚〉：

> 子厚誇善棊，益我以五黑。其初示之羸，良久出半策。波衝與席卷，操攘見敗北。我師如玄雲，汗漫滿八極。子厚若殘雪，點點無幾白。

〔註 138〕《蘇軾文集》卷五七收錄有〈與毅父宣德〉第一簡及第二簡，後者有「子由信籠敢煩求便附與」等語，由是可知。

〔註 139〕參《全宋詩》卷一〇二九，冊 17，頁 11749。

〔註 140〕用葉夢得《巖下放言》卷中語。

是時秋風高，萬里鷹隼擊。鶺鵒伏深枝，顧視頗喪魄。勒銘亭碑陰，所以詫棊客。

又有張子明者，生平不詳，僅由孔平仲的作品當中得知二人既有同鄉之誼，又是姻親〔註 141〕，他是位雅士，孔平仲調侃他是「湖上仙人」〔註 142〕，遇到孔平仲休假的日子，二人便結伴出遊，〈與張子明飲湖亭〉：

小艇衝湖過，幽亭枕水虛。風來荷氣外，人在木陰餘。濕印開新酒，長茭族貫魚。遙看鶴歸處，便是謫仙居。

張子明也是一位收藏家，不僅「平生性好墨，以此爲晝夜」，還「四方購殊品，家倍酬善價」(〈子明棋戰兩敗輸張遇墨并蒙見許夏間出篋中所藏以相示詩索所負且堅元約〉)，更重的是他和孔平仲一樣喜歡下圍棋，拜棋高一著之賜，孔平仲得以觀賞張子明所藏珍品爲籌碼，一睹張子明的稀世良墨。有他一起飲酒對奕，讓孔平仲生活平添幾許樂趣。

另有方外人項元師，也是一位知曉文墨的雅士，嘗以柳公權（字誠懸）書帖蹋本相贈，〈和項元師見遺柳書〉：

古今諸柳孰爲強，矯矯誠懸術最良。自富詩才堪繼惲，兼深儒學有如芳。當時屢獻箴規益，末世惟傳翰墨光。石刻見貽眞雅賜，崢嶸筆力有餘剛。

孔平仲雖不信佛，卻樂於和他往來，〈小菴初成奉酬元師〉：

伐竹誅茅挂織蒲，半規小榻一方爐。不隨健鶻摩空去，且免窮猿失木呼。自有琴書增道氣，別開世界在仙壺。幽人欲到知何意，若說眞菴彼豈無。

還作了八音詩奉贈，〈又奉項元師〉：

金剛有遺偈，難以聲音求。石擊乃有光，是名爲火不。絲從何處來，認著從蠒抽。竹本由根生，根外又何由。匏開即爲勺，針屈即爲鉤。土地水火風，合爲一浮漚。革易固不常，潙山水牯牛。木性無榮謝，古今春復秋。

上司關照體恤，詩歌酬唱有二蘇，奕棋消閒賴二張，還能結交方外，沉澱心情。有了這些好友陪伴，孔平仲監江州錢監的歲月儘管「吏身閒似隱，官舍靜於村」(〈夏晝〉)，他也能以平常心泰然處之。

〔註 141〕〈子明棋戰兩敗輸張遇墨并蒙見許夏間出篋中所藏以相示詩索所負且堅元約〉：「語舊則鄉邦，論親乃姻婭。」

〔註 142〕〈張子明自廬山歸云十五夜桂子落於太平觀鄉人謂之大熟子豐年之兆也〉有「山中道人拾不盡，湖上仙人攜得歸」云云。

（三）買田置地直欲終老

因爲職務的關係，孔平仲在江州住了很長的一段時間，江州的美景屢屢出現在他的詩篇當中，〈晨出郡南〉：

日未出，山更青。湖既濶，風自生。垂楊弄疎影，啼鳥曳殘聲。江城晚色懷抱爽，况在白龍堤上行。

〈登齊雲樓〉：

登彼齊雲樓，下視江州城。城前俯大江，流水與天平。人煙疎復密，漁舟縱復横。其下各有人，人各有所營。意氣充宇宙，機巧鬭生獰。蠢然大塊中，何異蟻蝨蠅。天地一何廣，人物一何微。蠻氏與觸氏，紛爭誰是非。就令有所得，究竟欲何爲。所以達觀人，事事棄置之。登彼齊雲樓，覽世良可悲。不如飲美酒，浩歌醉言歸。

〈城樓晚望〉：

城樓高跨天中央，登臨舉目極四荒。蒼雲形霞物象變，落日清風天氣涼。樹深蒙密幽鳥語，山勢蟬聯煙靄長。溪流湙湙東下去，安得扁舟還故鄉。

在眾多風光中，廬山和曹亭最得他的喜愛，來到九江廬山自是不可錯過的絕佳景點，而居住於此的孔平仲卻看到它不同一般的風貌，〈霽夜〉：

寂歷簾櫳深夜明，睡迴清夢戍墻鈴。狂風送雨已何處，淡月籠雲猶未醒。早有秋聲隨墮葉，獨將涼意伴流螢。明朝準擬南軒望，洗出廬山萬丈青。

但他對曹亭更是情有所鍾，曹亭也成爲他江州時間詩中最常出現的景點，而這裡的景致也是有其動人之妙，〈曹亭三絕句〉

外看江水長，裏見荷花發。廬阜收白雲，南浦浸明月。

漾舟荷花裏，艤棹綠楊陰。却上曹亭望，山高江水深。

登臨常患遠，游覽不能繼。此景對門墻，篴輿日三四。

因此，曹亭也成孔平仲的最佳去處，〈晚涼〉其一：

晚涼睡覺欲何之，散步徜徉曲沼西。更上曹亭望江水，畫船却艤白龍堤。

當然良辰佳節更是免不了要到此一遊〈九日登曹亭〉：

重陽不見菊，節物愈凋零。性復不嗜飲，對酒只如醒。秋堂靜便卧，既起思殊清。登高未免俗，亦不造林坰。屋西連郡郛，木末乃曹亭。杖藜只獨往，坐對南山青。蕭㤝西風高，泱漭滯雨晴。斷雲見天色，殘潦知地形。遙峯落照斂，別浦暝煙生。歸鳥向村急，孤舟當渡横。

此時有佳興，乃惡聞人聲。況令預尊俎，而使聽竽笙。嗟吾趣尚僻，
取笑世上英。豈宜濫簪紱，但可老柴荊。

即使隻身前往，興致也是一點不減，〈曹亭獨登〉：

問我當何之，曹亭蒼木外。江湖水方漲，曠澗吾所愛。微風撼晚色，
爽氣回秋籟。楊柳隱官堤，芙蕖接公廨。白雲依山起，點綴若圖繪。
何須招客游，清興自無輩。落日更憑欄。下看飛鳥背。

漸漸的孔平仲沉浸九江的好山好水當中，暫時忘懷仕途失意。〈城東作〉：

九江雖偏寓，城東乃松楸。泉府固勞冗，十日得一休。朝出暮可還，
駕言循故丘。雨洗川原淨，鳥啼岩谷幽。白楊吟悲風，澗水咽長流。
江西境濁浪，中有蛟鼉游。可望不可涉，裴徊倚山陬。耽耽林間鴟，
歲老爪如鈎。飛下啄餘祭，肉食惟自謀。

又：

九江非吾土，yy寓忘羈棲。丘墳之所宅，舍此亦安歸。錢官最閒暇，
因得治其私。松楸鬱在望，時復至郊圻。駕言上東原，藹藹晨露晞。
草木新過雨，秀色可療飢。念此道旁民，散居在山蹊。新秋百物熟，
入城各有攜。芋迸紫卵壯，薑抽紅筍肥。穲香憶烹鯉，稻白想流匙。
養生無不有，美味仍及時。此土遂可老，行當結茅茨。雲水有深約，
塵埃無盡期。人生適意耳，富貴亦何爲。

更因爲「此土遂可老，行當結茅茨。雲水有深約，塵埃無盡期。人生適意耳，富貴亦何爲」這番領悟，竟讓孔平仲興起在江州長住的念頭，〈暇日至家園〉

仕宦吾已知，退休不如早。九江園地勝，萬个竹色好。每到必裴回，
翛然寄懷抱。于此築亭臺，於彼植花草。傍嶺更栽松，引池將溉稻。
經營各有處，何日室遂考。薄田方待歲，一雨洗枯槁。指穀以易泉，
橐囊助傾倒。茅茨若粗完，世路迹可埽。南山多白雲，臨望娛我老。

於是他熱情招呼同好，在此比鄰住下。前面提到過的德安縣令朱君況就是他邀請的對象之一。〈和朱君況卜居〉：

吾身當老此園中，世路崎嶇幾萬重。且飽稻粱隨雁鶩，盡將雲雨付蛟龍。
求閒有志終須得，招隱何人肯見從。且爲莆田朱處士，比隣先種七株松。

爲了證明一切不止說說而已，孔平仲以實際行動證明決心，他不但買下田地，又在江州官舍爲自己建了座小庵，〈小菴詩〉：

甃石爲道，旁植冬青不死之靈草；跨水爲橋，上有百年老木之清陰。

小庵又在北墻北，花竹重重深更深。公餘竟日無一事，卜此佳趣聊棲心。明月爲我遲遲不肯去，清風爲我淅淅生好音。閴然宴坐如澗谷，樂以眞樂非絲金。君看此庵亦何有，架竹編茅容側肘。人生自足乃有餘，不羨簷牙切星斗。朝攜一筇杖，暮炷一爐香。悠然每獨笑，物我兩皆忘。

從此吏隱於田園成了他生活的目標，〈蘇子由寄題小菴詩用元韵和〉：

官身粗應三錢府，吏隱聊開一草菴。擁砌幽篁如月映，覆簷喬木與天參。畏人自比藏頭雉，老世今同作蛹蠶。豈獨忘言兼閉息，舌津晨漱不勝甘。

〈張子明自廬山歸云十五夜桂子落於太平觀鄉人謂之大熟子豐年之兆也〉：

誰撼月中丹桂枝，墮階圓實似珠璣。山中道人拾不盡，湖上仙人攜得歸。半夜香風飄澗壑，一時甘雨徧郊圻。與公寄籍皆江國，且喜田園歲不饑。

置田之後，耕稼成爲他關注的焦點〈禾熟三首〉：

百里西風禾黍香，鳴泉落實穀登場。老牛粗了耕耘債，齧草坡頭卧弘陽。

豐年氣象慰人心，鳥雀啾嘲亦好音。玉食兒郎豈知此，田家粒粒是黃金。

雨足川原還驟晴，天心斷送此秋成。穀收顆顆皆堅好，想見新炊照盌明。

他也日漸滿足「栖畝稻粱方待穫，識家雞犬各隨呼。農耕半嶺如僧衲，牧跨羸牛似畫圖」（〈至城東作〉）的生活，並悟出「物不求餘隨處足，事如能省即心情」（〈睡起〉），「大隱嘗聞在朝市，昔人何必濯滄浪？應官粗了心無事，便是逍遙物外鄉」（〈夏夜〉）的道理。

光陰荏苒，歲月匆匆過去，江州儼然成爲孔平仲的第二故鄉。逐漸邁入強仕之年的他早有了「進退，命也；用舍，時也」的覺醒（〈謝舉充館閣啓〉），偶爾還會以「賴得閒官養不才」（〈西軒〉）自我寬慰一番。

四、喪妻又因案下獄

正當孔平仲置田建屋，爲長住江州做準備之際，孰料宦海忽起風波，讓他身陷囹圄，差點在眾議難辯的狀況下含冤莫白。由於這件事的來龍去脈，除了在〈謝侯漕〉一文中約略被提起，幾乎不曾被其他書籍記載、討論。過去對孔平仲的研究，多以三十卷本《清江三孔集》爲依據，無從得知孔平仲仕宦生涯竟曾經出現如此重大的危機。隨著豫章本及宋集珍本《清江三孔集》相繼問世，這段痛苦的經歷，不該再被忽略。現在就從這篇文章解讀他監江州錢監後期所遭受的打擊，和他離職的時間。原文如下：

聞公之名，爲日已久。風采獨高於天下，想望如見乎古人。方輶軒出使於江西，值踐局服務於鄰境。勢位相絕，音問不修。一昨督鑄交攻，判章迭上。寅緣積忿，所爭者蚤甲之微；結諦游辭，可畏有風波之險。嗟老成之若此，使後進以何觀？並付外臺，幾成大獄。某言語之故，證在其間，祇命就涂，窮居待訊。低卬之可以輕重，鬭益之可以淺深，雖自揣之無他，在眾議之莫測。使遇周興、來俊臣則立見破碎；使遇釋之、于定國則終獲辨明。牛曰生駒，安得笞繇之爲士；雀如有角，孰知召伯之用心？伏惟某官醜搢紳傾陷之風，原朝廷推治之本意。駁其大要，而略其細故；詰其首惡，而舍其旁枝。待之以寬舒，處之以平易。以爲互相告訐，彼固自貽；妄有牽連，此宜無罪！遂令孤拙，不罣譴訶。又以糟糠之妻，葬將有日，糞土之息，病不能興。內怵迫於私誠（一作「議」），屢紛紜於公牘，訴衷自剖，引疾遽行，亦既還家，果蒙賜報。是明公爲忠厚而某爲憬薄；明公爲君子而某爲小人。退自劵循，益深慙痛。蓋恃豈弟之有素，乃敢狂率而無疑。至於獲揜亡骸，親畢大事，感深存歿，恩極始終。且黃雀無知，尚致啣環之誼；木桃至賤，猶著報瓊之章。況某稍識是非，頗知感激，此身未死，或粗立於世間；大德必酬，當自効於門下。存全之造，顚殞爲期。（豫章本及宋集珍本《清江三孔集》卷三二）

雖然孔平仲小心翼翼陳述自己含冤入獄的理由，但此舉更讓人對於事情的來龍去脈充滿疑惑，這些共同督鑄的同僚爲何會一再諦辭狀告，原因絕非如孔平仲所說「所爭者蚤甲之微」那麼簡單，否則也不會鬧到「並付外臺，幾成大獄」的地步，最後還得驚動本路使府參佐中相當於御史身分的官員爲之仲裁。而孔平仲在眾口鑠金的劣勢下，身陷牢獄處境已經十分爲難；更讓人同情的是此時他的妻子正停靈待葬，他卻蒙冤獄中，無法親自處理喪事。多虧受命審理此案的侯姓官員明察秋毫，使他得以昭雪冤情、全身而退；亡妻也能夠如期下葬、入土爲安。因此對這位官員的辨明存全，孔平仲一家可是「感深存歿，恩極始終」。

孔平仲事後回顧這次仕宦生涯空前的難關，自認實肇事於督鑄交攻。考孔平仲一生從事和鑄錢有關的職務共計二回，一是任元豐間監江州錢監；另一次是元祐六年由江南東路轉運判官，調任提點江浙鑄錢。由於文章中清楚提出「糟糠之妻，葬將有日」，而其妻陳氏元豐六年去世，這點孔平仲本人雖不曾提起，不過孔妻亡故後，蘇軾、蘇轍皆作輓詞悼之，由蘇家兄弟作品即可推斷時間。說法已見上一章〈家世考〉，不再贅述。但也因此得知這篇文章所說的「督鑄交攻，剡章迭上」，應是發生在孔平仲監江州錢監任內。

若是，則孔平仲感激的對象「侯漕」又是何人？似乎也有了答案。宋人習慣稱呼提刑爲「憲」；轉運副使（運副）爲「漕」。考神宗朝擔任江南東路轉運副使的官員當中，的確有侯姓者，他就是侯利建。蘇軾《東坡全集》卷一〇七有一篇〈江東提刑侯利建可江東轉運副使福建運判孫奕可福建路轉運副使新差權發遣鄭州傅燮可江東提刑知常州張安上可兩浙提刑朝請郎劉士彥可福建轉運判官〉的制文，可惜未註明寫作年代。不過黃庭堅〈送劉士彥赴福建轉運判官〉詩，《山谷年譜》卷一九有注云：「按蜀本詩集注云：『按：《實錄》元豐六年六月壬子（初八）朝請郎劉士彥爲福建路轉運判官。』此篇後亦刪去。」則侯利建由江東提刑改江東轉運副使，當亦在元豐六年六月初八前後。而孔凡禮《三蘇年譜》卷三三謂：「（元豐六年）八月，轍作詩輓孔平仲（毅父）封君。」則孔妻去世當在元豐六年八月以前，故孔平仲所稱的「侯漕」，極可能就是剛由江東提刑轉任江東轉運副使的侯利建。

又《族譜》記載，謂孔平仲「夫人陳氏，封清江碩人，葬前崗祖墳山」；並未說明安葬的時間，以常理推斷元豐六年底至七年間皆有可能。而元豐六年擔任浙江荊湖福建廣南等路提點坑冶鑄錢公事的，正是孔平仲的同年董鉞〔註143〕。董鉞字毅夫，德興人。治平二年（1065）進士。官至夔州轉運使。在時人眼中他是個遇事剛果、耿介不群的人。《江西通志》卷一五九〈雜記〉：「董鉞字義夫，自梓漕得罪歸鄱陽，遇東坡於齊安，曰：『吾再娶柳氏，三日而去官，吾固不戚戚而憂，柳氏亦欣然，同憂患如處富貴，是難能也。』令家僮歌其所作〈滿江紅〉，坡次其韻，結句云：『便相將右手把琴書，雲間宿。』蓋用樂天『左手引妻子，右手把琴書』句也。《豫章詩話》」可惜這樣一位剛正又不戀棧祿位的好官，在元豐六年十月走完他的人生〔註144〕。目前無法從文獻得知繼任的胡宗師〔註145〕何時前來履新，或許就在新舊任官員交接之

〔註143〕《長編》卷三三四：「（元豐六年三月己亥）詔除名人前權梓州路轉運副使、朝奉郎董鉞敘宣義郎、權管勾荊湖、廣南、江南西路提點坑冶鑄錢事。」

〔註144〕《三蘇年譜》卷三三：「數日間，又聞董毅夫化去。」冊二，頁1407。

〔註145〕《長編》卷三五〇：「（元豐七年十一月壬寅）提點江浙等路坑冶鑄錢胡宗師言：『信州鉛山縣銅坑發，已置場冶，乞借江東提舉司錢三十萬緡，以鑄新錢，

際，給予有心人構陷孔平仲的機會，才會發生含冤入獄這樣的憾事。

至於孔平仲官司纏身的確切時間，恐怕又以元豐七年上半年可能性最高。這還須從蘇軾這邊尋得一些旁證。蘇軾自謫居黃州，和孔平仲二人雖南北相隔，友誼卻不受時空所阻隔，繼元豐六年八月爲孔平仲亡妻作挽詞之後，九月八日蘇軾曾寫信給孔平仲（詳前文〈錢監時期交游述要〉），十一月冬至（君按：是歲冬至爲十一月十五日辛亥）前後，又爲孔平仲作〈龍尾硯銘〉〔註146〕。問訊之勤，過從之密，可想而知。但是元豐七年正月「二十五日，神宗手札移蘇軾汝州團練副使，本州安置」〔註147〕，當這樣的好消息傳出，孔平仲並未有任何詩文祝賀。若說是孔平仲的作品佚失過多所致，或許勉強解釋得過去。不過四月下旬蘇軾因爲接到量移汝州的正式命令而離開黃州，隨後曾經到廬山一遊〔註148〕，五月自筠州還，又再次上廬山，還和東林寺的總老照覺禪師同遊西林，留下傳誦千古的詩篇〈題西林壁〉「橫看成嶺側成峯，遠近高低各不同。不識廬山眞面目，只緣身在此山中」〔註149〕。然而這二次行程，身爲東道主、本身又十分喜愛廬山的孔平仲都不曾盡地主之誼陪同接待，究竟所爲何來？難免啓人疑竇。假設當時孔平仲正值喪中，又有牢獄之災，那麼他無法陪伴好友登山臨水，也就情有可原了。

但是元豐七年的上半年，孔平仲也不是全無事蹟可考，至少他曾替另一位好朋友張舉的父撰親寫行狀〔註150〕，文中稱張父「元豐七年二月甲申（十五日）終于武進縣德壽坊之私第」，將於「四月乙酉（十六日）」安葬。從孔平仲元豐七年四月十六張父入土以前，猶能爲其寫作行狀；四月二十四前後，

息二分還。福建、二浙有銅坑處準此。』户部言宗師言皆可推行，詔借江東提舉司錢十五萬緡，以所鑄錢還，所乞福建、二浙借錢不行。」

〔註146〕《三蘇年譜》卷三二：「（十一月，冬至日）此前後爲孔平仲（毅甫）龍尾硯作銘。」册二，頁1413。

〔註147〕《三蘇年譜》卷三四，「《蘇軾文集》卷七一〈贈別王文甫〉有『近忽量移臨汝』之語。文作於三月九日，告下當在三月四日至八日之間。〈謝表〉見《文集》卷二三。」册二，頁1441。

〔註148〕《三蘇年譜》卷三四：「（四月）二十日，軾至廬山北麓，宿圓通禪院。」册二，頁1478。

〔註149〕《東坡全集》前附王宗稷編〈東坡先生年譜〉：:「游廬山説云：僕初入廬山，山谷奇秀，平生所欲見應接不暇，不欲作詩。已而山中僧俗皆曰：『蘇子瞻來矣！』不覺作一絕。入開先寺，主僧求詩，作〈瀑布〉一絕。往來十餘日，作〈漱玉亭〉、〈三峽橋〉詩。與總老同遊西林，有〈贈總老〉及〈題西林壁〉皆絕句也。」

〔註150〕宋集珍本《清江三孔集》卷三八有〈宋故朝奉郎張公行狀〉。

蘇軾過廬山卻無法一同觀覽。推斷孔平仲遭受誣控、官司纏身，或許就在這段期間。

第四節　知贛州或倅虔

一、知贛州軍說法辨疑

孔平仲遭人構陷入獄，纏訟多久才得以平安脫身？獲釋後是否繼續回到錢監工作？《宋史》本傳、《東都事略》、《族譜》乃至他自己的作品，都沒有交代。由於缺乏文獻佐證，眞相因此難明。李春梅〈編年〉在未參考〈謝侯漕〉這篇文章的情況下作出結論，認爲孔平仲在江州錢監之後，即除知贛州軍州事，任職數月又因受召試等士院而赴闕，明顯偏離事實。不過孔平仲知贛州一事，儘管史傳不載，《族譜》和方志都曾提及，李春梅會這麼認定也是其來有自。

虔州即是贛州，《元豐九域志》卷六：「上虔州南康郡昭信軍節度，治贛縣。」《宋史・地理志四》：「贛州，上。本虔州、南康郡、昭信軍節度。大觀元年，升爲望郡。建炎間，置管內安撫使，紹興十五年罷，復置江西兵馬鈐轄，兼提舉南安軍、南雄州兵甲司公事。二十三年，改今名。」《建炎以來繫年要錄要錄》卷一六七也說：「(紹興二十二年二月)，辛未，改虔州爲贛州。又請改虔化縣爲寧都，從之。」孔平仲時猶未改名，故稱「虔州」。其他文獻或晚於紹興二十三年，因此出現贛州、虔州互見的現象。

孔平仲知贛州一事，史傳不載。但是《族譜》卻有他到虔州做官的記錄，而且先後共計二次，但時間皆與江州錢監不相關。分別是元豐元年七月，以奉議郎通判虔州騎都尉；和崇寧年間，以朝奉大夫、充集賢院校理、權知虔州經署安撫使護軍。元豐元年通判虔州騎都尉，上一節已有討論，由於季節、時間皆和孔平仲作品所說不符，目前只能存疑。崇寧以後的經歷，留待下一章再作討論。先來探討孔平仲出獄後的動向，何以會和贛州聯結，這得從方志看起。

明天啓《贛州府志》卷九〈職官志一〉：「孔平仲，字毅父，新喻人，由進士，元祐元年以秘書丞集賢校理任。」〔註151〕

〔註151〕見明天啓元年刊，余文龍修、謝詔纂之《贛州府志》(台北，成文出版社，1989)，頁604。

乾隆《贛州府志》承襲前說謂孔平仲「元祐元年丙寅權知虔州軍」〔註 152〕道光《贛州府志》卷四二〈府名宦〉云：「孔平仲，字毅父，臨江府崍（君按：當作「峽」）江人。治平二年進士，入館職，即出為京西南路提點刑獄。坐元祐黨籍，屢遭遷謫，衡、潭、韶、惠諸州皆其轍迹之所到。其知虔州軍也，因季（君按：當作「李」）潛識會昌尹天民，得其講義數篇，深歎賞。又嘗賦嘉濟廟祈雨感應詩，有『但願吾民得飽飯，年年歲歲是豐年』之句，藹然仁愛之意，溢於言表。徽宗時為戶部員外郎，遷金部郎，出使陝西，帥鄜、延、環、慶，奉祠而卒。平仲有史學，著《續世說》行於世。與兄文仲、武仲齊名，時號三孔。本邑合劉敞、劉攽同祀，為『五賢堂』〔註 153〕。」同治《贛州府志》〔註 154〕說法同。

由以上各本《贛州府志》可以歸納出下列幾點訊息：一、孔平仲是在元祐元年（1086）歲次丙寅」以「秘書丞集賢校理」到贛州（虔州）任職。二、孔平仲擔任的職務是「權知虔州軍」，而非通判推官。三、孔平仲在贛州期間，曾親至嘉濟廟祈雨，並留下詩篇。四、孔平仲在贛州時，曾因李潛的推薦，造訪賢士尹天民。以下就逐一探討其眞實性。

首先是孔平仲到贛州的時間，除了以上各本《贛州府志》說的「元祐元年」，李春梅更進一步指出是元祐元年三月：

> 《江西通志》卷九：「知虔州，元祐元年任。謹按《宋史》本傳不言知虔州，舊志蓋據明宋濂〈贛州聖濟廟靈蹟碑〉采入。」《江西通志》卷一二一載宋濂〈贛州聖濟廟靈迹碑〉云：「元祐元年夏五月，不雨，徧榮山川弗應，郡守孔平仲迎神至鬱孤臺，燭未見跋，甘霖如瀉。」平仲有〈題贛州嘉濟廟祈雨感應〉，下注：「知贛州二月。」〔註 155〕

從這段說明可以瞭解李春梅之所以認為孔平仲是在元祐元年三月「除知贛州軍州事」，理由無它，因為依照宋濂的說法孔平仲曾這年五月到聖濟廟求雨，而且他正好有一首〈題贛州嘉濟廟祈雨感應〉的詩傳世，這首詩詩題下方又

〔註 152〕見清乾隆四十七年刊，朱扆等修、李有席等纂之《贛州府志》(台北，成文出版社，1989)，頁 1901。

〔註 153〕見清道光二十八年刊，李本仁修、陳觀酉等纂之《贛州府志》(台北，成文出版社，1989)，冊七，頁 2597～2598。

〔註 154〕見清同治十一年刊，魏瀛等修、鐘音鴻等纂之《贛州府志》(台北，成文出版社，1989)，冊二，頁 784。

〔註 155〕見〈編年〉，頁 2896～2897。

正好有注謂：「知贛州二月。」因此將時間往前推二個月，就得出孔平仲元祐元年三月到任這個結果。

不過這樣的思考模式是否周全，尚待考驗。因爲在宋濂爲廟作碑文以前，和孔平仲年代更爲接近的洪适（1117～1184）、文天祥（1236～1283）〔註156〕也曾先後替嘉濟廟作過碑文，都沒有提到孔平仲前來求雨的事情；相隔將近三百年才卻被宋濂披露，著實令人好奇。宋濂之所以爲嘉濟廟作碑文，和他本人過去的一段經歷有關，當年他受召而起，廟裡的神明曾示以文物之祥，後來他果然當上翰林學士。這件事讓他對嘉濟廟的靈驗心久奇之，才會應祝史韋法凱之請撰寫靈迹碑〔註157〕。文章中他不僅主張「國有凶荒，則索鬼神而祭之；士有疾病，則行禱於五祀。先王必以神爲可依」，才會建廟立祠。還不斷強調自己受托撰文乃是有感於「世之號爲儒者，多指鬼神於茫昧，稍與語及之，弗以爲誣，則斥以爲惑，不幾於悖經矣乎？有若神者，功在國家，德被生民，自漢及今，孰不知依之？雖近代名臣，若劉安世、若蘇軾兄弟、若洪邁、若辛棄疾、若文天祥，亦勤勤致敬而弗之怠。是數君子者，將非儒也邪？何其與世人異也。」又舉「建炎三年，隆祐太后孟氏駐蹕於贛，金人深入，至造水，髣髴覩神擁陰兵甚眾，乃旋」一事爲例，全文充滿迷信、虛妄之說。這篇〈贛州聖濟廟靈迹碑〉並沒有被收入宋濂的《文憲集》，而是置於《鑾坡前集》卷五〔註158〕，應該是其來有自。以孔平仲的個性，身爲父母官，要他爲民眾祈晴禱雨，或許不難；但他絕不相信爲凶荒而祭鬼神、因疾病而禱五祀這套理論（說詳下編）。宋濂爲了宣揚嘉濟廟的靈驗而提出孔平仲，畢竟他不僅具有儒者身分，還是孔子第四十七世孫，以他爲例，對於發明神道更具意義。但如果了解孔平仲爲人，這樣的說法反而更啓人疑竇疑。

況且宋濂所提元祐元年五月同樣讓整件事情的眞實性備受質疑，按照《長編》卷三八〇的說法，元祐元年朝廷要大臣舉薦堪任館閣之選，並於四月十四這一天下詔，令在外者赴闕。孔平仲也因爲尚書右僕射呂公著推薦而列名其

〔註156〕洪适、文天祥生卒年分別見於《宋人傳記資料索引》，冊二，頁 1504，及冊一，頁 37。洪适《盤洲文集》卷三十三有〈嘉濟廟碑〉；文天祥《文山集》卷十二有〈贛州重修嘉濟廟記〉。

〔註157〕〈贛州聖濟廟靈迹碑〉云：「濂初受召而起，神示以文物之祥，後果入翰林爲學士，心久奇之，今故特徇祝史韋法凱之請，爲撰靈迹碑一通，使刻焉。」

〔註158〕見羅月霞主編《宋濂全集》（杭州：浙江古籍出版社，1999），冊一，頁 432～435。

中，對照他入京途中所作幾首詩中描繪的景象（說詳下節），五月即使尚未抵達，也該已經上路，贛州祈雨恐非事實。

另一個李春梅用來當作佐證的是孔平仲〈題贛州嘉濟廟祈雨感應〉詩題下的注，不過這條註解顯然不是孔平仲自注，因為在他去世之前，贛州都還叫做虔州；他不可能未卜先知作出這樣一條注來！何況孔平仲另有〈和徐道腴波字〉、〈席上口授杜仲觀〉二詩，下皆注云：「虔州作，人名。」這恐怕才是他的自注。再說這行字也不是每個版本都有，所以《全宋詩》這首詩底下才會特別加上「注原缺，據豫章本補」〔註 159〕這段說明。

至於詩的內容，同治《贛州府志》只引其中二句，《清江三孔集》孔平仲的詩，的確有這二句，出自〈題贛州嘉濟廟祈雨感應〉，是一首七言律詩，原詩為：「江東禱雨眞靈跡，香火未收簷溜滴。城中到此夜五更，渡口歸時水三尺。高田流滿入低田，萬耦齊耕破曉烟。但願吾民得飽飯，年年歲歲是豐年。」以地理位置分析，首句「江東禱雨眞靈跡」頗符合《明一統志》卷五十八所載，嘉濟廟「在府城外，貢水東五里」〔註 160〕。但宋濂所說的鬱孤臺「在府治西南」〔註 161〕，則無法由詩中找不到關聯。而且從內容解讀，這首詩其實對探究孔平仲到贛州的來龍去脈，幫助不大。

另外〈和徐道腴波字〉及〈席上口授杜仲觀〉二首詩，也因為徐道腴與杜仲觀二人身分如今都已不可考，加上詩本身又是戲筆的人名詩，若非憑藉題下注所說的「虔州作，人名」，實際上也無從提供任何佐證。不過孔平仲還有一首詩也是作於虔州，那就是〈四日郡集於景德寺〉，依據《江西通志》卷一一三〈寺觀三贛州府〉：「景德寺在府城內東南隅，劉宋時建，舊名安天，唐貞元三年重建，明成化戊子改為府學，嘉靖壬戌仍遷府學于紫極觀，始復其舊。今俗稱大佛寺。」孔平仲能夠參加郡集，必有其特殊的背景或條件，可惜從詩的內容同樣無助於瞭解甚至解決孔平仲在虔州的身分問題。

〔註 159〕見《全宋詩》，卷九二五，冊 16，頁 10852。

〔註 160〕《明一統志》卷五十八〈贛州府〉：「在府城外，貢水東五里，因名。即宋嘉濟祠。其神秦時贑縣人，姓石，名固。既歿為神，後人因其靈應，為著韻語百首，第以為籤，神乘之以應人，卜無不切中，本朝宋濂有記。」

〔註 161〕《明一統志》卷五十八〈贛州府〉：「在府治西南，隆阜鬱然孤起，登其上者如跨鼇背而升方壺。臺莫知所始。唐郡守李勉登臨北望，改名望闕。宋郡守曾慥增創二臺：南為鬱孤，北為望闕。趙抃詩：『羣峯鬱然起，惟此山獨孤。築臺山之顛，鬱孤名以呼。』蘇軾詩：『烟雲縹緲鬱孤臺，積翠浮空雨半開。想見之罘觀海市，絳宮明滅是蓬萊。』」

但是，〈和徐道腴波字〉中說到「人橫玉管寧無意，風入春江總是波」；〈席上口授杜仲觀〉也有「綠楊綰作同心結，杜子春來狂興多」等語。〈四日郡集於景德寺〉豫章叢書本作〈四月郡集於景德寺〉，詩云：

> 冷鐸殘香僧舍開，斜風細雨坐中來。使君豈是憎歌舞，自出（豫章本作「說」）胡琴送酒杯。「自注：是日督鐵使者錢公在焉，著令禁樂。公家有妾善胡琴，彈以娛賓。」

由於孔平仲筆下所謂「督鐵使者錢公」，已不可考。因此四日也好，四月也罷，充其量只能說這三首詩有個共同點，就在於寫作季節都在春天。但這除了意味某年春孔平仲曾在此地停留，其實亦無關大局。

最後是孔平仲在贛州期間交游的問題。《贛州府志》提到二個關鍵人物，那就是李潛和尹天民。李潛（1016～1104）字君行，興國縣人。治平四年（1067）許安世榜進士〔註162〕，曾任洪州司理參軍。其他仕歷僅范祖禹撰《范太史集》卷五十五宋〈手記〉提到「元祐六年舉臺閣清要。」雖然李潛中進士的時間，比孔平仲還要晚一榜，實際上卻比孔平仲還要年長二十九歲。但他可是個以品德爲人尊崇的長者。不僅志識警拔，而且十分孝順，丁父憂，終喪足不至私室。初自贛州如京師，至泗州，子弟請貫開封籍取應，也被他以「欲求事君而先欺君可乎」拒絕。他的三個兒子都中進士，其中李朴名氣最大，和孔平仲也有往來。弟李渾及李渾之子李存，亦皆有時望。

尹天民，道光《贛州府志》卷五四〈人物志·儒林〉說他「字先覺，會昌人。清苦自勵，邃於經學。興國李潛言於太守孔平仲，私訪焉，得講義數篇，深加嘆賞。入太學，聞蔡京遍亂，祖宗成憲，哭於齋後七晝夜。京聞之，使弟卞迎至東第，延欵累月，議論不合而去。及崇寧間登第，初歷教授國子博士，學者翕然，稱尹夫子。丞相張商英以國士遇之；商英罷，出知果州相如縣，有惠政。秩滿除宗子博士，時王黼拜相，乃舊太學所隸齋生也，有勸天民謁黼者，天民笑曰：『見王丞相豈不得好官？但恐爲地下顏、閔所笑。』靖康初改除侍讀，不就，歸隱青城山。清議高之，卒祀鄉賢。」〔註163〕

不過孔平仲因李潛結交尹天民之事，僅見於《贛州府志》，不曾出現在孔平仲作品中，李潛家族眞正和孔平仲有往來記錄的，只有李朴和李純仁（詳第一章〈家世考〉）而已。

〔註162〕據《江西通志》四十九〈選舉〉。

〔註163〕見冊八，頁3329～3330。

所以孔平仲知贛州軍州事，雖然方志有此一說，仍舊無法進一步得到證實。

二、從作品看倅虔一事

既然無法證實《贛州府志》孔平仲「元祐丙寅，權知虔州軍」的說法，那麼歷劫歸來的他接下來的歲月，究竟身在何處？如何度過？前面提到孔平仲的作品當中有幾首詩對考證他的仕途雖然沒有太多助益，卻能證明某年春天他曾在虔州留下足跡，而他也留有幾篇和虔州相關文章，透過文章的內容能否爲江州錢監之後的動向，提供些許蛛絲馬跡？

先來看題目中直接標明「虔州」者，就有〈回虔倅王大夫啓〉，內容如下：

> 猥奉綸言，俾分漕計。淺中弱植，愧無一日之長；懷遠振荒，誤參入使之重。自惟僥倖，固有寅緣。此蓋伏遇某官存雅故之情，敦交承之契，曲借齒牙之論，先爲根柢之容，遂致孤平，亦叨推擇。忘崇墉而阻遠，企盛德以增勞。更沐好音，益知厚眷。

只是從開頭「猥奉綸言，俾分漕計」二句解讀，這篇文章恐怕是元祐三年任江南東路轉運判官任內，回覆隸屬江南西路的虔州官員所寫（說詳第參章〈以運判護兄柩歸〉），和孔平仲本身是否到過此地任官並無關聯。

倒是孔平仲的另一篇文章，值得深入探究，那就是〈處倅謝宋提刑〉。因爲豫章本收錄此文時，已依明本將「處」改成「虔」〔註 164〕。宋集珍本《清江三孔集》所收文章標題也是將「處」字圈去，改爲「虔」字〔註 165〕。僅此一字之差，卻牽動孔平仲的仕宦經歷。在討論「處州」、「虔州」各自的合理性之前，先來看一下這篇文章的內容：

> 伏蒙恩造，再賜薦論，仰恃謙光，一陳悃愊。某至愚極陋，寡偶少徒。樗櫟常材，更無過分之望；駑駘短步，但欲計程而行。改官今已八九年，知已凡有十七狀。或云臺閣清要，或云錢穀繁難。在他人得之以爲異顧，但不肖處此殊非本心。儻其粗可持循，苟無曠敗，自縣而倅郡，自倅而領州。所謂關陞，已爲儌倖；至如汎舉，乃是空言。若非相知之深，豈信自守如此？恭惟某官內明而養之以恕，外寬而濟之以嚴。美聲和風，非干人譽；忠規德範，克廣家聲。惟是冥頑，最叨獎拔，備驅使者半歲，辱保任者兩章，以至自爲褒拂

〔註 164〕《朝散集》卷十二，校記【三】：「虔，原作『處』，據明本改。」頁 646。
〔註 165〕卷三一，頁 721。

之辭，親擇吉良之日，拜賜多矣，論報云何！鍛之厲之，以成其剛，培之築之，以永其固。俯仰於心而無愧，進退以道而不回。必有到於古人，乃不玷於門下，過此以往，未知所裁。

一開始孔平仲就直接道破寫作這篇文章的動機，不外乎是爲了感謝宋提刑短短半年間二度推薦的盛情厚愛。之後筆鋒一轉，談到過去也曾不只一次得到「知己」的舉薦，但因爲本身資質平凡，對未來不敢抱持過度期望，所以無論是入館閣，或者掌會計，對他來說皆非本心，他自己最期待的其實是透過所謂「關陞」，由一縣之長進而領州。畢竟宋人所謂的「倅」，指的就是通判、推官之類的官員，能夠從幕僚人員成爲一州之長，對他們來說也算是榮陞了。所以孔平仲願意依循這樣的模式，也是非常實際的想法。

至於孔平仲感謝的對象宋提刑，究竟是何人，以及他和孔平仲之間的互動，也須從處州和虔州二個方向加以考量。首先，依三十卷說法，處州屬兩浙路，《宋史》卷八十八〈地理四〉：「兩浙路。熙寧七年，分爲兩路，尋合爲一；九年，復分；十年，復合。府二：平江，鎮江。州十二：杭、越、湖、婺、明、常、溫、台、處、衢、嚴、秀。縣七十九。」如果孔平仲曾經倅處的話，那麼提點兩浙路刑獄公事的官員中是否出現過宋姓官員？依照李之亮《宋代路分長官通考・提點兩浙路刑獄公事》的考證，在元符元年到元符二年這段時間，宋衮臣就曾經擔任過這項職務〔註 166〕。

宋衮臣生平事蹟不多，只知道他是宋愼之子，北宋史學家宋祁之孫。宋祁及其兄宋庠同時舉進士，原本禮部的名單是宋祁居第一，而宋庠居第三。由於章獻太后不希望見到弟弟超越哥哥，於是將宋庠擢升第一，把宋祁挪第十。但這樣的安排並不影響二人的文名，時人習慣稱呼他們兄弟倆爲「二宋」，並以大小來區別。宋祁過世前囑咐家人「吾學不名家，文章僅及中人，不足垂後」，所以一直未有文集傳世，宋衮臣最大的貢獻便是結集其祖父宋祁的作品，編輯成《景文集》二百卷。

元符二年宋衮臣爲利路轉運判官，曾將宋祁作品的部分原稿借給唐庚，並允諾他日從曾子開（曾肇）家取回其餘文稿，將全數交託〔註 167〕。二人的

〔註 166〕見《宋代路分長官通考》冊中，頁 1480。

〔註 167〕唐庚《眉山文集》卷九〈書宋尚書集後〉：「仁廟初，號人物全盛時，而尚書與其兄鄭公以文章擅天下，其後鄭公作宰相，以事業顯於時，而尚書獨不至大用，徘徊掖垣十數年間，故其文特多特奇，兄弟於字學至深，故其文多奇字，讀者往往不識。其將歿也，又命其子愼無刊類文集，故愼秘而不傳于世。

好交情，由此可見一斑。宋袞臣提點兩浙路刑獄公事，唐庚也作詩相送。〈送宋袞臣赴任浙憲〉：

> 綵衣入蜀記當年，金紫重來抱使權。擁鉞止奸民奠枕，揚鞭畫計地流錢。汝南評論常相借，圯上文書獨見傳。政目告成纔五月，歲頭未改恰三遷。秦雲慘雪趨朝路，吳雨肥梅按部天。名位愈隆人愈遠，從今帝席爲誰前。(《眉山詩集》卷七)

由「擁鉞止奸民奠枕，揚鞭畫計地流錢。汝南評論常相借，圯上文書獨見傳」，看得出宋袞臣是一位有魄力，且深得民心的好官，可惜就是得不到皇帝青睞。倘若宋袞臣眞如唐庚所說，是個鋤奸止惡、事事爲民的好官，那麼他半年內二度推薦孔平仲也是情理中事。

不過在同一時間點，孔平仲倅處的可能性又如何呢？也是必須考量的問題。孔平仲是在元符元年三月衡州任滿，同年九月遭「落祕閣校理，送吏部與合入差遣」(《長編》卷五〇二)。而且卸任衡州知州之後他並沒有立即離開衡州，反倒是花了不少時間等待他的老朋友鄧忠臣（愼思）來辦理交接（詳第參章〈出知衡州〉)，算算當中僅短短數個月，和文章提到的「備驅使者半歲，辱保任者兩章」說法顯然有出入。而且在這之前孔平仲不但曾經任職館閣，也擔任過江南東路轉運判官、京西南路提點刑獄、淮南西路提點刑獄等職，這些經歷和文章所言「改官今已八九年，知己凡有十七狀。或云臺閣清要，或云錢穀繁難。在他人得之以爲異顧，但不肖處此殊非本心。儻其粗可持循，苟無曠敗，自縣而倅郡，自倅而領州。所謂關陞，已爲儌倖；至如汎舉，乃是空言」，顯得格格不入。

反之，若照豫章本及宋集珍本《清江三孔集》的說法，將此篇視爲倅虔期間的作品。虔州屬江南西路，那麼所謂宋提刑當指宋彭年而言。宋彭年，蘇州人。元豐中爲將作監丞，六年八月擢將作少監，後遷太府少卿〔註168〕。元豐八年（1085）五月，提點江南西路刑獄〔註169〕。元祐二年（1087）六月，

元符二年其子袞臣爲利路轉運判官，予典獄益昌，始得尚書平生所爲文，讀之粲然，東坡所謂字字照縑素，詎不信哉！文集二百卷，予得九十有九卷，其餘云在曾子開家。袞臣謂余：『他日當取之，并以授子云。』」

〔註168〕《長編》卷三三八：「(元豐六年八月）辛巳，將作監丞宋彭年爲將作少監。上以彭年能發蒲宗孟修西府事，特擢之。」

〔註169〕《長編》卷三五六：「(元豐八年五月甲辰）朝請郎、太府少卿宋彭年提點江南西路刑獄。」

由朝奉大夫、江西提刑遷司農少卿〔註 170〕。同年八月，御史趙屼劾其險刻，黜權知邢州〔註 171〕。

就時間點來說，孔平仲倅虔的機率極高，因爲延續上節他任江州錢監後期，由於受到同僚上奏誣陷，一度落到「並付外臺，幾成大獄」的地步，還好在侯姓官員公正審理下無最釋放，得以趕在妻子下葬前，抱病還家料理喪葬事宜。經過這番曲折之後，孔平仲從原先江州錢監改調新職，也是十分合理的人事安排。況且孔平仲作品中還有一篇〈與江東宋提刑〉可茲參考，內容如下：

> 竊高聲采，積有歲年，源流北南，闊論問訊。方薄寒之伊始，計樂職之多閒，百城澄清，諸福浩大。恭惟某官仁義寬厚爲之裏，學問淹雅聞於時，蔚矣名家之風，卓然膚使之表。想在蚤暮，即還朝廷。某患難餘生，衰遲末路，將依德庇，葷切歡心。（宋集珍本《清江三孔集》卷三二）

不難看出孔平仲的確是在遭受過某種重大挫折之後，才來到宋提刑所轄的區域任職。

另一方面《全宋文》也收錄這篇文章，說是錄自《朝散集》卷十三，內容比宋集珍本《清江三孔集》還要多出許多。亦並錄於此：

> 竊高聲采，積有歲年，源流北南，闊論問訊。方薄寒之伊始，計樂職之多閒，百城澄清，諸福浩大。恭惟某官仁義寬厚爲之裏，學問淹雅聞於時，蔚矣名家之風，卓然膚使之表。想在蚤暮，即還朝廷。某患難餘生，衰（以下疑有闕文）感深存歿，恩極始終。且黃雀無知，尚致啣環之誼；木桃至賤，猶著報瓊之章。況某稍識是非，頗知感激。此身未死，或粗立於世間；大德必酬，當自效於門下。存全之造，顛殞爲期。

兩相對照之下，不難發現《全宋文》前半段文字，和宋集珍本《清江三孔集》並無不同；值得注意的是多出來的部份則和〈謝侯漕〉後半段完全相同。《全宋文》並未收錄〈謝侯漕〉這篇文章，若照收錄較齊全的宋集珍本《清江三孔集》卷三二的順序，〈謝侯漕〉一篇正好排在〈與江東宋提刑〉後面，不免

〔註 170〕《長編》卷四〇二：「（元祐二年六月戊）朝奉大夫宋彭年爲司農少卿。」

〔註 171〕《長編》卷四〇四，「元祐二年八月（辛卯）司農少卿宋彭年權知棣州，以御史趙屼言其險刻也。」又《宋會要・職官》卷六六之三七：「（元祐二年八月）十二日，司農少卿宋彭年權知邢州。」

讓人懷疑《全宋文》恐怕有誤將〈謝侯漕〉殘文併入〈與江東宋提刑〉的可能。

綜合以上所做推論，合理的詮釋應是孔平仲的文章，正確的標題當作〈虔倅謝宋提刑〉，致謝的對象則是提點江南西路刑獄的宋彭年；至於另有一篇〈與江東宋提刑〉，同樣是寫給宋彭年，不過兩者時間上有所區別，〈與江東宋提刑〉從「將依德庇，輩切歡心」解讀，應作於孔平仲到虔州上任之初，寫作動機在藉此向長官宋彭年表達問候之意；〈虔倅謝宋提刑〉則是就職一段時日之後，由於受到關照且予以推薦，故而上書致謝。

透過〈與江東宋提刑〉中「方薄寒之伊始，計樂職之多閒」這二句話，推測孔平仲上書的時間應在元豐八年（1085）初冬。半年後，也就是元祐元年（1086）暮春他再上〈虔倅謝宋提刑〉，距離孔平仲制滿出任都水監勾當公事，正好有「八九年」時間；再就孔平仲個人經歷來分析，在這之前，無論是擔任州縣主簿或教授，皆非地方要員，因此孔平仲希望倅虔對自己只是個開始，未來若是能依循所謂關陞，達到「自縣而倅郡，自倅而領州」的目的，則心願足矣，至於「臺閣清要」、「錢穀繁難」，「在他人得之以爲異顧」，對孔平仲而言皆「殊非本心」，所以他也無意求取。因此除了感激宋彭年盛情相待，也婉轉表達自己的想法。

附帶一提的是元祐二年六月，宋彭年雖然有機會由朝奉大夫、江西提刑陞爲司農少卿，但在同年八月就爲御史所劾，遭到罷絀而權知邢州。當時孔平仲已經任集賢校理，仍爲宋彭年代筆作謝表〔註172〕，由此想可以看出孔平仲不忘故舊的性格。

孔平仲在虔州新職的表現頗受宋彭年青睞，但他能夠順利遷調，則是章惇所薦。〈上章樞密狀〉：

> 伏審光奉制麻，入居樞席，股肱之喜，聲氣皆同。國家積治之百年，睿聖勵精於今日，綜核名實而期於至當，任賢使能而責其成功。內則朝廷之百工，遠至郡縣之小吏，率皆愼揀，罔有冒居。況若左右輔弼之臣，所繫社稷安危之本，付畀之意，輕重可知。恭惟某官、以天人之學蘊諸中，以神明之才厝於外，鬱然棟梁之器，渙乎河漢之章。以古人敬謹結主知，以天下治安爲己任，越唐房、

〔註172〕宋集珍本《清江三孔集》卷三四有〈代宋彭年邢州謝執政〉、〈代宋彭年未到任先上監司〉。

> 杜，軼漢蕭、曹。致君澤民者已三朝，出將入相者幾十載。向者運籌西府，秉軸中台，銜恤而歸，不以詔書而奪志；訖哀之始，已聞使者之及門。遂以弼亮之功，兼司宥密之任，佇盡經綸之畧，以成熙皞之休。某夙以空疎，猥蒙論薦，今居幕府，仍在海邦，崎嶇簿領之迷，汩沒塵埃之困。鹽車之馬，已叨推轂之榮；涸轍之魚，尚冀爲霖之賜。

章樞密蓋指章惇。章惇知樞密院是元豐八年五月的事〔註 173〕。文章中說「猥蒙論薦，今居幕府國，又說「崎嶇簿領之迷」。顯然上書之時，孔平仲已不再是錢監身分，而是地方官員。這正好和給宋彭年的信自稱「虔倅」相呼應，也證實他做的是通判、推官之流的幕僚工作，如果已經「知贛州軍州事」，就不應該再自稱「倅」，更不必期盼有朝一日能夠「自倅而領州」了。

第五節　回朝任職

歷經喪妻之痛、牢獄之災的孔平仲，原本希望自己透過關陞的模式，「自縣而倅郡，自倅而領州」做個地方官，豈知元祐元年，他遇到人生中意想不會的轉折，一切得從元豐八年的政局變化說起。這年二月神宗病重，三省、樞密院入見，希望冊立太子，並請求皇太后權同聽政。三月延安郡王被立爲皇太子，神宗駕崩之後，太子即位，就是哲宗。因爲當時年僅十歲〔註 174〕，所以由神宗母高氏垂簾聽政，輔佐小皇帝一同處理軍國大事，朝廷的人事就此起了變化。孔平仲江州錢監時身邊的友人，也一一回到朝廷。

早在元豐七年正月二十五日，神宗還在世時，就已移汝州團練副使〔註 175〕的蘇軾，又在元豐八年五月復朝奉郎、知登州〔註 176〕。同年九月並傳出將以

〔註 173〕《長編》卷三五六：「（元豐八年五月戊午）通議大夫、門下侍郎章惇知樞密院。」

〔註 174〕《宋史》卷十七〈哲宗一〉：「哲宗憲元繼道顯德定功欽文睿武齊聖昭孝皇帝，諱煦，神宗第六子也，母曰欽聖皇后朱氏。熙寧九年十二月七日己丑生於宮中。」

〔註 175〕《三蘇年譜》卷三四，頁 1431。《長編》卷三四二：「（元豐七年正月辛酉）責授黃州團練副使蘇軾言，汝州無田產，乞居常州。從之。」又「上復有旨起軾，以本官知江州，中書蔡確、張璪受命，王震當詞頭。明日，改承議郎、江州太平觀。又明日，命格不下，於是卒出手札，徙軾汝州，有『蘇軾黜居思咎，閱歲滋深，人材實難，不忍終棄』之語。軾即上表謝。」

〔註 176〕《長編》卷三五六：「（元豐八年五月）戊戌，詔責授汝州團練副使本州安置蘇軾，復朝奉郎、知登州。」

朝奉郎爲禮部郎中〔註 177〕召還的好消息，且在十一月啓程赴闕，十二月上旬到達就任〔註 178〕。

原先監筠州鹽酒稅的蘇轍，則在元豐七年九月改調歙州績溪令〔註 179〕，並於元豐八年二月到任。不久神宗駕崩、太子登基，他還「代歙州作賀表」〔註 180〕。元豐八年八月陸續又傳出蘇轍將任秘書省校書郎〔註 181〕以及朝奉郎除禮部郎中〔註 182〕的訊息。最後蘇轍被任命爲右司諫〔註 183〕，而且在元祐元年正月中、下旬返抵京師〔註 184〕。

另外，一直屈居下僚、讓孔平仲以「此才不使重臺閣，四十青衫尙爲縣」（〈因讀黃魯直所與周法曺詩詩與字俱好以此寄之〉）而爲之抱屈的黃庭堅，也在元豐八年四月獲得到回朝擔任校書郎的機會〔註 185〕。

沒想到元祐元年四月朝廷爲了隆儒學、嘉賢士，特命司馬光等七人各舉其所知人才，召試學士院。這項求才政策，在當時稱得上是一大盛事，孔武仲有〈元祐召試館職記〉記其勝：

> 盛矣！元祐之初也，聖賢相遭，上下順治，刑省兵息，徭輕賦平，德澤浹乎宇内矣。天子曰：「噫！惟祖宗之所維馭天下，傳之無窮者，何嘗不以隆儒學爲先。故太祖親崇文之館，神考復書省之制，蔵在策府，爲後世觀。顧予纂業之始，天下向風，宜有以寵嘉賢士大夫。」乃命大臣司馬公已下七人，各舉其所知以聞，皆召試玉堂，問以爲治之大要。脩校理之廢，因校書正字之舊，以序厥位，而四方之英才，雜遝闕下矣。于時在是選者，咸知朝廷所以期之者，其意遠非

〔註 177〕《長編》卷三五九：「(元豐八年九月己酉）翰林學士兼侍讀鄧溫伯爲翰林學士承旨。朝奉郎、吏部郎中曾肇，朝請郎、禮部郎中林希，兼著作。職事官有兼職自此始。朝奉郎蘇軾爲禮部郎中。」

〔註 178〕《三蘇年譜》卷三六，冊二，頁 1637。

〔註 179〕《三蘇年譜》卷三五，冊三，頁 1529。

〔註 180〕《三蘇年譜》卷三五，冊三，頁 1576。

〔註 181〕《長編》卷三五九：「(元豐八年八月丁卯）承議郎蘇轍爲校書郎。」

〔註 182〕《長編》卷三九五：「(元豐八年八月己酉）朝奉郎蘇軾爲禮部郎中。」

〔註 183〕《長編》卷三六○：「(元豐八年十月）丁丑，詔尚書侍郎給舍諫議中丞待制以上各舉堪充諫官二員以聞，初中旨除朝議大夫直龍圖閣知慶州范純仁爲左諫議大夫，朝請郎知虔州唐淑問爲左司諫，朝奉郎朱光庭爲左正言，校書郎蘇轍爲右司諫……」

〔註 184〕《三蘇年譜》，卷三六：「轍至京師。與孫覺（莘老）共識。」冊三，頁 1655。

〔註 185〕《長編》卷三五四：「(元豐八年四月丁丑）朝奉郎劉摯、宣德郎張汝賢爲吏部郎中，朝奉郎集賢校理梁燾爲工部郎中，奉議郎黃庭堅爲校書郎……」

> 特調朱黃，是正文字也。而林居巷隱，幽絕荒徼之人，父訓子，兄飭弟，以朝廷待士無有親疎邇遠，日勉學行，庶己爲上所收用，其勸勵風俗，不已博乎！夫人之才否，無有定分，惟上所以器之而已。論思納獻之任，不可一日曠于朝。及人才乏少，乃求之于庶位之中，是猶金玉綺繡不貯于家，而一旦索之于市。欲其精粹，不可得已。此賢才不可不素養，而君相所以深謀于上也。余方校書省中，覩同舍之盛，以爲法度因革之初，可以傳于久者，不可以無志也。乃錄其姓氏名字，及其論薦所出于左。凡十六人云。

孔平仲也在尚書右僕射呂公著舉薦下，得到入朝爲官的機會。

對於這次改變命運的際遇，孔平仲心中五味雜陳，這年他已經四十三歲了，雖說還在強仕之年，但想到自己「侵尋半世，視顏已老，年已抱孫」，不免懷有「時之所汰，志亦自灰」（〈謝試館職啓〉）的感慨。爲此他罕見的以舟爲喻，陳述內心百轉千迴的情緒，〈謝舉充館閣啓〉：

> 於此有舟焉，其容斛以萬計，其高十尋，其修百丈。其始爲之，則天下之良工也，登千仞之山，擇磊落之材，暴晾積貯，經十餘年。待其性定體堅，勝耐燥濕，然後擇日而支解之，而繩墨之。小大薄厚，方圓曲直，均得其宜，巧若有神。於是鍛金銅、合油石以爲之固，調丹青、叢刻鏤以爲之飾，繢神僊雲物之象於四隅，以爲之觀。左右户牖，前後洞達，入而居之，如深宮大廈也。其外則斷會稽之竹，以爲之篙；鋸鄧林之木以爲之柂、爲之艣，編楚澤之蒲，垂之如雲，以爲之幔；畫六鷁之首，望之如飛，以怖蛟龍水怪之屬。其材既成，其具既備，將以朝發吳會，夕艤扶桑，尾閭可濟，而天漢可到也。然而閣於荒陂巨野之間，頓於泥沙沮洳之地者，二十餘年於此矣。萑葦之所環合，風雨之所摧撼，雀鼠集焉，牛羊入焉，遠而望之，以爲斷堤也；逼而察之，以爲逋宅也。不爲樵夫牧童之所毀撤而薪櫃之，則幸矣，敢冀任重而致遠乎？嗚呼！物有宜興而廢，當用而捨者，固若是乎？然是舟也，天材之精，人工之至，雖棄之之久，未嘗壞也。使復進於清泠之波，浮於浩渺之淵，則其絕巨溟、浮天潢，不難也，特患人力未及爾。間有過而遇之，識其非庸材也，則亦睨視徘徊而去。曰：「吾將積肉成丘，釀酒成池，聚萬夫，擊鳴鼓，然後足以移之也，顧吾力不足也，則姑止而已。」故其爲日愈

> 久，愈不爲人用。吁，可惜哉！有龍伯國之大人，其力拔南山，其視洞胡越，常提六鼇以獻天帝，擘華嶽以開坤維矣。一日，過是舟，視曰：「何其材良質完，乃陸沉於此耶？將天下之人不知有之歟？抑知之而不暇致力歟？抑時之所好者一葦之艇，廣尺之舟，以爲輕疾，而顧此爲重遲，不適於用，遂因循而去之歟？吾聞航不槳也，衡不薺也。然而浩浩之海，濟樓航之力也，孰爲甚久而不顧歟？」乃屈五指而舉之，如拾鴻毛，如掇秋實，不交臂而運之大湖，推之長流，野人望之而愕，以爲丘涌而山出也。是舟也，豈知昔日之爲屈，而今日之爲伸哉？有遇焉而已矣！使加之以扶搖羊角，簸山谷，動四極，則其一日千里，不爲速矣……

萬斛巨舟，擇材而造，經時而建，就像孔平仲自幼至長孜孜爲學的用心；卻遭「閣於荒陂巨野之間，頓於泥沙沮洳之地者，二十餘年」，雖然過去也有不少官員欣賞他而加以舉薦，可惜都因力有不足而止，現在遇見「龍伯國之大人」，看似到了壯志得酬的好時機，但前途終究難以臆測，教他欣喜之餘，心中疑慮猶存。

倒也不是孔平仲太過多慮，回顧十九、二十時，剛奪下國學解魁、登進士第的他，一度是人們眼中「能使多士服」（蘇轍〈次韻孔平仲著作見寄四首〉其一）的後起之秀。懷抱滿腔熱情投入仕途的他，也曾意氣風發，在幾首被認定是他少時寫下的詩歌中〔註 186〕，就充分展現了年輕時的他渴望建功立業的強烈企圖心。〈次韻偶書〉：

> 淒風下殘葉，疎雨滴黃昏。山氣先冬冷，江流入夜渾。無兵誅二鄙，有策濟群元。鬱鬱平生志，憑誰薦一言。

〈喻意〉：

> 楚天陰易久，顏巷意何孤。貧賤身雖困，英雄膽未枯。西山麋虎足，北海拔龍鬚。一劍何時起，功成泛五湖。

〈呈介之〉：

> 鐵面嶔巖鬼亦驚，世間兒女敢相輕。文章自古傳周燮，德行當時貴滅明。
> 四海生靈雖帖泰，兩邊豺虎尚縱橫。胸中久畜平求策，不日敷施報太平。

只是長期屈居下僚，讓他體認到縱使「有策濟群元」，縱使有人薦一言，想要展現胸中久蓄的良策，已經是談何容易，遑論「功成泛五湖」這樣不實際的

〔註 186〕〈次韻偶書〉下有注云：「自此至〈和子瞻西掖種竹詩〉皆先生少時作。」

想法。尤其是任江州錢監時一度蒙冤入獄，幾乎面臨不測，更讓他對詭譎多變的官場灰心失望，兼濟之志由是轉向獨善其身。如今「解褐踰二十年，隨牒既六七任，聲迹湮沒」，「光景蹉跎」（〈謝試館職啓〉），卻遇上突如其來的仕途轉折，會有「進退，命也；用舍，時也，則亦順風俟之而已」（同上）的想法也是人之常情。

儘管心情複雜，接獲徵召的孔平仲，還是啓程前往赴試。只是這股不安的情緒，一路跟隨著他起起伏伏，〈天長道中〉：

> 柔桑滿野麥成川，晴色連陂雨在田。顧影寂寥誰與語，據鞍閒暇不妨眠。
>
> 塵勞可厭非今日，老大無堪異昔年。此去聊爲上都客，行當貨馬覓歸船。

〈至盱眙作〉：

> 郵亭繫馬日西斜，却向盱眙望白沙。春色淡中唯有柳，曉風狂過已無花。
>
> 古人出處眞難一，吾道窮通未可涯。白水黃粱不須具，呼奴挈榼取流霞。

〈入亳州界〉：

> 贏糧襆被望都門，路出符離日未曛。清汴橫飛天上浪，方塘穩鎖鏡中雲。
>
> 淮南風物多相似，江上音書久不聞。寄語北山姑待我，莫因西去勒移文。

出處的矛盾，一路困擾著他，即使京師在望，也未曾稍減。〈自雍丘取別路至陳留界較汴堤徑二十里〉：

> 平生羞捷徑，到此尚狐疑。望斷澹臺路，登高賦所思。

直到抵達陳留，京城周邊的暮春風光，彷彿也在預告未來的前景，才讓他的思緒逐漸平靜下來。〈入陳留界〉：

> 青青麥隴鳥相呼，淡淡長空尺霧無。驛道寬平人語好，共知明日到皇都。

終於在元祐元年五月孔平仲來到京師，還將特地帶來的蕉布送給老朋友蘇轍〔註 187〕。之後他順利通過測試，擢陞館職。即使是「同時朋儕，最爲後至」（〈謝試館職啓〉），能和二位兄長同朝爲官，對他來說已經很滿足。

或許就如鄭永曉的按語所述，直到元祐元年十至十二月這幾位通過考試的官員才得以擢館職〔註 188〕。趁隙孔平仲還曾回江西一趟，〈夢蟾圖記〉：

> 元祐元年十月初六夜五鼓將既，夢日光斜照一高巖，中有物如蝦蟇，雪色，僅一升器大，目圓而明，眉源黑而纖長。有二道士侍其側，

〔註 187〕《三蘇年譜》卷三七：「轍詩見《欒城集》卷十四，其一首云：『裘葛終年累已輕，薄蕉如霧氣尤清』，蕉布質地精。」冊三，頁 1705。

〔註 188〕《黃庭堅年譜新編》按語：「九人全部中選，並擢館職。其授職在本年十至十二月。」頁 169。

手各持文言。有人告余云，此是上界眞人，號婆羅一青蓮白衣菩薩，請余圖其型事之。又教以用井水或冰雪來供養。余問若一不及如何？答云：「但書寫此號供養亦可也。」時在臨江軍澄翠庭下艤舟，朝奉郎魯國孔某題。（宋集珍本《清江三孔集》卷三五）

後來孔平仲眞的繪製夢蟾圖，南宋范成大不僅親眼見過這幅畫，還說上頭有當時的「廟堂五府皆有題字」（詳附編〈年譜・元祐元年〉），其事當可信。

只是孔平仲這艘喜遇「龍伯國之大人」的「廣尺之舟」，回到朝堂之後，先是在元祐二年二月正式當上集賢校理〔註189〕，並在八月改任太常博士〔註190〕，又在十一月和祕書監丞姚勔兩易其任〔註191〕。一年之中，三次職務易動，是否如願貢獻長才，由於目前孔平仲所留下的文章，確認是館閣時期的作品僅〈賀左丞啓〉、〈賀右丞啓〉、〈罷散御筵謝太皇太后表〉、〈罷散御筵謝皇帝表〉以及〈代宋彭年邢州謝執政〉（宋集珍本《清江三孔集》卷三四）、〈胡應侯墓誌銘〉（宋集珍本《清江三孔集》）卷三八）數篇，又多屬應酬文字，對瞭解其在京的種種幫助有限。

至於京師生活和外任最大的不同，除了可以結識更多文壇、政壇先進，就是有更多機會參與文人間的雅集。令人意外的是過去因爲兄弟分散各地，孔平仲時而會以詩歌唱和代替書信，向二位兄長傳遞音訊。如今三人同朝爲官，見面機會大增，使得這類詩歌資料跟著消失。至於其他官員或留有與孔平仲唱酬的詩，如蘇頌《蘇魏公文集》卷十一有〈次韻孔平仲學士詳定次口占〉、〈次韻孔學士密雲龍茶〉；畢仲游《西臺集》卷十八有〈和孔毅夫學士題小閣〉、〈和孔毅夫省宿〉、〈再和孔毅夫省宿〉；或不經意道出孔平仲這兩年的行迹，如黃庭堅〈再次孔四韻寄懷元翁兄弟并致問毅甫〉（《山谷外集》卷三）、晁補之〈聞文潛舍人出試院約毅父考功尋春〉（《雞肋集》卷一四）。也因爲孔平仲本人的作品失傳，無法獲知更多事實。

〔註189〕《長編》卷三九五：「（元祐二年二月丁酉）朝奉郎孔平仲爲集賢校理，奉議郎劉唐老爲祕閣校理，以召試學士院皆中格也。」

〔註190〕《長編》卷四〇四：「（元祐二年八月癸卯）朝奉郎、集賢校理孔平仲爲太常博士。」

〔註191〕《長編》卷四〇七：「（元祐二年十一月壬申）太常博士孔平仲、祕書監丞姚勔兩易其任。（二人易任必有故，當考。）」

第參章　仕宦考（下）

第一節　七載宦遊

一、以運判護兄柩歸葬

元祐三年（1088）三月二十一日孔文仲病逝於京師，在朝廷厚恤之下，平仲受詔以秘書丞、直集賢校理爲江南東路轉運判官的身份，爲兄長護柩返鄉歸葬。此事《族譜》只於孔文仲生平中以「元佑（祐）二年（孔文仲）遷中書舍人，知貢舉，得疾，歸第；元佑（祐）三年三月二十一日卒」，數語帶過，對平仲的職務變動，則隻字未提。但在蘇頌〈中書舍人孔公墓誌銘〉對其中曲折言之甚詳：

> 明年（元祐三年）春，同知貢舉。嘗謂士之挾藝以干進，升黜當否，繫有司之勤惰。於是晝則據案以稽參程衡，夜則篝燈以點定朱墨。前日之病猶未間，而治事不廢。同僚覺其勦瘵，因語以法有疾許先出，不爾且就枕，毋宜自苦如此。公曰：「居其官則任其責，豈敢以疾自便。」其勤如初，卒至於大病。及事畢，奏牓歸第，未旬朔，是年三月二十一日以不起聞。嗚呼！竭力首公，以公徇職。如公者幾何人哉？古所謂以死勤事者，其行雖異而其徇一也。兩宮覽奏惻然，下詔厚恤其家。及喪歸，又命其季弟集賢校理平仲爲江南東路轉運判官，俾得以撫孤弱而視窀穸也。（《蘇魏公集》卷五九）

正由於孔平仲是以「以死勤事」，其直臣的形象，不僅當時士大夫同聲哀悼，蘇軾更是撫棺慨嘆：「世方喜軟熟而惡崢嶸，相師成俗，求勁直如吾經父者，今無有也。」（〈中書舍人孔公墓誌銘〉）同鄉劉攽為作〈挽孔經父二首〉云：「鄉里東南秀，衣冠伯仲賢。先鳴俱中雋，競爽故無前。朔雪凋華萼，炎風急逝川。斗間占紫氣，應復在龍淵。」「往昔方聞策，中間五諫書。直繩無廢墨，利刃必投虛。任重生何薄，年長恨有餘。悲君雖視草，不及馬相如。」（《彭城集》卷十二）惋惜之情，溢於言表。

孔氏兄弟向來手足情深，面對孔文仲溘然辭世，哀慟自不待言。然而死別已吞聲，生離長惻惻，朝廷如此安排，對逝者而言，固然是備感哀榮；但對武仲、平仲來說，卻是滿懷矛盾與無奈。當此之際，仍然留在京師的孔武仲，也只能強忍悲傷來送行。〈送毅父弟使江東〉：

> 人生何能為？寄迹夢寐中。之子又遠去，扁舟逐江風。而我獨栖栖，
> 弱羽挂樊籠。袖手欲大呼，窘如猿檻窮。逼迫禍與被，況以憂患攻。
> 坐令形勢隔，出處焉得同。又無凌雲期，翩翩作歸鴻。強埽道南舍，
> 竹陰泛簾籠。及此光景長，無惜觥船空。明發看解纜，渠波劇奔驄。

孔平仲雖然沒留下應答之作，但兄弟三人分開多年，好不容易可以齊聚京師、同朝為官。沒想到一切竟是如此短暫！不僅昔日相約白首共隱丘山的期待落空，還得和一向親近的孔武仲分隔兩地，心情想是一樣充滿不捨。而讓孔平仲始料未及的更在孔文仲辭世非獨是家族的遽變，也是他個人生命的重大轉折，二年不到的館閣生涯，因為這次外任畫下句點，而且這一去終哲宗朝都沒機會重返朝廷為官。

元祐三年夏天〔註1〕，孔平仲回到江西，失去手足之痛，加上旅途勞頓，讓他臥病一段時間〔註2〕，但此行畢竟是太皇太后及哲宗皇帝下旨所做的安排，孔平仲也不敢有所怠慢，抵達後便依照慣例上了〈江東到任謝執政啓〉：

> 某準告授前件差遣，已於今月初四到任訖。紬書非稱，入廁承明之

〔註1〕孔平仲為何墨所撰〈德化縣尉何公墓誌銘〉云：「元祐三年夏，余來官九江……」，由是可知。宋集珍本《清江三孔集》卷三八，頁791。

〔註2〕孔平仲為何正臣兄何正彥所撰〈何君美墓誌銘〉云：「寶文閣待制何公君表以某年某月某甲子奉其兄君美之喪歸葬于臨江軍新淦縣某鄉某里之原，以書抵余請為銘，余以病始間、氣力＃甚，懼不能為，復書以情告……」墓誌作於元祐三年十二月，推測孔平仲臥病當在返鄉後（宋集珍本《清江三孔集》卷三八），頁792。

廷；美俗奚堪，出審振遠之使。自知駑鈍，深媿陶鎔。伏念某褊削小才，頑冗下第，徒藉一言之賜，遂參三閣之游。挾策讀書，坐消日月；軺車奉饟，行按東南。瞻彼江邦，鬱然墳柏，舊編名於簡蘚，近效職於錢刀。不徒民俗之相安，實亦私計之良便。何其幸會，出自人心。此蓋伏遇某官方筦執於樞機，不遺志於微賤，衡石多士，基局大平。大冶躍金，寧間折鉤之喙；良醫諳藥，猶存敗鼓之皮。遂使末遇，亦叨厲使。某不敢謹循分守，祇率詔條，講財賦之根源，期於足用；提郡縣之綱紀，靡有患姦。庶收毫芥之成，仰答丘山之貺。

接著又回信給前任運判鄒軻〔註3〕，〈江東交代鄒漕啓〉：

言念去德雖新，馳誠已劇。比忝使乎爲任，輒承賢者之餘。代大匠而覥顏，方思布懇；贈雙魚而致問，先荷撝謙。欣聞行邁之勞，無爽寢興之適。恭以某官行懷璞玉，價擅南金，薦更中外之繁，益著聲實之美。席未溫於江國，色已美於湘川。曾不踰年，遂按兩路，以此爲試才之漸，不日有陟明之書。某謹守成規，尚希至教，秋暑尚熾，歲計多豐。更冀保安，前席光寵。

除了謙遜之辭，孔平仲也明白，朝廷此番的安排，對他來說是不同於以往單純當個地方官，而是前所未有的挑戰。江南東路所轄極廣，包括江寧府、宣州、徽州、江州、池州，饒州、信州，太平州，和南康、廣德二個軍。而轉運司的工作範疇，據《宋史》的說法是必須「經度一路財賦，而察其登耗有無，以足上供及郡縣之費。歲行所部，檢察儲積，稽考帳籍，凡吏蠹民瘼，悉條以上達，及專舉刺官吏之事」〔註4〕。孔平仲擔任的運判又是實際執行者，

〔註3〕劉攽《彭城集》卷二二有〈朝奉大夫新權知撫州鄒軻可江南東路轉運判官制〉，李之亮《宋兩江郡守易替考・撫州》云：「《彭城集》卷二二〈朝奉大夫新權知撫州鄒軻可江南東路轉運判官制〉，元祐二年初制。按：軻未赴。」頁481。由孔平仲文章看來，鄒軻任江南東路轉運判官的時間雖然不長，但實際已經上任，並非李之亮所說的「未赴」。《江西通志》卷四九〈嘉祐六年辛丑王俊民榜〉：「鄒軻，奉新人。知饒州。」

〔註4〕詳見《宋史・職官志七》：「都轉運使、轉運使、副使、判官，掌經度一路財賦，而察其登耗有無，以足上供及郡縣之費。歲行所部，檢察儲積，稽考帳籍，凡吏蠹民瘼，悉條以上達，及專舉刺官吏之事。熙甯初，詔河東、河北、陝西三路漕臣許乘傳赴闕，留毋過浹日。既又詔三路漕臣，令自辟屬各二員，以京朝官曾歷知縣者爲之。二年，詔川、陝、閩、廣七路除堂選守臣外，委轉運司依四選例立格就注，免赴選，具爲令。元豐初，詔河北、淮南、京東、

因此他得肩負起「講財賦之根源」、「提郡縣之綱紀」的職責，工作內容備受挑戰。

雖然史傳他在江南東路轉運判官時期的政績，僅留下奏請朝廷「今後官吏差替，並即時放罷」這一條記錄而已〔註5〕。其實孔平仲所爲不止如此，元祐四年江寧出現旱象，他也曾數度到蔣山祈雨，並在獲得嘉應之後，他還親視匠事、修廟致謝〔註6〕。〈祭蔣山祈雨文〉：

> 今當七月大旱，己亥有事于祠下，嘿與神期，三日之內，冀蒙嘉應。粵庚子，日中大雨，物以小#，遂令修##宇以効嚴奉之爲#土治才，以今日興工，某謹率官屬，親視匠事，尚有請焉。嗚呼！民饑甚矣，尚賴二#，庶#流庸。今小麦已生，大麦方種，而田野焦枯，井泉涸竭，惟神旦暮之間，賜以雨雪，則來年有望，疫厲可消。夫吏知仕於此土，皆有歲月，受代則去，尚知爲百姓告急，而神自晉漢以來，血食于茲，一方之望，眾所依歸，豈無意矣！

關懷百姓之情溢於言表。

但是這份差事似乎讓孔平仲大受挫折，即使目前找不出受挫的原因爲何，不過從他本人在卸任後，感慨地說出「謹財賦則人習於惰偷，繩官吏則或謂之刻覈」(〈提點到任謝執政啓〉)，顯然任內在落實稅賦、端正綱紀這二方面，推行得並不順利。還好元祐五年孔平仲就被召返回京師。

京西及陝右雖各析爲兩路，許依未析時通治兩路之事，錢穀聽其移用。元祐初，司馬光請漕臣除三路外，餘路毋得過二員。其屬官溢員亦省之。紹聖中，詔淮、浙、江、湖六路上供米，計其近遠分三限，自季冬至明年八月，以次輸足。」

〔註 5〕《長編》卷四二九：「(元祐四年六月辛亥) 詔今後官吏差替，並即時放罷。從江南東路轉運判官孔平仲之請也。」

〔註 6〕宋集珍本《清江三孔集》卷三六有〈祭蔣山祈雨文〉三篇，除正文所引，次篇云：「比以秋旱，己亥有事于祠下，嘿與神約，三日之內，冀蒙嘉應；俄傾之間，輕雲覆山，微雨洗道。粵庚子日中，大雨移時，方正觀雲氣所出，皆自北來，豆之稿者，相蘇#之，瘁者半起，沛然之惠，速若桴鼓。今擇日拜貺，以昭神功。某始請之時，厥修完后宇以答隆施，所謂有祈有報者，意實如此。近已令府庫出泉檄，縣令計事，示不敢欺。然旬日以來，風高烈，旱氣復作，如繼此以往，更得甘霖，則田野霑足，秋成可望。夫人之事神者，既不敢慢如此，則神之所以恤物者，其始卒宜如何哉？謹竭此誠，惟神#之。」又次云：「比以冬旱，十一月乙酉詣祠下請雨雪，戊子雨，庚寅又雨，壬辰夕大雨，至今尚未釋也。旬是之間，屢獲嘉應，年麦將潤，疫厲有壓，一境之內，蒙神之貺，祈謝相續，#其近速。於是神之爲#，愈昭昭矣！」

元蘇天爵撰《滋溪文稿》卷二九〈題孔氏家藏宋勑牒後〉：

> 宋東都時，孔氏顯者則有曲阜道輔父子、臨江三仲弟兄，皆聖人之裔也。建炎南渡，衍聖公亦徙三衢，今孔氏居江南者，多祖曲阜。然惟臨江三衢文獻信而有徵，嘗聞故老云，宋社既墟，廷議以襲封之爵，當歸三衢，彼固辭曰，吾既不能守林廟墳墓，其敢受是封乎。嗚呼！孔氏居江南者，皆當以斯言爲念也。因觀學文所藏七世祖毅甫郎中元祐五年赴闕勑，感而爲之書。

可惜的是蘇天爵這篇文章只提到孔平仲赴闕的時間，並未說明勑牒的內容爲何，所以無法得知孔平仲赴闕的原因。不過當初朝廷指派孔平仲爲江南東路轉運判官，用意除了方便他爲亡兄護喪返鄉，同時也希望他能夠就近協助「撫孤弱而視窀穸」。對照蘇頌〈中書舍人孔公墓誌銘〉的說法，孔平仲下葬的日期是在「（元祐）六年某月日」，孔平仲顯然沒能親眼目睹兄長入土爲安，就已經去職。

二、提點江淮荊浙鑄錢

孔平仲赴闕之後，並未留在京師爲官，他的動向，《族譜》的說法是：

> 元祐二年二月即除太常博士。本年又遷大僕丞、校理。江浙，提點京西南路刑獄、勸農、提舉河渠公事，轉朝請郎。元祐六年四月二十三日充秘書閣校理，朝奉大夫加護軍……

《族譜》所載，虛實參半，本論文前幾章已有所陳，這裡所說的「江浙，提點京西南路刑獄」語意含糊，顯然有所缺漏。參酌《宋史》卷三四四本傳「文仲卒，歸葬南康。詔以平仲爲江東轉運判官護葬事，提點江浙鑄錢、京西刑獄……」等敘述，《族譜》令人不解的「江浙」二字，似乎就是指「提點江浙鑄錢」這段經歷。不過孔平仲的作品沒有提點江浙鑄錢的相關事蹟；倒是有一篇〈江淮提點謝到任表〉，由文章開頭「奉饟二年，論無善狀；督鑄諸道，即拜命書」四句話看來，就是從江東轉運判官調任新職時所作。因爲孔平仲自元祐三年受詔以秘書丞、直集賢校理爲江南東路轉運判官，到元祐五年赴闕，前後大約二年時間。而孔平仲謝表中提到的「督鑄諸道」，是他即將接手的職務。至於新的官銜，無論是《宋史》說的「提點江浙鑄錢」，或是這封謝表所說的「江淮提點」，其實都只是簡稱，全銜當是「江淮荊浙福建廣南路提點坑冶鑄錢」。

宋代設提舉坑冶司，負責收山澤之所產及鑄錢，以給邦國之用，元豐時於饒州、虔州各置一司（說詳上編第貳章〈南下江州就任錢監〉）。元祐元年併爲一員。因此孔平仲所司範圍極廣，才會用「督鑄諸道」來概括。

確認孔平仲的職務之後，接下來就從他的另一篇文章——〈提點到任謝執政〉，來探討他此行的經過。全文如下：

> 漕輓二年，過期受代。泝回千里，妄意還朝。忽被命書，就更煩使，蒙恩至厚，揣己何堪。某奮自艱微，用於冗散，緣故相之薦，晚廁省中；遭伯兄之喪，遂來江外。方行多忤，孤立誰忤。謹財賦則人習於惰偷，繩官吏則或謂之刻覈。積成謬戾，甘在譴呵；更被選掄，豈勝感激。此蓋伏遇某官以忠誠許國，以公恕待人，不遺寸長，將舉眾事。憐其奉饟之久，試以督鑄之能。惟是東南，素所生長，松楸在望，孀稚相依。待次雖踰於冬春，守官無異於鄉里，實爲私計之便，敢憚公家之勞。某謹當悉力經營，效勤奔走，察銅官之息耗，成水排之精粗。金馬石渠，邈清游於雲表；閩山越嶺，颯衰鬢於天涯。誓竭罷駑，仰酬陶冶。

文中雖然沒有標明何時到任，但是從「待次雖踰冬春」這句話可以確定元祐五年冬天孔平仲一直待在京師等候派令，新職是元祐六年入春以後才拍板定案的。在京期間他還寫了一篇〈賀劉相啓〉，祝賀舊識〔註 7〕劉摯自守門下侍郎、太中大夫加右僕射兼中書侍郎，並慨嘆自己「江湖漂泊，職事驅馳」。而劉摯「擢居中司，進預大政」（〈賀劉相啓〉）是元祐六年二月辛卯（初二）的事〔註 8〕，所以孔平仲離京的日子最快也是在二月中旬以後。

或許是之前擔任江南東路轉運判官讓孔平仲有著無比的挫折感，對於朝廷如此安排，他的感謝不單只是場面話而已。畢竟如他自己所說江南是素所生長的地方。再則卸任江南東路轉運判官時，未能幫亡兄「撫孤弱而視窀穸」，新職雖不在自己的鄉里，因地利之便仍然可以就近照顧一門孀婦稚子。加上孔平仲元豐年間曾監江州錢監，對於錢坑鑄冶的工作有一定程度的瞭解，也難怪他會視這次安排爲「蒙恩至厚」了。而這樣的心情也表現在〈江淮提點謝到任表〉中：

〔註 7〕〈賀劉相啓〉有「托末契於父兄，嘗蒙眄睞」等語，由是可知孔平仲與劉摯乃舊識，而不是徒爲應酬而作。

〔註 8〕《宋史》卷二一二〈宰輔三〉：「（元祐六年）二月辛卯，劉摯自守門下侍郎、太中大夫加右僕射兼中書侍郎。」

奉饟二年，訖無善狀；督鑄諸道，即拜命書。已及官期，祇承局事中謝。伏念臣奮身卑薄，涉世曲囏，無有尺寸之長，可應朝廷之用。矧屬擇人之際，尤當出使之行。此蓋伏遇皇帝陛下盛德溥臨至仁兼覆，不遺菅蒯之賤，雜用薪槱之材，如臣之愚，猶在所取，臣敢不効勤奔走悉意經營，謹課入于銅山，視工程于金冶，庶收微効，仰報大恩。

但是世事往往難以預料，不同於昔日江州錢監，一待就是六、七年的時間，這回孔平仲提點江浙鑄錢，卻只是短暫停留，沒多久就改調提點京西南路刑獄。其中的原委得從另一位官員劉定說起了。

劉定，《江西通志》卷四九〈選舉〉說他是「皇祐五年癸巳鄭獬榜進士」，「鄱陽人，宇弟。集賢學士，知廬州。」而劉宇則是「慶曆二年壬午楊寘榜進士」，也就是平仲父孔延之的同年。因此劉宇、劉定兄弟說起來都是孔平仲同鄉的前輩。元祐六年正月原先知和州的劉定被任命爲提點京西南路刑獄〔註 9〕，豈料三月二日給事中朱光庭卻對此提出異議。朱光庭認爲劉定「天姿刻薄」，過去擔任河北路提舉保甲時，就已風評不佳，「豈可更擢監司，復爲一路之害」，希望朝廷能夠「擇公正仁厚者爲之」。最後劉定被任命爲江淮荊浙福建廣南路提點坑冶鑄錢事〔註 10〕，而原本擔任這一職務的孔平仲則改任提點京西南路刑獄。

孔平仲在離職前寫信向他致意，〈通交代劉提點學士啓〉：

竊審光奉明綸，統司圜法，恭惟歡慶。伏以某官學邁倫類，文儷墳典，久次儒林之游，薦當使指之重。承流之惠，鄉人方結於去思；督鑄之權，朝命蓋從於私請。想在朝夕，即歸禁嚴。某向以里閭，每通書問，校文藏室，辱許同升。總課鍾官，偶先承之；併爲事契，彌躍懦衷。

從「向以里閭，每通書問」，可知在此之前，彼此已是舊識；而「總課鍾官，

〔註 9〕《長編》卷四五四：「(元祐六年正月戊寅) 左朝奉大夫、集賢校理、知和州劉定爲提點京西南路刑獄。(三月二日朱光庭有言，十六日改命。)」

〔註 10〕《長編》卷四五六：「(元祐六年三月辛酉) 給事中朱光庭言：『近除劉定爲京西南路提刑。按定天姿刻薄，罪惡不一，向任河北路提舉保甲，一路被害，驩所共知，豈可更擢監司，復爲一路之害？』詔依前行下，光庭又言：『竊以監司爲一路表率，必擇公正仁厚者爲之，則人人受賜，定之姦惡，安得預茲選？』詔劉定爲江、淮、荊、浙、福建、廣南路提點坑冶鑄錢事。(定放命乃三月十六日，今并書。定初除在正月十八日。)」

偶先承之」，說明在江淮荊浙福建廣南路提點坑冶鑄錢這一職務上，孔平仲是在劉定之前。

李春梅〈編年〉解讀孔平仲〈謝執政啓〉中有「私憂去國者六年，食貧待次者兩任」這二句話說：「『私憂去國』指元祐三年三月平仲護文仲喪歸葬事，至此歷六年，『兩任』指江東轉運判和江浙提點，故繫此（元祐八年春）」〔註 11〕，這樣的說法與事實相去甚遠。

孔平仲擔任江淮提點的時間雖然不長，但卸任前同僚仍舊備酒設宴殷勤相送，祖席驪歌之外，還留下餞別的詩篇，〈奉使京西呈諸公〉：

> 金科備使提三千，石馬泥牛鞭不前。絲麻民足吾何言，竹轝山行秋雨眠。
>
> 匏黃芋紫漢江上〔註 12〕，土人當有龐葛賢。革車戰艦今不然，木杪鳳栖龍戲泉。

又〈八音詩呈諸公〉：

> 金罍美酒斗十千，石榴花開牕户前。絲棼萬事何足言，竹溪六逸方醉眠。
>
> 匏瓜繫焉雖不久，土風堪美人皆賢。革易睽散心惘然，木在高山魚逐泉。

〈再賦〉：

> 金房此去路幾千，石瀨齒齒秋風前。絲侵兩鬢老不言，竹實已空飢鳳眠。
>
> 匏笙吹作別離曲，土壤漸异思諸賢。革屨練服何蕭然，木附緩步尋雙泉。

儘管「金罍美酒斗十千，石榴花開窗戶前」，容易讓人誤以爲季節是在「五月榴花照眼明」的初夏，但從「金房此去路幾千，石瀨齒齒秋風前」一句，可以清楚知道，他其實是在秋風吹起、景色蕭然之際啓程的，目的地是金州、房州所隸屬的京西南路（說詳下節）。「絲麻民足吾何言，竹輿山行秋雨眠」二句，也能證明孔平仲的確是在元祐六年秋天去職。

所以，李之亮《宋代路分長官通考》將孔平仲提點京西南路刑獄的時間放在元祐七年，也比孔平仲實際到任的時間晚了將近大半年〔註 13〕，同樣不可採信。

三、提點京西南路刑獄

離開短暫的提點江淮坑冶鑄錢一職，接任提點京西南路刑獄的工作，對

〔註 11〕見〈編年〉，頁 2918。

〔註 12〕此句原作「匏黃芋紫漢上□」，據豫章叢書本補。

〔註 13〕〈提點京西南路刑獄公事〉稱孔平仲任期爲元祐七年、八月。冊二，頁 1377。

孔平仲來說又是一項新的考驗。《宋史・職官志七》：「提點刑獄公事掌察所部之獄訟而平其曲直，所至審問囚徒，詳核案牘，凡禁系淹延而不決，盜竊逋竄而不獲，皆劾以聞，及舉刺官吏之事……」職務相當繁重。孔平仲上任時，雖然京西路已經一分爲二〔註 14〕，但是展望未來，他卻絲毫不敢掉以輕心，畢竟原本朝廷屬意的人選劉定就是因爲給事中朱光庭「監司爲一路表率，必擇公正仁厚者爲之，則人人受賜」這一番話而改命。所以孔平仲〈謝執政啓〉首先提出「朝政本根，在於郡縣；郡縣耳目，在於監司。天子居九重之深，使者分諸路之重，必在詢求民瘼，宣布詔條。選用稍異於庶僚，督責或寬於常法。如曰文具而已，則亦可偷安；若使職思其憂，則豈爲無事。故付是枋，宜得其人」。他自己也清楚京西路管轄的，可是「惟京古地，乃楚舊疆，所部八州，旁接數道」這麼一個具有歷史、交通意義的重要地區，必須考量「風俗雖樸，而民亦懻忮；獄訟雖簡，而盜相震驚」的特質，所以想要消獄訟、盜賊於未萌，還須及早看出端倪，訂定方略，做爲一路監司怎能不戰戰兢兢、謹愼以對。

所以孔平仲十分在意百姓生活。宋集珍本《清江三孔集》卷三七就收錄了他爲鄧州水患成災所作的一篇〈祈晴〉文，看得出他爲「鄧爲之州，地下水無所洩，故多涔潦之患。孟秋以來，淫雨不止，粟未盡穫，麻菽稻黍皆傷，道途不通，行者嗟怨，芻薪騰踊，垣屋傾壓」而苦惱不已，希望「神宜卹之，排陰出陽，收晦卷淫，雲歸于山，日麗于天」，還給百姓一個豐收的季節。

此外孔平仲也曾爲鄧州的地方建設，向朝廷請求協助，《長編》卷四八三：「(元祐八年四月)甲寅，禮部言：『提點京西南路刑獄孔平仲奏，鄧州社稷壇牆垣頹毀，壇壝蕪沒，並無齋廳，亦無門戶。令本州增改修建，并行下其餘州縣，欲乞令後長吏到任，須詣社稷春秋祈報，自非有故不得委官。』從之。」可惜正史對孔平仲在京西提刑任內，僅留下這一條紀錄，而且在請奏獲准後不久，孔平仲便調往他任了（詳下文）。

不過這次出乎意料的職院調動，也讓孔平仲和當時差知鄧州、充京西南路安撫使的陸佃，從原本朝中舊識成爲知交。陸佃，字農師，號陶山，越州山陰人。是南宋詩人陸游祖父。生於宋仁宗慶曆二年，比孔平仲還要年長二

〔註 14〕《長編》卷四〇〇：「(元祐二年五月)丁巳，中書省言：『河北、陝西、京東、京西、淮南，舊分東西、南北兩路，每路置提點刑獄官一員，近已併路，以二員共領。州縣闊遠，遇有盜賊刑獄公事，公移稽滯，督捕巡察不得專一。』詔分路差官及逐司差官檢法仍舊制。」

歲。少即居貧苦學，甚至不遠千里前往金陵從王安石等。熙寧三年登進士第，授蔡州推官、國子監直講。元豐時擢中書舍人、給事中。根據《長編》卷四四三的記載，元祐五年六月，陸佃由禮部侍郎禮部尚書，卻因爲中書舍人鄭雍上奏「伏望更選賢才，處之高位」，於是陸佃乃以龍圖閣待制乞外補而到潁州。隔年《神宗皇帝實錄》完成，陸佃也由龍圖閣待制擢爲龍圖閣直學士。中書舍人韓川又以「佃爲人污下，無以慰天下之望」，封還詔命〔註 15〕，最後陸佃以「前朝奉大夫，充龍圖閣待制，就差知鄧州軍事，充京西南路安撫使」（《陶山集》卷七〈鄧州謝上表〉）。

陸佃知鄧州的時間，吳廷燮《北宋經撫年表》說是元祐五年〔註 16〕繼曾肇之後任；李之亮認爲陸佃是繼杜紘之後知鄧州，元祐六年離開，下一任知州爲黃履〔註 17〕。陸佃〈鄧州謝上表〉雖然沒有說明他到任的年月，但繼他之後來知潁州的正是蘇軾，依照孔凡禮《三蘇年譜》的說法，蘇軾是在元祐六年閏八月十七日，「舟行入潁州界」；二十二日「進謝上表、謝執政啓，並有簡給前任州守陸佃」〔註 18〕。所以陸佃離開潁州的時間，當是在是年閏八月下旬以後。

京西南路安撫使和京西南路提點刑獄雖是不同的官僚體系，但是所轄的範圍都在襄陽府、鄧、隨、金、房、均、郢、唐數州和光化軍〔註 19〕。元祐六年秋天，孔平仲的一封信開啓兩人友誼之門。〈通鄧帥陸侍郎啓〉云：

〔註 15〕《長編》卷四四三：「（元祐五年六月）乙酉，中書舍人鄭雍言：『新除禮部侍郎陸佃權禮部尚書。按：佃附會穿鑿，苟容偷合，其始進已爲清議不容。伏望更擇賢才，處之高位。』詔佃候實錄書成日，別取旨。佃乞補外，乃以佃爲龍圖閣待制、知潁州。」又卷四五六：「（元祐六年，三月丁丑）中書舍人韓川言：『新除陸佃龍圖閣直學士，按佃爲人污下，無以慰天下之望。』詔命詞行下。（初四日除。）」

〔註 16〕見卷二，頁 109。

〔註 17〕《北宋京師及東西路大郡守臣易替考・鄧州》：「陸佃《陶山集》卷七〈謝賜元祐七年曆日表〉，注：『鄧州。』《宋史》卷三四三本傳：『徙知鄧州。未幾，知江寧府。』」

〔註 18〕見《三蘇年譜》卷四五，冊三，頁 2294～2295。又陸游《渭南文集》卷三一〈跋坡谷帖〉：「先大父左轄。元祐中自小宗伯自請守潁，逾年，移南陽。而蘇公自北扉得潁，與大父爲代，此當時往來書也。書三幅，前後二幅藏叔父房；其一幅則從伯父彥遠得之。亡兄次川又得於伯父，此是也。傳授明白，可以不疑。而或者疑其出於摹倣，識眞者寡，前輩所歎。嘉定元年十二月乙亥山陰陸某謹識。」可惜今日蘇軾與陸佃往來書簡已佚失。

〔註 19〕《宋史・地理志一》：「京西路。舊分南、北兩路，後並爲一路。熙寧五年，復分南、北兩路，南路：府一：襄陽；州七：鄧、隨、金、房、均、郢、唐；軍一：光化。縣三十一。」

叨被宸綸，俾司邦憲；側聞連帥，允屬耆英。惟幸會之滋多，撫私懷於竊抃。秋炎向熾，復履當佳。恭以某官文推時宗，政揭吏表，游更中外之重，蔚著聲實之休。出守陪京。暫均勞佚。入趨清禁，行奉都俞。更冀順序保綏，副人願望。

雖然《陶山集》沒留下陸佃的回信，但在這一年歲暮，兩人已經就新裁梅花〔註20〕開始一連串詩歌唱和。

令人遺憾的是孔平仲與陸佃唱和的詩，今多亡佚，《清江三孔集》僅剩下〈因來詩有題橋之句呈陸農師〉三首、〈呈陸農師〉五首。比較特別的是這八首都是藏頭詩。所謂藏頭詩一般是指將想說的事分別藏在詩句的頭一字；更進一步的作法則是將詩句頭一字暗藏在其他句的最後一字中，形成「半字頂眞體」，又稱「藏頭拆字體」。孔平仲熱衷創作雜體詩，早在他剛步入仕途任職洪州時，就嘗試寫作平上去入及四聲詩（說詳上編第貳章〈出任洪州分寧主簿〉）二種以變化聲律爲訴求的雜體詩。不過他與陸佃唱和這八首詩，卻是把心思從字音轉向字形拆合下工夫，是比較複雜且具有挑戰性的藏頭方式，機智閒玩的意味更濃，以〈呈陸農師〉五首其二爲例：

同飲東洲俱醉容，谷鸎應笑卧花叢。取交莫逆情相答，合宴多歡酒屢空。

工欲代天君素志，心將浮海我家風。蟲魚草木吟何苦，古錦囊封寄逸筒。

下一句的頭一字都是上一句最後一字的部首，當中雖然也提到二人是莫逆之交，經常一起飲酒賦詩，但若要通過詩瞭解孔平仲提點京西南路刑獄任內的生活狀況，仍嫌不足。因此還是得從陸佃詩著手。

對於自己能夠在鄧州與孔平仲意外成爲好友，陸佃本人也覺得不可置信，並以「洛陽曾識面，穰下竟論交。久若居蘭室，初如食蔗梢」（〈再用前韻呈毅夫〉《陶山集》卷一）來形這段因游宦而締結的友誼。陸佃在鄧州期間，孔平仲曾經贈送橘苗給他〔註21〕；當孔平仲爲眼疾所苦時，陸佃以詩致意〔註22〕；就連孔平仲爲兒子生病擔心時，陸佃都寄詩寬慰，盼望「早晚病除聞藥喜，與君詩酒共清遊」（《陶山集》卷三〈依韻和毅夫兒病〉）。爲了擁有更多和好友相處的時光，他慨然承諾「我若他年封萬戶，秖來穰下作穰侯」。

〔註20〕《陶山集》卷一有〈依韵和毅夫新裁梅花〉，既云「依韻和」，可見平仲必先有〈新裁梅花〉，今佚。

〔註21〕見《陶山集》卷三〈答毅夫遺橘株之什三首〉。

〔註22〕見《陶山集》卷三〈和毅夫病目三首〉。

可惜事與願違，正當孔、陸二人詩興濃厚、往來頻頻之際，陸佃卻要調職轉知江寧府。孔平仲不僅親自為他送行，離筵別宴上更少不了要作詩贈別、以壯行色，儘管孔平仲所寫詩篇今日已經佚失，但從陸佃的〈易守建業毅夫有詩贈別次韻五首〉（《陶山集》卷三），仍舊感受得到二人的好交情。詩云：

太守無堪久借留，君王恩禮與昇州。親輿自可時來往，漁唱猶能數獻酬。風色得經揚子渡，月明知在海棠洲。北山楷木今成列，獨傍師門想見丘。（其一）

凌晨寒日弄輝輝，我旆東來子旆西。對此銷魂兩無語，恨初相遇一何稽。梅花可惜空隨驛，鷗鳥多應不下溪。猶有往來魚與鴈，好將詩什當書題。（其二）

紫案焚香拜敕黃，無因久借蓋公堂。不堪落日離魂斷，賴有薰風引夢長。吹律漸知寒谷暖，賣漿曾值暑天涼。他年果若成功去，乞取南陽作鄧王。（其三）

春渚秋潭不可尋，回頭城郭礙高林。但知自白三分鬢，更與誰論一寸心。紅粉淚痕消片玉，故人情分重千金。臨岐不忍醒時別，一任玻瓈酒盞深。（其四）

誰信金陵刺史腸，曾懷珠玉夜光芒。一麾侍從才雖短，雙奉君親日更長。得郡免營三釜粟，過都容捧萬年觴。遙知南北相望處，風在檀欒月在棠。（其五）

建業、昇州都是江寧府的古稱。史載東漢建安十七年（212），孫權在此築石頭城，改稱建業〔註 23〕。陸佃知江寧府的時間，李之亮則是引《建康志》的說法，認為就在元祐七年十月五日〔註 24〕。總計他在鄧州的時間大約是一年左右。但這一年和孔平仲相知相惜，不僅讓他們有過偕隱北山的心願，也在離別之際平添幾許不捨。

陸佃離開後，孔平仲繼續擔任京西提刑。元祐八年四月他還以此身分為地方建設向朝廷請命，並提議「今後長吏到任，須詣社稷春秋祈報」，而且得到准許〔註 25〕。同年四、五月左右才調離這個職位，由胡宗炎接替〔註 26〕。

〔註 23〕見薛冰《南京城市史》（南京：南京出版社，2008），頁 13。

〔註 24〕見《宋兩江郡守易替考》，〈升州／江寧府／建康府〉：「《建康志》：『七年四月八日，履（君按：謂前任知州黃履）知鄭州。十月五日，左朝奉大夫、充龍圖閣待制陸佃知府事。』」頁 18。

〔註 25〕《長編》卷四八三：「（元祐八年四月）甲寅，禮部言：『提點京西南路刑獄孔

四、提點淮南西路刑獄

(一)提點淮西刑獄始末

孔平仲任淮南西路提刑一事，《宋史》卷三四四本傳不曾提及，因此李之亮《宋路分長官通考》所錄哲宗朝擔任此一職務的官員，就沒有孔平仲。不過李書只是單純從各種傳記資料匯集出結果，並未經過詳細考證，所以他整理出的名單其實還有許多值得商榷的地方。爲便於閱讀，茲將其說法列表如下：

時　間	官　員	出　處
元祐元年	未著	
元祐二年	蘇澥	
元祐三年	蘇澥	《彭城集》卷一九〈朝請郎淮南西路提刑蘇解可江南東路轉運副使制〉，元祐三年八月制
	葉祖洽	《長編》卷四一四：「(元祐三年九月丁巳)朝奉郎、兵部郎中葉祖洽提點淮南西路刑獄。」
元祐四年	葉祖洽	《宋史》卷三五四本傳：「歷職方、兵部員外郎，加集賢校理，進禮部郎，出提點淮西刑獄。紹聖中，入爲左司郎中、起居郎、中書舍人、給事中。」
元祐五年	葉祖洽	
	馬瑊	《山谷年譜》：「元祐五年六月己未，右宣德郎馬瑊提點淮南西路刑獄，又八月戊戌，以馬瑊爲兩浙路提點刑獄。」
	王柏	《長編》卷四四六：「(元祐五年八月丁酉)刑部員外郎王柏爲淮南西路提點刑獄。」
	錢喚	《淳熙三山志》卷二五〈提刑題名〉：「錢喚，朝議大夫。元祐三年十二月初五日至，五年六月二十七日移淮西提刑。」
元祐六年	錢喚	《錢塘韋先生文集》卷一三〈賀淮西提刑錢朝議〉：「政成閩部，恩易淮西。」
元祐七年	錢喚	
元祐八年	錢喚	

平仲奏，鄧州社稷壇牆垣頽毀，壇壝蕪沒，並無齋廳，亦無門户。令本州增改修建，并行下其餘州縣，欲乞今後長吏到任，須詣社稷春秋祈報，自非有故不得委官。』從之。」

〔註26〕《長編》卷四八四：「(元祐八年五月甲申)駕部員外郎胡宗炎提點京西刑獄。」

紹聖元年	未著	
紹聖二年	朱京	
紹聖三年	朱京	
紹聖四年	朱京	《長編》四九三：「紹聖四年十一月乙丑」淮南西路提點刑獄朱京爲倉部員外郎。」
元符元年	未著	
元符二年	未著	
元符三年	孫載	《至正昆山縣志》卷四：「孫載字積中。紹聖初，復常平官，除公河北西路，改知海州，已而除沂州。遷朝奉大夫、知婺州。遺河東路轉運判官。又移淮西路提點刑獄。徽宗即位，遷朝請大夫、知亳州。」

其中除了葉祖洽和馬瑊在任時間較爲明確；錢嗅只有上任時間；蘇澥、朱京僅載明卸任時間。加上有四年無法考出官員爲誰，孔平仲是否就在一時失察的情況下被忽略，仍存有討論空間。

依《長編》所載，元祐八年五月朝廷已任命駕部員外郎胡宗炎接任提點京西刑獄。至於孔平仲接下來的動向爲何，儘管《宋史》沒有交代，他本人卻在文章中留下行迹。〈與淮東陳憲啓〉：

> 近者經由，迫於倉促，不款承教，但深馳情。方親賤職之初，幸託寶鄰之庇。恭惟某官天資粹美，士論推美，入爲耳目之官，出當繡斧之任。郡國蒙賜，已聞庶獄之平；朝省需才，即有十行之召。秋行已肅，使事多閒，更冀保綏，以對光寵。

這裡所說的「淮東陳憲」，即當時擔任淮南東路提點刑獄的陳次升（考證部份詳附編〈年譜〉），從「方親賤職之初」，一句來看，寫作時間就在上任後不久，動機則在過境時，「迫於倉促，不款承教」。文中又稱「幸託寶鄰之庇」，陳次升時任淮南東路提點刑獄，而最鄰近的莫過於淮南西路提點刑獄，因此孔平仲異動後的職務也就清晰可見了。文末謂「秋行已肅」，顯示孔平仲前來履新卻已經是元祐八年秋末。至於確切的時間，根據《長編拾補》卷十二所載：「（紹聖二年十月己丑）淮南路提點刑獄使陳次升爲監察御史。」但孔平仲文中並未提及此事，也沒有向陳次升申賀，由此可知寫作時間當在十月陳次升受命擔任監察御史以前；換句話說，孔平仲最遲十月己丑（二十三日）以前，已經到任。

孔平仲另有〈賀交代朱憲啓〉，以內容推之乃是他在某次提刑任滿離開後寫給接任官員的，原文如下：

> 言念伯氏登科，疊叨契素；東南出使，忽枉繼承。方歲律之嚴凝，計天倪之安固，神明來相，福履實繁。恭惟某官抱道淵深，受材膚敏，肅將數路之節，簡在九重之知。暫茲翱翔，以俟超拔。某省躬至陋。尸祿甚慚。揚秕在前，莫副朝廷之推擇；及瓜而代，佇觀賢哲之施爲。更冀順序保調，副人願望。

這裡的「朱憲」，說的正是李之亮考證中的朱京。朱京字世昌，南豐人。博學淹貫，熙寧六年癸丑余忠榜進士〔註 27〕。孔平仲慣用「伯氏」稱呼兄長孔文仲，孔文仲是嘉祐六年辛丑王俊民榜進士，這裡說的「言念伯氏登科，疊叨契素」，所指爲何，尙待查證。不過「東南出使，忽枉繼承」就信而有徵了，據《宋史》卷三二二〈朱京傳〉：「未幾，論大臣除擬有愛憎之私，中書言其失實，謫監興國軍鹽稅。歷太常博士，湖北、京西、江東轉運判官，提點淮西刑獄，司封員外郎。元符初，遷國子司業……」。可見元祐五年冬孔平仲由江東轉運判官赴闕，接任的官員便是朱京。這次他再度接替孔平仲任淮西提刑，因此孔平仲才會以「揚秕在前，莫副朝廷之推擇；及瓜而代，佇觀賢哲之施爲」，來形容這二次的職務交接。

所以，李之亮《宋路分長官通考》所錄提點淮南西路刑獄公事名單中，錢喚和朱京之間紹聖元年那位無法確認的官員，應該就是孔平仲了。

而李春梅則認爲孔平仲是紹聖元年冬移淮西提刑，並作按語云：

> 淮南提刑一職，史無明文，《族譜》亦不載，而據文集，〈衡州謝到任表〉云：「淮右按刑，訖亡善狀；湘東出守，仰荷寬恩。」〈與淮南周提倉啓〉云：「叨被恩輝，幸同封郡，屬以道途之役，缺然問訊之儀。方冬向嚴，所履何似。」則平仲任京西南路提刑之後、知衡州之前，確曾任淮南提刑，史傳失考。而平仲在淮南，曾有三啓回無爲軍王守（《朝散集》卷一二），一云「叨膺告命，復總刑章，幸同王事之勤，先枉郵音之厚。……初寒茲始，敏政多餘，更冀綏寧，前迎休渥」，當是初冬到任之時所書；三爲〈回無爲王守得替啓〉，云「方秋炎之未解，計得履之多佳」，則任淮南提刑，已自冬及秋矣。

〔註 27〕《江西通志》卷四九〈選舉〉，熙寧六年癸丑余忠榜有朱京「南豐人」，即本文所述對象；熙寧九年丙辰徐鐸榜亦有「南城人」，名爲朱京者，非是。

考平仲於元祐八年春除京西南路提刑，而紹聖三年二月除知衡州，揆其時勢，「復總刑章」之命，至遲當在此年秋冬之際，姑繫此〔註28〕。

這段推論認爲孔平仲元祐八年春始任京西南路提刑，紹聖元年冬才改淮西提刑。比對週遭的人、事、物，其實有誤。

首先，如果孔平仲元祐八年春始任京西南路提刑，那麼元祐六年三月十六日朝廷因朱光庭所奏改命劉定爲江、淮、荊、浙、福建州廣南路提點坑冶鑄錢事，此後約一年半的時間他身在何處？又怎麼和元祐七年十月就已從鄧州調往江寧府的陸佃「穰下竟論交」呢？

其次，倘若孔平仲紹聖元年冬才改淮西提刑，當時張商英早已返回朝廷爲右正言〔註29〕去了，孔平仲不僅不該再稱呼他「張漕」，連〈賀淮南張漕啓〉中所說「顧茲頑質，幸託餘光，未即瞻承，益深企詠。方祁寒之凝冱，計沖履之阜康，更冀保綏，別登華秘。」一番話也難以解釋。

因此可以確定孔平仲元祐八年秋提點淮南西路刑獄，直到紹聖二年冬天改知衡州才離開。

其他李春梅作爲例證的〈與淮南周提倉啓〉、〈回無爲軍王守三啓〉、以及孔平仲和其他官員往來的書信，不僅是他擔任淮西提刑最有力的證明，也是探討他這段日子交遊狀況不可或缺的重要資料，留待下一節再作討論。

（二）淮西時期交游概述

孔平仲淮西提刑任內留下來的詩不多，但還是有十數篇文章傳世，由於是大都是啓狀，因此不像昔日的詩歌唱和，對象多屬具有文學背景，甚至是曾鞏、蘇軾、蘇轍這樣的大家；而是他週遭的官員。按照《宋史・地理志四》所載：「淮南路，舊爲一路，熙寧五年，分爲東、西兩路」，儘管如此，西路所轄的範圍仍然涵蓋壽春府，廬、蘄、和、舒、濠、光、黃七個州，和六安、無爲二軍。共三十三個縣〔註30〕。加上孔平仲擔任淮西提刑大約二年多的時間，這當中行政、漕運二大系統「剖竹而來，及瓜而代」的官員，多位與他有過書信往來，從這些文字可以看出這段期間他和身邊官員互動的情形。

〔註28〕見〈編年〉，頁2920。

〔註29〕《長編拾補》卷九：「（紹聖元年四月甲辰）左朝請郎張商英爲右正言。」

〔註30〕《宋史》卷八八〈地理志四〉：「西路，府：壽春。州七：廬、蘄、和、舒、濠、光、黃。軍二：六安、無爲。縣三十三」

除了上任之初，爲了向陳次升表達「迫於倉促，不款承教」之意而作的〈與淮東陳憲啓〉。緊接著致意的對象，就是擔任淮南路轉運副使的張商英。張商英，字天覺，蜀州新津人。治平二年進士，是孔平仲的同年，也是孔平仲的多年老友。元豐三年張商英落館閣校勘，監江陵府江陵縣稅，孔平仲就曾作〈送張天覺〉贈別（詳附編〈年譜〉）。元祐八年二月張商英由江南西路轉運副使徙淮南路〔註 31〕，秋天孔平仲也因爲改淮西提刑前來就任，不久即向老友問候。〈賀淮南張漕啓〉：

> 竊審光奉宸綸，就移使節，練時之吉，視事有初，伏惟慶慰。恭以某官賦材無輩，揚歷有年，屢乘八駿之車，即膺十行之召。顧茲頑質，幸託餘光，未即瞻承，益深企詠。方祁寒之凝沍，計沖履之阜康，更冀保綏，別登華秘。

孰知孔平仲才剛走馬上任，朝中政局就因太皇太后逝世而起了變化，哲宗親政後，張商英被召爲右正言，返回京師。結束兩人短暫的比鄰爲官的生活。

張商英之後，由呂溫卿繼任〔註 32〕，孔平仲沒有留下和他交往的相關作品。倒是再接任的周之道，剛來履新，孔平仲就致書申賀。周之道，據汪藻《浮溪集》卷二六〈尚書刑部侍郎贈通議大夫周公墓誌銘〉所載，他「諱之道，字覺民，世家吳興長城」。「少寒苦，刻意于學，年十三以文謁安定先生胡瑗，瑗奇之，因留受業。擢皇祐五年進士第」。「元祐初，直前謏留爲大理寺丞，已而遷正，以母老丐外，得提點江南西路刑獄，入尚書爲刑部員外郎。以母憂去，久之，還故職，陞郎中，出爲江南東路轉運使，移淮南。」而孔平仲在給他的文章開頭便說「伏審光膺宸檢，榮領使權，練時之嘉，視事伊始，恭維歡慶……」，由此觀之，孔平仲作此蓋賀周之道就任。

周之道下一任的淮南西路轉運副使莊公岳，字希仲，《宋史》無傳，《福建通志》卷四五〈人物三〉謂「莊公岳，惠安人，嘉祐四年進士。授秘書丞州終吏部侍郎。」莊公岳是孫沔的女婿〔註 33〕。其子莊綽，字季裕，有《雞

〔註 31〕《長編》卷四八一：「（元祐八年二月乙丑）江南西路轉運副使張商英徙淮南路。」

〔註 32〕《宋會要・食貨》二〇之一一：「紹聖元年六月十四日，權發遣淮南路轉運副使呂溫卿言事。」

〔註 33〕畢仲游（代范純禮作）〈孫威敏公神道碑〉：「幼女適朝散郎司勳郎中莊公岳。」（宋杜大珪編《名臣碑傳琬琰之集上》卷二十三）陸佃〈陳留郡夫人邊氏墓誌銘〉亦云：「故觀文殿學士孫威敏公夫人邊氏……三女：長適朝散郎胡宗堯、次適太子中舍蘇炳、次適河東轉運判官奉議郎莊公岳，其適宗堯、公岳者，皆已亡。」（《陶山集》卷十六）

肋集》傳世。孔平仲在〈回淮南莊漕啓〉開頭就提出「言念備員農正，素忝朋游，承乏省曹，竊覘風采」，顯然在此之前曾經共事過。《宋會要・食貨》五之一六：「（紹聖二年七月六日）淮南路轉運副使莊公岳言事。」文末又云：「方祁寒之情凜，計沖履之綏康，更冀爲國自持，副人所望。」由於孔平仲紹聖三年二月就已經到衡州當知州，因此回覆莊公岳的時間當在紹聖二年冬天，孔平仲改衡州之前。可惜二人同路爲官時間不到半年，否則照莊綽的講法，莊公岳和蘇軾、黃庭堅等人友好〔註 34〕，和孔平仲應該會有更多的互動。

諸州官當中和孔平仲最爲熟悉的莫過於知無爲軍的王蘧。王蘧，初名迥，字子高，後來因爲犯外祖名諱，更名蘧，字子開〔註 35〕。是蘇轍女婿王適之兄，他和仙女周瑤英游芙蓉城的故事是時人所津津樂道〔註 36〕，孔平仲還曾爲此寫下〈呈王子高殿丞〉詩（詳附編〈年譜・元豐元年〉）。沒想到王蘧這次知無爲軍也和個人的婚姻有關。原先朝廷是安排王蘧知秀州，卻遭到御史中丞鄭雍、殿中侍御史吳立禮及楊畏的大力反對，認爲王蘧趣操猥下，曾利高貲，屈身爲富孀贅婿，一旦授職，恐怕「遠方寒士聞之有以動其心」。最後就以王蘧知無爲軍〔註 37〕。

〔註 34〕《雞肋集》卷上：「先公元祐中爲尚書郎，時黃魯直在館中，每月常以史院所得筆墨來易米，報謝積久，尺牘盈軸，目之爲乞米帖。後領曹淮南，諸公皆南遷，率假舟兵以送其行，故東坡到惠州有書來謝云。」《三蘇年譜》卷四九亦云：「過儀眞，軾少留。淮南漕莊公岳（希仲）差卒津送。作簡謝公岳並爲書《白紵詞》。」見冊四，頁 2580。

〔註 35〕引自宋蔣靜所撰〈王蘧墓志〉，全文載於楊超、張志忠、謝飛著〈王蘧墓志及相關問題〉，刊登在《中原文物》，2010 年 4 期，頁 77～82。

〔註 36〕王明清《玉照新志》卷一：「王子高遇芙蓉仙人事，舉世皆知之。子高初名迥，後以傳其詞徧國中，於是改名蘧，易字子開。與蘇、黃遊，甚稔，見於尺牘。東坡先生之作〈芙蓉城〉詩，云，決別之時，芙蓉授神丹一粒，告曰：『無戚戚，後當偕老於澄江之上。』初所未喻。子開時方十八九，已而結婚向氏，十年而鰥居，年四十，再娶江陰巨室之女，方二十矣。合巹之後，視其妻則倩盼冶容，修短合度，與前所遇無纖毫之異。詢以前語，則憫然莫曉。而澄江，江陰之里名也。子開由是遂爲澄江人焉。服其丹，年八十餘，康強無疾。明清壬午歲，從外舅帥淮西，子開之孫明之譓在幕府，相與遊從，每以見語如此。此事與《雲谿友議》玉簫事絕相類。」

〔註 37〕《長編》卷四七一：「（元祐七年三月丁酉）御史中丞鄭雍言：『伏見右朝請郎王蘧除知秀州，左朝奉郎王雍除利州路轉運判官。按蘧見係初任通判資序，昨以病致仕，已經三年，因兩浙路轉運司奏許再任，不因績效，超躐兩任，堂除知州。蘧與江陰縣豪民爲親，就其資材，不顧名節，今無名擢領浙西名郡，使一路觀之，輕笑朝命。又王雍雖係第三任通判資序，歷任治效，殊未所以當孔平仲就任淮西提刑時，王蘧已經在任半年了，一方面是下屬，另一方面是故人，才會先寫信向孔平仲致意。王蘧書信今已佚失，不過以孔平仲秋天才抵達，初冬就迅速予以回覆來看，他是十分珍惜這份友誼。孔平仲還贊美王蘧是「神仙中人，塵埃外物。襟韻瀟散，頗有晉、宋之風；政事優游，遠繼龔、黃之美。久蓄煙霄之志，奚資背腹之毛」。希望他耐心等待回朝的契機。終於在紹聖二年秋天，王蘧任滿調職（說詳附編〈年譜・紹聖二年〉）。離開前王蘧致書向孔平仲辭行，結束三年的共事，孔平仲身邊的舊識自此又少一人。

不過王蘧也不是孔平仲任淮西提刑期間唯一職務更動的地方官員，這段時間舒州首長也由陳公密換成了胡與幾〔註 38〕。對於人事變遷，孔平仲學會坦然面對，〈次韻孫亨甫見寄〉：

> 進多齟齬退爲安，未省棄軒勝抱關。半世青衫貧爲祿。新秋明鏡老催顏。
>
> 紛紛江上風吹葉，漠漠淮南雨暗山。欲和佳篇寄相憶，韻嚴詞峭不容攀。

自從元祐三年送兄長返鄉歸葬離京，至今不知不覺已經過了七年，歲月荏苒他也邁入知命之年，進退用捨除了順應，又能奈何！

有聞。朝廷置監司，付之一路，須才實爲饑所稱，或經省、府、寺、監及繁難差遣，方奉使一路。今自知州資序人及歷任過繁難稍有治績者尚多，未聞特有遷擢，獎激士類。外議多云王蘧、王雍二人並緣執政親戚。臣竊思其人才可稱，治狀可擢，資序可入，亦不當以親嫌遂廢，今王蘧之趣操猥下，王雍之治效無聞，除授有因，物論弗允。』又殿中侍御史吳立禮言：『雍、蘧皆以常才，躐等除授，采之饑論，咸曰不可。按雍本出山東一狂生，既無高才異行，未嘗經朝廷任使，一旦進擢，使當一路按察之寄，此不可一也。蘧之爲人，尤爲污下。常州江陰縣有孀婦，家富於財，不止巨萬，蘧利高貲，屈身爲贅婿，貪污至此，素爲士論所薄。前歲因病背瘡，遂乞致仕，遇幸不死，而二年之後復乞從官。觀其修身行己，固已可知，今乃由通判資序堂除知州，此不可二也。議者又以爲雍等因緣二府執政之親，故不係人材，皆得不次除授，審其如此，非所以示至公於天下也。』又殿中侍御史楊畏言：『雍行治非有顯著，使執政知其才，猶當少加試用，今自常調除監司，誠爲太驟。且京師職事官如寺州監丞，上下差遣不少，皆已經試擢，有居官數年，或官滿罷去未有所授，冀一轉運判官不可得，豈其才皆不逮雍哉！此雍之除所以物論未允也。蘧嘗利大姓女資財巨萬，娶以爲妻，無異於贅，未聞他長，而便被此恩，似亦無故。今曾經堂除人在京亦不少，坐淹歲月，率無差遣，豈其才皆不逮蘧哉！此蘧之除所以物論未允也。訪聞雍係翰林學士梁燾表弟、簽書樞密院王巖叟妻之表叔，蘧係右丞蘇轍猂王適之兄。審其如此，臣恐遠方寒士聞之有以動其心矣。』詔以蘧知無爲軍，雍知遂州。」

〔註 38〕孔平仲有〈淮西回舒守陳公密啓〉及〈回舒守胡與幾啓〉。

第二節　出知衡州

一、知衡州辨疑

就在王蘧卸任無為軍前後夔州（說詳附編〈年譜・紹聖二年〉）後，孔平仲的職務也有易動。他的動向《族譜》仍舊沒有記載；《宋史・本傳》也只是模糊地提到「紹聖中，言者詆其元祐時附會當路，譏毀先烈，削校理，知衡州……」，這樣的陳述很容易讓人誤以為孔平仲是言行失當，才被落職貶謫來至衡州，然而事實並非如此。

孔平仲的確是「紹聖中」來知衡州的，由於《宋史・本傳》沒有記載孔平仲任淮南西路提刑一事，加上《長編》從元祐八年七月至紹聖四年三月的原稿盡付之闕如；過去多依據《永樂大典》卷八六四七引用《衡州府圖經》「孔平仲於紹聖三年二月到任，元符元年三月滿」的說法，來判定孔平仲的去留時間。幸好宋集珍本《清江三孔集》卷三三保存多篇孔平仲來衡州前後的相關文章，透過孔平仲本身的作品，不僅能夠拼湊出較為可信的改調過程；一些人事更替的細節也得以釐清。

首先，孔平仲知衡州，時間上是和他提點淮南西路刑獄銜接在一起的。是任滿後正常的職務調整，無關遷謫。這點可以從〈衡州謝到任表〉開頭「淮右按刑，訖無善狀；湘東出守，仰荷寬恩」得到證實。

另外，孔平仲這次的職務更動，孔武仲也有詩送行。〈送毅父弟知衡州〉：

> 浮雲富貴本無情，出守衡陽地望清。隴畝良田多樂歲，江山秀氣入重城。鈴齋宴衎茶罇佚，棠蔭優游獄訟平。應念區區大梁客，朝衣顛倒趁雞鳴。

衡州早在《禹貢》時便被劃入荊州範疇；春秋屬楚；北宋時和潭州、道州、永州、邵州、郴州、全州同屬荊湖南路，管轄衡陽、耒陽、常寧、安仁、茶陵五個縣〔註39〕。南宋祝穆《方輿勝覽》稱讚這裡「民豐土閑」、「人多純樸」〔註40〕。孔武仲當然也明白這裡是個「地望清」且「多樂歲」的好所在，期盼弟弟前去之後能夠效法當年召伯甘棠樹下聽訟的精神，做個稱職的父母官。尾聯引用魏惠王六年（公元前364）將國都從安邑遷至儀邑，改稱大梁，

〔註39〕《宋史・地理四》：「（荊湖）南路州七：潭、衡、道、永、邵、郴、全。」又云：「縣五：衡陽、耒陽、常寧、安仁、茶陵，南渡後升茶陵為軍。」

〔註40〕見《方輿勝覽》卷二四〈衡州〉。

即開封城創建之始，這個典故，提醒弟弟不只身在汴京的官員應該殷勤爲國，外任一樣得全力以赴、報效國家。

至於《衡州府圖經》所說的「紹聖三年二月」，其實是孔平仲到衡州就任的時間；孔平仲本人應該在紹聖二年冬天就已奉詔，並致書前州守，爲交接做足準備。〈與衡州交代王諤〉：

> 叨膺宸檢，獲領州符，夫何私幸之多，乃繼大賢之後。方時凝沍，與俗阜安。恭惟神明扶持，福履蕃茂。伏以某官清規冠世，雅望映朝，藹然循吏之稱，簡在睿明之聽，想即趨於召節，豈復待於合符？顧茲冥頑，加以疲暮，小知受大，未明宣化之方；舊政新告，庶免空官之責。更祈保衛，少副瞻依。(宋集珍本《清江三孔集》卷三三)

又〈回衡州王守〉

> 比緣友契，嘗寓音郵，竊計賤誠，已塵淨几。方祈寒之凝冽，想沖履之靖康。民載歌謠，神增景福。恭惟某官自任甚重，所居有聞，矧將覲於闕庭，即超居於台省，更祈保育，前對寵休。(宋集珍本《清江三孔集》卷三三)

信中提到的王諤，《宋史》無傳，《全宋詩》謂「嘗任西京左藏庫副使。元豐初爲水部員外郎，二年知賀州。哲宗初立，以非職言事坐罰金。元祐元年出知棣。」〔註 41〕李之亮《宋兩湖大郡守臣易替考・衡州》所考，正是孔平仲的前任知州〔註 42〕。由第一封信的「方時凝沍」，和第二封信的「方祈寒之凝冽」，顯然紹聖二年冬天孔平仲就已奉命即將出知衡州。不只如此，衡州的其他官員也知道孔平仲即將接任的消息，還寫信向他致意。〈回衡州樂倅〉：

> 久服聲華，未瞻顏色；茲緣被命，乃獲爲僚。先辱緘縢，益欽謙厚。恭惟某官，清明自炤，純粹無瑕。暫資別駕之功，即膺鋒車之召。嚴冬布序，坦履多休，更冀保調，別承寵渥。(宋集珍本《清江三孔集》卷三三)

對照孔平仲離職前給下任提刑朱京的信，也有「方歲律之嚴凝，計天倪之安固(〈賀交代朱憲啓〉)等語，即使《宋史・本傳》沒有孔平仲任淮南西路提刑這段資歷，孔平仲的作品已經還原史籍交代不清的事實。

〔註 41〕見《全宋文》，卷 2213，頁 97，頁 109。

〔註 42〕《宋兩湖大郡守臣易替考・衡州》引《衡州志》:「王諤，朝請大夫，元祐八年十月到任。」頁 287。

最後要討論的是《宋史・本傳》謂孔平仲「紹聖中，言者詆其元祐時附會當路，譏毀先烈，削校理，知衡州……」順序上也有問題。《長編》卷五〇二：

> （元符元年九月）丙辰，朝奉大夫、充祕閣校理孔平仲特落祕閣校理，送吏部。詔以平仲黨附元祐用事者，非毀先朝所建立，雖罷衡州，猶帶館職，故有是命。

復作注云：

> 平仲必有言者，或因看詳訴理所文字也。新錄辨曰：元祐賢才之盛，如平仲輩皆一時之望，而史官概誣以黨附用事者。自「平仲黨附」以下刪去，今並存之，但削「上察知其人」五字，增「詔以」二字。

透過《長編》不難發現孔平仲特落祕閣校理是元符元年九月的事，當時他早已卸任。而且落職的原因也不是「元祐時附會當路，譏毀先烈」，而是紹聖四年爲救災折損官米（詳下文）。

所以《宋史》在爲孔平仲立傳時犯下二個錯誤，必須鄭重加以澄清：第一，紹聖二年冬孔平仲來知衡州，理由是他擔任淮西提刑已經屆滿二年，轉眼即將邁入第三年，也該是及瓜而代的時機，所以是合理的職務調整，並不是「附會當路，譏毀先烈」的懲罰。第二，孔平仲來知衡州是帶館職的，就算爲董必所劾被罷知，仍帶祕閣校理館職，直到元符元年九月才被削去校理。

二、交遊及生活

或許是居廟堂的日子短，處江湖的歲月長，對年過半百的孔平仲而言，外放的生活早已處之泰然，就像他在〈衡州謝到任表〉所說的「老境驅馳，筋骸已瘁；小邦撫字，才術何堪」雖是官場上慣用的謙卑之詞，卻也或多或少流露出年華老去、青春不再的滄桑。因此，到達衡州之後，他更積極利用公餘的時間積極投入雜體詩的創作，孔平仲喜愛創作雜體詩，自出任分寧主簿就有作品流傳，之後儘管四處爲官，仍舊不熱情不減，持續嘗試不同形式的雜體詩。知衡州期間的作品，不僅數量多，內容也十分可觀。

雜體詩在宋代頗爲盛行，文人一方面視雜體詩爲遊戲，一方面又樂於藉此表現智力與才情。不過涉筆雜體的詩人儘管爲數不少，但一般來說往往各有偏好，如：王安石雅愛作集句詩、陳亞醉心於藥名詩，而孔平仲對此一題材最大貢獻則在他不僅勇於嘗試各種不同的形式，並且在歌席雅會之際，良朋唱和之時，大量創作吟詠，使雜體不再只是戲筆一類的雕蟲小技，而是將其提升成一種展現深厚文學修養和創作技巧的詩歌藝術。

周紫芝《竹坡詩話》云：

> 孔毅父喜集句，東坡嘗以「指呼市人如使兒」戲之。觀其《寄孫元忠詩》云：「不恨我衰子貴時，經濟實藉英雄姿。君有長才不貧賤，莫令斬斷青雲梯。驊騮作駒已汗血，坐看千里當霜蹄。省郎京君必俯拾，軍符侯印取豈遲。」殆不減〈胡笳十八拍〉也。

其中「指呼市人如使兒」便是蘇軾〈次韻孔毅甫集古人句見贈五首〉第一首的句子。做爲例子的〈寄孫元忠〉則是孔平仲來到衡州後所寫下的一組多達三十一首集杜句詩中的第四首。

集句第一類詩歌創作的特色，在於作者必須從前人寫下的千章萬句中挑選適合本身情境的片段，重新加以連綴，表現出有別於原作的風貌。儘管用的都是前人現成的句子，但呈現在讀者眼前的是堆垛而成的組合，仰或是巧妙鎔鑄、不著痕跡的佳作，端看作者匠心獨運的編排。孔平仲的這一組七律就極具個人特色，雖集杜詩，但每一首都是針對自身的處境而發，表現出和杜甫的憂國感傷完全不同的意趣。以頭尾二首爲例：

君不見瀟湘之山衡山高，	〈朱鳳行〉
八月秋高風怒號。	〈茅屋爲秋風所破歌〉
草木黃落龍正蟄，	〈乾元中寓居同穀縣作歌七首〉
哀鴻獨叫求其曹。	〈曲江三章章五句三首其一〉
男兒生無所成頭皓白，	〈莫相疑行〉
漂零已是滄浪客。	〈惜別送向卿進奉端午御衣之上都〉
呼兒覓紙一題詩，	〈立春〉
此心炯炯君應識。	〈逼仄行贈畢曜〉

（其一）

封書寄與淚潺湲，	〈因許八奉寄江甯旻上人〉
童稚情親四十年。	〈送路六侍御入朝〉
離別不堪無限意，	〈送王十五判官扶侍還黔中得開字〉
斷腸分首各風煙。	〈公安送韋二少府匡贊〉
仄鎖衡門守環堵，	〈秋雨嘆三首其三〉

聞道三年未曾語。　〈可嘆〉
數篇今見古人詩，　〈解悶十二首其五〉
更覺良工心獨苦。　〈題李尊師松樹障子歌〉
（其三十一）

一開始就以雜言的形式，向摯友傳達衡州秋天的蕭瑟景象，開啓底下白髮的皓首卻仍須宦海漂泊的感慨，進而「呼兒覓紙」準備將滿腹辛酸向知己吐露。最後又以「封書寄與淚潺湲」作結，和開頭的覓紙題詩遙相呼應，全篇無一字一句不出於杜甫手筆，然而字字句句呈現的全都是孔平仲個人深切的慨嘆，是他在衡州眞眞確確的心情寫照，這是他筆力獨到之處。

除了抒情皆如出之肺腑，敘事模物也能擷取老杜之長，又是這組詩的另一個特色，以下二首是寫景的佳作：

獨立縹緲之飛樓，　〈白帝城最高樓〉
更有澄江銷客愁。　〈卜居〉
無邊落木蕭蕭下，　〈登高〉
萬里風煙接素秋。　〈秋興八首其六〉
天青小城擣練急，　〈秋風二首其二〉
漁翁暝踏孤舟立。　〈奉先劉少府新畫山水障歌〉
嫩蘂濃花滿目斑，　〈滕王亭子〉
臨風三嗅馨香泣。　〈秋雨嘆三首其一〉
（其十）

秋風淅淅吹我衣，　〈秋風二首其二〉
日日江頭坐翠微。　〈秋興八首其三〉
江光隱見黿鼉窟，　〈玉臺觀二首其一〉
水鳥銜魚來去飛。　〈閬水歌〉
菱葉荷花淨如拭，　〈渼陂行〉
清簟疏簾看奕棋。　〈七月一日題終明府水樓二首其〉
雷聲忽送千峰雨，　〈即事〉
波濤萬頃堆琉璃。　〈渼陂行〉
（其二十一）

細察重新組合後的二首詩，都能夠情景交融而不露堆砌，如果說杜甫的律詩格律完整，辭藻優美，已臻爐火純青之境。那麼孔平仲這組集句詩，對杜詩的剪裁熔鑄，亦堪稱爐火純青了。蘇軾十分欣賞孔平仲的集句，嘗以「天下幾人學杜甫，誰得其皮與其骨。劃如太華當我前，跛[牂]欲上驚崷崒。名章俊語紛交衡，無人巧會當時情。前生子美只君是，信手拈得俱天成」(《東坡全集》卷一三〈次韻孔毅甫集古人句見贈五首〉其三)譽之。就這組詩而言，的確頗得杜甫精髓。

孔平仲另外還有一組〈孫元忠寄示種竹詩戲以二十篇答〉的詩，從詩中「望中凝在野，景物洞庭旁」、「南客瀟湘外，與君永相望」，可以看出也是他衡州時期的作品。不同於集句，這組詩句句出自孔平仲本人，而其特色就在首首都嵌進至少一個「竹」字。然以內容而言，較集句更偏向戲筆，藝術性也不及前一組。

紹聖三年秋天，呂陶從朝散大夫、充集賢殿修撰落職，差監潭州南岳廟。呂陶，字元鈞，成都人。早年應熙寧制科對策時，就曾對新法枚數其過，後來又受到王安石因怒孔文仲而罷制科的影響，呂陶雖然入等，但結果也是通判蜀州。然而他依舊不改正直作風，元祐初，有機會擢升殿中侍御史，他立即提出邪正之辨。稱得上是一位秉性抗真、遇事敢言的臣子。來到潭州這年，他已經是古稀老翁〔註 43〕，遷謫至此，心中難免感慨「何時還敝廬，一尊九泉骨」(〈和孔毅甫州名五首〉其三，《淨德集》卷三十)。幸好潭州、衡州同屬荊湖南路，和孔平仲也算是比鄰而居，孔平仲除了以「良臣易失，賢者難逢」，表達自己對呂陶這位政壇前輩旌旆照臨的無限歡喜之外，並且設宴款待，作詩寬慰〔註 44〕，還送給呂陶梅、竹、茶、麴等物品〔註 45〕。

兩人異地重逢，靠著彼此唱和，相濡以沫。呂陶慶幸自己「南遷至此處，它養殊不失。傷心屈原棹，掩耳湘靈瑟。罪大敢放懷，恩深已淪骨。幸常從

〔註 43〕見周靜撰〈呂陶傳校箋〉,《蜀學》第 5 輯，2010 年，頁 122。

〔註 44〕〈會呂給事口號〉(宋集珍本《清江三孔集》卷三四):「良臣易失，賢者難逢。值旌旆之照臨，合絲簧而宴喜。春容方盛，人意相歡。恭惟某官德比珪璋，文成黼繡。出磻溪之慶胄，生井絡之名區。擢秀賢科，升華禁從，提紫薇之大筆，冠青瑣之崇班。今者移自眞祠，來儀江國，知郡學士，久欽高儀，喜接清標。揮憂塵以交談，酌金壘而共醉。但某云云：嶄新秀骨出岷山，曾冠我眉侍從班。鼂董科名聞海内，常揚文采照人間。鵬程站息三千里，駿足須臾歸十關。早晚便承宣室詔，湘江波穩送公還。」

〔註 45〕呂陶《淨德集》卷二九〈和毅甫惠梅竹茶麴〉:「春前識寒梅，雨裏見脩竹。一水自浮花，六神休搗麴。清惠非塵埃，佳章亦金玉。毫髮無重輕，此意可勵俗。」

公遊，談笑度永日。我吟續郢唱，緘封彌戰栗」（〈和孔毅甫州名五首〉其一）；孔平仲則推崇他之前的成就：「呂公杞梓材，自是棟梁質。岷山岩谷邃，蜀錦機杼密。含章同豹隱，榮進异蠖屈。興起自艱微，敗席代門蓽。揚庭挺科兩，許國操心一。理財務廉約，持憲從寬佚。言動肅以書，絲綸蔚成帙。瑣闈使遼土，政府論儀物。陳郡剖侯封，潞郊紓守紱」並寬慰他即使「今棲重湖外，从矣齊得失。高吟貽華箢，靜鼓雲和瑟。知音曠寰宇，自養融心骨。冥鴻難遂去，塞馬有歸日。會見促召還，忻歡投棗栗」（〈郡名詩呈呂元鈞五首〉）。可惜紹聖四年閏二月，呂陶再貶庫部員外郎、分司〔註 46〕，二人詩歌酬唱就此告一段落。

同年冬天孔平仲的另一位好友張舜民也來到潭州〔註 47〕，張舜民，字芸叟，自號浮休居士，又號矴齋，邠州人。他和孔平仲同樣是治平二年進士，但因彼此仕歷不同而音訊隔絕。由於兩人都醉心創作雜體詩，重逢之後立即展開一場腦力與學力的競賽，創作出包括藥名、星名、卦名、人名……等不同形式的雜體詩。《清江三孔集》中孔平仲寫給張舜民的雜體詩有：〈寄芸叟—藥名〉、〈承芸叟寄示新詞一篇以此寄謝揚子云書亦有色乎此亦書之色也—婦人名〉、〈寄芸叟年兄—藥名〉、〈芸叟寄新詞作八陣圖一首〉、〈二十八宿寄芸叟〉、〈卦名寄芸叟〉、〈本是一首寄芸叟—本是同根本，相煎何太急〉、〈相看一首寄芸叟—相看過半百，不寄一行書〉、〈朋友一首寄芸叟—朋友數斯疏矣〉；數量雖不及孫元忠，但創作的方式則更爲多樣，角力的意味是很明顯的。可惜張舜民《畫墁集》並未保存這一類作品，二人究竟何者勝出，後人也就無法置評了。

單就孔平仲所寫的這些詩作當中，從內容可以判斷出是作於知衡州時期的，包括〈承芸叟寄示新詞一篇以此寄謝揚子云書亦有色乎此亦書之色也—婦人名〉、〈寄芸叟年兄—藥名〉、〈芸叟寄新詞作八陣圖一首〉、〈二十八宿寄芸叟〉、〈卦名寄芸叟〉、〈本是一首寄芸叟—本是同根生，相煎何太急〉、〈相看一首寄芸叟—相看過半百，不寄一行書〉。不同於一般文人單純以消閒娛樂的心態來寫作這類詩，只重視如何充分展現本身在天文、地理、醫藥、術數各方面知識的素養，卻沒有明確的創作主題；孔平仲作雜體詩十分講求完整的敘事和情志的

〔註 46〕見周靜撰〈呂陶傳校箋〉，頁 122。《淨德集》卷七〈謝責分司表〉：「原註：紹聖四年閏二月。」

〔註 47〕張舜民《畫墁集》：「紹聖二年冬，予至陜府。三年冬，移潭州，在任二年半。」

表達。〈寄芸叟年兄—藥名〉就是一首打破藥名詩戲筆的風格，兼具抒情與敘事的作品，詩云：

> 垂天雄翮摶海風，窮高極遠志不同。盛年折桂心未歉，磨刀水際思平求。西羌活擒偶失手，天南星墮郴山中。未甘遂葬江魚腹，當歸入覲明光宮。何嘗僕射干薦舉，芸臺（一名阿魏）烏府選擇公。蛟龍幽角老愈硬，梗楠材格寒更濃。恥爲葳蕤要節目，預知（梔）子不見從容。川峽揭節建大戟，服紫腰金薄賞功。暮年車轄徙荊楚，江離搖碧水蓼紅。橘州橋口皆莽草，賈傅井中苔已空。我已衰白斂一郡，附子餘光聊養蒙。嘗言早休乃良策，倚空親想蓮花峯。請君先去采芝朮，我續隨子棲蒿蓬。水甘松香眞勝境，雲滑石險多行蹤。半天河漢傾瀑布，自然銅吼聞霜鐘。董仙種杏人（仁）競取，淵明石床蒼蘚封。怡神麴蘖有妙理，禾收石斛歲屢豊。林迫岩屋尤可徧，溪間小橋橫木通。手捫松蘿攀紫葛，清涼半夏如秋冬。黃精从餌助《永樂大典》雪，與君同作白頭翁。

張舜民是孔平仲友人當中，少數的北方人〔註 48〕。考上進士之後爲襄樂令，因爲上書批評王安石所倡新法是「便民所以窮民，強內所以弱內，辟國所以蹙國。」當時頗受矚目。元豐中，朝廷討西夏失利，他又作〈西征回途中二絕〉，由於詩中有「白骨似沙沙似雪」，及官軍「斫受降城柳爲薪」能句，被貶監邕州鹽米倉；繼而追赴鄜延詔獄，改監郴州酒稅。好不容易遇赦北還，司馬光見他剛直敢言，推薦他爲監察御史。他又上疏論西夏強臣爭權，不宜加以爵命，當興師問罪，再度外放通判虢州。元祐五年召爲殿中侍御史，改任金部員外郎〔註 49〕，出使遼國，最後來到潭州。孔平仲這首詩的前半段便將張舜民正直不屈的精神，及其起落跌宕的人生經歷，透過詩句巧妙勾勒出來。「暮年車轄徙荊楚」以下，寫二人此番重逢，由於彼此盛年不再，也領悟出「早休乃良策」，因而期許有朝一日可以共同白首林下，享受山野泉石之樂。更難得的是詩裡還蘊藏著三十餘種藥名，充分展現孔平仲在這方面過人的長才。

〔註 48〕《宋史》卷三四七本傳云：「張舜民，字芸叟，邠州人。」

〔註 49〕《長編》卷四四三：「(元祐五年六月) 乙卯，直此龍圖閣劉忱爲衛尉卿，衛尉少卿韓宗師爲太僕少卿，太僕少卿陳紘知陝州，監察御史楊康國爲殿中侍御史，祕閣校理張舜民爲金部員外郎。舜民先除殿中侍御史，以辭免，故有是命。(五月二十二日，舜民、康國皆初除。)」

三、衡州「失官米案」

依照《永樂大典》引《衡州府圖經》的說法，孔平仲從紹聖三年知衡州，直到元符元年三月，停留大約三年之久。所謂的「元符元年三月」，其實更精確的說法應當是「紹聖五年三月」才對。因爲哲宗皇帝於這年五月初一，在大慶殿接受天授傳國受命寶，行朝會禮；才下旨自六月初一起，改年號爲元符〔註50〕。而這塊傳國受命寶實際上是咸陽百姓段義所獻的玉璽，段義在紹聖三年十二月修造位於河南鄉劉銀村的住家時挖掘到這件寶物，經蔡京等人查證是漢以前傳國之寶，因此愼重其事舉行獻寶典禮，並且減刑、改元〔註51〕。無

〔註50〕《宋史》卷十八〈哲宗二〉:「(元符元年)五月戊申朔，御大慶殿，受天授傳國受命寶，行朝會盞。己酉，班德音於天下，減囚罪一等，徒以下釋之。癸丑，受寶，恭謝景靈宮。戊午，宴紫宸殿。庚申，詔獻寶人段義爲右班殿直，賜絹二百匹。六月戊寅朔，改元。」

〔註51〕事詳《長編》卷四九六:「(元符元年三月乙丑)三省言:翰林學士承旨蔡京等奏:奉敕講議定驗咸陽民段義所獻玉璽，臣等取責段義狀，委於紹聖三年十二月內，於河南鄉劉銀村修造家舍掘土得之，即不是塋域內收到。曾有光照滿室，及篆文官稱。篆文與秦相李斯篆文合，有魚龍系鳥之形，是古之蟲篆。攷其體法，自漢唐而下金石遺文，筆法精妍，無若此者。又玉工言，玉璽制作，即非今來工匠可造。臣等取到祕閣所收玉璽譜記錄，與歷代史書參照，皆不相合，今止以歷代正史所載爲據，略去諸家與傳注之繆，考驗傳授之實。案所獻玉璽，其色綠如藍，溫潤而澤，其文曰:『受命于天，既壽永昌。』背螭紐五盤，紐間有小竅，用以貫組。又得玉螭首一，其玉白如膏，亦溫潤，其背亦螭紐五盤，紐間亦有貫組小竅其面無文，與璽相合，大小方闊，無毫髮差殊。篆文工作，皆非近世所爲。臣等今考璽之文，曰『皇帝壽昌』者，晉璽也;曰『受命於天』者，後魏璽也;『有德者昌』者，唐璽也;『惟德允昌』者，石晉璽也;則『既壽永昌』者，秦璽可知。今得璽於咸陽，其玉乃藍田之色，其篆乃李斯小篆體，其文則刻而非隱起，其字則飾以龍鳳鳥魚，乃蟲書鳥跡之法，其制作尚象古而不華於今，所傳古書，若可比擬，而工作篆文之巧者，亦莫能髣髴，非漢以後所能作亦明矣！今陛下仰承天休，嗣守祖宗大寶，而神璽自出，其文曰『受命于天，既壽永昌』，則天之所畀，烏可忽哉！古之王天下者，其盛莫如將，惟赤刀、宏璧、琬琰、大玉、天球、河圖、舞衣、兌之戈、和之發、垂之矢以爲重寶。漢、晉以來，得寶鼎瑞物猶告廟改元，肆眚上壽，況傳國之器乎！或曰:『秦所作，何足寶哉！』然漢高祖破秦而得之，光武降盆子而受之，至爲服用，號曰『傳國』而祠高廟，賜民爵。若東晉渡江，世以無璽爲譏，乃或設譎詐，興師以取之。蓋其重如此。恭惟皇帝陛下事天之誠，事地之孝，明察著見，而盛德日躋，將以合天地之化，故雲符效祉，神寶出應，其所以昭受命，非竭誠盡禮不足以稱。臣等被奉詔旨，得與討論，黜諸家僞說，而斷以正史，考驗甚明。所有玉璽，委是漢以前傳國之寶。法物禮儀，乞所屬施行。詔令禮部、太常寺考按故事，詳定以聞。」

論如何，在改年號之前，孔平仲就已經任滿。只是離職前他花了不少時間等待繼任的官員來交接（詳下文），而這人正是他的老朋友鄧忠臣〔註52〕。

鄧忠臣，字慎思，居玉池山，學者稱玉池先生。楚紀湘陰人，熙寧三年進士第，初任大理丞，擢正字，遷考功郎中。時議范宣公謚，忠臣覆奏詳允，會黨論起，以罪入元祐黨籍，卒贈直秘閣。他知衡州一事，出自《范忠宣集補編》（詳附編〈年譜・元符元年〉），但未著時日。不過從孔平仲〈文選集句寄慎思交代學士慎思遊岳老夫敘述遊舊慎思問交承與夫舍舟登陸之策俱在此矣〉中云：「一麾乃出守，桑梓有餘輝。濡迹涉江湘，將就衡陽棲」；〈慎思移日至月望交割口占奉呈〉又有「十分明月迎新守，寸步江村老盡春」等語。皆可證明鄧忠臣是在暮春前來接任，孔平仲還因爲鄧忠臣用盡理由遲遲不肯交接，發揮長才作了首藏頭詩調侃他〔註53〕。但孔平仲本人絕對想不到，就在他戲謔好友之際，一場腥風血雨的大劫難正在蘊釀。這一切得從紹聖四年衡州乾旱說起。

當年孔平仲來知衡州時，孔武仲曾經以這裡「地望清」且「多樂歲」，要他寬心接受，豈知紹聖三年才走馬上任的孔平仲，隔年就遇到天旱，爲此他也四處奔波祈禱，希望早降甘霖，解除生民之苦。〈南嶽祈雨〉：

> 名山大川，皆能興雲致雨，以爲民福，又況衡之爲鎮，列在五岳，此郡得明以山故，磅礴萬歲，朝夕在望，神之爲福，亦於#者宜一。今農田將旱，眾口##，臣既親請於行宮，##有#，事不能上#，謹遣使詣祠下，爲百姓告急，願神哀忞，賜以甘澤，使獲豐年。神之福也，民之願也。（宋集珍本《清江三孔集》卷三六）

但是上天似乎沒有聽到他的心聲，久旱不雨導致欠收，連帶讓自來米賤的衡州穀價大漲，老百姓也陷入飢荒，一向愛護百姓的孔平仲「檢舊本、循久例」糶米救急，沒想到卻因此惹禍上身，爲提舉董必所劾，再次面臨牢獄之災。對此《宋史》本傳僅以「提舉董必劾其不推行常平法，陷失官米之直六十萬，置獄潭州」數語草草帶過，全然不提「失官米」的原因，其實是用在賑災。

〔註52〕李之亮《宋兩湖大郡守臣易替考・衡州》引《衡州志》云：「鄧忠臣，承議郎。紹聖五年三月到，元符二年七有滿。」頁288。

〔註53〕〈累約慎思親事今已入境盤桓不進欲以十四日交承又云六甲窮日戲作蔵頭一首〉：「工巧新詩寄遞筒，同聲稍稍變他宮。口傳知受諸君指，日好何論六甲窮。躬自省愆方从膋，人多助虐更磨礱。石渠舊友年家契，大笑今朝已落空。」

董必，字子強，宣州南陵人。嘗謁王安石於金陵，咨質諸經疑義，爲安石稱許。登進士第。紹聖四年，提舉湖南常平〔註 54〕。詔命發佈之後，孔平仲也曾致書申賀，〈賀提舉董必〉：

> 竊審光膺宸告，榮抗使旂，練時之嘉，綜事云始。恭惟歡慶，伏以某官高才端（瑞）世，盛德儀朝，#結九重之知，出當一道之奇，法倚寬厚，民歸敉寧，某叨守左符，獲依卿蔭，其爲欣抃，實倍等夷。（宋集珍本《清江三孔集》卷三三）

殊不知董必爲人非但不寬厚，行事也讓人民失望。

「提舉常平」一職原爲平抑物價而設，《宋史》卷一六七〈職官七〉：「提舉常平司掌常平、義倉、免役、市易、坊場、河渡、水利之法，視歲之豐歉而爲之斂散，以惠農民。凡役錢，產有厚薄則輸有多寡；及給吏祿，亦視其執役之重輕難易以爲之等。商有滯貨，則官爲斂之，復售於民，以平物價。皆總其政令，仍專舉刺官吏之事。熙甯初，先遣官提舉河北、陝西路常平。未幾，諸路悉置提舉官。元祐初罷之，併其職于提點刑獄司。紹聖初復置，元符以後因之。」但在宋朝卻無法發揮設置時良善的用意。在李心傳撰《建炎以來繫年要錄》卷一三二：「（紹興九月九日）庚寅，罷經制司，其諸路常平事令提刑兼領。始用曾統奏也。常平法起於西漢，歲豐則斂，歉則散。後世講之尤詳，秋成則歛，春饑則散，可以平物價，抑兼并。人有接食，官無折閱。法至良也。熙寧初，王安石修水土之政與管榷之利，置提舉官，以常平司爲名。當或所行新法，如免役、坊場、河渡、青苗、市明、方田、水利，皆俾提領，遂爲民患，議者不察，但云常平法可廢。」以孔平仲所受的待遇看來，常平法不僅是民患，更是官員的夢魘。

當暗中與章惇勾結的董必察覺孔平仲在處理餓歉出糶時，是「稍損價發之」，立即以出息太少治他的罪。孔平仲也爲自己辯護，《宋史》本傳云「平仲疏言：『米貯倉五年半，陳不堪食，若非乘民闕食，隨宜泄之，將成棄物矣。倘以爲非，臣不敢逃罪。』」其實只是掇要說明，宋集珍本《清江三孔集》卷三五還保留當時孔平仲致書章惇的完整內容，雖然部分字體模糊難辨（即#者），但仍能窺其大要，題曰〈上章丞相辯米事〉：

〔註 54〕《長編》卷四九三：「（紹聖四年十一月）己卯，廣西路經略安撫司走馬承受段諷言：『知雷州張逢照管安置人蘇轍及蘇軾兄弟，與之同行，至雷州相聚。請下不干礙官司再行體量。』詔提舉荊湖南路常平董必往彼體量，詣實以聞。」由是可知，在此之前董必已在荊湖南路常平任上。

某月某日具位孔某謹裁書拜獻于某官閣下：某僻處畬土，去朝廷數千里遠，繚以重湖，限以長江，北望天外，唯見斗樞。群縣有衰塞，百姓有疾苦，君相何由知焉！此某今日之言，所以爲民訴也。皇恐、皇恐！伏冀聽察。本州今歲以餓歉出糶，元祐八年常平米元糶五十二，衮紐五十四，見糶五十五，若以衮紐即不虧息本，若以此價，每斗尚出息三文。而提舉司震怒，以爲出息之少，須令每斗糶錢七十四文，蓋用去年糶價也。衡州自來米賤，偶因去年大旱，官糶每斗七十四文。提舉司遂將向前年分積下陳腐灰土鼠矢之物，不同久近皆要七十四文出糶，計每斗出息二十二文，抡法無文，抡例無見，夫有市易之政令，有常平之政令，今以常平惠民之法，爲市易射利之事，失之矣。法云：穀價貴則量減錢，糶賤則量添錢，且朝廷不惜錢，只欲平價之心，推此可見也。且出給之法，賒貸也，止收息錢二分，折納#與轉運司也，亦令只依元價。豈有饑民用息錢糶米二升，反責息之多乎？江西災傷，至於截上供以賑濟飢貧之民，自冬徂春，在在處處，散米以與人，豈有百姓質衣鬻子糶米救命，乃幸具息以要之乎？提舉搬本州元祐八年米往#州出糶，每斗要錢八十文，計每斗收息二十八文，若隔三年陳米每斗八十文足，即不知在市白米騰長至幾文而止，殆非常平本意矣。嘗見民間無米至掘草根、刨木膚以食之，方旱後少糶之際，官中索價雖高，必亦有人##，但百姓#息不易耳。況自有通計貴賤###不虧米之條，何爲而#也。依條管勾官同州縣相度米價，蓋欲詳究事實也。今提舉司處處高唱價直，至行指揮他人不預焉，一路多是脅從，惟有衡州謹守詔條，此其所以奏劾興獄也。且本州糶米，只是檢舊本、循久例而行。元祐八年衮紐六十四，出糶五十七；紹聖元年衮紐五十五，出糶五十六；二年，衮鈕五十四，出糶五十五。皆不虧本之法也，亦是天下大同，如此何嘗容心抡其間？而提舉司乃以私書見詆，曰：「懷不平之異意，干非道之私譽。」此誣而脅之人也。而奏劾之稱勒令行人估價，此乃上欺君相矣。本州只據自來米行人遂旬供至實直，依年例量減價糶米，何嘗有勒令之事？蓋提舉司多是巧裝事節，誣奏屬官，只如奏茶陵令佐譚抃、吳陶，云容縱吏人，通同作弊，朝廷憑此，衝替二人，乃付所司推治，亦無此事節。又衡奏陽（君按：疑當作「又奏衡陽」）知縣王彥，使用情輕贖銅錢并移易役人雇鈔，乃付所司推治，亦無此事節。奏人之罪，可容易乎？近者潭州興獄，勘本州出糶#民界米事，推舉司指揮須要見乎分行人計減落價錢情弊，承勘官司百方鍛鍊，僅兩月日終無得。而手分死者一人，其後斗子死者兩人，哭聲相聞，使人悲痛，可謂枉悞矣，而人莫敢言。潭州帶一路安撫司，荒政所屬，而勘衡州者，潭州也，以一提舉司而上下畏之如此，陰拱嘿視，使民被害，某恐相公無所賴而基太平矣。恭惟相公以周、孔之學，居伊周、皋陶之位，某出門下之日雖淺，然固嘗望眉宇而識心地矣。嘗以爲聰明疎達，事至立斷，未有如相公者也。某昨在吏部，爭王仲嶷磨勘要轉兩貴官事，一部皆以爲不然，既而聞相公止使轉一官；比至兵部，爭摩建槍杖手事，合下本路相度，而長官非之，以某假日上之，而相公令退還兵部，下本路相度。某固未嘗自陳於左右也，而寸管之運，偶合日星之度邪？某今日之陳，安知相公不以爲可耶？某蹤跡孤危，如机上肉，一身之計，無足控摶。但一郡被劾，一路望風而慄，如使一路失當而莫正，則他路傚傚，民之受禍未已也。若使此言得聞，此法明白，朝廷之澤下流，遠方之民得所。某即日棄官，沒齒林下，亦所甘心焉。意迫詞直，干冒台嚴，下情震慄之至，不宣。某再拜。

書中律己甚嚴的孔平仲將自己如何「檢舊本，循久例」的來龍去脈，詳細向上陳說。不過他的說詞卻未被採納，孔平仲終究還是受到懲處，被送入潭州獄中〔註55〕。

四、置獄潭州、貶韶州

孔平仲在潭州獄中待了多久，《宋史》本傳沒有記載，《族譜》由於從未提過知衡州這段仕歷，之後的動向更付之闕如。儘管如此，董必、章惇等人的惡行，以及孔平仲所受的冤屈，還是載之史冊，留待後世評斷。《長編》卷四九五：

〔註55〕《宋史》卷三五五〈董必傳〉云：「時相章惇方置眾君子于罪。孔平仲在衡州，以倉粟腐惡，乘饑歲，稍損價發之。必即劾其戾常平法，置鞫長沙，以承惇意，無辜繫訊多死者。平仲坐徙韶州。」

（元符元年三月辛亥）樞密院奏事，曾布獨留，因爲上言：「臣備位政府，無補朝廷，每有所聞，不敢一一冒瀆聖聰，然事干大體，不敢緘默……近聞遣呂升卿、董必察訪二廣，中外疑駭，以謂恐朝廷遣此兩人往處置已竄黜者，人言殊綸綸。此事雖臣等不得與聞，況於竄遠之人。又竊聞欲遣升卿等按問梁燾，燾之所言，證左已具，想必不虛。若欲施行，不過更遷之海外，何必遣使？此事虛實，臣所不知，然燾出此言，自爲可罪。兼追問證左，似已有實，若更遣升卿輩按問，豈免有鍛鍊之嫌？若萬一燾不肯承，不知何以處之？」上曰：「有李洵證對，何敢不承？」布曰：「燾必知得罪不輕，萬一不肯承，必須置獄，若置獄而後承，則天下後世以爲鍛鍊無疑矣，何以釋此謗？若更欲推問他事，則燾輩當時雖包藏禍心，今日事無因發露，何肯自言，乃知遣使無益。況祖宗以來，未嘗誅殺大臣，令燾更有罪惡，亦不過徙海外。」上曰：「祖宗未嘗誅殺大臣，今豈有此。」布曰：「然則何必遣使也。況升卿兄弟與軾、轍乃切骨仇讎，天下所知，軾、轍聞其來，豈得不震恐？萬一望風引決，朝廷本無殺之之意，使之至此，豈不有傷仁政。兼升卿凶燄，天下所畏，又濟之以董必，此人情所以尤驚駭也。必在湖南按孔平仲殊不當，今乃選爲察訪，轟論深所不平。」上改容曰：「甚好。」

可見朝中早有人質疑呂升卿、董必等人按問有不當之嫌，且爲孔平仲抱屈。

《宋史全文》卷十三下〈哲宗三〉也說：

（元符二年四月）己丑，詔新除工部員外郎董必送吏部與小處知州。先是，必按衡州孔平仲糶常平違法，就潭州起獄，致死者三人。尋又差察訪廣西，所爲多刻薄。

其實董必之惡尚不止於此，《續通典》卷一百二十更云：

哲宗紹聖中董必提舉湖南常平，時相章惇方置眾君子於罪。孔平仲在衡州以倉粟腐惡，乘饑歲稍損價發之，必即劾其戾常平法，置鞫長沙，以承惇意。無辜繫訊多死者，平仲坐徙韶州。惇與蔡卞將大誅流人，遣必往廣西察訪，帝既止不治，必所至，猶以慘刻按脅立威，爲五書歸奏。

這些皆足以證明孔平仲指控提舉司「陰拱嘿視，使民被害」，都是不爭的事實，怎奈哲宗無法及時醒悟而有所作爲，最後孔平仲被徙韶州。《東都事略》說孔平仲是坐黨籍才謫知韶州〔註 56〕，鉤黨固然是因素之一，但就如《續通典》所說，戾常平法才是主要的關鍵。

偏偏禍不單行，就在這年九月甲戌（二十九日），又傳來胞兄孔武仲在池州過世的消息〔註 57〕。孔武仲是在紹聖四年二月二十八日和呂大防、劉摯、蘇轍等人一起遭到降職，由原來的朝散郎、充寶文閣制制、知宣州，特落寶文閣待制、依前官管勾洪州玉隆觀、池州居住（《宋會要·職官》六七之一六），原因在葉濤所草的〈孔武仲落職居住制〉中述之甚詳，制曰：

> 害正趨邪，眾所共惡。交私合黨，罰不可懲。朝散郎、充寶文閣待制、知宣州孔武仲，頃由遠官，召至臺閣，附會奸黨，躐處要班，違予親政之初，敢爲怙終之劉，失刑既久，眾論未蹇。宣褫延閣之名，假以祠觀之任，尚其惕厲，服我寬恩。可特落寶文閣待制，依前官管勾洪州玉隆觀、池州居住。

孔武仲到池州居住是紹聖四年二月癸未（十一日）以後的事，不料元符元年就病逝〔註 58〕。孔平仲前去爲他處理喪事，想起兄弟七人幾番凋零，只剩下孔武仲和他尚且活在世上，原本計劃二人將來可以「築室廬山之下，休官皓首，虔詠于野」（宋集珍本《清江三孔集》卷三七〈祭三兄侍郎文〉），不料如今連孔武仲也撒手人寰，怎能不哀慟。

《族譜》謂孔武仲：「紹聖三年再除知宣州，未赴，坐鉤黨，落職管勾洪州玉龍（君按：當作「隆」）觀，池州居住。遂卒，葬池州。後子江陵通判百朋遷柩祔葬九江府德化縣先塋，一期後復遷歸葬本里金雞嶺，池州今猶有遺塚焉。」可以想見當日在池州的喪事，應是倉促完成，才會有兩度遷葬的情事。

李春梅〈編年〉稱「（紹聖四年）五月，武仲作〈銅陵縣端午日寄兄弟〉二首」〔註 59〕，又云「是年，武仲有〈王文玉出清溪圖以示坐客〉、〈泛清溪入齊山〉、〈又三絕句〉、〈登齊山〉、〈九華山〉詩」。理由是銅陵縣在池州境內，詩（君按：指〈銅陵縣端午日寄兄弟〉）中有「奔波南北是平生」，又有「還記當年客禁城」句，且清溪、齊山等在池州〔註 60〕。

〔註 56〕《東都事略》卷九十四：「坐黨籍謫知韶州。」

〔註 57〕《長編》五〇二：「（元符元年九月甲戌）朝散郎、管勾玉隆觀孔武仲卒。」

〔註 58〕葉濤所作制文，《全宋文》謂作於紹聖四年二月癸未。卷二二七六，冊 104，頁 198。《族譜》第一卷〈舊序讚銘傳〉亦錄有孔武仲〈謫池州居住誥〉，日期爲紹聖四年二月十一日。

〔註 59〕見頁 2922。

〔註 60〕並見〈編年〉，頁 2923。

以上繫年並不符合事實，按：〈銅陵縣端午日寄兄弟〉二首，分別是〈寄經父〉和〈寄季毅〉；「奔波南北是平生」、「還記當年客禁城」二句皆出自給寄孔文仲的那首詩，紹聖四年孔文仲已經亡故多時，豈有再寄詩篇的道理？更何況王文玉擔任池守也是元豐年間的事了，《三蘇年譜》卷三五云：「軾將至池州，池守王琦（文玉）來簡。」又云：「至池州。軾從州守王琦（文玉）登蕭相樓，錄弟轍所作蕭丞相樓詩贈琦，並跋。」〔註 61〕此數詩當作於元豐三年孔武仲由揚州教授赴信州軍事推官時，《三蘇年譜》卷三〇云：「（三年）五月，至池州，轍重遇武仲，作詩。」〔註 62〕可以當成佐證。

第三節　坐勾黨遭貶

一、惠州別駕、英州安置

處理完孔武仲的後事，孔平仲自己的厄運並未就此結束，先前董必奏「糶常平違法」一事，依舊餘波盪漾，《長編》卷五〇八：「（元符二年四月己丑）詔新除工部員外郎董必送吏部，與小處知州。先是，必按衡州孔平仲糶常平違法，就潭州赴獄，致死者三人，黼以爲不當。尋又差察訪廣西，所爲多刻薄，還除郎官。而中書舍人郭知章繳詞頭，遂令趙挺之命詞，右司諫陳次升權給事中，又封駁以爲不當。未進呈間，必有奏訟知章、次升爲元祐臺諫官，乞定奪平仲事。章惇、黃履皆以爲不可，蔡卞又適齋祠，遂得旨罷新命。曾布問何以處之，惇、履方愕然，遂再進呈，故有是命。上仍令批云：『不合輒訟言者，送吏部。』」

然而朝臣的異議和輿論的不平，都無法改變孔平仲的命運，一個月後朝廷做出處置，《長編》卷五一〇：「（元符二年五月）庚申，詔朝奉大夫新知韶州孔平仲責授惠州別駕，英州安置；左騏驥使、英州刺史、權發遣梓夔路鈐轄、管勾瀘南沿邊安撫司公事王鑩可降一官，落遙郡刺史，罷見任差遣。平仲以元豐末上書詆訕先朝政事；鑩可以元豐末及元祐中上書議論朝政，附會姦黨，故有是責。」

關於孔平仲「授惠州別駕，英州安置」的時間，《宋史全文》卷十三下〈哲宗三〉：「（元符二年四月）「己丑（十七日），詔新除工部負外郎董必送吏部與

〔註 61〕見《三蘇年譜》冊二，頁 1500。
〔註 62〕見《三蘇年譜》冊二，頁 1200。

小處知州。先是，必按衡州孔平仲糶常平違法，就潭州起獄，致死者三人。尋又差察訪廣西，所爲多刻薄。五月，庚申（十八日），孔平仲責授惠州別駕，英州安置。」說法和《長編》相同。不過《長編》所說孔平仲「元豐末及元祐中上書議論朝政」，究竟是指那些奏章、言論的內容爲何？則無法確知。

「責授」就宋代的升遷制度來說，無異於貶官；而「安置」雖說比羈管編管來得輕，說穿了還是得被限制住居〔註 63〕。孔平仲仍須千里迢迢前往英州。英州屬廣南東路，《宋史》卷九家〈地理六〉：「英德府，下本英州軍事。宣和二年賜郡名曰『貢陽』，慶元元年，以寧宗潛邸升府元豐。戶三千一十九，貢紵布。縣二貢陽、浛光。」路途遙遠不說，風土、氣候都是嚴苛考驗。

因此對五十六歲的孔平仲而言，此行無疑是身心的一大摧折。儘管孔平仲幼年就曾經隨父宦遊到過封州，但那時即使不是一家團聚，至少還有父親兄長相伴左右；不同於這次遷謫，必須忍受「瘴癘侵薄，骨肉分離」（〈饒州居住謝表〉）之痛。更何況英州的環境與此時的心境，也都今非昔比。加上孔武仲因醫陋藥偏客死池陽，記憶猶新，更讓他情何以堪。無怪乎孔平仲會以「投荒」來形容這次南竄；甚至事過境遷之後，回憶起這段遭遇，還會忍不住感慨「安知此身，復見今日！」（〈饒州居住謝表〉）不難想像當初他早已做好老死英州的心理準備。

孰料自元符二年五月孔平仲南遷之後，陸續發生地震、日食、黃河決堤、久雨不止〔註 64〕等災異。連八月才誕下的皇子，也在出生不到百日夭折〔註 65〕，而哲宗本人則在元符三年正月己酉（十二日）以二十五歲的英年駕崩，留下「黨籍禍興，君子盡斥，而宋政益敝」（《宋史》卷十八〈哲宗二・贊〉）的歷史評價。同一日新君在皇太后權同處分軍國事下登基，是爲徽宗。隨後頒詔赦罪〔註 66〕，孔平仲的許多舊識如范純仁、呂陶、蘇軾、張耒、黃庭堅、晁

〔註 63〕宋趙升撰《朝野類要》卷五〈降免〉：「責授：責者不限降幾官之數，徑指低階責授之。」又云：「安置：安置之責若又重，則羈管編管。」

〔註 64〕《宋史》卷十八〈哲宗二〉：「（元符二年七月）庚戌，河北河漲，沒民田廬，遣官振之。」又「（八月）甲戌，太原地震……癸巳，太白晝見。」又「（十月）甲寅，日有食之。」《長編》卷五一五：「（元符二年九月）壬戌，詔罷秋宴。又詔輔臣諸宮觀、寺院祈晴。」

〔註 65〕《長編》卷五一四：「（元符二年八月）戊寅是日，賢妃劉氏生皇子。（閏九月二十四日卒。）」

〔註 66〕《宋史》卷十九〈徽宗紀一〉：「（元符三年二月）庚辰，赦天下常赦所不原者，百官進秩一等，賞諸軍。」

補之都在元符三年二月就蒙恩易動〔註 67〕；而孔平仲沒有苦等多久，不久他也接獲好消息，終於得以脫離英州這個讓他心生恐懼的瘴鄉。

二、量移單州、饒州居住

《宋史》對孔平仲晚年的敘述，只提到「徙韶州。又坐前上書之故，責惠州別駕、安置英州。徽宗立，復朝散大夫……」，並沒有「量移單州，饒州居住」這一段經歷。量移的說法來自宋王偁撰《東都事略》卷九四〈孔平仲傳〉，《族譜》更進一步說明「徽宗即位，量移單州團練使（君按：當作副使），饒州居住。」加上孔平仲自己有〈饒州居住謝表〉傳世，證明《東都事略》、《族譜》所言不假。

至於量移的時間，《宋會要・職官》三之十六錄有曾肇〈孔平仲復官行詞事奏〉云：「臣三月二十六日，本省刑房送到孔平仲復量移單州團練使（君按：當作「副使」）、饒州居住詞頭……」但「簽書錄黃，送門下省」，卻在四月初二遭到左僕射章惇改詞送回。此舉讓曾肇大爲不滿，因此上奏徽宗，乞求聖覽，且云「萬一可用，乞賜指揮；如不可用，則是臣拙於文字，無以稱職，即乞罷臣中書舍人職事，以允公議」（說詳下節）。從這段波折看來，詔命下達恐怕是四月中旬以後的事了。

量移是將因罪遠貶的官吏，調遷近處任職。顧炎武《日知錄》卷三十二：「量移，唐朝人得罪貶竄遠方，遇赦，改近地，謂之量移。《舊唐書・玄宗紀》：『開元二十年十一月庚午，祀后土于脽，上大赦天下，左降官量移近處。』『二十七年二月己巳，加尊號，大赦天下，左降官量移近處。』量移字始見於此。李白〈贈京兆韋參軍量移東陽〉，詩云：『潮水還歸海，流入却到吳。相逢問愁苦，淚盡日南珠。』白居易貶江州司馬〈自題〉云：『一旦失恩先左降，三年隨例未量移量讀平聲。』及遷忠州刺史又云：『流落多年應是命，量移遠郡未成官。』故韓愈自潮州刺史量移袁州，有『遇赦移官罪未除』之句。而《宋

〔註 67〕宋彭百川撰《太平治迹統類》卷二十四〈元祐黨事始末下〉云：「（元符三年）二月辛酉詔復鄒浩爲宣德郎監袁州酒稅，癸亥詔永州安置范純仁爲左中散大夫分司南京、鄧州居住，呂希純唐州居住，王覿和州居住，韓川隨州居住，劉奉世光州居住，唐義問安州居住，吳安詩澧州居住，呂希哲隨州居住，呂希績衡州居住，呂陶任便居住，蘇軾移永州安置，劉安世移衡州，秦觀移英州，程頤移峽州，楊畏知襄州，王古知潤州，王欽臣知襄州，范純仁知亳州，范純粹知相州，張耒通判黃州，晁補之簽書武寧軍判官勾當公事，王隱監江州酒稅，黃庭堅鄂州監稅，賈易監舒州茶鹽酒。」

史》盧多遜貶崖州，詔曰：『縱經大赦，不在量移之限。』今人乃稱遷職爲量移，誤矣！」而「居住」待遇也較「安置」爲優〔註68〕。

對於朝廷做出的安排，孔平仲也很清楚，所謂的「單州團練副使」實際上只是個有職無權的散官罷了。在元豐改制前團練副使這個位置根本就毫無意義，元豐以後即使相當於原先的寄祿官，成爲專門用來安置被貶官員的職務〔註69〕，其實也還是個閒差。過去孔平仲監江州錢監時，蘇軾也曾被貶爲黃州團練副使，二人因此往來數年（詳第貳章〈江州交遊及生活〉）。即使如此，這樣的結果已經讓他稍微安心。〈饒州居住謝表〉：

> 幾死得生，自南徂北，蒙還舊秩，獲處善邦。銜恩涕零，省咎心悸。中謝。臣學問褰淺，智識鈍昏，妄陳答詔之言，自掇投荒之辱。瘴癘侵薄，骨肉分離，安知此身，復見今日？此蓋伏遇皇帝陛下離明燭遠，渙澤蘇枯，盡返得罪放逐之人，大開自新湔洗之路。而仰食者眾，須舟以行，風波多虞，疾病間作，所恃朝廷之寬大，不誅道路之濡留。驚魂初招，餘孽未逭，更當刻厲，少答存全。

字裡行間都透露出在英州這段日子帶給他的打擊和不安，能夠生還對孔平仲來說，不止是「驚魂初招」，更是銘感五內、感激涕零所無法形容的恩典。過去他曾經在朝廷頒佈德音時疾呼「因茲肆大眚，洗滌如海濶。上刑脫窀穸，輕繫弛縲紲。生還今可期，向者或長訣。讙呼滿行道，感泣有白髮。苟非皇恩深，安得汝輩活」（〈十一月二十日德音〉），此刻竟是他心情的寫照。

最後要澄清的是宋彭百川撰《太平治迹統類》卷二十四〈元祐黨事始末下〉云：「（元符三（按當作「二」）年）五月新知韶州孔文仲，責惠州別駕、英州安置」，及「（元符三年）三月甲午，以龔夬爲殿中侍御史，鄒浩爲右正言，陳瓘爲左正言。敘英州安置孔文仲編管昭州……」這段記載。據諸書所載，孔文仲元祐三年已經亡故，《太平治迹統類》所載的孔文仲，應該是指孔平仲才對。但謂「編管昭州」，就更加令人不解，若依前引趙升撰《朝野類要》的說法，羈管編管之責重於安置，如此說法有違常理，故不取。

〔註68〕宋趙升撰《朝野類要》卷五〈降免〉：「被責者凡云送甚州居住，則輕於安置也。」

〔註69〕宋朱彧《萍洲可談》卷一：「凡降官與職並稱降授，責散官並稱責授。散官如節度副使、團練副使，雖號武官，皆依舊賜。頃見元祐臣僚，責授副使者，兩制已上，仍衣紫；從官已下，元衣綠者，仍衣綠。唯責授長史、別駕已下者，不以舊官高卑並衣綠……」

第四節　遇赦復官

孔平仲量移後，不但遇赦得以返鄉，接著又恢復了官職。不過徽宗在位這些年，孔平仲究竟經歷那些事，《族譜》所載和《宋史》的說法卻有著極大的出入。《宋史》的敘述非常簡要略，只說「徽宗立，復朝散大夫，召為戶部、金部郎中，出提舉永興路刑獄，帥鄜延、環慶。黨論再起，罷，主管袞州景靈官，卒。」《族譜》記載顯然詳細得多，從孔平仲「元符三年三月至家，接復官誥」，並在同年「七月進朝奉大夫」，直到「宗寍（當作「崇寧」，疑《族譜》編者因私諱而改筆）元年十一月除尚書戶部郎中，徙金部郎中」，繼而「除提點刑獄公事，朝奉大夫，充集賢院校理，權知虔州經畧安撫使、護軍，賜紫金魚袋」，到「再坐鉤黨，奉祠南康洪慶宮，卒」，甚至身後葬於何處，都有陳述。

但兩造說法不僅繁簡有別，對孔平仲提點刑獄公事之後的種種，所記更是南轅北轍。究竟何者為真，何者不實？能否從其他文獻取得旁證，釐清矛盾？都是本文努力的方向。因此先將兩者看法一致的事置於本節討論。其他說法歧異之處則留待下節，另行探討。

一、遇赦返鄉

元符三年徽宗即位後，在向太后主導下，實行多次降德音、赦天下的措施〔註 70〕，政局也隨著新帝登基出現變化，紹聖、元符年間被貶嶺南遠惡州軍的官員因此得到復官內徙的機會。孔平仲在〈饒州居住謝表〉就為自己「蒙還舊秩，獲處善邦」而「銜恩涕零，省咎心悸」。由此看來復官和量移是同時並行的。

不過《族譜》稱「元符三年三月，至家，接復官誥」，這一點在時間上幾乎是不可能，據前引曾肇〈孔平仲復官行詞事奏〉云：「臣三月二十六日，本省刑房送到孔平仲復量移單州團練使，饒州居住詞頭……」可見朝廷在新君登基後不久，就有寬恕孔平仲讓他稍還內地的想法，只是這番美意因為章惇從中作梗而延遲。為此曾肇還二度上奏，其一云：

〔註 70〕《宋史》卷十九〈徽宗紀一〉：「（元符三年正月）庚辰，赦天下常赦所不原者，百官進秩一等，賞諸軍。」又「（二月）己丑，以日當食，降德音於四京：減囚罪一等，流以下釋之。」又「（四月）己酉，長子亶生。辛亥，大赦天下，應元符二年已前系官逋負悉蠲之……丁巳，詔范純仁等復官、宮觀，蘇軾等徙內郡居住。」

臣三月二十六日，本省刑房送到孔平仲復量移單州團練（副）使，饒州居住詞頭。尋撰詞，簽書錄黃，送門下省訖，卻於今月初二日，刑房別寫到錄黃付臣簽書，其制詞內，有不是臣元行詞語，係左僕射章惇改定，稿草見存。竊緣孔平仲初做上書譏毀先朝，責授惠州別駕、英州安置，當時已於制詞具載事實。今來系用登極大赦敘復，但朝明著聖恩敘復之意〔註 71〕，不必更載前來貶謫之事。故臣所行詞只云：「南遷日久，有足哀矜，俾副戎團，稍還內地。」如此，則前謫後復，詞意俱足。今來章惇改定詞語，既非臣所行，難以卻作臣簽書錄黃行出。謹備錄臣元所行詞，并章惇改定到詞各一本，繳連在前，伏乞賜詳覽，出自聖意，裁酌指揮。謹錄奏聞。

其二云：

臣幼孤至愚，伏遇陛下即政之初，首賜拔擢，以詞命爲職。聖恩深厚，日夕思念所以報稱，故每於代言之際，具著聖訓，明示天下，不敢依違觀望，以負任使。其所行孔平仲詞，但謂聖恩既赦其罪，與之敘復，不必更著前日上書之事。伏望特紓聖覽，萬一可用，乞賜指揮；如不可用，則是臣拙於文字，無以稱職，即乞罷臣中書舍人職事，以允公議。臣所撰詞：「敕責授惠州別駕、英州安置孔平仲：朕嗣服之初，推大慶於天下，雲行雨施，無遠弗及。爾嘗以文學，擢在儒館。南遷日久，有足哀矜，俾副戎團，稍還內地。」章惇所改詞：「孔平仲：朕嗣服之初，推大慶於天下，雲行雨施，無遠弗及。爾頃以獻言，議毀先烈。謫居嶺服，亦既省循。俾副戎團，稍還內地。往恭朕命，尚體寬恩。」

由此可知，遲至四月初二，原先受命撰寫行詞的曾肇還在爲章惇擅自改定之事，訴請徽宗聖裁，即使孔平仲由英州赴饒州途中，曾路經臨江老家，要在「三月」「至家」接復官誥，時間上顯然無法做到，故不予採納。

姑且不論敘復過程如何受阻撓，對因失米案入獄，又遭逢一連串不幸的孔平仲來說，能夠在有生之年平安自南方瘴癘之地脫困，心願已足，遑論其他，〈敘復朝散大夫謝表〉：

荒山相囚，貧室如磬，稍遷內地，盡復故官。此恩若何，隕涕無已！中謝。伏念臣仕宦積久，咎惡滋多，始罷皇華之行，再鐫東觀之職。

〔註 71〕《全宋文》：「『朝』字當誤。」冊 110，頁 56。

又陳伏罪，遂斥遐陬。泣血追愆，豈由上疏？觀過於黨，或可知仁。果丁昭曠之辰，均被前洗之澤。此蓋伏遇皇帝陛下一新庶政，獨斷萬機，照臣下之忠邪，訂朝廷之枉直，故茲廢放，亦預甄收。脱迹瘴鄉，猶記海鳶之墮；經塗故里，忽聞寒馬之歸。更誓捐糜，少期報塞。

字字句句皆能看出他那戒慎恐懼的心情。

能夠「敘復舊官」不僅對孔平仲意義深遠，得以「該恩敘復舊官」〔註 72〕更是恢復名譽的表徵，連當時知臨江的官員也來信向他致意。〈回臨江新守王戊〉：

昔居黌宮，嘗接俊游。絕足騰驤，邈雲霄而自致；飄蓬南北，悵音驛之莫通。匆奉緘滕，尤見德誼。且審分符鄉壘，假道晢藩，風波恬安，寢食佳吉。恭惟知郡承議高才美行，博學懿文。附鳳攀龍，雖自稱七十子之舊；維桑與梓，固已在二千石之尊。某患難餘生，衰遲末路，喜將覯語，慰所詠思。更祈保調，前對休渥。(宋集珍本《清江三孔集》卷三三)

王戊，生平不詳。李之亮認爲他和蘇軾也有過書信往來〔註 73〕，透過蘇軾對他的陳述，知道王戊是個「居以才稱，進由德選」，「不忘疇昔」的後生晚輩〔註 74〕。從孔平仲的回信看來，二人早已相識，只是久別重逢王戊成了地方父母官，因此字裡行間仍能看出孔平仲下筆之際的謹慎態度。畢竟遷謫的傷痛，不是一紙詔書所能撫平。何況章惇、蔡卞這股阻止元祐舊臣復起的勢力依舊存留於廟堂之上〔註 75〕，昔日被貶的官員即使復官內徙，猶飄零江湖之中，所以孔平仲對自己的未來依然不敢抱持太多期待。

〔註 72〕宋趙升撰《朝野類要》卷五〈降免〉：「被責之久，該恩敘復舊官者。自有格法。」

〔註 73〕《宋兩江郡守易替考・臨考軍》：「元符三年庚辰（1100）王戊《蘇軾文集》卷四七〈答臨江軍知軍王承議啓〉。」

〔註 74〕〈答臨江軍知軍王承議啓〉：「泮水受成，繆膺桑梓之敬；海邦晝諾，又覯枳棘之栖。多難百罹。流年半世。恍如昨夢，復見故人。伏惟知郡承議居以才稱，進由德選。淵源師友，舊仰鄭公之高；歌詠風流，近傳邵父之繼。不忘疇昔，曲賜拊存。豈獨憐衰朽而借餘光，蓋將敦風義以勵流俗。感佩之至，筆舌難周。」

〔註 75〕《宋史》卷十九〈徽宗紀一〉：「(元符三年五月）乙酉，蔡卞罷。」又「(元符三年五月）辛未，章惇罷。」

二、吏部任職

徽宗即位府初，因爲皇太后權同處分軍國事的關係，隨後蔡卞、章惇相繼罷去，蔡京、董必、舒亶、張商英、路昌衡、呂嘉問等人也坐黨被貶散各地。同時，已經逝世的文彥博、王珪、司馬光、呂公著、呂大防、劉摯等三十三人詔追復官〔註 76〕。繼而由韓忠彥、曾布分任左、右相，並下詔云：

> 神考以天縱之聖，厲精治道，内修法度，外闢境土，新一代之典則，以遺我後人。而往者任事之臣，用心或過，朕所不取。朕於爲政，取人無彼時此時之間，斟酌可否，舉措損益，惟時之宜；旌別忠邪，用捨進退，惟義所在。使政事不失其當，人材各得其所，則能事畢矣。無偏無黨，正直是與，常用中以與天下休息，以成朕繼志述事之美。咨尔中外，服我訓誡〔註 77〕。

從前被貶到嶺南遠惡州軍的官員如蘇軾、蘇轍、呂陶、范純仁、呂希哲等人先後得到量移或牽復〔註 78〕，敘復朝散大夫的孔平仲也終於有機會重返朝廷任職。

《宋史》謂孔平仲有過「召爲戶部、金部郎中」的經歷，王偁撰《東都事略》卷九四〈孔平仲傳〉說法相同，但都只籠統說是徽宗即位後的事情，沒有交代確切的時間。李之亮《宋代京朝官通考》引用《楚紀》卷五二小傳：「孔平仲字羲（當作「義」）甫，新喻人。徽宗立，入爲戶部郎中，卒。」認爲孔平仲任戶部郎中的時間是元符三年，在蔡肇之後、陸傅之前〔註 79〕。這樣的說法，不僅可信度薄弱，時間還是含糊不清。由宋集珍本《清江三孔集》卷三三收錄孔平仲本人所寫〈上曾相公〉，書末提到「某脫身瘴嶺，寄食江壖，疾病侵加，骨肉飢凍，羈羽乍離於網罟，未息驚魂；蟄戶忽聞於雷霆，粗回生意」來解讀，元符三年十月初九（壬寅）曾布拜相時〔註 80〕，孔平仲還未返回京師。因此任職當在這年年底或更晚。

〔註 76〕《宋史》卷十九〈徽宗紀一〉:「(元符三年五月)己丑，詔追復文彥博、王珪、司馬光、呂公著、呂大防、劉摯等三十三人官。」

〔註 77〕見《東都事略》卷十〈本紀十〉。

〔註 78〕見宋彭百川撰《太平治迹統類》卷二四〈元祐黨事始末下〉。

〔註 79〕見冊三，頁 320。

〔註 80〕《宋史》卷十九〈徽宗紀一〉:「(元符三年十月)壬寅，以曾布爲尚書右僕射兼中書侍郎。」

另外，《蘇文忠公全集》卷五七有〈與毅父宣德〉第五及第六兩篇手簡（亦作〈答孔毅夫二首〉），注云乃蘇軾北歸時所作。其一曰：

> 久不通問，計識其無他。北歸所過，皆公之舊迹，或見清詩以增感慨。忽辱手書及子由家訊，窮途一笑，豈易得哉！比日起居佳安，眷聚各康寧。仙舟想非久到闕，某當老江淮間矣。會合未期，萬萬自重。

其二曰：

> 中間常父傾逝，不能一奉慰疏，但荒徼一慨而已，慚負至今。承諭，子由不甚覺老，聞公亦蔚然如昔，不肖雖皤然，亦無苦恙。劉器之乃鐵人。但逝者數子，百身莫贖，奈何奈何！江上微雨，飲酒薄醉，書不能謹。

孔凡禮《三蘇年譜》云「轍北歸途中，與孔平仲（毅父）相遇。」並加注謂「《蘇軾文集》卷五七〈與毅父宣德〉第五簡『忽辱手書及子由家訊。』時平仲在北歸途中。簡云：『仙舟想非久到闕。』《宋史》卷三百四十四〈孔平仲傳〉謂哲宗末『責惠州別駕，安置英州。徽宗立，復朝散大夫，召爲戶部、金部郎中』。平仲赴闕，當爲赴新任」〔註 81〕。並且將孔平仲、蘇轍會面的事置於元符三年十二月，對照〈上曾相公〉，時間頗爲接近。只可惜孔平仲給蘇軾的信件已經佚失，無法得知更多實情。

孔平仲與蘇氏兄弟相交多年，縱使飽經患難、各已白首，情誼依舊。由「中間常父傾逝，不能一奉慰疏，但荒徼一慨而已，慚負至今」數語可知蘇軾對孔家昆仲無論存歿，都有一份相知相惜之情。而蘇軾尚有〈與毅父宣德〉第七簡：

> 日至陽長，仁者履之，百順萃止。病發掩關，負暄獨坐，醺然自得，恨不同此佳味也。呵呵。誨諭過重，乏人修寫，乃以手簡爲謝。悚息。

「日至陽長」者，蓋指一年當中白晝最長的夏至，建中靖國元年夏至在五月十八（戊寅）這一天〔註 82〕，而蘇軾於是年七月二十八日病逝常州，因此這幾行手簡極可能是蘇軾給老朋友最後的訊息。病中的他，獨坐自得之際，還想著和孔平仲「同此佳味」，二人情誼稱得上是至死不渝。蘇軾亡故後晁補之

〔註 81〕見卷五五，冊四，頁 2935。
〔註 82〕《三蘇年譜》卷四五：「今年夏至爲五月二十三日。」冊四，頁 2290。說法有所出入。

有哀祭之文傳世〔註 83〕，張耒飯僧、作輓詩致哀〔註 84〕；獨不見孔平仲作品，應是詩文散佚過多所致。

至於孔平仲的新職戶部郎中，《宋史・職官三》：「戶部，國初以天下財計歸之三司，本部無職掌，止置判部事一人，以兩制以上充，以受天下上貢，元會陳於庭。元豐正官名，始並歸戶部。掌天下人戶、土地、錢穀之政令，貢賦、征役之事。以版籍考戶口之登耗，以稅賦特軍國之歲計，以土貢辨郡縣之物宜，以征榷抑兼併而佐調度，以孝義婚姻繼嗣之道和人心，以田務券責之理直民訟，凡此歸於左曹。以常平之法平豐凶、時斂散，以免役之法通貧富、均財力，以伍保之法聯比閭、察資賊，以義倉振濟之法救饑饉、恤艱扼，以農田水利之政治荒廢、務稼穡，以坊場河渡之課酬勤勞、省科率，凡此歸於右曹。尚書置都拘轄司，總領內外財賦之數，凡錢谷帳籍，長貳選吏鉤考。其屬三：曰度支，曰金部，曰倉部。熙寧中，以知樞密院陳升之、參知政事王安石制置條例，建官設屬，取三司條例看詳，具所行事付之。三年，罷歸中書，以常平、免役、農田、水利新法歸司農，以胄案歸軍器監，修造歸將作監，推勘公事歸大理寺，帳司、理欠司歸比部，衙司歸都官，坑冶歸虞部，而三司之權始分矣。元豐官制行，罷三司歸戶部左、右曹，而三司之名始泯矣。凡官十有三：尚書一人，侍郎二人，郎中、員外郎，左右曹各二人，度支、金部、倉部各二人。」對於過去擔任過轉運判官的孔平仲，應該可以駕輕就熟。晁補之《雞肋集》卷十七〈敘舊感懷呈提刑毅父，並再和六首〉其五：「郎潛如我未宜驚，戶部須推宰相評」，下方有註：「曾丞相云戶部不可無孔郎中。」也證明孔平仲可以勝任無虞。

而鄒浩《道鄉集》卷十六有〈孔平仲除金部郎中制〉，此制作建中靖國元年。應是戶部郎中之後才易動的。《宋史・職官三》：「金部郎中員外郎，掌天下給納之泉幣，計其歲之所輸，歸於受藏之府，以待邦國之用。勾考平淮、市舶、榷易、商稅、香茶、鹽礬能數，以周知其登耗，視歲額增虧而爲之賞

〔註 83〕《雞肋集》卷六一有〈祭端明蘇公文〉。

〔註 84〕《續資治通鑑長編拾補》卷二十崇寧元年紀事：朝散郎管勾明道宮張耒在潁州聞蘇軾身亡，出己俸於薦福禪院爲蘇軾飯僧，縞素而哭。又《柯山集》卷八〈寓陳雜詩十首〉其六：「開門無客來，永日不冠履。客至我老懶，投刺輒復去。端成兩相忘，因得百無慮。故人在旁郡，書信不能屢。興哀東城公，將掩郟山墓。不能往一慟，名義眞有負。可能金玉骨，亦遂黃壤腐。但恐已神仙，裂石終飛去。」

罰。凡綱運不濡滯及負折者，計程帳催理。凡造度、量、權、衡，則頒其法式。合同取索及奉給、時賜，審覆而供給之。分案六：曰左藏，曰藏，曰錢帛，曰榷易，曰請給，曰知雜。裁減吏案，共置六十人。淳熙十三年，又減四人。」《宋會要・職官》一二之一：「金部判司事一人，以無職事朝官充。元豐官制行，郎中、員外郎始實行本司事。」不過孔平仲擔任金部郎中期間，並未留下作品或事蹟，這和他待在京師的時間不無關係，從他〈永興提刑謝表〉中「南宮數月，曾蔑補於秋毫；西部列城，又俾司於邦憲」幾句話，就足以說明這段經歷應當是過渡時期的安排而已。

三、永興提刑

元符三年年底，繼位將屆一年的徽宗下詔明年改年號爲「建中靖國元年」〔註85〕。此舉讓自儋州北歸的蘇軾也欣慰地說出「建中靖國之意，可以恃安」〔註86〕。卻沒人料想得到「自是忠直敢言知名之士稍見收用，時號小元祐」〔註87〕的平靜歲月，即將隨著改元成爲過去。

當初曾布主張「持平用中」，並建議徽宗「元祐、紹聖兩黨皆不可偏用」，尤其是「左不可用軾、轍，右不可用京、卞」〔註88〕，不過元祐舊臣如孔平仲、晁補之，還是重返朝廷任職。但是好景不常，建中靖國元年正月，范純仁、向太后相繼辭世（《宋史》卷十九〈徽宗紀一〉），新黨反撲的勢力正在悄悄醞釀。曾布在寫給曾肇的書信當中，就道出新君態度上的轉變：

> 上踐祚之初，深知前日（紹聖）之敝，故盡收元佑竄斥之人，逐紹聖之挾怨不逞者，欲破朋黨之論，泯異同之跡，以調一士類。而元祐之人，持偏如故，凡論議於上前，無非譽元佑（君按：當作「祐」）而非熙寧、元豐，欲一切爲元祐之政，不顧先朝之逆順，不恤人主之從違，必欲回奪上意，使舍熙、豐而從元祐，以遂其私志，致上

〔註85〕《宋史》卷一九〈徽宗紀〉：「(元符三年十一月)，庚午，詔改明年元。」

〔註86〕見宋魏齊賢、葉棻同輯《五百家播芳大全文粹》卷六六蘇軾〈與章致平帖〉。

〔註87〕《資治通鑑後編》卷九三〈宋紀九三・元符三年二月戊午〉條。

〔註88〕《資治通鑑後編》卷九十四：「(建中靖國元年)秋七月壬戌，帝謂曾布：『人才在外，有可用者具名以進。』又問：『張商英亦可使否？』布曰：『陛下欲持平用中，破黨人之論，以調一天下，孰敢以爲不然？然元祐、紹聖兩黨皆不可偏用，臣竊聞江公望爲陛下言，今日之事，左不可用軾、轍，右不可用京、卞，爲其懷私挾怨、互相仇害也。願陛下深思熟計，無使此兩黨得志，則和平安靜天下無事，陛下垂拱而治矣。』帝頷之而已。」

> 意憤鬱，日厭元祐之黨。乃復歸咎於布，合謀並力，詭變百出，必欲逐之而後已，上意益以不平〔註89〕。

果然在這一年九月，徽宗就親口對曾布說出「元祐小人，不可不逐」的話〔註90〕。之前回朝的元祐舊臣，又陸續外任。

對「瘴癘餘生」、「年垂六十」（〈上安觀文〉）的孔平仲來說，最想做的也就是當個太平之民而已，至於仕途發展，「豈復冠冕之望」（〈上范右丞〉），倒也是眞心話。所以能不能繼續留在京師，在他看來似乎不是那麼重要。因此在短暫擔任戶部郎中、金部郎中之後，他重做馮婦回到提點刑獄司，只是這次任職的地點不同於昔日宦遊於江淮，而是被派往西北的永興軍路。

孔平仲任永興提刑一事，《宋史》卷三四四本傳、《族譜》、《陝西通志》皆有載，但未註明時間；南宋朱弁《曲洧舊聞》卷七：

> 孔平仲建中靖國間爲陝西提刑時，晁無咎作（闕）。平仲下車，見無咎舉《到任謝表》，破題四句云：「呂刑三千，人命所係；秦關百二，地望匪輕。」無咎嗟賞曰：「前乎公既無此語，後乎公知莫能繼矣，豈不謂光前絕後乎。」

其實建中靖國間孔平仲應是出任永興路提刑，而非陝西提刑或其他（說詳下節），由於永興軍路提點刑獄公事是設在河中府〔註91〕，而當時知河中府的正是晁補之，因此才有這段軼事流傳。至於赴官時全銜爲何雖不可考，但從他在〈謝崇寧曆日表〉開頭說自己是「刑獄之官，兼領勸農之職……」，比對晁補之知河中府時全銜曰「朝散郎、權知河中軍府兼管內勤農事兼提舉解州慶成軍兵馬巡檢公事」（《雞肋集》卷六一〈河中府繫浮橋告河文〉）孔平仲除了提點永興路刑獄公事之外，也曾另兼管內勸農事一類的職務。

晁補之，元豐二年（1079）登進士即與孔平仲結識。元祐元年，兩人曾於京師重逢。太皇太后高氏卒，哲宗親政，晁補之出知齊州。又坐修「神宗

〔註89〕見《續資治通鑑長編拾補》卷一七，建中靖國元年壬戌紀事。

〔註90〕《資治通鑑後編》卷九十四：「（建中靖國元年九月）帝諭蔣之奇、章楶曰：『陳瓘爲李清臣所使，元祐人逐大半，尚敢如此，曾布以一身當眾人擠排，誠不易，卿等且以朕意，再三慰勞之。』己未，布入謝，帝謂布曰：『先朝法度，多未修舉。元祐小人，不可不逐。』布請緩治之，帝曰：『卿何所畏？卿多隨順元祐人。』布曰：『臣非畏人者，此輩不肯革面，固當去之，然上體陛下仁厚之德，不敢過當，故欲從容中節耳。』」

〔註91〕李之亮《宋代路分長官通考・提點永興軍等路刑獄公事》有按語云：「永興軍路提點刑獄公事，初置于河中府。紹興九年，置司永興軍。」冊二，頁1439。

實錄」失實，降通判應天府、亳州，再貶監處、信二州酒稅。徽宗即位，始召還京。建中靖國元年，拜吏部員外郎、禮部郎中，兼國史編修、實錄檢討官。皆以非其才辭避再三。後以吏部郎中留任。時孔平仲亦在吏部任職，得以共聚一堂。豈料向太后亡故後，黨論重起，晁補之亦爲管師仁所論，於八、九月間出知河中府〔註92〕。

孔平仲到河中府履新大約在建中靖國元年冬天，比晁補之晚一些。因此抵達前，孔平仲不忘寄詩寄給老朋友。晁補之接到孔平仲的訊息，亦次韵一首表達對故人的歡迎之意。孔平仲的作品今已佚失，多虧有晁補之這首詩傳世，成爲考證孔平仲提點永興路刑獄過程的重要記錄。〈次韵毅父提刑將至蒲見寄〉：

騎報山雲見旗腳，吏趨原雪沒靴翁。揭來定坐元猶白，捷去還憂易又東。

他日江湖空白首，只今關隴有清風。登瀛契分南遷夢，十五年來事事同。

蒲指的就是河中府，唐李吉甫撰《元和郡縣志》卷十四〈河東道・河中府〉云：「管縣八：河東、河西、臨晉、猗氏、虞鄉、寶鼎、解、永樂。」又云「河東縣本漢蒲坂縣地也，屬河東郡。隋開皇三年，罷郡縣，仍屬蒲州。十六年，移蒲坂縣于城東，仍于今理別置河東縣。大業二年，省蒲坂縣，入河東縣。」從詩中「吏趨原雪沒靴翁」的景致，不難想見孔平仲到此已是寒冬。儘管天侯欠佳，有朋自遠方來的喜悅卻絲毫不減。當然晁補之之所以會如此殷切期盼，不是沒有原因，就在這一年七月蘇軾病逝於常州〔註93〕，想起老成零落不免感慨。況且他和孔平仲二人前半年都還在朝爲官，如今卻先後來到河中，他鄉得遇故知，自可稍解落寞。

孔平仲到任後，依例向皇帝上表謝恩，這篇文章也就是《曲洧舊聞》中提到，讓晁補之嘆爲「光前絕後」的佳作〈永興提刑謝表〉：

呂刑三千，人命所繫；秦關百二，地望非輕。自愧薄材，荐當煩使。中謝臣編摩末學，廢放微生，齒髮已衰，精力不逮。南宮數月，曾蔑補於秋毫；西部列城，又俾司於邦憲。恩波淪骨，感涕交頤。此

〔註92〕劉少雄〈晁補之年譜〉：「薛應旂《宋元通鑑》卷四七云：『(八月)補之罷。管師仁謂(蘇軾)蘇轍皆深毀先帝，而補之、庭堅皆其門下士，不可劇於朝，出知河中府。』任淵《後山年譜》云：『建中靖國元年九月，吏部郎中晁補之知河中府。』按：補之知河中府當在八九月間，《雞肋集》卷五五有〈河中府到任謝表〉。」頁78。

〔註93〕《三蘇年譜》卷五六：「丁亥(二十八日)蘇軾卒。」冊四，頁3011。

> 蓋伏遇皇帝陛下以堯禹之仁，兼乾坤之量，方曲成於萬物，豈求備於一人，故此孤孱，亦叨推擇。臣敢不悉心職事，圖報國家，庶集涓埃，上裨海岳。

除此之外，孔平仲還上到任啓向宰相及樞密院致謝，〈永興到任謝兩府〉：

> 朝廷考噬嗑之義而愼刑，頌皇華之詩而遣使。蓋欲情無不得，冤有所伸。儻非膚敏之才，孰副哀矜之意！某江湖寒迹，瘴癘餘生。少而鈍昏，老益疲曳。南宮襆被，曾無補於秋毫；西部褰帷，猶俾司於邦憲。雖云舊物，實出新恩。此蓋伏遇某官以皋夔之賢，佐堯舜之盛。挈維天下之重，簡拔人材之長。大冶躍金，靡問折鉤之喙；良醫蓄藥，不遺敗鼓之皮。故此末愚，亦蒙厲使。某權當宣天子之德澤，廣大臣之仁心，庶收微勞，俾助鴻化。(宋集珍本《清江三孔集》卷三三)

孔平仲長晁補之十歲，晁補之自己也提起過「補之初舉進士，毅父爲考官」(〈敘舊感懷呈提刑毅父，並再和六首〉詩末自注)，這點上一章已有說明，不再贅述。巧合的是元祐間尚書右僕射呂公著舉孔平仲試館閣，晁補之同樣得到尚書左丞李清臣的推薦，參加學士院試，結果雙雙中選，並擢館職，在京師短暫相處〔註 94〕。元祐三年因爲孔文仲病逝於京師，朝廷命孔平仲以秘書丞、直集賢校理、江南東路轉運判官的身份，護送棺柩返鄉歸葬，此後二人各奔東西。沒想到多年之後，二人還能在河中府重逢。〈次韵毅父提刑將至蒲見寄〉中說的「十五年來事事同」，就是指自元祐元年(1086)到建中靖國元年(1101)這段漫長的歲月而言。正因爲分離太久。反而更加珍惜這次再相聚的機會。晁補之《雞肋集》中寫給孔平仲的詩共計十六首，除〈聞文潛舍人出試院約毅父考功尋春〉是元祐初館閣時期所作，其餘十五首全都是他在河中府時與擔任提刑的孔平仲彼此唱和留下的詩篇，也是二人這段時間生活的縮影。

在異地安頓下來之後，孔平仲於自家寓所種花，晁補之貼心書寫「海棠廳」三個大字送給一向謙稱不擅書法的孔平仲〔註 95〕，〈次韵孔毅父種花因送海棠廳三大字求茶〉：

〔註 94〕《雞肋集》卷一四有〈聞文潛舍人出試院約毅父考功尋春〉。

〔註 95〕孔平仲（使紙甚貴）曾經提到自己「作字本不工，學書非不喜。不知何故盡，疑若有神鬼。若云隨置郵，性復懶牋啓。間或強爲之，皆出不得已。橫斜若幡脚，齟齬如鴈齒。數易僅能成，紛紛多廢委……」

東園老槐春不發，舉頭不見中條雪。江梅去國亦悽然，一萼聊堪映庭月。未信河灘宜海棠，十株立致非所望。爲君大字書堂榜，報我匳中越焙香。（《雞肋集》卷一三）

詩中的「中條」蓋指中條山。《元和郡縣志》卷十四〈河東道・河中府〉云：「雷首山一名中條山，在縣南十五里。」首聯點出河中天氣惡劣，即使耐寒的梅花也因此失色。孔平仲卻不信邪種起海棠，而且「十株立致」。面對好友如此的高懷雅興，晁補之以求茶爲名，爲書堂題字。可見二人都是風雅之士，才會如此投緣。

面對好友貼心的舉動，孔平仲欣然接受，並送出茗茶。於是晁補之再作詩表達謝意，〈再用「發」字韻謝毅父送茶〉：

開門覩雉不敢發，滯思霾胸須澡雪。煩君初試一槍旗，救我將隳半輪月，不應種木便甘棠，清風自是萬夫望。未須棄此蓬萊去，明日論詩齒頰香。（《雞肋集》卷十四）

〈次韻提刑毅父送茶〉：

怱羔煮餅漸宜秦，愁絕江南一味眞。健步遠梅安用插，鷓鴣金盞有餘春。（《雞肋集》卷二十）

送字之外，晁補之還把自己的文章〈蒼陵谷引水記〉送給孔平仲。〈以蒼陵谷引水記呈毅父惠詩次韻〉：

與君暮從栖岩東，有泉鏘然發深谷。人言祥符行幸城無水，跨野疏泉此山足。後來修廢吳與李，誰其記者江休復。我欲重銘章聖功，借君巨筆鑿寒玉。（《雞肋集》卷十四）

《山西通志》卷二四：「蒼陵泉在（永濟）縣東南十五里，王莊即谷口水源也。」卷一七九〈辨證四〉又：「今蒲州東南八十里有蒼陵谷，去嬀汭水不遠。」從中條山將蒼陵谷的水引入城中，是紹聖年間游師雄知河中府時的政績之一〔註96〕。按照張舜民的說法，游師雄是紹聖二年（1095）改守河中府〔註97〕，比晁補

〔註96〕《山西通志》卷三十二〈水利四〉：「宋紹聖中，知河中府游師雄自中條山下立渠堰引蒼陵谷水注之城中，人賴其利。」

〔註97〕〈游師雄墓志銘〉：「紹聖二年，懇求補外，以公知邠州，未幾，改守河中府。」（君按：〈游師雄墓志銘〉乃張舜民所撰，但《四庫全書》所收《畫墁錄》並無此文。不過石刻已在陝西武功出土，碑文首題〈宋故朝奉郎直龍圖閣權知陝州軍府兼管內勤農事兼提舉商虢等州兵馬巡檢公事飛騎尉賜緋魚袋借紫游公墓誌銘〉《宋史》卷三三二〈游世雄傳〉，全係採擇墓志文字改寫，且篇幅僅原文五分之一。北京圖書館藏有墓誌拓片，收錄在《北京圖書館藏中國歷

之還要早好幾年。可惜晁補之這篇文章目前也已佚失。

孔平仲來到陌生的西北，公暇免不了要去參觀當地名勝，晁補之即使無法盡地主之誼陪同前往，也要透過詩歌和老友分享。因爲有他的作品傳世，才能在孔平仲詩文「存一二於千百」（周必大〈三孔先生集敘〉）的情況下，猶能依稀尋訪昔日孔平仲提舉永興刑獄時的足跡，游棲巖寺就是其中一例。〈次韵毅父戶部兄游棲巖寺〉：

恐是初禪第一天，千秋龍象鎮危巔。坐看玉井蓮飄葉，絕勝香罏日照煙。

點點蟻封知晉甸，紛紛雁背向秦川。要須浩蕩奇言稱，付與南華舊老仙。

（《雞肋集》卷十七）

《山西通志》卷一七〇〈寺觀〉云：「棲巖寺在城東二十五里中條山，北周建德中建。初名靈居，周末釋曇延遯隱山中，弟子慧海從之。隋仁壽初改今額，唐釋道傑亦棲此。」寺的周遭還有曇延洞、避暑樓等建築，難怪孔平仲想要前去一睹古寺風華。

而晁補之在河中最讓人津津樂道的就是他治河橋這件事，張耒〈晁太史補之墓誌銘〉：「俄除知河中府。郡當大河，扼三門，有浮梁，久且壞。公視事，亟欲營繕，有司難之。公乃預爲鳩材，既集，則爲規畫，一日而成，城中歡呼，民爲畫像立祠。」（杜大珪編《名臣碑傳琬琰之集》中，卷三四）晁補之本人也有〈河中府繫浮橋告河文〉（《雞肋集》卷六一）記其事。對老朋友的政績，身爲提刑的孔平仲於公於私都不能視若無睹，只不過這也僅能由晁補之〈用谷字韻答提刑毅父治河橋〉得到證實。詩云：

兩堤馬頭高作山，兩津車路深成谷。截川天矯莫虹背，排浪參差動蛟足。

七牛蹴河猶怒目，一牛從能往不復。借牛使河此聖時，強飲不須求馬玉。

之後孔平仲離開河中府轉往他處巡視，晁補之亦有詩送行，〈再用治橋韵奉送毅夫按部將行〉：

降羌當有甲齊山，叛虜應無馬量谷。莫憂斗米千錢貴，自可航河一葦足。

繡衣不但捕羣偷，赦書蠲租亡者復。知君勞倦神亦充，白髮何妨面如玉。

（《雞肋集》卷十三）

詩中非但沒有太多離情感傷，還對老朋友充滿信心，這時候的晁補之似乎認爲待孔平仲公務完成後，自會再回河中；但是像這樣比鄰爲官固然是好，時

代石刻拓本彙編》第 40 冊，頁 155。）《宋會要・選舉》三三之二〇：「（紹聖二年）十二月二十二日，朝奉郎、充秘閣校理、權知河中府游師雄爲直龍圖閣、知秦州。」

勢卻非自己所能主宰，崇寧元年四月晁補之突然改調湖州，不久孔平仲也被「送吏部與合入差遣」，旋即離開（詳下節），二人西北聚首的時光就此畫下句點。

第五節　晚年行跡考辨

一、宦遊西北

孔平仲提舉永興軍刑獄這段經歷，藉由晁補之的詩不僅能夠得到證實，他在河中府的生活情形，也可以透過詩歌描述還原一二。但據《宋史》所載，孔平仲在「召為戶部、金部郎中」之後，「黨論再起」以前，除了「出提舉永興路刑獄」，還「帥鄜延、環慶」。而「帥鄜延、環慶」究竟是永興提刑職務的延伸；或是永興提刑後下一個職務？學者各有不同解讀，因此出現截然不同的研究結果。

李春梅〈編年〉對建中靖國元年這一年孔平仲的敘述如下：

> 是年，平仲復朝散大夫，召為户部、金部郎中。提舉永興路（今陝西西安）刑獄，帥鄜延、環慶等州。
>
> 到任，平仲有〈永興提刑謝表〉。
>
> 平仲後自陝西轉運使徙和延安府，且「以經術釋吏事，待羌人以威信，甚有治狀」（《陝西通志》卷五一）〔註 98〕

至於何以「提舉永興路刑獄」，會「帥鄜延、環慶等州」？以及明明是「提舉永興路刑獄」的孔平仲，怎會在同一年「自陝西轉運使徙知延安府」？李春梅沒有作出解釋。

儘管《宋史》已經將陝西路的分合作了詳細的描述〔註 99〕，但是宋人似

〔註 98〕見頁 2927。

〔註 99〕《宋史》卷八七〈地理三〉：「陝西路。慶曆元年，分陝西沿邊為秦鳳、涇原、環慶、鄜延四路。熙寧五年，以熙、河、洮岷州、通遠軍為一路，置馬步軍都總管、經略安撫使。又以熙、河等五州軍一路，通舊鄜延等五路，共三十四州軍，後分永興、保安軍、河中、陝府、商、解、同、華、耀、虢、鄜、延、丹、坊、環、慶、邠寧州為永興軍等路，轉運使於永興軍、提點刑獄於河中府置司；鳳翔府、秦、階、隴、鳳、成、涇、原、渭、熙、河、洮、岷、州、鎮戎、德順、通遠軍為秦鳳等路，轉運使于秦州、提點刑獄於鳳翔府置司；仍以永興、鄜延、環慶、秦鳳、涇原、熙河分六路，各置經略、安撫司。」

乎沒有特意加以區分。因此謂孔平仲前往陝西，皆出自南宋人之口，如王偁《東都事略》卷九四〈孔平仲傳〉云「出使陝西，帥鄜延、環慶」；朱弁《曲洧舊聞》卷七提到孔平仲那篇「光前絕後」的佳作〈永興提刑謝表〉，也就是作於「建中靖國間爲陝西提刑時」。足以看出永興提刑、陝西提刑在當時就有混爲一談的情形，不過提刑和轉運使非但職責有別，轉運使司與提刑司亦不在一處。所以王偁謂孔平仲「出使陝西」，和永興提刑是否爲同一件事；另外，《陝西通志》卷五一〈名宦二〉所說的「徽宗時自陝西轉運使徙知延安府」，事實如何也令人懷疑。

而李之亮則是把「帥鄜延、環慶」當成永興提刑之後的新職，所以他進一步考證出孔平仲崇寧元年任永興提刑〔註 100〕，崇寧二年到三年知延州（延安府）〔註 101〕，崇寧四年知慶州（慶陽府）〔註 102〕。

李之亮之所以會這樣解讀，也是其來有自，因爲無論是豫章本或宋集珍本《清江三孔集》都收有多篇孔平仲和當時其他出仕西北官員間互動的書信。其中給慶帥徐侍郎最多，計有〈上慶帥（徐）侍郎〉、「上慶州徐帥」二篇、〈問候徐侍郎〉、〈慶帥徐侍郎致語口號〉；給慶州胡宗回的信，目前也保存二封；另外還有〈上陝府楊侍郎〉、〈上同州張侍郎〉；以及與下僚的〈答鄜倅杜採謝薦〉和〈與邠州王通判〉……等。因此讓李之亮相信孔平仲除了提舉永興路刑獄，還曾知延州和慶州。

在孔平仲和當時駐守西北官員往來的信件當中，較能夠提供時間參考的，就屬寫給胡宗回的那封，〈上慶州胡寶文〉：

> 竊審已揭高牙，來殿西部，共懷歡慶。伏以某官博學能文，而通當世之務；厚德重望，而挾過人之才。蔚爲名臣，簡在當宁。眷慶陽之舊治，深召伯之去思，民喜再臨，郡近無事。藹然一方之和氣，訖諭若寓之長城。顧茲衰遲，託在蔭映，其爲抃蹈，尤倍等夷。

〈上慶帥胡淳夫〉：

> 言念桂籍登科，已叨契素；棣華出使，又辱交承。未款曲於教言，每菀結於心曲。比審召還法從，移殿大邦。恭惟冒涉之勤，有保頤之吉。伏以某官高才絕世，盛德冠朝。薦更中外之繁，蔚著聲實之

〔註 100〕見《宋代路分長官通考・提點永興軍等路刑獄公事》，冊中，頁 1439。
〔註 101〕見《宋川陝大郡守臣易替考・延州延安府》，頁 383。
〔註 102〕見《宋川陝大郡守臣易替考・慶州慶陽府》，頁 417。

美。顧慶陽之舊治，結召伯之去思。暫煩師帥之臨，即預疑丞之選。

更祈調護，前對寵光。

胡寶文就是胡宗回，字淳夫（《全宋文》作「醇」夫），常州晉陵（今江蘇常州）人，宿從子。用蔭登第，爲編修敕令官、司農寺幹當公事、京西轉運判官、提點刑獄、京東陝西轉運使、吏部郎中。紹聖初，以直龍圖閣知桂州，進寶文閣待制。坐繫平民死，降集賢殿修撰、知隨州，改秦州、慶州，復爲待制。帥熙河，奮職知蘄州。還，爲待制。歷慶、渭、陳、延、澶。以兄入黨籍罷郡。未幾錄其堅守湟、鄯之議，起知秦州。進樞密直學士，徙永興、鄭州、成德軍，復坐事去。大觀中卒，贈銀青光祿大夫。《宋史》卷三一八有附傳〔註103〕。

胡宗回一生曾經二度知慶州，第一次是元符元年八月接替孫路〔註104〕，元符二年八月離開慶州，改知熙州〔註105〕。第二次大約在建中靖國元年以後，詳細時日無法確知〔註106〕。從〈上慶州胡寶文〉中「眷慶陽之舊治，深召伯之去思，民喜再臨，郡迎無事」數語看來，孔平仲這封信是在胡宗回第二次知慶州時所寫下。而〈上慶帥胡淳夫〉開頭便說「言念桂籍登科，已叨契素；棣華出使，又辱交承」，則透露出孔平仲與胡宗回在此之前早已認識，只不過這次聯繫並非單純敘舊而已，主要還是爲了職務交接。

上一節〈永興提刑〉中曾引用〈謝崇寧曆日表〉「刑獄之官，兼領勸農之職；郡縣所隸，均被頒朔之恩」數語，疑孔平仲除了提點永興路刑獄公事之外，似乎還另兼管內勸農事一類的職務。但勸農是知州、知軍的職責，與提刑無關，由寫給胡宗回這二封信看來，孔平仲暫代慶州知州的可能性大增。所以吳廷燮《北宋經輔年表》認爲建中靖國元年胡宗回再知慶州，就是要接替「復爲翰林學士，拜同知樞密院」的蔣之奇（《宋史》卷三四三〈蔣之奇傳〉）；亦即蔣之奇離開慶州，胡宗回尚未抵達這段期間，就是由孔平仲代理此一職務〔註107〕。吳廷燮的考量是可以成立的，只可惜他所推估的時間太籠統。

〔註103〕見《全宋文》，卷2211，冊97，頁91。

〔註104〕《長編》卷五〇一：「（元符元年八月）甲辰，朝請大夫、集賢殿修撰、新知秦州胡宗回權知慶州，陸師閔依舊知秦州，兼提舉茶馬，罷新除户部侍郎之命。」

〔註105〕《長編》卷五一四：「（元符二年八月）丙戌，寶文閣待制、知熙州孫路措置邈川事乖錯，移知河南府。以寶文閣待制、知慶州胡宗回知熙州。」

〔註106〕見清吳廷燮《北宋經輔年表》卷三，頁 232；李之亮《宋川陝大郡守臣易替考・慶州慶陽府》，頁416。

〔註107〕清吳廷燮《北宋經輔年表》卷三〈環慶路・元符三年〉：「《益公集》：元符三年春，蔣魏公自西師再入翰林。〈跋蔣穎叔樞府日記〉。」下有孔平仲姓名。頁232。

不過上一節〈永興提刑〉末段也談到在崇寧元年四月晁補之改調湖州以前，孔平仲就先行離開河中，爲此晁補之還寫了一首〈再同治橋韵奉送毅夫按部將行〉來送別。雖詩中只說孔平仲將離開河中視察轄區，並未透露將前往何處。巧合的是孔平仲也曾無意間說出自己在永興提刑期間，有過因爲遠行而錯失與新任的陝府官員見面這回事。〈上陝府楊侍郎〉：

> 言念千佛題名，叨在榜末；六卿分職，實隸省中。方大旆之西來，值單車之遠適。尚稽修問，乃辱況書，喜聆塡撫之初，休有保頤之吉。恭惟某官剛方有守，忠厚不祧，獻納論思，入持從官之橐：承流宣化，出綰太守之章。想坐席之未溫，已賜環而來召。更祈調護，前對寵休。（宋集珍本《清江三孔集》卷三三）

孔平仲寫信的對象楊侍郎，就是楊康國，大名府（今河北大名）人，第進士，累官朝奉郎、御史臺檢法官。元祐二年爲監察御史。三年，改權開封府推官，遷工部員外郎。五年，復爲監察御史，擢殿中御史，改左司諫，尋兼全給事中。後罷吏部郎中，除知磁州，尋放衛州，再改相州，以祠部郎中移知蘄州，改京東路轉運副使。入元祐黨籍〔註 108〕。根據《宋會要・選舉》三三之二二所載：「（建中靖國元年十二月十五日）權尚書工部侍郎楊康國爲集賢殿修撰、知陝州。」當楊康國前來赴任時，孔平仲適因事他往，二人沒能見上一面，故而寫信表達遺憾。以楊康國受詔的時間推，此信當作於應該已經是崇寧元年春天前後。方多比對之下，幾乎可以確定孔平仲於崇寧元年就已動身前往慶州，暫代知州的職務。照吳廷燮的說法，知慶州官員的全銜爲「環慶路經略安撫使、馬步軍都總管、知慶州慶陽府」，權限則是「領慶陽一府、環邠寧醴四州、定邊一軍。」因此《宋史》才會以「出提舉永興路刑獄，帥鄜延、環慶」概括其事。並非如李之亮所說崇寧元年任永興提刑，二年到三年知延州，四年知慶州。

另外《族譜》說孔平仲在崇寧元年十一月還有過「權知虔州經署安撫使、護軍，賜紫金魚袋」一段際遇，但豫章叢書的點校者卻提出不同看法，認爲《族譜》所說的「虔州」並不正確，當改成「慶州」才合理〔註 109〕。這點一來因爲孔平仲的作品只記錄到他崇寧元年「六月下旬發河中」（〈再與李純仁簡〉），返回京師，之後就找不出他再回西北的依據；再則知慶州慶陽府者，

〔註 108〕見《全宋詩》卷 1069，頁 70。

〔註 109〕見附錄十四〈西江安山孔氏族譜孔平仲傳〉，頁 708。

應爲「環慶路經略安撫使」〔註110〕，《宋史》卷八七〈地理三〉：「慶陽府……舊置環慶路經略、安撫使，統慶州、環州、邠州、寧州、乾州，凡五州。其後廢乾州，置定邊軍，已而復置醴州，凡統三州一軍」，可爲佐證。恐怕不是將「虔州」改成「慶州」即可解決，何況崇寧元年八月二十五日孔平仲方才黜降主管宮觀，九月己亥（十七）籍元祐及元符末宰相、文武官員、內臣等凡百有二十人，御書刻石端禮門〔註111〕，又列名其中。若十一月就恢復榮耀，史書當有所載，故不採取豫章叢書的點校者的看法。

至於孔平仲在慶州停留多久，以宋集珍本《清江三孔集》卷三五所收的另一篇文章〈史館陳公詩序〉，最後提到「予得官陝西，公之嗣子龍仁通判慶州事，求予序引，予辭不得請，故著學者之戒云。龍仁亦好學能詩，有吏才，似其先人。崇寧元年五月望日，魯國孔平仲序」看來，大概只有三、四個月而已。同年六月四日孔平仲就因「送吏部與合入差遣」，並且在六月中旬離開河中返回京師了。

二、主管宮觀

孔平仲由提舉永興軍刑獄被召回朝廷之後，接下來的動向，竟然成謎，原因就在前一節提到《族譜》和《宋史》間的矛盾。就兩者對孔平仲主管宮觀敘述分析，《宋史》所載非常簡單，孔平仲在外任永興路刑獄，「帥鄜延、環慶」之後，由於「黨論再起，罷，主管兗州景靈宮，卒。」解讀這段話，孔平仲一生只有這麼一次主管宮觀，時間就在他過世前。可是《族譜》的記載卻有二次，而且連時間都清楚標明。第一次是元符三年七月，孔平仲「進朝奉大夫，主官兗州仙源縣景靈宮大極觀」；第二次則是「再坐鉤黨，奉祠南康洪（君按，當作「鴻」，下同）慶宮」，而後來這一次才是孔平仲生前接受朝廷的最後一份俸祿。

究竟眞相如何，先從孔平仲自己的文章看起，〈謝宮觀表〉：

> 備員關右，無補毫分；寄食淮南，方虞凍餒。忽預眞祠之列，稍寬涸轍之憂。祇奉寵靈，但深感涕。（中謝）竊念臣伎能素短，齒髮早

〔註110〕清吳廷燮《北宋經輔年表》卷三〈環慶路〉：「環慶路經略安撫使、馬步軍都總管、知慶州慶陽府，領慶陽一府，環、邠、寧、醴四州，定邊一軍。」

〔註111〕《宋史》卷一九〈徽宗一〉：「（九月）己亥，籍元祐及元符末宰相文彥博等、侍從蘇軾等、余官秦觀等、內臣張士良等、武臣王獻可等凡百有二十人，御書刻石端禮門。」

衰，自脫瘴鄉，屢嬰危病。顧形體之〡瘁，何仕宦之能堪！倘寘閒官，尚沾寸祿，是爲徼幸；今乃拜恩，在臣之愚，揣分已過。此蓋伏遇皇帝陛下聰明時憲，聖敬日躋，廣文之聲，行堯之事，兼充孝悌之美，坐格華夷之和。鰥寡孤獨，均被于上仁；豚魚草木，皆遂其生理。故茲蹇淺，亦在甄收。况洙泗乃先祖之鄉，而黃老垂大道之教。杜門養性，庶全蕭艾之生；克已追愆，尤冀桑榆之復。誓堅晚節，仰報熙朝。

除此之外，豫章本〔註 112〕、宋集珍本《清江三孔集》〔註 113〕皆收錄另一篇題爲〈宮觀謝執政〉的文章，內容與此篇大同小異。曰：

備員關右，無補毫分；寄食淮南，方淪凍餒。忽遂眞祠之請，稍寬涸轍之憂。祇奉寵靈，但深感涕。言念某技能底下，齒髮早衰。自脫瘴鄉，屢嬰危病。顧形體之〡瘁，何仕宦之能堪！倘寘閒官，尚沾薄俸，是爲得計，今乃拜恩。惟愚所蒙，於分已過。此蓋伏遇某官以皋夔之烈，佐勛華之明。開大公之門庭，持至少之衡鑒。與人不求備，待物必以城。鰥寡孤獨，皆免於阽危；豚魚草木，悉歸於涵覆。故茲蹇淺，亦在甄收。况洙泗乃先祖之鄉，而黃老垂大道之教。杜門養性。庶全蕭艾之生；克已追愆，尤冀桑榆之復。誓堅晚節，仰報化鈞。

宋樂史《太平寰于記》卷二一〈河南道・兗州〉:「洙、泗二水在縣北五里，泗水東自泗水縣流入，在縣與洙並流，南爲泗水，北爲洙水，二水之間即夫子所居也。」對照謝表中「况洙泗乃先祖之鄉，而黃老垂大道之教」二句話，可以斷定這篇謝表是孔平仲「主管兗州景靈宮」時所寫；他本人的講法，管勾宮觀顯然是在「備員關右」以後的事。

參考其他史書所提供的時間，也和《宋史》、《族譜》大不相同。前面曾經提到崇寧元年六月四日任永興提刑的孔平仲突然被「送吏部與合入差遣」，當時接到詔命的其實不只他一人，還包括畢仲游、徐常、黃庭堅、比孔平仲還要早一點調離河中府的晁補之〔註 114〕以及韓跋、王鞏、劉當時、常安民、黃隱、張保源等人。當他們一一返抵京師之後，朝廷便在同一時間做出安排，

〔註 112〕見《朝散集》卷一四，頁 679。

〔註 113〕見卷三三，頁 749。

〔註 114〕《宋史》卷四百四十四本傳：「出知河中府，修河橋以便民，民畫祠其象。徙湖州、密州、果州，遂主管鴻慶宮。還家，葺歸來園，自號『歸來子』。」

《宋會要・職官》六七之四〇〈黜降〉:「(崇寧元年八月二十五日）朝請大夫呂希哲管勾建州武夷山沖佑觀，朝散郎晁補（漏掉「之」字）管勾江州太平觀，朝奉郎黃庭堅管勾洪州玉隆觀，承議郎黃隱管勾舒州靈仙觀，朝奉大夫畢仲游管勾江寧府崇禧觀，朝散郎常安民管勾成都府玉局觀，朝奉大夫孔平仲管勾兗州太極觀……」而《宋會要》所說的「兗州太極觀」其實就是《宋史》所說的「兗州景靈宮」，這點《族譜》「主官兗州仙源縣景靈宮大極觀」已經將全名列出，只是諸多證據顯示《族譜》所說的「元符三年七月」並不正確。

至於崇寧元年八月二十五日這個時間點，又和孔平仲寫給親家李純仁的信，有多處相符。信中說「平仲蒙恩罷歸，六月下旬發河中，至鄭暴下，幾不可救……」指的就是六月四日從河中府啓程回京一事。繼而感慨「緣此世味彌薄，百不計校，法合在外指射差遣」，應該是針對這次管勾宮觀而發。又信末叮囑「秋涼，萬萬保重」，季節也相吻合。

所以，孔平仲管勾兗州太極觀的時間，應當以《宋會要》爲依歸。並不是《族譜》說的「元符三年七月」，而是在永興提刑之後，得到的一個閒差。至於《族譜》另行提出孔平仲卒於「奉祠南康洪（鴻）慶宮」的說法，目前則因缺乏其他文獻可以證明，只能存疑待考。

三、卒年新證

正當人在陝西的孔平仲，還在爲同僚陳龍仁父的詩集作序並感嘆「學然後知而不足」、「謙損退託所以爲進於道」(〈史館陳公詩序〉）之際，遠在千里外的京師，一場腥風血雨的政爭也在悄悄醞釀中。建中靖國元年十一月韓忠彥與曾布交惡，在曾布拉攏下，蔡京當上了翰林學士承旨。崇寧元年五月韓忠彥罷相後，朝廷除了「追貶元祐黨籍司馬光四十四人官」，還「詔籍元祐元符及今黨人不得與有京差遣」〔註 115〕。名列元祐元符及今黨人不得與在京差遣名單中的孔平仲〔註 116〕，也在六月四日突然被「送吏部與合入差遣」，並於

〔註 115〕見元陳桱撰《通鑑續編》卷十一。

〔註 116〕當時被列入詔元祐并元符末今來責降人，包括韓忠彥、安燾、王覿、豐稷、蘇轍、范純禮、劉奉世、范純粹、劉安世、賈易、呂希純、張舜民、陳次升、韓川、呂仲甫、張耒、歐陽棐、呂希哲、劉唐老、吳安詩、黃庭堅、黃隱、畢仲游、常安民、劉當時、孔平仲、徐常、王鞏、張保源、晁補之、商倚、張庭堅、謝良佐、韓跂、馬琮、陳彥默、李祉、陳祐、任伯雨、陳郛、朱光裔、蘇嘉、鄭俠、劉昱、魯君貺、陳瓘、龔夬、汪衍、余爽、湯馘、程頤、

八月二十五日和畢仲游、徐常、黃庭堅等人一起被授予管勾宮觀之職（《宋會要・職官》六七之四〇）。

由於宋代管勾宮觀之職，原爲佚老優賢而設，不必親到任上。因此這段期間孔平仲身在何處，成了研究其晚年生活的關鍵。他自己在〈謝宮觀表〉、〈宮觀謝執政〉二篇文章中，透露上表時他正「寄食淮南」，至於淮南指何處，則沒有進一步說明。

元豐年間孔平仲監江州錢監，曾在此置田地〔註 117〕，繼而蒙冤下獄，平反後調往他處，江州的田產是否還在，孔平仲本人倒是不曾提起。不過在確定管勾宮觀之後，孔平仲在寫給李純仁信中談到了自己原本打算「徑還清江治茅舍」，隨後因「又畏江險」，加上孔「百禮得陳留酒稅」，所以改變主意，決定「此行遇可住即住也」，不回清江了。由此可知即使當年所置的產業仍在，他似乎也不打算回去。

孔平仲理想的選擇是前往陳留，依唐李吉甫《元和郡縣志》卷八〈河南道・汴州〉所載：「本漢陳留郡陳留縣地，武帝置陳留郡，屬兗州。按：留本鄭邑，後爲陳所并，故曰陳留。又按彭城亦有留，此留屬陳，故稱陳留。晉爲陳留國。隋開皇三年分浚儀縣，置陳留縣，屬汴州。武德四年屬杞州。今汴州雍丘縣是也。貞觀元年廢杞州，屬汴州。」在此居住，就不用勉強渡江，離京師也較家鄉臨江軍來得近一些。不過就算找到棲身之所，並且拜賓閒官、沾寸祿之賜，可以「稍寬涸轍之憂」。孔百禮這個陳留酒稅也有一定的任期，孔平仲能否在此終老，還是個未知數。

至於前面引用《族譜》孔平仲晚年還曾有過「朝奉大夫充集賢院校理，權知虔（慶）州經略安輔使護軍，賜紫金魚袋」這麼一段最後的榮耀，然後才「再坐鉤黨，奉祠南康洪慶宮」，告別人世。可信度恐怕也不高。當時和孔平仲同時管勾宮觀官員之一的晁補之，「以太平觀食而居緡」（《雞肋集》卷六八〈夫人閻氏墓誌銘〉），閒居很長一段時間，直到大觀四年四月才被重新起用，詔赴闕聽旨〔註 118〕。孔平仲要重返仕途，想必也得延宕一陣子。所以《宋

朱光庭、張彥臣、張巽、張士良、曾燾、趙約、譚扆、楊偁、陳佝、張琳等。並見宋陳均撰《九朝編年備要》卷二十六〈崇寧元年籍黨人條〉，及元陳桱撰《通鑑續編》卷十一〈詔籍元祐元符及今黨人不得與在京差遣〉條注。

〔註 117〕〈長蘆詠蝗〉：「我有薄田在江州，五歲之中三不收。」

〔註 118〕見劉煥陽〈晁補之生平敘論〉（聯合大學學報・哲學社會科學版）1989 年，第 3 期，1989 年 6，頁 48。

史》說卒於「主管兗州景靈宮」，雖然未註明年月，卻也不無可能。畢竟在崇寧元年、二年、三年所立的〈元祐黨人碑〉，孔平仲可都是名列其中〔註 119〕，想在崇寧元年十一月復職且受重用的機會可說是微乎其微；況且此時他已年近花甲，又遭逢宦途的低潮期，在沒有受到太多關注之下，悄悄告別人世，以至卒年失考的可能性相對增加。

李春梅就認同《宋史》孔平仲「主管兗州景靈宮，卒」的看法，她在〈編年〉作出的結論是孔平仲卒於崇寧元年，所持的理由則是：

> 按：《族譜》未詳平仲卒年，而蔡京所寫元祐黨籍碑已注平仲卒。而上述八月二十五日（指《宋會要．職官》六七之四〇），平仲方奉祠太極觀，且有〈謝宮觀表〉，則平仲當卒於是年八月底至九月初。

但李春梅口中的「蔡京所寫元祐黨籍碑」，不知版本爲何。不過現藏於中國國家博物館，南宋慶元四年（1198）及嘉定四年（1211）的兩塊碑文拓片，孔平仲姓名前後都未加注「故」字。實難斷定孔平仲卒於崇寧元年八、九月。

大陸另一位學者張劍對孔平仲生卒年不詳的說法，頗不以爲然，他在〈警惕古籍僞校點〉一文當中批評齊魯書社出版《清江三孔集》〔註 120〕的點校者如果「點的是足本，結合其他材料，不難推斷出孔平仲生卒的大致時期，不至於仍以『不詳』二字搪塞」，並提出看法：

> 孔平仲的《史館陳公詩序》（卷三十五）作于崇甯元年（1102）五月望日，《宋會要輯稿》第九十九冊亦載崇甯元年八月，孔平仲管勾兗州太極觀，《宋史》載「黨論再起，罷，主管兗州景靈宮，卒。」」崇甯元年後，現存史料沒有發現孔平仲活動之跡，因此其卒年可暫定爲崇寧二年（1103）〔註 121〕。

但是暫時將孔平仲卒年定在崇寧二年卒，終究也是臆測。

因爲李春梅下結論時，顯然未曾參考〈史館陳公詩序〉這篇文章；張劍雖然注意到這篇文章，不過文章的寫作日期早於《宋會要》孔平仲管勾兗州太極觀的八月二十五日，對於推翻李春梅的說法，也不具積極意義。

〔註 119〕見清秦緗業、黃以周等輯《續資治通鑑長篇拾補》（上海：上海古籍出版社，2002 年），卷二十、二二、二四。

〔註 120〕《清江三孔集》（濟南：齊魯書社 2002 年）。

〔註 121〕見〈警惕古籍僞校點〉，《光明日報》2003 年 2 月 20 日。

豫章叢書的點校者雖然提出「崇寧元年，黨論再起，罷職管勾兗州太極觀。奉祠卒，年逾六十一」的見解，將孔平仲的卒年一口氣推到一一〇四（崇寧三年）以後〔註 122〕，由於未加說明所本爲何，也難予以採信。

因此想找出孔平仲的卒年，正本清源的做法，還是得從孔平仲的文章尋找更有利的證據。前面提到〈再與李純仁簡〉，就時間而言，不僅晚〈史館陳公詩序〉，而且道出離開河中府之後的許多訊息，值得重新審視其內容，原文如下：

> 平仲啓：數數馳問，兵至虔州，不知公尚在大庾也。不審今猶領事否？伏惟動止安佳，眷集同寧。平仲蒙恩罷歸，六月下旬發河中，至鄭暴下，幾不可救。一向冒暑搖履，不得將息，至京得厥逆之疾危惙，今幸安矣。緣此世味彌薄，百不計校，法合在外指射差遣。登舟已久，旦夕東下，欲徑還清江治茅舍，又畏江險，并百禮得陳留酒稅，冬間闕，此行遇可住即住也。壽安以下無恙。遞中忽承來教，匆匆裁復，亦只發虔遞，諸令嗣必在鄉應舉也。秋涼，萬萬保重，不宣。平仲再拜純仁親家教授。

首先是孔平仲個人的健康狀況，雖然在信中他坦言自己六月下旬離開河中府曾經身體不適到「幾不可救」的地步，抵達京師時更演變成「厥逆之疾」，一度危惙；但是寫信前已經痊癒。除非有特殊的原因，否則要如李春梅所說在八月二十五到九月十七（己亥）短短幾天內亡故的機率並不高。

其次，寫信的時間很可能早已過了九月初，否則孔平仲也不會關注李家子弟是否參與秋試、應鄉舉這類的事，並要李純仁「秋涼，萬萬保重」。

再則，信裡也透露出孔平仲的處境及其對未來的規劃。他之所以會感慨「緣此世味彌薄，百不計校，法合在外指射差遣」。自然是受崇寧元年五月頒行〈詔籍元祐元符及今黨人不得與在京差遣〉這道命令的影響。而能夠自由選擇「還清江治茅舍」，或到孔百禮處暫住，也和他此時並無官職有關。

不過〈再與李純仁簡〉也未必就是孔平仲現存作品中可考時間最晚的一篇。宋集珍本《清江三孔集》卷三三還有一篇〈賀新漕胡師文〉，時間可能更在〈史館陳公詩序〉及〈再與李純仁簡〉之後。全文如下：

〔註 122〕《清江三孔集》書前〈點校說明〉：「孔平仲（一〇四四～一一〇四後），字毅父，治平二年進士……崇寧元年，黨論再起，罷職管勾兗州太極觀。奉祠卒，年逾六十一。」頁 9。

伏審光膺詔綍，榮總漕台，已練剛辰，來臨剌部。凡居總按，孰不欣榮！恭惟某官學惟儒宗，行實世表，泰山北斗，悅服多士之心；崐玉秋霜，獨守古人之操。西清召對，南郡試能，果奉十行之褒，移領一路之計。恐未暖席，即當賜環。某朽薄常材，衰遲末路，幸依德庇，尤切懽悰。

胡師文可考的生平事蹟不多，只知道他字元質，爲蔡京姻家。崇寧初蔡京爲相，用爲發運使，大觀時爲戶部侍郎。政和初知秦州，四年進中奉大夫〔註123〕。只是史書所說的「崇寧初」，時間過於籠統。蔡京是在崇寧元年七月取代曾布爲右相〔註124〕，胡師文擔任漕運官，又在這之後，非但確有其事，而且風評不佳。馬端臨《文獻通考》卷二十五〈國用考三・漕運〉云：「崇寧初，蔡京始求羨財以供侈費用，所親胡師文爲發運使，以糴本數百萬緡充貢，入爲戶部侍郎。自是，來者效尤，時有進獻，而本錢竭矣。本錢既竭，不能增糴，而儲積空矣；儲積既空，無可代謝，而轉般無用矣。乃用戶部尚書曾孝廣之說，立直達之法，時崇寧三年九月二十九日也。」陳均撰《九朝編年備要》卷二十七〈徽宗皇帝甲申崇寧三年九月罷轉般倉〉也有類似的記載：「舊制發運司米六百萬石，六路遭至眞、揚、楚、泗轉般倉而上，卻從通泰載鹽爲諸路漕司經費，而發運司自以汴河綱運米入京，每歲九月入奏，年計已足，始次第起發，乃一年之蓄也。又有百餘萬緡在諸路，作糴本，如浙路水旱、淮南大熟，即以浙路合糴之數於淮南寄糴，而淮南之錢，却在浙路諸路通融，皆倣此。故發運司常有六百餘萬石米，百餘萬緡之蓄，今改爲直達發運司，胡師文作羨餘獻之，除戶部侍郎，而轉般一年之儲無有矣。」

按：胡師文擔任漕運官前，確切可考的經歷是擔任提點兩浙路刑獄公事。《會稽續志》：「胡師文，崇寧元年三月初四日，以朝散大夫到任」。下一任官員程遵彥是「崇寧元年□月□日，以朝請大夫到任」。再下一任的蔡肇則是「崇寧元年七月二十七日，以朝奉郎到任。」但是崇寧二年，胡師文已經是淮南江浙荊湖等路的發運副使了〔註125〕。崇寧三年十月更上層樓，成爲淮南江浙

〔註123〕見《全宋文・胡師文小傳》卷2861，冊132，頁334。

〔註124〕《宋史》卷一九〈徽宗紀〉：「（崇寧元年七月）戊子，以蔡京爲尚書右僕射兼中書侍郎。」

〔註125〕李心傳《建炎以來繫年要錄》卷七三：「崇寧二年發運副使胡師文建言，並令前期一月到京，自後立定數目，期限催督起發……」《宋會要・食貨》一一之六：「（崇寧二年）十月，江淮等路發運副使胡師文言事。」

荊湖等路的發運使〔註 126〕。

如果孔平仲這篇〈賀新漕胡師文〉，是胡師文任淮南江浙荊胡等路發運副使時所寫，時間要比崇寧元年五月望日作〈史館陳公詩序〉還要晚將近一年，那麼張劍所說「崇寧元年後，現存史料沒有發現孔平仲活動之跡」的觀點，就不成立了；但是他提議「其卒年可暫定爲崇寧二年」，仍然可以列爲參考。若是爲崇寧三年胡師文成爲淮南江浙荊湖等路發運使而作，則孔平仲的卒年恐怕還要再往後推了。

〔註 126〕《宋會要・選舉》三三之二二：「（三月十月）二十三是，權發遣淮南江浙荊湖等路發運使胡師文可特除集賢殿修撰。」

第肆章　詩文著作述要

第一節　孔平仲的詩

一、詩學主張

（一）以文為詩，體現才學

孔平仲是聖人之後，博覽群書繼承孔門儒學思想是他必須學習的課題。他的童蒙教育來自父親孔延之的教誨，而孔平仲的父親是個少孤貧，靠著「自感厲，晝耕讀書隴上，夜燃松明繼之，學藝大成」的儒者，即使「其家食不足，而俸錢常以聚書，至老，讀書未嘗一日廢也」（〈司封郎中孔君墓誌銘〉），因此孔家諸子皆具備良好的學識素養。孔平仲和孔武仲幼年還曾從周惇頤做學問，並得到父親另一位好友曾鞏指點，學問根基扎實。入仕後的孔平仲和蘇軾、蘇轍兄弟過從甚密，創作觀點也受到蘇軾「才學爲詩」主張的影響，提出創作必須以才、學、識做基礎，才能寫出好的作品。

對於作詩，孔平仲也是秉持杜甫「讀書破萬卷，下筆如有神」的看法，認爲要寫出字句新穎、詩意流暢的佳作，才學是不可或缺的重要因素。但他並不主張獨尊某家，對於和杜甫齊名的李白亦十分推崇。在他眼中李白「壯浪雄豪一自然」，杜甫「語言閎大復瑰奇」，無論才與學都是值得敬佩學習的。甚至連他偏好寫作雜體詩，也和他重視學養有關。從本文前三章不難發現孔平仲投入雜體詩創作的時間相當的早，現存作品可以上溯到他剛踏進仕途，到洪州擔任分寧主簿那幾年；一直到他因失米案身陷囹圄以前，每一個階段他都不斷從事創作。但是這類作品，戲墨的成份居多，所以經常被視爲兒戲〔註 1〕、難登大雅之堂，爲何孔平仲還願意投注心力去創作雜體詩呢？原因就在從中找到考驗個人才智的樂趣。這點在他的作品當中，已經作了很好的註腳。

孔平仲現存作品中題目最長的莫過於〈再作藥名詩一首寄亶父並用本字更不假借此諸名布在本草中雖或隱晦然以爲不當但取世俗之所知而遺其所不知亦君子之用心也至於搜索牽合亦可以發人意思而消磨光景請亶父同作〉，將題目斷開仔細分析可知：「再作」的原因在於這是孔平仲給友人苻守誠〔註 2〕三首藥名詩的其中一首，在此之前已經有過一首〈亶父寄示與譙沖元唱和藥名詩因作一篇奉寄〉了。「並用本字更不假借」是孔平仲寫詩前爲自己設下的關卡，強調用來入詩的藥名都必須是原字，不能假借諧音字混充，而且要是《本草》當中有記載，通俗、常見、爲人熟知的，不可以是冷僻、一般人沒聽過的（諸名布在本草中雖或隱晦然以爲不當但取世俗之所知而遺其所不知）。至於爲何要如此設限，就是要享受作藥名詩必須「搜索牽合」，兼具「發人意思」及「消磨光景」雙重樂趣。孔平仲所說的「發人意思」指的就是創作過程必須不斷搜尋最適當的中草藥名稱，並且將它妥善的寫進詩句當中，此一構思過程能夠啓發個人的心思智識，也很適合拿來消閒自娛，而這也是他偏愛雜體詩的動力。享受搜索名物以考驗自己的學養和連綴文字的功力，正是他樂此不疲的原因。

孔平仲的《詩戲》之所以受人矚目，正在於它已經超越文字遊戲，而成爲一種腦力激盪，如〈戲張天覺皆用張姓〉：

> 踔躒英才比孟陽（西晉張載），合排三戟坐朝堂（唐張儉）。鱸魚莫憶江東鱠（西晉張翰），竹葉聊煎仲景湯（東漢張仲景）。屢選青錢文足羨（唐張鷟），嘗乘白馬諫何强（東漢張湛）。知君每厲霜崖操（梁張充），未怕朱雲請尚方（西漢張禹）。

〔註 1〕清趙翼《甌北詩話》卷一二：「蓋文人無所用心，游戲筆墨，東坡口吃詩亦同此伎，所謂『爲之猶賢乎已』，固不必議其纖巧，近於兒戲也。」

〔註 2〕昌彼得、王德毅、程元敏、侯俊德編《宋人傳記資料索引》（台北：鼎文書局，2001）：「苻守誠（1041～1104），字亶夫，其先宛丘人。後世家於京師。娶宗室、定州觀察使從質之女。恩補右班殿直，遷左班殿直。歷侍禁供奉官，又遷供備庫副使。初監洪州武寧縣酒稅，次勾當京東窰務，又爲西京同巡檢、陝府兵馬都監。崇寧三年十月卒，年六十四。」冊三，頁 2732。

當路埋輪氣慨慷（東漢張綱），身長九尺貌堂堂（唐張鎬）。高吟當似封侯祜（唐張祜），巧詆寧同小吏湯（西漢張湯）。幽閣畫眉多窈窕（西漢張敞），華巔飲酒自康强（唐張旭）。知君博物饒才思（西晉張華），近試家傳辟穀方（漢張良）。

兩首詩就羅列了十六位張姓名人典故，充分展現孔平仲淵博的歷史知識。

同樣的，創作一首古體藥名詩，姑且不論用本字或假借，若非對中草藥有相當程度的認知，很容易就詞窮了。集句詩也是如此，不單要熟悉古人作品，更要具備才、學、識，方能靈活運用現有詩句重新鋪排成自身抒情、敘事的新作。所以蘇軾說「詩人雕刻閑草木，搜抉肝腎神應哭。不如默誦千萬首，左抽右取談笑足」（〈次韻孔毅甫集古人句見贈五首〉其四）正好說明他就是贊同孔平仲以學問基礎做爲藝術表達的主張。

（二）以詩記史，關懷時世

中國古代就有「詩以言志」、「詩以道志」的傳統，文人除了以詩抒發自己的情感，還會用詩來表達自己對時政的觀點。孔子時代的「志」漸漸演變成政治抱負，這從《論語》中孔子要觀其弟子之志就可看出來。戰國中期以後，由於對詩歌的抒情特點的重視以及百家爭鳴的展開，「志」的含義已逐漸擴大。加上「太上有立德，其次有立功，其次有立言」的三不朽，觀念深入人心，建功立業、功成名就成了知識分子實現人生價值的標誌，不能通過正常管道實現抱負時，就以如椽之筆來傳達不滿和理想。

知識分子將自我意識的價值延伸出來，就是關懷社會、國家、人民。日人吉川幸次郎說：「唐代詩人杜甫、白居易等，無不以社會的良心自期。不過，在唐朝以前的詩裡，這種意識還是很有限的，只有到宋詩，尤其在大家的詩裡，才顯得普遍起來。宋代詩人而不作批判社會與政治之詩的，可說很少……如歐陽脩、王安石、蘇軾等，當然更關心人民福利，認爲是政治家責無旁貸的緊要任務〔註3〕。」受時代風氣的影響，孔平仲也是懷著經世致用之志和憂國憂民之心步入仕途，他所要關心的不僅是時事，而是整個社會（世）百姓的生活。

孔平仲生活在北宋內憂外患日益嚴重的時代，對自己和國家的前途是有所期待的。加上他年少中舉，才華出眾，又是聖人之後，對於建功立業、教

〔註3〕見《宋詩概說・序章》（台北：聯經出版社，2012）第五節〈宋詩的社會意識〉，頁26。

化百姓，繼而達到堯舜時期政治清明、國泰民安的渴望，也比一般人來得強烈。但是在仕途不順、壯志難籌的情況下，只好先將自己的抱負訴諸筆端。

中國歷史上有許多文史兼具的人才，北宋的歐陽脩、司馬光都是史學家兼文學家，孔平仲本身也是「長史學、工文詞」，因此他主張以詩記史，並透過實際作品抒發自己的情感，表達自己對時政的看法，也見證了當時社會黑暗、百姓無奈的一面，這些稍後在他的作品中都會一一加以說明。

（三）創新語言，自然流暢

孔平仲雖然重視詩文的諷諭作用，但他並不贊成棄文華以助載道。《冷齋夜話》卷十〈詩當作不人語〉云：

> 盛學士次仲、孔舍人平仲同在館中，雪夜論詩。平仲曰：「當作不經人道語。」曰：「斜拖闕角龍千丈，澹抹墻腰月半稜。」坐客皆稱絕。次仲曰：「句甚佳，惜其未大」。乃曰：「看來天地不知夜，飛入園林總是春。」平仲乃服其工。

「當作不經人道語」就是要拋開陳腔濫調、創造新的語言。

在《孔氏談苑》中他更拿出實際的例子來說明自己的主張：

> 前輩作花詩多比美女，如曰：「若教解語應傾國，任是無情也動人。」黃魯直《酴醿》詩云：「露濕何郎試湯餅，日烘荀令炷爐香。」乃比美丈夫。淵材作《海棠》詩云：「雨過溫泉浴妃子，露濃湯餅試何郎。」意尤工也。（卷四）

以美女比花，便是「經人道語」，容易落了俗套；用美男子比花是一種創新突破；同時用美女、美男子複疊比喻，尤具令人耳目一新的創意。

不過孔平仲要追求的創新語言，又與黃庭堅不同，具體做法上，黃詩奇峭。他重視煉字造句，務去陳言，力撰硬語，如「秋水黏天不自多」、「春去不窺園，黃鸝頗三請」等，他有時求奇過甚，不夠自然〔註4〕。孔平仲求工之餘，仍舊以自然流暢爲先。〈霽夜〉：

> 寂歷簾櫳深夜明，睡迴清夢戍墻鈴。狂風送雨已何處，淡月籠雲猶未醒。
> 早有秋聲隨墮葉，獨將涼意伴流螢。明朝準擬南軒望，洗出廬山萬丈青。

在這首詩描寫秋夜雨霽的小詩中，最先呈現給讀者的是從簾櫳透入室內的明亮夜色，和擾人清夢的戍墻鈴聲。傾聽片刻之後才驀然發現睡前狂風送雨的

〔註4〕見郭超撰〈清江孔氏詩學思想初探〉，頁211。刊登在《前沿》，2014年12月，2014年第ZC期，頁210～211。

景象已經悄悄消失，耳邊落葉的聲響以及大雨過後的陣陣涼意，都像在預告秋天到來的訊息。緊接著出現流動的螢火，其實是一種暗中補述的手法，讓只看到籠罩在雲氣中黯淡月色的作者，更加確定雨眞的停止了。因此聯想到明天早晨推開窗戶遠眺時，經過雨水洗滌之後的山色想必更加蒼翠欲滴。全詩採取視覺、聽覺、回想、推想交錯使用的手法，文字看似平淡，但每一句都環環相扣，尤其是時間的交叉和延展，不僅避免了平直，也營造出令人逸興遄飛的意境，是一首極具藝術效果的好詩。

（四）意境和諧，圓熟流美

由孔平仲「作不經人道語」可以看出他追求文學獨特性的作風，他對詩歌語言要求甚高，一方面要創新，言他人所未言；另一方面還要做到刻意求工，卻不露痕跡。

《孔氏談苑》卷四：

> 謝朓云：好詩圓美流轉如彈丸。故東坡云「中有清圓句，銅丸飛拓彈」，蓋詩貴圓也。然圓熟多失之平易，老硬多失之乾枯，能不失二者之間，則可與古詩者並驅矣〔註5〕。

圓熟是他爲自己立下的理想境界，〈古詩〉是它學習的典範。

爲了避免「圓熟多失之平易，老硬多失之乾枯」的缺失，他採取和好友黃庭堅完全不同的作法。黃庭堅作詩不論長短都講究章法迴旋曲折，絕不平鋪直敘。重視煉字造句得工夫，希望用務去陳言、力撰硬語，出奇制勝。黃詩還有聲律奇峭的特點，一是句中音節打破常規，矯健奇峭。二是律詩中多用拗句，以避免平仄和諧以致圓熟的聲調〔註6〕。孔平仲則不然，在聲律上它主張和諧圓潤，不拗折阻滯。至於用字造句，他力求簡單易懂而非晦澀難解。

他的詩看似隨意寫來，不加雕飾，其實意趣深遠。〈南軒〉：

> 細雨紛紛不見山，卷帘煙景畫圖間。一池春水風吹皺，戲鴨鳴鷗坐隊閑。

這首詩描寫春雨綿綿的日子，孔平仲來到窗邊捲簾而望，山色雖爲雨所掩蓋，烟氣氤氳的景致仍舊美得像幅畫。後二句以動態寫靜景，藉泛起漣漪的池塘因爲天雨人跡稀少，讓鴨子得以成群在水邊嬉戲，鷗鳥也能悠閒鳴叫，

〔註5〕《南史》卷二二〈王曇首傳〉：「筠又能用強，每公宴並作辭必妍靡。約嘗啓上，言晚來名家無先筠者。又於御筵謂王志曰：『賢弟手文章之羡，可謂後米獨步。』謝朓嘗見，語云：『好詩流圓羡流轉如彈丸，近見其數首，方知此言爲實。』」

〔註6〕袁行霈《中國文學史》，冊下，頁106。

襯托出自己悠閒的心境。第三句「一池春水風吹皺」，明顯是從馮延巳〈謁金門〉詞「風乍起，吹皺一池春水」蛻變而來，但給人的感受卻是截然不同，在孔平仲筆下，這被風激起的水波更襯托出周遭的靜謐。短短四句像是信手拈來，自然之中透著恬淡清閒的意趣，稱得上是平淡中見眞醇。

二、詩歌內容

（一）正體詩

這裡所說的正體詩是相對於雜體詩而言。孔平仲詩最受人矚目的就是他所創作的雜體詩。《宋史》卷二〇八《藝文志．藝文七》：「孔平仲《詩戲》一卷。」又卷三四四孔平仲傳談到他的學術成就，特別指出「平仲長史學，工文詞，著《續世說》、《繹解稗》、《詩戲》諸書傳於世。」宋趙希弁撰《郡齋讀書志．附志》卷五上〈別集二〉：「孔毅文（君按：當作「父」）《詩戲》一卷，右孔平仲毅甫之詩也。向子諲跋之。」諸書所載《詩戲》指的就是他所創作的雜體詩集。這部分下節會加以敘述，本節先分析其遵循格律、不帶遊戲性質的絕句、律詩、古詩，爲便於閱讀、比較，將這類作品統名之爲正體詩。

不過這樣的說法仍舊籠統，鄢化志在《中國古代雜體詩通論》中更進一步界定其範圍：

> 以字數言：整齊的四、五、七言詩以及形式自由的長短句式詩爲正體，整齊的三、六、八、九、十言（或十言以上）以及有規律的長短句式詩爲雜體；以句數言：四句的絕句，八句的律詩以及句數不限的排律和古風爲正體，其餘句數一句、二句、三句、五句、六句、七句的詩體以及句數另有規定的詩體爲雜體；以格律言：遵循平仄粘對格律的近體詩和全無平仄規範的古體詩爲正體，在平仄粘對格律之外另設各種規範，介於古體今體之間的詩體爲雜體；以創作宗旨言：以通常言志、抒情、敘事、明理之作爲正體，以語言形式和概念的遊戲爲目的的詩作爲雜體〔註7〕。

現存孔平仲詩除了《詩戲》以外，尚有古詩一八一首，今體三七六首〔註8〕。就字數來說五言、七言、雜言都有；就數量來說律詩居冠。至於內容涵蓋甚廣，想要精確予以分類誠爲難事，今依研讀所得略分爲六大類：

〔註7〕見《中國古代雜體詩通論》（北京：北京大學出版社，2001年）第二章〈詩歌正體雜體概念的起源和雜體詩範圍的界定〉，頁43。

〔註8〕李春梅〈臨江三孔研究〉：「計古詩一八一首，今體詩三七六首。」頁22。

1、憂時憂民

做爲聖人之後，孔平仲有著強烈的社會責任感和道德良知，在他年少時，某次從會稽經過湖州，親眼目睹當地久雨成災的景象，他即發揮以詩記史的精神寫下居民的慘狀。〈和常父湖州界中〉：

> 常民踏車將納水，今民踏車將出水。大田不復見溝塍，洪潦汗漫來千里。
> 昨在會稽固已聞，湖州春雨夏不止。吹堤卷石冒城郭，餘波之豬此乃是。
> 至今蒲蠃在民屋，塚樹伐盡生葭葦。茅簷破漏不暇完，父子煢煢瘦相倚。
> 西風搖落天地秋，下汙上萊無所收。新田今已不可種，問民出水將安求。
> 水乾魚蝦或易得，且以咀嚼充饑喉。貧者往往鬻兒女，征徭紛紛復不休。
> 我從農夫遺斗米，自顧飽食誠堪羞。四方近日苦窮乏，嗟我有意奚能周。

遭受嚴重水患的湖州百姓，生活已經到了有屋不能居、有田不能種的地步，官府非但沒有伸出援手及時救濟，反而「征傜紛紛復不休」，迫使貧者只好鬻兒賣女來應付朝廷的勒索。孔平仲雖然免於飢餓之苦，卻爲無法周全百姓感到羞愧。

而這種無力回天的自責，更在他未來的人生當中不斷重複。孔平仲一生經歷過無數次旱潦，無論是不是地方父母官，他總是以民爲先。熙寧六年他教授密州時，也曾遭逢乾旱，他作詩表達自己雖然只是個「于邦乃賓客」、「不預奔走役」（〈祈雨〉）的學官，卻始終爲「春田廢鉏犁，秋事闕牟麥」（〈祈雨〉）而擔憂不已。所以當州守準備前往常山祈雨，孔平仲立刻以略盡棉薄的心情，寫下楚辭體的〈常山四詩〉供祭典使用。元豐四年江州不雨，當時任錢監的孔平仲，由於不是地方官員，大可食俸祿、圖一飽，無須擔心前程受阻。但是眼見雷聲空響，莊稼枯槁，他仍憂心黎民即將淪爲餓莩，恨不得將北方決堤的河水引來救災，甚至異想天開希望戰車兵甲能運送三峽餘波來灌溉農作〔註 9〕。

久旱不雨，孔平仲因無力灌流而自責不已；飢民行劫受刑，他也爲救援無方而徒呼負負，〈愍囚〉：

〔註 9〕〈夏旱〉：「元豐四年夏六月，旱風揚塵日流血。高田已白低田乾，陂池行車井泉竭。多稼如雲欲成就，天胡不仁忍斷絕。雷聲隆隆電搖幟，雨竟無成空混熱。如聞大河決北方，目極千里波濤黃，我願蛟龍卷此水，洒落東南救焦死。又聞戎瀘方用兵，戰車甲馬穿雲行。安得疏江擁三峽，餘波末流灌百城。分支引派入南畝，盡使枯槁得復生。志大心勞竟何補，仰視雲漢高溟溟。吾徒祿食固可飽，更願眼前無餓莩。」

囚豈不樂有父母，囚豈不樂有室家。公行刼掠自取死，迫于窮餓情非它。

腥膻所得能幾許，哭入東市肩相摩。嗚呼法令難力救，囚乎囚乎奈若何。

逼良爲盜的明明是對人民漠不關心的朝廷，爲何在老百姓鋌而走險之後，還要施以法令制裁？徘徊在道德良知和官員職責之間，讓他矛盾而痛苦。因此在孔平仲知衡州時，面對久旱不雨導致欠收，他義無反顧決定「檢舊本、循久例」糶米救急，就是愛民憂民精神的體現（說詳上編第參章〈仕宦考下〉之〈衡州「失官米案」〉）。

孔平仲對基層百姓的關懷不止於此，他監江州錢監雖只是個無法施展抱負的閒官，現實生活中的鑄錢體驗，還是讓孔平仲頗爲感慨，《孔氏談苑》：

後苑銀作鍍金，爲水銀所薰，頭手俱顫。賣餅家窺爐，目皆早昏。賈谷山採石人，石末傷肺，肺焦多死。鑄錢監卒無白首者，以辛苦故也。

不同性質的工作，將爲從事該行業的匠人帶來什麼樣的職業傷害，一般人是很難體會的，孔平仲因爲曾經實際參與錢坑鑄冶的工作，而且懷抱民胞物與之心。因此對鑄錢的工作及監卒的作息，他的認知也和其他高高在上的官員不同，〈鑄錢行〉：

三更趨役抵昏休，寒呻暑吟神鬼愁。從来鼓鑄知多少，銅沙疊就城南道。

錢成水運入京師，朝輸暮給苦不支。海内如今半爲盜，農持斗粟却空歸。

工匠犧牲健康，整個錢監不避寒暑、日夜辛苦鑄造銅錢，國家財政卻總是入不敷出，誰來關心他們用性命換取生活所需的痛？關心社會最底層的農民「持斗粟却空歸」的窘境？人微言輕的他只能訴諸筆端，希望朝廷重視民生問題。

對於北宋的內憂外患，孔平仲是知微見著的。在江州期間他看到尋常百姓生活辛苦的一面，也見識地方父母官窮奢霸道的一面。〈官松〉：

我行九江南，曠野圍空山。道旁何所有，高松立巑岏。藏標隱雲霧，秀氣凌岡巒。橫騫却與走，怪狀千萬端。中有清風發，能令朱夏寒。流金五六月，方苦行路難。騎者欲顛沛，負者面如丹。氣息幾斷絕，至此方少寬。消渴飲甘露，涸轍投長瀾。迺知古人意，爲惠無窮年。亦有被剪伐，行列頗不完。豈非風雷變，或者盜賊繁。土人對我嘆，云有縣長官。爲政猛于虎，下令如走丸。取此爲宫室，將以資晏歡。良工操斧斤，睥睨長林間。擇其最高大，餘者棄不觀。千夫擁一柱，九牛力回旋。至今空根悲，泣淚尚未乾。彼令誠何心，緩急迷後先。

毫末至合抱，忍以頃刻殘。萬眾所庇賴，易爲一身安。居上恬莫問，
在下畏不言。世事類若斯，嗚呼一摧肝。

百年大樹蔭蔽行旅，原是前人栽種所賜，無良的官員卻濫用民力擅自取爲宮室，如此行逕眾人卻敢怒不敢言，孔平仲儘管官階不高，能力也有限，仍始終秉持杜甫、白居易以詩歌反映時事的傳統，要將自己所見所聞一一道出。

同時，孔平仲憑也藉細膩的觀察，看到隱藏在太平盛世底下的隱憂，〈青州作〉：

京東地平夷，自古四戰國。九州此居三，山海在封域。北趨京洛近，
南卷江淮直。富饒足魚鹽，飽煖徧牟麥。英雄欲飛騰，假此爲羽翼。
隆準蹙秦亡，金蟇伺唐隙。方今不憂此，所重只西北。兵防最寡少，
主帥失銓擇。蒿萊蔽城隍，繡澁滿戈戟。慢爲盜之資，忽者禍所植。
吾視士大夫，赳赳半雄特。謌謠尚慷慨，濶達本多匿。腹心宜先安，
豫備乃長策。眾方誦太平，我乃虞盜賊。雖言亦誰聽，痛哭損肝膈。

青州地理位置特殊，樂史《太平寰宇記》引《輿地志》云：「東有即墨之饒，南有太山之固，懸隔千里，齊得十二焉。」〔註 10〕南燕尚書潘聰認爲「青齊沃壤，號曰『東秦』。土方二千，四塞之固，負海之饒，可謂用武之國」〔註 11〕。但是在北宋這塊「北趨京洛近，南卷江淮直」又「富饒足魚鹽，飽煖徧牟麥」的土地，其實是危機四伏的，因爲朝廷只重西北的軍事政策下，這裡陷入「兵防最寡少，主帥失銓擇」的窘境而不自知。這也讓孔平仲透過「隆準蹙秦亡，金蟇伺唐隙」的歷史經驗，忍不住要大聲疾呼「忽者禍所植」，「豫備乃長策」。

孔平仲的觀察還不只於此，他的〈古來〉：

古來豪俊起，大半在山東。甚矣承平久，蕭然武備空。封疆瀕朔漠，
士卒戍西戎。器械悟兒戲，城隍駭土功。朝廷急掃敝，草莽許輸忠。
元恨天門遠，無由半策通。

就他客觀的審察，人才不是問題，承平日久而未積極培養，才是武備不足的主要原因。讓未經軍事訓練的「草莽」倉促上戰場，豈是長久之計？但他位卑言微，再多的見解無法傳至執政者耳中，也是枉然。

說到兵防，外患環伺的北宋冗兵問題十分嚴重，數十萬之師糧餉都是民脂民膏，看在孔平仲眼中，卻是很難肩負起保家衛國的職責，〈南卒〉：

〔註 10〕見《太平寰宇記》卷一八〈河南道十八．古青州〉。
〔註 11〕見《通典》卷一八○〈州郡十．古青州〉。

坐食者南卒，驕與子弟俱。負甲則俯僂，荷戈不能趨。嘈然金鼓鳴，
氣駭失所圖。固無一技良，徒有七尺軀。吾聞孫子教，弱女成武夫。
吾欲練汝輩，使之虓虎如。奈何天子詔，苦禁蓄兵書。軍旅非素習，
壯士心踟躕。羣蠻屢騷動，主將復佐除，有急何以報，思之可驚吁。

這樣態度驕縱又無法勝任做戰訓練的軍人，如何指望他們上陣殺敵？怎能不叫人憂心忡忡。

透過這類詩歌內容，孔平仲關心社會、憂國憂民，期盼藉詩歌以讀書人的道德良知，喚醒朝廷苟安的心態，這點和杜甫、白居易的寫實精神一致。

2、感物抒懷

上一節提到孔平仲和歐陽脩、王安石、蘇軾一樣，認爲關心百姓、勤政愛民是執政者責無旁貸的任務。做爲孔子第四十七代孫，儒家的王道思想和仁義主張，也體現在他的作品中，因此有了上一節所說的刺時補政之作。

但是白居易的詩也非全是爲「美刺興比」、「因事立題」而作，「公退獨處」、「移病閒居」時他還是會寫些「知足保和，吟翫情性」的詩歌。而且他認爲這和「詩歌合爲事而作」並不抵觸。他說：

古人云：「窮則獨善其身，達則兼善天下。」僕雖不肖，常師此語。
大丈夫所守者道，所待者時。時之來也，爲雲龍、爲風鵬，勃然突
然，陳力以出；時之不來也，爲雲豹、爲冥鴻，寂兮寥兮，奉身而
退。進退出處，何往而不自得哉？故僕志在兼濟，行在獨善，奉而
始終之則爲道；言而發明之則爲詩。謂之「諷諭詩」，兼濟之志也；
謂之「閒適詩」，獨善之義也。故覽僕詩，知僕之道焉。(〈與元九書〉)

相較於白居易，孔平仲的他的仕途更不順遂，先是在卑微的官職耗費二十餘年的青春，其間他也有過挫折、矛盾，面對出世與入世，身與名，隱與仕，這些傳統知識份子最難的生命抉擇，孔平仲學會以「志在兼濟，行在獨善」的態度來看待，甚至認爲「山林朝市皆相似，何必區區隱釣耕」(〈睡起〉)。因此在公退獨處之時所作的詩，經常流露出悠然自適的情懷。教授密州時，他淡然處之，〈學舍〉：

簿領如棼處處忙，日華偏向此中長。吟餘林表孤雲改，夢覺窓間小雨涼。
珮玉上趨承斗極，棹歌深入釣滄浪。何如瀟灑詩書局，不在山林不廟堂。

轉調江州錢監後，更是如此。〈夏夜〉：

小雨初收深夜涼，杖藜徐步立回塘。一天星月清人意，四面芙蕖遺我香。

大隱嘗聞在朝市，昔人何必濯滄浪。應官粗了心無事，便是逍遙物外鄉。

他還爲自己建了小庵作爲心靈休憩的天地，〈小庵詩〉：

甃石爲道，旁植冬青不死之靈草。跨水爲橋，上有百年老木之清陰。小庵又在北墻北，花竹重重深更深。公餘竟日無一事，卜此佳趣聊棲心。明月爲我遲遲不肯去，清風爲我淅淅生好音。闃然宴坐如澗谷，樂以眞樂非絲金。君看此庵亦何有，架竹編茅容側肘。人生自足乃有餘，不羨簷牙切星斗。朝攜一筇杖，暮炷一爐香，悠然每獨笑，物我兩皆忘。

〈夜坐庵前〉：

人定鳥栖息，菴前聊倚欄。徘徊明月上，正在脩篁端。清影氷玉碎，疎音環佩寒。翛然耳目靜，覺此宇宙寬。人生甘物役，汩沒紅塵間。宴坐得俄頃，境幽心已閒。諒能長無事，自可駐朱顏。所以學道人，類多隱深山。

甚至向好友蘇轍誇耀自己是「官身粗應三錢府，吏隱聊開一草菴」（〈蘇子由寄題小菴詩用元韻和〉）。不需要避物而處，也能保持心靈清靜和諧的悠然。

但孔平仲終究不是白居易，四十三歲進入朝廷任館職，年逾半百才得一州的他，晚年又因被列爲元祐黨人，飽受遷謫流離之苦，他的閒適詩中也染上淡淡的寂寞感傷。〈落花〉：

嶺南冬深花照灼，比至春初花已落。乘閒攜酒到西園，鳥散蜂歸春寂寞。

江南此際春如何，紅杏海棠開正多。歸期不及春風日，猶見池塘著綠荷。

3、寫景詠物

宗炳〈畫山水序〉；「山水以形媚道。」《詩經》中就已出現山水及自然景物，只是大多作爲「比興」的媒介，而非詩人主要歌詠的對象，到了魏晉以後才有了表現山水之美爲主體的山水詩。孔平仲作品中單純的山水詩並不多見，大部分的寫景作品都是奔走道途、行樂遊覽所留下。他對風景的描繪可分三類：一是行旅途中所見，二是登幽攬勝而作，三是記錄日常生活的景致。

孔平仲一生經歷不少職務調動，四處奔波之餘，因此留下許多寫景記行的詩篇。其中不乏騁目抒情之作，〈雍丘驛作〉：

京塵漠漠稍侵衣，秣馬雍丘日未西。驛舍蕭然無與語，遠墻閒覓故人題。

元祐元年四月朝廷爲了隆儒學、嘉賢士，特命司馬光等大臣各舉人才試學士院。孔平仲由於獲得呂公著舉薦，遠從江南趕赴京師，途經雍丘驛時而留下這首詩。詩的開頭用陸機詩「京洛多風塵，素衣化爲緇」（《昭明文選》卷二四〈爲顧彥先贈婦〉第一首）的典故，形容自己一路風塵僕僕前來投宿，在稍事休息之後，因爲天色尚早，於是開始在牆上尋找故人留下的吟詠。驛館題詩是古人行旅在外抒發情緒的方式之一，白居易就有「每到驛亭先下馬，循墻遶柱覓君詩」（《白氏長慶集》卷一五〈藍橋驛見元九詩〉）之句，可見覓舊題在旅途中不只消閑，也是風雅樂事。於是孔平仲便以「遶墻閒覓故人題」，當做旅夜無人與語時排遣寂寞的良方，夜宿此地的無聊也透過這小小的動作含蓄地表達出來。

當然也有目睹物是人非、滄海桑田，有感而發，〈韓大夫城〉：

> 大夫今安在，唯有廢城存。流水抱沙曲，依依楊柳村。居者五六家，荆榛深閉門。青青麥隴直，藹藹桑枝繁。牛羊任所適，僮稚更不喧。啼鳥靜逾遠，落花風自翻。昔稱老農賤，吾意埜人尊。謀身莽無定，大息視乾坤。

自古多少人夢想建功立業、裂地封侯，但是看到荒廢的古城，和閒適的農村風光，卻讓仕途不順、壯志難酬的孔平仲陷入濟世安民和歸隱田園的猶疑矛盾中，對未來充滿不確定感的他不禁「大息視乾坤」。

正因爲經年宦遊四方，「吹燈治行裝，戴月即前路」（〈迷途〉）的生活固然不可避免；「客行日暮飢且渴」（〈遇雨〉）也是常有的經驗。奔波道路難免辛苦，但拜南來北往、登山臨水之賜，也得以飽覽海內風光，不但豐富了視野，同時留下不少寫景的佳作。〈登賀園高亭〉：

> 東武名園數賀家，更於高處望春華。深紅淺白知多少，直到南山盡是花。

在這首絕句中，孔平仲一開始就先讓人感受到密州賀園的不同於一般，接著又以高處遠望和題目中的「高亭」相呼應，三、四句再用極目所見盡是一片深紅淺白的花海，鋪陳高亭所見的春華之美。意境廣闊，造語自然，無限春光盡收在字裡行間。

出遊固然可以飽覽山水，如果住家環境清幽，出門即可看到如畫美景，何嘗不是人生一大樂事。就如密州時期的哦亭、江州時期的曹亭，都是孔平仲經常駐足的地方，〈曹亭獨登〉：

> 問我當何之，曹亭蒼木外。江湖水方漲，曠濶吾所愛。微風撼晚色，

爽氣回秋籟。楊柳隱官堤，芙蕖接公廨。白雲依山起，點綴若圖繪。

何須招客游，清興自無輩。落日更憑欄，下看飛鳥背。

孔平仲透過古詩的形式，細膩刻劃出曹亭在晚風吹拂下動人的美景。雖然二亭視野一樣遼闊，但江州畢竟不同於密州，「楊柳隱官堤，芙蕖接公廨」呈現出南國特有的風光，即使時序已經進入秋天，看到的仍是白雲、蒼木，就算是獨自憑欄也能愜意享受落日下飛鳥從眼前掠過的清興。

沒有太多的雕琢，只以清新的文字寫所見的景物，無論寫意或工筆，皆能達到風格爽朗、平淡有味的境界，是孔平仲寫景詩動人的地方。

《文心雕龍》卷二〈明詩〉：「人稟七情，應物斯感，感物吟志，莫非自然。」因為被眼前事物所感動，繼而圖形寫貌或託物寄興的詠物詩，因此成為古往今來詩人熱愛的創作主題之一，孔平仲也不例外。《清江三孔集》中有許多詠物詩，如：〈馬上詠落葉〉、〈詠道上松〉、〈詠無核紅柿〉、〈詠橘〉、〈詠蜀葵〉、〈詠荷花〉、〈詠櫓〉、〈詠柁〉、〈詠冰〉、〈詠網〉、〈詠蘆〉、〈銀河詠〉〈詠高〉、〈詠大〉……等。另外如：〈雞冠花〉、〈雙頭牡丹〉、〈十月梨花〉……等，也都算是詠物詩。這麼多詠物詩又可依內容分為以下三類：一是圖寫形象，二是託物寄興，三是說理議論。

清人李重華云：「詠物詩有兩法：一是將自身放頓在裡面，一是將自身站立在旁邊。〔註 12〕」孔平仲詠物詩除了〈詠橘〉和〈長蘆詠蝗〉，鮮少將自身置入其中的情形，多半是以客觀眼光書寫，〈詠荷花〉：

一花一葉自相連，待得花開葉已圓。應為施朱嫌太赤，故將嫩綠間嬋娟。

孔武仲、孔平仲兄弟都十分欣賞荷花，孔武仲有〈道中觀荷花〉、〈籍田觀荷花〉，將隨風搖曳的荷花比喻成阿娜多姿的美女（「波間的皪笑，竹裡嬋娟舞」）。孔平仲這首荷花詩則是單純以白描手法圖寫荷花的形象，前二句點出荷花開時葉已圓的特質，並且很有默契的選擇「嬋娟」來形容花朵之美。尤其是後二句別出心裁「應為施朱嫌太赤，故將嫩綠間嬋娟」，巧妙呼應破題所說的花葉相連，眞正做到他自己所主張的「作不經人道語」。

和〈詠荷花〉不同，〈詠冰〉是一首託物寄興的詩，詩云：

厚薄因風結，方圓隨器成。黃河白馬渡，大澤老狐行。暖曲流雲液，

隅甆晃水精。皎然心一寸，願比玉壺清。

〔註 12〕見《貞一齋詩說》，頁 326。收錄在《叢書集成續編》（台北：新文豐出版公司，1989 年），第 201 冊。

前六句鋪敘冰的外觀及特性，引出「皎然心一寸，願比玉壺清」的自我期許，在他眼中冰具有宋代讀書人堅持操守的人格特質，孔平仲稱之爲「君子性」。他常以玉壺或冰壺來贊美自己的朋友，如「宴坐知君無暑氣，風標自敵玉壺冰」(〈寄唐林夫〉)，「清若冰壺斷若金，孜孜常見恤民心」(〈送張通判〉) 等，故託冰表達對君子高潔品格的推崇。元人楊載說「詠物之詩要託物以伸意」，孔平仲這首詩做到了。

至於〈詠櫓〉、〈詠柁〉則是採用宋人最擅長的詠物言理方式，說明櫓能「以小行大」、「迅速功無比」；柁能夠「擺合千尋浪，迴旋萬里舟」，功用不可小覷。(說詳上編第貳章〈六年任滿前途難期〉)

另有〈詠高〉、〈詠大〉，將自古以來有關高和大的典故匯集成長篇五言古詩，因爲是雜體詩範疇，這裡先不多做討論。

4、贈答酬唱

北宋文人間彼此酬唱往來、聯絡感情是極爲普遍的現象，在聚會、宴飲、迎送……場合以詩相贈，也是當時士大夫社交生活的一部分。在孔平仲作品中，這類詩歌又可再分成以下幾個主題：

首先是單純送行而作，〈送馬朝請使廣西〉：

> 海水揚波今合清，秋風千里使華行。言皆有道非徒發，事若無心更不生。
> 談笑從容懷遠俗，琴書瀟灑寄高情。佇聞靜勝諸蠻服，何必樓船十萬兵。

馬朝請名默，字處厚，是孔平仲、蘇軾、王鞏共同的友人，元豐四年秋他出使廣西，道經江州時與孔平仲會晤而留下此詩（說詳〈年譜〉），詩開頭點明時節，接著稱讚馬默的性格、學養，最後獻上祝福，是一首典型的送行詩。

其次是敘手足之情，孔平仲兄弟自幼感情融洽，出仕後因爲各在一方，時常以詩代信互通訊息，留下許多感人的作品。本文前三章已有援引，這裡再舉〈寄常父〉爲例：

> 愁霏从不霽，翳此白日光。陰風薄庭柯，落葉墮我旁。蕭條秋氣高，
> 百感攪中腸。側觀南飛雁，肅肅尚有行。念昔来此土，弟昆各康彊。
> 二季皆鸑鷟，梧桐殞朝陽。踟躕故所游，墟墓草已荒。會合須臾期，
> 去日一何長。吾兄近仳別，咫尺非異方。官守畏簡書，羈絆不得驤。
> 如星限河漢，東西但相望。江魚肥可薦，庭菊粲以芳。崢嶸時節晚，
> 誰與共一觴？伯氏副邊城，苦寒天早霜。石火雖云煖，不如還故鄉。

群飛隘霄極，弱羽因飄揚。祿薄未足飽，胡爲从皇皇。古人有三高，彼豈悅膏粱。願言同斯志，畢景事畊桑。

孔家兄弟向來友于情深，但孔武仲和平仲更爲親近，孔平仲集中寄給孔武仲的詩不下數十篇，而此詩尤其感人。因爲當時人在江州的孔平仲和調任信州的孔武仲眞的是「咫尺非異方」，卻基於公務無法經常見面，加上兩個弟弟英年早逝，孔文仲又遠在保德軍（說詳上編第壹章〈父母兄弟〉），想要團圓恐怕只有辭官歸田才能如願，全詩充滿對現實的無奈和感傷。

第三是傳達對友人的思念，〈別友人〉：

江城春風落梅花，我適南州君在家。離筵勸我一盃酒，送我萬里天之涯。少年曾同竹馬戲，漸長聚散良可嗟。後時迎笑復何地，寂寞無言雙淚斜。

這是孔平仲接受總角之交送行之後，思念友人的詩，雖然不知其人是誰，但他和孔平仲一樣惦記著童年的交誼，並在孔平仲離開時設宴相送，這份友情讓孔平仲深受感動，對他的思念，藉由無言垂淚已展露無遺。

第四是表達對對方的讚美或勉勵，〈贈王吉甫〉：

項王戰敗恥歸東，仗劍南游寂寞中吉甫去秋失鄉舉後游學於外。雨雪蕭條千里暗，乾坤浩蕩一身窮。文章未屬清時用，議論徒多烈士風。四海望霖龍折角，爲君悲絕訴蒼穹。生計簞瓢少鬱陶，談經千古見秋毫。神驅筆下鋒鋩俊，天縱胸中氣象豪。事業今朝心孔孟，功名他日踵蕭曹。行行努力牽牛餌，北海波中釣巨鼇。

王吉甫也是孔平仲眾多友人中生平不詳的一位，但從自注可知作此詩的前一年，王吉甫剛剛考場失利，身爲好友的孔平仲，除了爲他悲嘆，也肯定他的學問和文筆，鼓勵他捲土重來。關懷之情，溢於言表。

第五是自抒胸懷與抱負，〈呈陸農師〉其四：

用舍隨時未是窮，躬耕何必返耕農。辰惟去速須行樂，木爲非材尚見容。口誦雅言披墜簡，閒聞新語繼華宗。小棠幽鳥依蕃府，付與花洲作附庸。

此詩作於孔平仲提點京西南路刑獄時，這段期間他和京西南路安撫使陸佃兩人往來頻繁，也因爲對陸佃的推崇，除了作詩傳達敬意，年近五十的孔平仲也將自己一直以來所抱持吏隱的想法，藉由「用舍隨時未是窮，躬耕何必返耕農」吐露給好友知道。

5、詠史

唐呂延濟在《文選・六臣注》中爲詠史詩下了定義：「覽史書、詠其行事得失，或自寄情。」孔平仲詩作扣除登山臨水、發弔古之思而作的懷古詩，以歷史人物爲主體的詠史詩，僅存絕句六首、古詩五首，數量雖不起眼，但別具一格，那就是不會爲寫詩而僞托古人或僞造故事。現存的絕句全都以一人一事爲對象，有據事直書者，如〈平津侯〉：

待士聲名畫餅虛，天資多忌與人疏。未聞東閣升賢者，已見膠西置仲舒。

《史記・平津侯主父列傳》說公孫弘「爲人意忌，外寬內深。諸嘗與弘有卻者，雖詳與善，陰報其禍」。中大夫董仲舒爲人正直，卻因看出公孫弘阿諛奉承，招致公孫弘的嫉恨，將他推薦給膠西王劉端當國相。希望借經常犯法又愛殺害官吏的劉端之手，替自己除去董仲舒。孔平仲透過如《春秋》史筆的四句詩，就把公孫弘卑劣的個性呈現在世人眼前。

也有批判行事得失者，如〈屈平〉：

進居卿相謀何拙，退臥林泉道未降。堪笑先生不知命，褊心一斥便沈江。

屈平「正道直行」，「信而見疑，忠而被謗」，自投水而死，有人認爲他「雖與日月爭光可也」（《史記・屈原賈生列傳》）也有人不以爲然，孔平仲就是其中之一。孔子有言：「邦有道，則仕；邦無道，則可卷而懷之。」（《論語・衛靈公》）用捨行藏是儒家的出處態度，況且宋代士大夫普遍認同通達時投身治國平天下的遠大志向中；受挫時避開世俗紛擾修身養性，因此孔平仲以「進居卿相謀何拙，退臥林泉道未降」否定屈平投江之舉。

孔平仲詠史中最出色的作品是古詩，〈紫髯將軍〉：

華容女子哭幽囚，吉利如虎入荊州，縛其孤雛歛貔貅。
長驅水步八十萬，欲獵于吳吳主憂。羣臣勸迎同一說，
拔刀斫案心膽裂。揆彼之量豈我容，開門納狼計何拙。
魯家狂兒策最長，倡而和者有周郎。區區黃蓋乃乞降，
龍幡遮火燒赤壁。東南風急天絳色，江中戰舸岸上營。
煙焰飛騰半焚溺，雷鼓大進聲滿川，輕鋭迫逐皆崩奔。
紫髯將軍更歡喜，曹公坐翅不得騫。子布元表何齪齪，
成敗之決在一言。君不見甘露寶鼎間，典午受禪吳猶存。
青蓋入洛雖可惜，猶勝俛首臣老賊。

紫髯將軍寫孫權年少時的英勇事蹟〔註 13〕。開頭三句描寫曹操軍隊大舉攻向

〔註 13〕《三國志》卷四十七《吳志・吳主傳》引《獻帝春秋》：「張遼問吳降人：『向有紫髯將軍，長上短下，便馬善射，是誰？』降人答曰：『是孫會稽。』」

荊州的凶狠行徑，接著勢力湧向南方的吳國，這時吳國朝堂上主戰、主和呶呶不休，孫權拔刀斫案拒絕開門納狼，此舉扭轉了吳國的命運，於是在魯肅、周瑜策劃下，黃蓋詐降火燒赤壁，曹軍狼狽敗走，天下三分的局面從此底定。孔平仲以爲三軍用命固然重要，成敗關鍵還是在孫權驚天一怒，此舉也讓吳得以享有比魏、蜀更長的國祚。雖然這段三國舊事世人早已耳熟能詳，但透過孔平仲以詩記史的生動鋪陳，孫權果決明斷的形象躍然紙上，連曹操都不免要慨嘆「生子當如孫仲謀」了。

6、圍棋詩

下棋又稱「坐隱」或「手談」〔註 14〕，和琴、書、畫並列爲古代文人的四藝，孔平仲自幼嗜好此道且棋藝精湛，無論是看人枰上爭鋒、或者親自對局落子，都是他詩中經常涉及的話題。《清江三孔集》所錄談論圍棋的詩就有〈子明棊戰兩敗輸張寓墨并蒙見許夏間出篋中所藏以相示詩索所負且堅元約〉、〈戲張子厚〉、〈鄱陽觀棊〉、〈一勝篇〉、〈再勝篇〉、〈嘲承君〉、〈承君棊輸包子詩以促之〉、〈承君輸十三篇〉、〈走筆呈承君〉、〈戲承君〉、〈承君輸棊八路〉、〈與董承君棊輒勝四籌作藥名五言詩奉戲〉……等，不僅數量超越同時代文人，也是他個人特有的創作取向。〈子明棊戰兩敗輸張寓墨并蒙見許夏間出篋中所藏以相示詩索所負且堅元約〉：

> 平生性好墨，以此爲晝夜。陳玄爾何爲，能使我心化。四方購殊品，十倍酬善價。江南號第一，易水乃其亞。古錦綴爲囊，香羅裁作帕。精粗校白黑，情僞攷眞詐。欣然趣自得，其樂勝書畫。英英清河公，風格繼王謝。語舊則鄉邦，論親乃姻婭。前時偶休澣，亟之城南舍。所嗜與我同，奇蓄乃自詑。奕秋約籌局，張寓賭龍麝。貪多而務得，廉遜或不暇。鈆刀試一割，駑足効十駕。決勝有如兵，必爭還似射。黑雲半離披，玉馬恣蹂藉。初鳴已驚人，再鼓遂定霸。物情矜俊捷，天幸蒙假借。功成不自高，垂首甘褻罵子明每棊敗語則褻。但當償所負，然諾重嵩華。彎弓既有獲，豈不願鴞炙。滌硯竢見臨，倒屣出相迓。陵尊且犯貴，此罪在不赦。更許觀篋中，前期指朱夏。

姜明翰在其《中國古代圍棋藝文研究》評論此詩：

> 此詩與前首文同〈子平棊負茶墨小章督之〉意趣相近，手法雷同。詩題所謂「張遇墨」，乃五代張遇所製，又稱「畫眉墨」，爲墨中珍

〔註 14〕《世說新語・巧藝》：「王中郎以圍棋爲坐隱，支公以圍棋爲手談。」

品。孔平仲好收藏名墨，與同鄉姻親子明奕棋賭贏之，子明雖爽快答應，卻遲未履行承諾，遂作詩討索。詩的開頭作者以夸張之筆，極力渲染自己對墨如何情有獨鍾，其樂甚於詩書。「貪多而務得，廉遜或不暇」，接著再將子明不甚高明的棋藝戲謔一番；「鈆刀試一割，駑足効十駕。决勝有如兵，必爭還似射。黑雲半離披，玉馬恣蹂藉。初鳴已驚人，再鼓遂定霸」明明對自己的表現甚爲得意，卻故作謙虛狀，最後才客氣又堅定地表明索墨之意。作者幽默感十足，使全詩洋溢著輕鬆俏皮的喜劇氣氛，讀之令人發噱〔註 15〕。

另一首雜體詩，〈與董承君棊輒勝四籌作藥名五言詩奉戲〉更是存心戲謔之作，留待下節再來討論。

不過玩笑之餘，他也有受人青睞的好詩。〈鄱陽觀棊〉：

繫馬鄱陽岸，湍波怒奔霆。却坐南軒上，曠若耳目清。兩翁方圍棊，玉石相分爭。初味若恬淡，鋒交漸縱横。攻南意窺北，翻復乃人情。計慮臨危出，或從死中生。勇者喜見色，怯者噤無聲。誰云一枰小，關智亦已精。昔有爛柯者，棄俗游崢嶸。彼實方外人，歲月固可輕。我今則異此，从爲世網嬰。一官猶坎軻，三徑尚未耕。妻子寄異縣，飄飄望東京。寸晷尤可惜，客子當念程。飲水上馬去，兩翁任輸贏。

這首詩一開始就以鄱陽岸邊怒濤洶湧的景象，襯托南軒令人心曠神怡的清幽。但是隨著兩翁對弈，一場無聲的爭戰悄悄在在小小的棋枰上展開，透過旁觀者的表情變化，雙方縱横交鋒、竭盡思慮的實況，一一浮現眼前。接著以《述異記》王質陶醉於觀棋卒至爛柯的故事〔註 16〕，對比自己爲仕途牽絆奔波勞碌，連多逗留片刻看完一盤棋都不能如願的無奈。

（二）雜體詩

雜體詩的含意各時代認知不同，以早期的雜體詩代表作江淹〈雜體詩三十首〉爲例，這裡的「體」蓋指作品的風格；和後人所熟知的體裁形式，大相逕庭。而雜體詩的體裁也是隨時代演進而增加。《文心雕龍・明詩》：「至於三六雜言，則自出篇什；離合之發，則明於圖讖；回文所興，則道原爲始；

〔註 15〕世新大學中文研究所 2014 年博士論文，頁 284～285。

〔註 16〕《述異記》卷上：「信安郡石室山。晉時王質伐木至，見童子數人，棋而歌，質因聽之。童子以一物與質，如棗核。質含之，不覺飢。俄頃，童子謂曰：『何不去？』質視，柯盡爛。既而歸去，已無復時人。」

聯句共韻，則栢梁餘製。巨細或殊，情理同致，總歸詩囿，故不繁云。」可見劉勰當時所能看到的雜體詩，不過是雜言、離合、回文、聯句這幾個類型而已；但經過唐代權德輿、皮日休、陸龜蒙等詩壇大家的投入，雜體詩的品類漸多，形式也千變萬化。

孔平仲之所以能在雜體詩這個領域留名，又和他樂此不疲有關。從本文前三章不難發現孔平仲投入雜體詩創作的時間相當的早，現存作品可以上溯到他剛踏進仕途，到洪州擔任分寧主簿那幾年；一直到他因失米案身陷囹圄以前，每一個階段他都不斷從事創作。

由於孔平仲偏好寫作雜體詩並且以此爲樂，所以他也勇於嘗試各種不同的體裁形式，南宋呂祖謙歸納當時所見的雜體詩計有：星名、人名、郡名、藥名、建除、八音、四聲、藏頭、藥名離合四時、回紋、一字至十字、兩頭纖纖、了語不了語、難易言、聯句、集句等〔註 17〕，孔平仲除了沒留下難易言、聯句這二類作品，其餘皆有詩傳世。今就其中對後世雜體詩發展產生影響的類型說明如下：

1、集句詩

集句詩顧名思義就是將前人詩文中現成的句子連綴成篇，巧妙組合成一首全新的作品，不僅平仄押韻要符合格律，而且要有完整的內容。集句詩的起源，一般認爲始於晉代詩人傅咸以儒家經典爲集句對象所作的〈七經詩〉〔註 18〕，到了北宋的石曼卿與胡歸仁，開始有意識拿來創作，不過仍限於娛樂遊戲而已。後經由王安石醉心創作，不但各種詩體幾備，更將內容進一步從遊戲之餘事導向抒情言志，這一類型的詩才有了突破性的進展。

孔平仲現存的集句詩共計三十八首，包括：〈方逢原借示方干先生詩以集句詩贈之〉（五首）、〈寄孫元忠俱集杜句〉（三十一）、〈集文選句贈別〉和〈文選集句寄慎思交代學士慎思遊岳老夫守舍敘述遊舊慎問交承與夫舍舟登陸之

〔註 17〕《宋文鑑》卷二九〈詩雜體〉：「星名、人名、郡名、藥名、建除、八音、四聲、藏頭、藥名離合四時、回紋、一字至十字、兩頭纖纖、了語不了語、難易言、聯句、集句。」其中「了語」收錄孔平仲詩一首，云：「公餗欲成忽覆鼎，銀絣汲絕還沉井。乳虎咆哮落深井，青劍一揮斷人頸。」「不了語」亦收錄孔平仲詩一首，云：「無言以手尋珮環，寒暑迭運彫朱顏。八駿踏地幾時徧，六龍駕日何年閒。」今各本《清江三孔集》皆未收。

〔註 18〕明謝榛《四溟詩話》（北京：人民文學出版社，1998 年）：「晉傅咸集七經語爲詩……後之集句肇於此。」頁 14。

策俱在此矣〉。就數量來說不及王安石的六十八首，但王安石的集句詩中仍不乏調笑戲謔之作；孔平仲的集句詩全部運用在與朋友的贈答上。其次，在宋人崇杜、學杜風氣盛行下，王安石的集句詩已經大量使用杜甫詩，備受孔平仲推崇的黃庭堅寫作集句詩時使用杜詩的情形也屢見不鮮，但一首詩從頭到尾完全由杜詩組合則始於孔平仲。特別是他的〈寄孫元忠〉三十一首，詩題下注云：「俱集杜句」，但觀其內容無一不是他知衡州時的心情寫照及針對和孫諤的情誼而發，沒有任何杜甫的影子，其藝術成就本文上編第三章第二節已有說明，不再贅述。來看他的〈集文選句贈別〉：

離別在須臾（李少卿〈李少卿與蘇武〉）
置酒宴所歡（陸士衡〈擬青青陵上柏詩〉）
借問此何時（張景陽〈雜詩〉之八）
萋萋春草繁（謝靈運〈石門新營所住四面高山回溪石瀨茂林修竹〉）
江蘺生幽渚（陸士衡〈塘上行〉）
山櫻發欲然（沈休文〈早發定山〉）
游絲映空轉（沈休文〈三月三日率爾成章〉）
紅藥當堦翻（謝玄暉〈直中書省〉）
飛鳥繞樹翔（曹子建〈雜詩·西北有織婦〉）
哀猿響南巒（謝靈運〈登臨嶠〉）
相與數子游（劉越石〈重贈盧諶〉）
行邁越長川（陸士龍〈答張士然〉）
相去日已遠（枚乘〈行行重行行〉）
光景不可攀（曹子建〈同友人舟行〉）
舉目增永慕（盧子諒〈贈崔溫〉）
敘意於濡翰（劉公幹〈贈五官中郎將四首〉之三）

這首詩共使用了十二位詩人的作品，組合成古詩做爲贈別之用，首句及點明設宴不是爲了歡聚而是送別；接著以一連串暮春景色，說明分手的時間；之後筆觸一轉，眼前飛鳥繞樹翱翔，耳際響起猿猴哀鳴，更添離情依依的氣氛；但終究還是得踏上征途；即使百般不捨，也只能化爲文字借魚雁傳書送給對方。詩中有抒情、有寫景，完全看不出來自風格各異的作者之手，是孔平仲過人之處。

2、藥名詩與藥名離合

孔平仲的雜體詩中，數量最多的首推雜名詩，也就是將某一名詞如藥名、郡名、星名、卦名……等〔註19〕，羅列鑲嵌於詩歌中作爲創作主體寫成的詩。而在這一系列雜名詩當中，又以藥名詩成就最爲顯著，因此單獨加以探討。

藥名詩顧名思義就是以中草藥名稱爲主體的詩歌，不過這裡所要探討的不是描寫中草藥形態、色澤、氣味、療效，或從欣賞角度吟詠某一味中草藥之作，如梁劉孝勝〈吟益智詩〉〔註20〕者流；而是像梁簡文帝蕭綱〈藥名詩〉：

> 朝風動春草，落日照橫塘。重台蕩子妾，黃昏獨自傷。燭映合歡被，帷飄蘇合香。石墨聊書賦，鉛華試作妝。徒令惜萱草，蔓延滿空房。

將春草、橫塘、重臺、獨自、合歡、蘇合香、石墨、鉛華、萱草、蔓延這十味中藥分別放進各句詩中，這一類的詩。

隨著中醫藥學的發展，藥名詞彙的豐富多彩以及醫藥與文人生活的密切關係，爲藥名詩的創作掀起的一個高潮，共有 18 位詩人創作了 64 首藥名詩，其中僅孔平仲一人就有藥名詩 20 餘首，是宋代現存藥名詩最多的一位詩人〔註21〕。

但是孔平仲的藥名詩的成就，並不在量多而已，更重要的是質的提升。包括擴大詩歌主題，將寫景、抒情、思鄉、懷人、宴集、送別、贈答、唱和甚至下棋等各種詩歌內容納入創作範圍，以及嘗試各種體裁與格式，用本字更不假借……等（詳下文）。

前段提到唐代以前詩人創作藥名詩通常都是把藥名直接嵌入每一句詩中，直到中晚唐，詩人爲了求新求變才又加入離合的創作手法，將前一句的最後一個字和下一句的第一個字連起來，湊成一個藥名。如張籍〈答鄱陽客藥名詩〉：

> 江皐歲暮相逢地，黃葉霜前半夏枝。子夜吟詩向松桂，心中萬事喜君知。
> （《張司業集》卷七）

〔註19〕張師清徽〈詩體中所見的俳優格例證〉：「雜名體有以星宿名者，有以郡縣名者，有以宮殿名者，其餘有屋名、車名、船名、藥名、歌曲名、草名、樹名、鳥名、獸名、針穴名、龜兆名、卦名等等。」收錄在《清徽學術論文集》（台北：華正書局，1993），頁 605。

〔註20〕劉孝勝〈吟益智詩〉：「挺芳銅岭上，擢穎石門端。連從去本葉，雜和委雕盤。寧推不迷草，拒減聰明丸。倘逢公子宴，方厭永夜飲。」

〔註21〕見蔣月霞撰〈宋代詩人孔平仲雜體詩的風貌特徵〉，頁 72。刊登在《鹽城師範學院學報》，2015 年 2 月，2015 年第 1 期，頁 70～74。

但這首詩畢竟是藥名詩草創時期所作，整體表現還很粗糙，雖然詩中「半夏」不再具有中藥原意，而是仲夏的意思；並且運用離合手法將「地黃」、「桂心」二味藥分別置於首句之末、次句首字，三句最後一字，和末句第一字，以求變化；但是另外二味藥「梔子」和「使君子」則是以諧音「枝子」、「喜君知」的方式呈現，如不留神很難發覺箇中奧妙。一見即知是文字遊戲，意境也不高。唐代寫作藥名詩的還有盧受采、權德輿、皮日休、陸龜蒙等人〔註 22〕，但多基於求新好奇，偶一爲之，眞正作得多、有專集見諸著錄、且留下藥名詩創作理論的，則是宋人〔註 23〕。

孔平仲卻在唐人的基礎上，借鑑了回文詩頭尾循環往復的特性，將離合手法擴充至整首詩，讓末句的最後一個字，與首句的第一個字巧妙進行離合，成爲要更費心「搜索牽合」的新形態藥名詩。如〈藥名離合四時四首〉：

草滿南園綠，青青復間紅。花開不擇地，錦繡徑相通。

漿寒飲一石，蜜液和巖桂。心渴望天南，星河燦垂地。

參旗挂疎木，通夕涼如水。銀漢耿半天，河橋暝煙紫。

雪片擁頹垣，衣裘冷於甲。香醪不滿榼，藤枕欹殘臘。

即是運用離合的形式，結合綠青、紅花、地錦、通草、石蜜、桂心、南天星、地漿、木通、水銀、半天河、紫蔘、垣衣、甲香、榼藤、臘雪多種藥名來寫四季風物。把春日花開、夏夜星燦、秋夕涼爽、嚴冬酷寒的變化，用簡短的字句呈現在讀者眼前。

3、四聲詩

四聲是根據漢字發聲的高低、長短而定的。音樂中按宮、商、角、徵、羽組合變化，就可以演奏出各種優美的樂曲；而詩歌則可以根據字詞聲調的組合變化，使聲調按照一定的規則排列起來，以達到鏗鏘、和諧，富有音樂美的效果〔註 24〕。發現四聲並將其運用到詩歌創作中，使之成爲一種人爲規定的聲韻，當推沈約、謝朓、王融……等人。《南齊書・陸厥傳》：

永明末，盛爲文章。吳興沈約、陳郡謝朓、琅邪王融以氣類相推轂。汝南周顒善識聲韻。約等文皆用宮商，以平上去入爲四聲，以此制

〔註 22〕王群《野客叢書》卷一七〈藥名詩〉：「至唐而是體盛行，如盧受采、權、張、皮、陸之徒多有之。」

〔註 23〕見祝尚書撰〈漫話宋人藥名詩〉，刊登在《中國典籍與文化》，第 37 期，2001 年 2 月，頁 122～127。

〔註 24〕見袁行霈《中國文學史上冊》第六章〈永明體與齊梁詩壇〉，頁 474。

韻，不可增減，世呼爲「永明體」。

這就是「永明體」產生的過程。與此同時，沈約等人將四聲的區辨同傳統的詩賦音韻知識相結合，研究詩中聲、韻、調的配合，對後代詩歌發展有極大的影響。尤其是杜甫，他自云「晚節漸於聲律細」，更常通過平仄的精心安排來表現聲象。杜詩中有七平句和七仄句，之後陸龜蒙作〈夏日詩〉四十字皆平；北宋梅聖俞〈酌酒與婦飲〉全篇皆仄聲〔註25〕。

孔平仲有兩組四聲詩：〈平上去入四首寄豫章舊同官〉和〈還鄉展省道中作四聲詩寄豫章舊寮友〉，創作背景及分析已見上編第貳章〈仕宦考上〉之〈出任洪州分寧主簿〉，不再贅述，但說其聲音組成。〈還鄉展省道中作四聲詩寄豫章舊寮友〉較爲單純，每句詩用同一種聲調的字書寫，四首正好按四聲的順序，分別使用平聲字、上聲字、去聲字及入聲字。〈平上去入四首寄豫章舊同官〉每首詩使用兩種聲調，單數句俱用平聲，偶數句才依次使用平聲字、上聲字、去聲字及入聲字，所以第一首形成俱平聲，之後分別是一平一上、一平一去、一平一入。比前者更有變化。

4、八音詩

所謂八音就是指金、石、土、革、絲、木、匏、竹八種統樂器的材料，將八音依次冠於每句或每聯之首寫下的詩就稱爲「八音詩」。現存最早的八音詩爲南朝陳沈炯的〈八音詩〉，但藝術成就不高。唐代的權德輿、宋代的黃庭堅等人也都寫過，但形式上多爲五古〔註26〕。《詩戲》一共收錄孔平仲八音詩十七首，其中五言十首，七言七首，不僅是目前所知創作八音詩最多的詩人，也是以七言創作八音詩的開創者。

孔平仲的八音詩不露推砌，而且蘊含眞摯的情感，〈八音詩呈諸公〉：

金罍美酒斗十千，石榴花開牕户前。絲棼萬事何足言，竹溪六逸方醉眠。

匏瓜繫焉雖不从，土風堪美人皆賢。革易睽散心惘然，木在高山魚逐泉。

這首作於孔平仲即將結束短暫任職江淮提點坑冶鑄錢，改赴京西南路提刑之際（說詳上編第叁章〈仕宦考下〉之〈提點江淮荊浙鑄錢〉）。因此詩以美酒、美景開頭，接著說起在此不受世事紛擾的愜意生活，奈何轉調就在眼前，即使不捨此地風土人情，也只能接受分離的事實，並祝福大家如木在高山、魚逐清泉，人人皆能自得其所。

〔註25〕嚴羽《滄浪詩話・詩體》，頁73。

〔註26〕見〈宋代詩人孔平仲雜體詩風貌特徵〉，頁73。

5、建除詩

《淮南子・天文訓》:「寅爲建,卯爲除,辰爲滿,巳爲平,主生;午爲定,未爲執,主陷;申爲破,主衡;酉爲危,主杓;戌爲成,主少德;亥爲收,主大德;子爲開,主太歲;丑爲閉,主太陰。」古代術數家於是以「建除十二辰」爲根據,用它來占測人事的吉凶禍福。

所謂建除詩就是將建除十二辰依序冠於每句或聯之首所寫的詩。現存最早的建除詩出自南朝宋鮑照,之後的擬作均爲五古,而且都是在每聯首字冠上建除十二辰。孔平仲《詩戲》中雖然僅收建除詩一首,卻做了變革,不僅率先使用七古的形式,而且將每聯首字冠上建除十二辰改爲每句,大大增加寫作難度。

孔平仲這首建除詩,有名爲〈建茶〉,也有稱之〈建茶一杯〉:

> 建茶一杯午睡起,除渴蠲煩無此比。滿庭葉暗啼野鶯,平地雨足生春水。
>
> 定心寧息守丹竈,執固養和歸赤子。破須速補勉旃修,危可求安灼然理。
>
> 成事何論軒冕貴,收身早占雲泉美。開門納盜誤人多,閉關掃軌從今始。

詩從午睡醒來飲一杯茶眺望庭院景色寫起,靜謐的午後讓他領悟到立身處世的道理,追求富貴功名,不如早占雲泉、明哲保身。是《詩戲》中較少出現的嚴肅主題。

三、詩歌特色與平議

(一)正體詩

就如本文前三章所說,相較於今日所見,孔平仲的詩確實佚失不少,但《清江三孔集》仍保存《詩戲》以外約五百餘首作品〔註 27〕。詩的題材走向上節已有分析,接著來看詩的形式。

孔平仲的古詩,五言、七言、雜言皆有,又以五古最多;至於手法他偏好用古文筆法入詩,也就是常將散文寫進詩歌裡。其實這種寫作模式很早就被運用在李、杜的作品中,像李白〈蜀道難〉「蜀道之難難於上青天」、杜甫〈丹青引〉「將軍魏武之子孫,於今爲庶爲清門」都是不折不扣的散文句式。入宋以後,歐陽修更是大量應用於詩歌創作上,他作〈書懷感事寄梅聖俞〉詩〔註 28〕,其中描寫宴遊一段,文字平直周詳,就是他借鑑散文的敘事手法,

---

〔註 27〕李春梅〈臨江三孔研究〉:「計古詩一八一首,今體詩三七六首。」頁 22。

〔註 28〕《文忠集外集》卷五二〈書懷感事寄梅聖俞〉:「相別始一歲,幽憂有百端。

所獲得的成果。受到時代風氣的影響，孔平仲詩，尤其是他的古體詩，也表現出喜用古文筆法的特色。以他的〈小庵詩〉爲例，詩云：

> 甃石爲道，旁植冬青不死之靈草；跨水爲橋，上有百年老木之清陰。小庵又在北墻北，花竹重重深更深。公餘竟日無一事，卜此佳趣聊棲心。明月爲我遲遲不肯去，清風爲我淅淅生好音。闃然宴坐如澗谷，樂以眞樂非絲金。君看此庵亦何有，架竹編茅容側肘。人生自足乃有餘，不羨簷牙切星斗。朝攜一筇杖，暮炷一爐香。悠然每獨笑，物我兩皆忘。

在這首詩的開頭，孔平仲透過長短懸殊的句子，用隔句對仗的方式，將小庵周圍的環境作了一番敘述。如果單獨擷取前四句來看，其實和柳宗元〈永州八記〉一類寫景短文相差不大；當中「明月爲我遲遲不肯去，清風爲我淅淅生好音」二長句用的也是古文的敘事章法。但結合五、七言詩句之後，就成了一首條理分明、兼具寫景與說理的古詩，長短不一之散句，更發揮錯落有致的效果，將孔平仲愉悅自得的心情描寫得淋漓盡致。

不只長篇如此，小詩也很動人，〈車班班〉：

> 車班班，入函關。馬蕭蕭，渡渭橋。關下游人不相識，橋邊美酒留行客。海闊天高雲滿空，風吹日暮還南北。

前四句運用三字句營造出車馬熙來攘往的匆忙，後四句以和緩的七言寫行旅

乃知一世中，少樂多悲患。每憶少年日，未知人事艱。顛狂無所閡，落魄去羈牽。三月入洛陽，春深花未殘。龍門翠鬱鬱，伊水清潺潺。逢君伊水畔，一見已開顏。不暇謁大尹，相攜步香山。自茲愜所適，便若投山猿。幕府足文士，相公方好賢。希深好風骨，迥出風塵間。師魯心磊落，高談義與軒。子漸口若訥，誦書坐千言。彥國善飲酒，百盞顏未丹。幾道事閒遠，風流如謝安。子聰作參軍，常跨破虎韉。子野乃禿翁，戲弄時脫冠。次公才曠奇，王霸馳筆端。聖俞善吟哦，共嘲爲閬仙。惟予號達老，醉必如張顛。洛陽古郡邑，萬户美風煙。荒涼見宮闕，表裡壯河山。相將日無事，上馬若鴻翩。出門盡垂柳，信步即名園，嫩籜筠粉暗，淥池萍錦翻。殘花落酒面，飛絮拂歸鞍。尋盡水與竹，忽去嵩峰巔。青蒼緣萬仞，杳靄望三川。花草窺澗竇，崎嶇尋石泉。君吟倚樹立，我醉欹雲眠。子聰疑日近，謂若手可攀。共題三醉石，留在八仙壇。水雲心已倦，歸坐正杯盤。飛瓊始十八，妖妙猶雙環。寒篁暖鳳觜，銀甲調雁弦。自製白雲曲，始送黃金船。珠簾卷明月，夜氣如春煙。燈花弄粉色，酒紅生臉蓮。東堂榴花好，點綴裙腰鮮。插花雲髻上，展簟綠陰前。樂事不可極，酣歌變爲嘆。詔書走東下，丞相忽南遷。送之伊水頭，相顧淚潸潸。臘月相公去，君隨赴春官。送君白馬寺，獨入東上門。故府誰同在，新年獨未還。當時作此語，聞者已依然。」

途中即使沒有舊識，仍可偷閒飲美酒，再瀟灑繼續趕路。跌宕錯落的句式安排，讓全詩古樸又不失活潑。

至於近體，孔平仲也留下許多膾炙人口的佳作，〈禾熟〉三首：

百里西風禾黍香，鳴泉落竇穀登場。老牛粗了耕耘債，齧草坡頭臥夕陽。

豐年氣象慰人心，鳥雀啾嘲亦好音。玉食兒郎豈知此，田家粒粒是黃金。

雨足川原還驟晴，天心斷送此秋成。穀收顆顆皆堅好，想見新炊照盌明。

孔平仲透過這三首絕句寫秋收後的農家生活。在米穀登場、禾黍飄香之際，插入耕牛安閑躺臥在夕陽下吃草的景象，意味著辛苦終年的農夫也該好好休息了。也呼籲在這個難得的豐年，鳥雀都爲之歡喜，大家應該更體諒農夫的辛勤，愛惜碗裡的糧食。其中第一首詩曾被收入清初畫家惲格《甌香館集》，只是「鳴泉落竇穀登場」被改成「寒溝水落穀登場」，錢鍾書已經提出誤植的看法〔註 29〕，這裡就不再重複了。

孔平仲的律詩對仗不刻意求工，卻散發自然的美感。〈哦亭〉：

點點花芽撥草根，深春終日在東園。烟筠冉冉陰相亂，燕雀啾啾語自繁。

倚伏萬端寧有定，是非一致亦何言。誰能伴我哦亭上，爛漫同斟濁酒樽。

哦亭在密州，詳細位置雖不可考，卻是孔平仲十分喜愛的景點，他在密州時曾多次到此〔註 30〕。暮春時節他再次前來，面對花芽點點、烟筠冉冉、燕雀啾啾的美好景致，是非禍福全暫拋腦後，只想尋一二知己同斟濁酒共享這稍縱即逝的爛漫春光。「倚伏萬端寧有定，是非一致亦何言」一聯儘管帶有宋人偏好的說理成份，但並不突兀，反而在平靜恬淡的氣氛中增添幾許超然。

當然孔平仲的詩也不是毫無缺點，以散文的手法入詩，讓學識豐富的孔平仲在詩歌領域樹立自己的風格，但也因此受到一些負面的批評，清人翁方綱就說：

清江三孔，蓋皆學內充而才外肆者，然不能化其粗。正恐學爲此種，其弊必流於眞率一路也。言詩於宋，可不擇諸！（《石州詩話》卷三）〔註 31〕

〔註 29〕氏注《宋詩選註》：「清初畫家惲格《甌香館集》卷十『村樂圖』跟這首只有三個字不同，『鳴泉落竇』作『寒溝水落』；大約是惲格借這首詩來題畫，後人因此誤編入他的詩集裡。」（台北：木鐸出版社，1987），頁 98。

〔註 30〕〈又寄夢錫〉云：「哦亭足清風，林木助蕭瑟。」又〈太守視新堂〉云：「宴我登哦亭，推我居席首。」

〔註 31〕收錄在《清詩話續編》（台北：藝文印書館，1985）冊二，頁 1421。

一個「粗」字就道出孔平仲喜用古文筆法，相對容易造成直截刻露。而孔平仲部分作品的確是有「流於眞率」的缺點，較明顯的例子如〈送張天覺〉云：「車上不湏僂，途窮不湏泣，萬事儵忽如疾風，莫以乘車輕戴笠。愛君清，如玉立；愛君直，朱弦急。膽肝磊落貯星斗，意氣軒騰脫羈縶……」詩中孔平仲對同年張商英因舒亶上奏指他「干請」，而在元豐三年九月被落館閣校勘、監江陵府江陵縣稅一事〔註 32〕，深感遺憾，於是作此詩相送。這首古詩雖然也是運用句式變化來表達孔平仲的情緒起伏，但文字不夠含蓄，就如同翁方綱所說很難避免「其弊必流於眞率」了。

爲此，孔平仲也在字斟句琢、推敲錘鍊下了不少苦工，他自己也多次提到「我獨甘幽靜，青燈照苦吟」(〈正月十四夜〉)，「苦吟未盡愁侵曉，北向時時看斗柄」(〈冬夕玩月〉)，只不過正如王安石所說「看似尋常最奇崛，成如容易卻艱辛」(〈題張司業詩〉)。況且世上本無完美的作品，倒是近人聶言之點校豫章本《清江三孔集》後說：「《清江三孔集》遠非三孔詩文的『全豹』，但讀者仍可從中窺見他們在元祐文壇叱吒風雲的神采。三兄弟中，平仲文名最著，史稱他『工文詞，故詩尤夭矯流麗』，風格豪放，接近蘇軾。不少優異詩篇，如〈霽夜〉、〈禾熟〉、〈寄內〉、〈代小子廣孫寄翁翁〉、〈登賀園高亭〉、〈和經父寄張績〉等，每被各種宋詩選本推重，即使置於歷代詩選本亦不遜色。〔註 33〕」算是給了孔平仲詩較公允的評價。

（二）雜體詩

把創作雜體詩當成展現個人才、學、識的孔平仲，他的作品雖名《詩戲》，可是他的寫作態度卻是認眞、全力以赴的，因此造就他成爲是宋代雜體詩創作的佼佼者，更是整個雜體詩發展過程中極具代表性的人物。他對雜體詩的影響可由以下兩方面來看：

一是雜體詩形式的新變。首先是集句詩的取材，以創作的源頭而言，宋代的集句詩大約可分爲兩種：一種是雜集數家而成；一種是專集單一詩人作品。宋人在崇杜、學杜風氣影響下，王安石就已大量集杜，但完整集杜詩創作則始於孔平仲。另外，將集句詩全部運用在與朋友的贈答上，雖然是王安石首開的先例〔註 34〕，但孔平仲又給予新變，他的〈方逢原借示方干先生詩

〔註 32〕詳《長編》卷三〇八及本文所附〈年譜〉。

〔註 33〕見豫章本《清江三孔集・點校說明》，頁 10。

〔註 34〕王偉〈唐宋藥名詩研究〉：「以集句詩贈答已見於王安石的筆下。」2010 年浙江大學碩士論文，頁 39。

以集句詩贈之〉，贈詩的對象還是引用詩原作者方干的後代，這樣的嘗試不僅讓人耳目一新，也是孔平仲個人的創舉。

其次是藥名嘗試各種體裁與格式。前人作藥名詩多選擇比較簡短的絕句和律詩。還爲了求新求變加入離合的創作手法，孔平仲作藥名詩也會運用離合手法，而且是末句的最後一個字，與首句的第一個字巧妙進行離合，形成類似回文詩的創新離合體。形式也不再局限於近體，還會用古詩和樂府歌行來寫作這類的作品。如前面所舉〈蕭器之小飲誦王舒公藥名詩因效其體〉及〈亶甫寄示廬山高藥名詩亦作一首奉酬不犯唱首兼用本字更不假借〉……等皆屬之。

其次是寫作藥名詩時強調用本字不用假借。宋初以前的藥名詩，很少去注意到正字、假借，工與不工的問題。但一般還是認爲若要求「工」，自然以不「假借」爲高。《苕溪漁隱叢話》引用《漫叟詩話》的看法，認爲「要當字則正用，意須假借」。並舉「側身直上天門東」和「風月前湖夜湖東」爲例，像「前湖」、「天門東」的「湖」、「東」二字，都是取藥名「前胡」、「天門冬」的諧音，而不是「本字」，所以這樣的作法稱不上「正用」，只是「假借」〔註 35〕。這點和孔平仲所見不謀而合，從他〈再作藥名詩一首寄亶父並用本字更不假借此諸名布在本草中雖或隱晦然以爲不當但取世俗之所知而遺其所不知亦君子之用心也至於搜索牽合亦可以發人意思而消磨光景請亶父同作〉來看，他作詩就是要「用本字更不假借」，而且所用的藥名還必須是「取世俗之所知而遺其所不知」。

不過道理人人會講，且看孔平仲本人的作品是否能通過自己設下的嚴苛限制，不妨看他另一篇作品〈亶甫寄示廬山高藥名詩亦作一首奉酬不犯唱首兼用本字更不假借〉：

> 噫戲廬山乎高哉！山連大江勢橫絕，虎卷龍拏起霜雪。五湖七澤瀉波來，百穿千孔呑吐成雲雷。其上自有飛瀑水，白如一疋練，半天河漢傾崔嵬。蒼蒼石壁揷空翠，漠漠雲華自開閉。水甘松香澗谷深，黃精枸杞生成林。地無虎狼毒草木，但聞仙童玉女語笑之清音。君不見當時匡續斷世故，結廬莽草無尋處。又不見淵明無心五斗米，石床醉卧呼不起。眞君種杏人獲生，遠公白蓮開玉英。松肪柏實皆可飽，何必皓露棲金莖。我欲攀崖採紫芝，道中逢仙一問之。接余

〔註 35〕胡仔《漁隱叢話前集》卷二七〈陳亞〉：「《漫叟詩話》云：嘗見近世作藥名詩或未工。要當字則正用，意須假借，如『日仄柏陰斜』是也。若『側身直上天門東』、『風月前湖夜湖東』，『湖』、『東』二字，即非正用。」

之手生虹蜺，崑崙大室相追隨。玄臺絳闕恣遠遊，旁通三島逮十洲。柯消石爛未肯休，千秋萬歲一瞑目，下視塵世如蝸牛。

這一首詩是孔平仲自己在預設「不犯唱首」、「用本字」、「不假借」種種限制下完成的作品，而且用的還是〈廬山高〉這個樂府舊題。李白有〈廬山謠寄盧侍御虛舟〉，宋初文壇祭酒歐陽修引爲平生代表作的〈廬山高贈同年劉中允歸南康〉〔註 36〕，也是以此調寫成。孔平仲這首詩以廬山爲主題，廬山位於長江南岸，東有鄱陽湖，相傳殷周之際有匡俗兄弟七人在此結廬居住，因此而得名。加上峭壁陡崖、奇峰秀嶺、飛泉瀑布、雲煙繚繞，自古即是人們嚮往的名山。孔平仲詩前半段寫景，將廬山雄、奇、險、秀的景致呈現出來，給人李白「霹靂轟天衢」(〈李太白〉) 般震撼。從「地無虎狼毒草木，但聞仙童玉女語笑之清音」，加入匡廬的傳說、及陶淵明絕意仕途、慧遠結白蓮社等歷史典故。自「我欲攀崖採紫芝，道中逢仙一問之」轉入想像的奇幻世界。前面提到孔平仲的詩有幾分李白天然俊逸的氣勢，此詩雖被冠上藥名，但論其表現手法和藝術成就，皆有太白餘韻。令人驚喜的是詩中雖使用多種藥名，但造語自然，不刻意尋覓，還無法輕易察覺。若以尋常詩視之，這首詩充分發揮歌行體句式不一的優勢，筆勢錯綜變化，跌宕起伏各盡其妙；將壯麗多變的實景，和飄渺虛幻的仙境，描繪得淋漓盡致，堪稱歷來以廬山爲題詩作中的佳篇。不過既然標榜是一首藥名詩，又爲了「用本字、不假借」，因此有部分中草藥如：山連、水白、雲華、玉女等，其實是使用朮、水萍、雲母、菟絲子的別名，違背了作者自己曾說「但取世俗之所知」的原則，所以若要講出這首詩的缺點，只能說白璧微瑕唯在不能杜絕隱晦而已。

最後是將多字藥名融入詩中。二個字的中草藥名顯然比三個字容易入詩，所以早期的藥名詩作者多半選擇二個字的中草藥名稱，而孔平仲卻愛挑戰使用三個字的藥名，如〈新作西庵將及春景戲成兩詩請李思中節推同賦〉第一首中「已逼白頭翁」，已經出現三個字的白頭翁；再賦六首第五首：

百草霜雪死，半天河漢斜。竹含輕紫粉，梅發淡紅花。蘸甲香醪釅，搔頭垢髮華。北亭歡宴罷，燈燭夜明沙。

〔註 36〕宋祝穆撰《古今事文類聚別集》卷五〈自矜其文〉引《石林燕語》云：「歐陽公之子棐曰，先公平生未嘗矜大所爲文。一日被酒，語棐曰：『吾詩〈廬山高〉今人莫能爲，惟李白能之。〈明妃曲後篇〉太白不能爲，惟杜子美能之。至於前篇，則子美亦不能爲。惟吾能之也。』」

更是一口氣用了百草霜、半天河、夜明沙三種三個字的中藥入詩。所以對孔平仲來說，幾乎沒有什麼內容不能用藥名詩來書寫；他的藥名詩作品當中有好些也不再只是「消磨光景」的文字遊戲，而是出神入化、不露痕跡、不特別留意觀察感覺不到藥名存在其中的好詩。

另一方面他對雜體詩內容的擴充，也是極有貢獻的。晚唐皮、陸唱和的藥名詩多半是抒情寫景。到了宋代開始被廣泛運用在寫景、抒情、思鄉、懷人、宴集、送別、贈答、唱和各種詩歌內容中。熱愛下棋的孔平仲則選擇用雜體詩記錄和朋友對奕的精采過程，〈與董承君棊輒勝四籌作藥名五言詩奉戲〉：

> 董子獷且狂，孔公孽（櫱）更毒。文楸石棊子，白及黑對局。預知子輕敵，鋭膽坐看覆。一時羅（蒔蘿）列徧，先與推大腹（即大腹子）。欻如飛廉驅，窘若防風戮。餘兵尚百合，續斷聊忽忽。猛虎仗爪牙，中塗佯躑躅（羊踟蹰）。嗟嗟草（一名曲節草）草甚，驅猪令（苓）迫逐。直前無（蕪）夷險，奮（蓽）拔下子速。而我頗從容（苁蓉），莽草先設伏。常山肆縱横，大戟挾長轂。威靈先（仙）震盪，巨勝倖破竹。蕭蕭馬鳴退，戰血餘川谷。百步（部）笑奔崩，獨活嗟窮蹙。萎（葳）蕤不復騁，銷蝕神采縮。作詩誚伊棊，我壯知（梔）子曲。

先不論詩中嵌進多少藥名，單從詩的內容看，一開頭他就道出二人的棋術其實是在伯仲之間，只因董承君過於輕敵，才會落入失敗的泥沼中。中段以兩軍交戰的激烈場面，比喻兩人棋盤過招的攻防對峙，誇張的手法，使人讀之不覺失笑。最後以血戰獨活、萎靡不振描繪對方倉皇敗退的窘態，更讓人見識到孔平仲的幽默詼諧。顯示孔平仲不僅愛作棋詩，結合藥名，更讓人見識到他對中藥的知識和下棋的功力一樣非比尋常。

第二節　孔平仲的文

一、文學主張

（一）以史為文，重視諷喻

北宋中期以後，由於長年對遼、夏用兵，以及冗兵、冗官、冗費帶來的財政危機，使得那些以國家興亡爲己任的士大夫產生憂患意識，試圖通過各種途徑來矯正時弊，有人主張透過變法富國強兵；也有人希望從歷史中尋求解決國家困境的妙方。在這樣的時代風潮下，造就了陳寅恪所說「中國史學，莫盛於宋〔註 37〕」的榮景。宋代史學家所編撰的史著占《四庫總目》著錄的史部書總數的四分之一，總卷數的三分之一〔註 38〕。不僅研究領域遍及政治、經濟、軍事、文化、民情風俗、社會生活……在史書體例和史學方法也都有所新變。孔平仲兄弟自幼飽讀經史百家著作，有經世致用之志，遠祖孔子作《春秋》又開了私人著史先例，家學淵源加上步入仕途後受到政壇前輩歐陽脩、司馬光資治、經世的史學思潮影響，史學思想逐漸成熟。

此外，孔平仲兄弟也看到了史學具有它的社會功能，那就是鑒戒作用。《詩經》就有「殷鑑不遠，夏后之世」（〈大雅・盪〉）的說法；司馬光編《通鑑》也是爲了要「敘國家之興衰，著民生之休戚，使觀者擇期善惡得失，以爲勸戒」。孔平仲兄弟因爲認同這一點，所以透過以詩記史的方式來反應社會現象，實踐「詩歌合爲事而作」的主張，並表達對時世的關懷；同樣的他們也贊成「文章合爲時而著」，重視文學的諷喻功能，讓他們的文學能夠經世致用：孔文仲的〈唐太宗論〉，孔武仲的〈上省部書〉、〈乞詔諸州縣極言新法利害〉奏議都是具有代表性的作品。

比較可惜的是宋集珍本《清江三孔集》雖收錄了孔平仲書紀傳後二卷，但原書保存狀況欠佳，文字模糊難辨，無法舉例說明。

不過孔平仲的〈說車〉以漢武帝造大車，將巡狩天下，經御史大夫兒寬挺身勸諫，終於覺醒毀車返匠的故事，就是要以古鑑今，勸說後世君王勿爲私利而勞民傷財。

而這樣具有諷喻色彩的故事，在《續世說》、《珩璜新論》、《談苑》中更是比比皆是，留待下編再進一步分析。

（二）文道並重，自然流暢

宋代文學基本上是沿著中唐以來的方向發展起來的。韓愈等人發動的古文運動在唐末五代一度衰頹之後，得到宋代作家的熱烈響應，他們更加緊密地把道統與文統結合起來，使宋代的古文眞正成爲具有很強的政治功能而又切於實用的文體〔註 39〕。

〔註 37〕見氏著〈鄧廣銘宋史職官志考證序〉，頁 245。收錄在《金明館叢稿二編》（上海：上海古籍出版社，1980 年）

〔註 38〕楊興良《北宋三孔史學思想初探》，頁 5。2004 年，廣西師範碩士論文。

〔註 39〕見袁行霈著《中國文學史下》（台北：五南圖書出版股份有限公司，2002），第五編〈緒論〉，頁 3。

在此之前，韓愈、柳宗元等人所提倡的古文，自內容而言，是主張明道載道，把文學導向政教之用；自形式而言，則是反對「駢四儷六，錦心繡口」(《柳河東集》卷一八〈乞巧文〉)的駢文，要以散文取而代之。韓、柳二人先後創作了八百多篇散文，舉凡政論、書啓、贈序、雜說、傳記、祭文、墓志、寓言、遊記乃至傳奇小說，應有盡有〔註 40〕。雖未必全做政教之用，卻也大大充實古文的內容。隨著韓愈及其同道相繼辭世，晚唐一度出現古文衰落、駢文復興的局面，原因就在韓門弟子片面追求奇異怪僻，使得古文的創作道路越走越窄，逐漸喪失內在的生命力。幸虧宋代古文家早已看清韓愈古文爲追求古奧所產生的險怪艱澀之弊，因此他們爲文力主平易暢達、簡潔明快，希望朝文筆自然、內容貼近生活的目標發展。經過歐陽修、王安石、曾鞏、三蘇等人的嘗試與努力，終於在韓文雄肆、柳文峻切之外，開發出文從字順又切合實用的寫作方向。

孔平仲對韓愈詩好用狹韻〔註 41〕及服金石藥〔註 42〕頗不以爲然，但對韓愈的文章卻是心悅誠服的，《續世說・文學》：

> 自魏晉以還，爲文者多拘偶對，而經誥之指歸，遷雄之氣格，不復振起。韓愈所爲文，務反近體，杼意立言，自成一家新語。後學之士，取爲師法。當時作者甚眾，無以過之。故世稱韓文焉。

《珩璜新論》：

> 劉夢得祭退之文，有以知退之之文，獨步一時也。云：「手轉文柄，高視寰海。權衡低昂，瞻我所在，三十餘年。聲名塞天。」又祭子厚文云：「勒石垂後，屬於伊人。」此語心服之矣

可見對韓、柳心服的不只有劉禹錫，孔平仲也是如此。

孔平仲的文學思想也是遵循文道並重這個大方向而來，他心目中的道和韓愈一樣只有儒家之道。他自稱「治已則愚，觀人則智。善善惡惡，素學於

〔註 40〕數據及分類依袁行霈著《中國文學史上》(台北：五南圖書出版股份有限公司，2002)，第四編，第八章〈散文的文體文風改革〉，頁 767。

〔註 41〕《珩璜新論》卷四：「退之詩好押狹韻，累句以示工，而不知重迭用韻之病也。〈雙鳥詩〉兩『頭』字，〈孟郊詩〉兩『奧』字，〈李花詩〉兩『花』字。」

〔註 42〕《珩璜新論》卷三：「韓退之晚年，遂有聲樂而服金石藥。張籍祭文云：『乃出二侍女，合彈琵琶箏。』既而遂曰：『公疾日浸加，孺人侍湯藥。』白樂天〈思舊詩〉云：『退之服硫黃，一病訖不痊。微之煉秋石，未老身溘然。』退之嘗譏人『不解文字飲』，而自敗於女妓乎！作〈李博士墓志〉切戒人勿服金石藥，而自餌硫黃乎！」頁 268。

仲尼；是是非非，嘗聞於荀子」（〈上提刑職方啓〉）。當他的好友張舜民提出「老子以道治身，釋氏治性，孔子治國，未有不先治性、治身而可治天下國家者也」的見解，他回信強調「道之塞也屢矣，賴有聖賢時而辟之，自孔子承三聖，其後則有孟軻氏、揚雄氏、韓愈氏，至本朝則歐陽文忠公也。文忠公攷其所爲文章，無一字假借佛老者，此亦卓然不惑，韓愈氏之徒也。」希望張舜民效法歐陽脩「勿爲背宗黨寇語」。

但在寫作風格上，孔平仲則和前輩曾鞏一樣，認爲「韓孟文雖高，不必似之也，取其自然耳」（〈與王介甫第一書〉）。孔平仲兄弟習慣以散文的形式來議論、敘事和抒情，他的文章簡潔有法，展現出史學家的特色，但強調自然流暢爲前題，希望做到「以敦重薄俗爲己任，以扶翊高風爲素心」（〈謝方卿舉職官啓〉）。宋集珍本《清江三孔集》所收文章大多是自然眞率的短篇，甚至連四六體的書、表、啓、狀都能寫得明白如話，充分展現平易自然的一面。和他的文學主張相呼應。

二、文章內容

孔平仲的文章原先《清江三孔集》只有表（卷十）和啓、狀（卷十一至十五），《全宋文》也只增加了三篇簡、三篇祭文而已，直到宋集珍本《清江三孔集》出版，世人才有機會看到孔平仲其他類型的文章，今依其文體敘述如下：

（一）書、表、啟、狀

孔平仲現存的文章中數量最多的就是表、啓、狀。表是奏議的一種，有時也稱狀。《文心雕龍》卷五〈章表〉:「章以謝恩，奏以按劾，表以陳情，議以執異」。到了宋朝表應用範圍更廣，舉凡上尊號、慶賀、升遷、貶謫、到任、進書進說……皆要上表奏明。《清江三孔集》就有〈賀受尊號表〉、〈罷散御筵謝皇帝表〉、〈謝崇寧曆日表〉、〈衡州謝到任表〉、〈謝宮觀表〉、〈謝恤刑表〉、〈進否泰說表〉等……因應各種不同狀況而作的表；和七篇代筆。就整體表現而言，稱得上是得心應手，以〈謝恤刑表一〉爲例，破題就點出對受刑人的體恤在於「四時之運，可畏者炎赫之時；常人之情，最苦者囹圄之事」而在盛夏皇帝能關懷「係纍之眾，尤軫於哀矜；流鑠之辰，益加於欽恤」頒布詔書指示，爲人臣者豈能不「誓當竭盡，仰副丁寧」？曾棗莊認爲上皇帝的表文，必須講究「文貴得體，語貴平和，意貴雋永」〔註 43〕，孔平仲可謂深得箇中三昧。

徐師曾云：「啓，開也，開陳其意也」，將其與書、奏記、簡、狀、疏、牋、箚總稱爲書記〔註 44〕。亦即書信的一種。只不過書、簡多用散體，啓多用四六文，《四庫全書總目．四六標準》：「至宋而歲時通候、仕途遷除、吉凶慶吊，無一事不用啓，無一人不用啓。」其運用範圍之廣可想而知。基於「來而不往非禮也」，宋人文集中也有很多答啓。今《清江三孔集》所收孔平仲的啓也是兩者皆具，而且有出色的表現（詳下文）。

徐師曾《文體辨明序說．上書》云：「按字書云：『書者，舒也，舒布其言而陳之簡牘也。』古人敷奏諫說之辭……蕭統《文選》欲其別於臣下之書也。故自爲一類，而以『上書』稱之。〔註 45〕」宋集珍本《清江三孔集》卷三五收錄了孔平仲〈上章丞相辯米事〉、〈寄呂大諫書〉、〈上董御納拜書〉、〈答張芸叟書〉、〈上王相公書〉、〈上曾子固謝答書〉，統名之曰「書」。其中〈上章丞相辯米事〉、〈上董御納拜書〉、〈上王相公書〉三篇雖非上告天子，內容近乎敷奏諫說之辭，故歸入此類。

〈上章丞相辯米事〉篇幅最長，敘事詳盡，是元符元年孔平仲被董必以「糶常平違法」按劾，上書當時的丞相章惇爲自己辯解所作，全文已見上編第三章〈衡州「失官米案」，不再贅述。

〈上王相公書〉是擔任密州教授到任時，依慣例寫向當時位居相位的王安石致謝；〈上董御納拜書〉也是到任時例行公事向長官致意而作。篇幅較爲短小，文采也不及〈上章丞相辯米事〉。

至於〈上曾子固謝答書〉，內容雖與敷奏諫說無關而只是致謝，因爲不是以個人敘舊問候，而是官場客套之作，故併入此類。

（二）祝文疏文

祝文又叫祝辭，是祭祀饗神所留下的頌禱之辭，古代凡是天象災異有求於天地山川社稷宗廟都要作文告於神祇。疏文和祝文略有不同，是做佛事、

〔註 43〕見曾棗莊著《宋文通論》（上海：上海人民出版社，2008），第十二章〈宋代的表〉，頁 441。

〔註 44〕見《文體明辨序說》，收錄在王水照編《歷代文話》第二冊（上海：復旦大學出版社，2007）頁 2099。

〔註 45〕見《文體明辨序說》，頁 2091。

設道場時所用的禱詞〔註 46〕。

孔平仲長期在地方爲官，多次經歷旱潦，儘管他本身認爲「祥瑞之不可憑也」，「陰陽之說，似可信又不足憑」（《珩璜新論》卷二），但爲體察民情、安撫人心，也不能免俗要參與祈雨、祈晴及謝神……等宗教活動，因此祝文的數量在孔平仲現存的文章中居次，而疏文則只有〈功德疏右銘〉、〈進追崇皇太后功德疏〉和兩篇謝雨疏而已。

孔平仲的祝文、疏文，篇幅多不長，主要以四六文書寫。用散文寫成的僅有〈勑祭顯應王文〉和二篇〈祭蔣山祈雨文〉而已。但皆盡心竭誠祝禱，篇篇可見憐惜關懷百姓之情。

（三）祭文、行狀、墓誌銘

祭文、行狀、墓誌銘雖然都是針對亡故的親友而寫，但性質、作法有所差別。祭文是祭奠親友之辭，重在抒情。《文心雕龍》卷二〈祝盟〉：「祭奠之楷，宜恭且哀；若夫辭華而靡實，情鬱而不宣，皆非工於此者也。」所有無論是以散文、四言、六言、雜言還是騷體書寫，都要以表達哀傷爲前提。宋集珍本《清江三孔集》卷三七有孔平仲留下的祭文十七篇，數量爲三者之冠。皆以四言寫成，以悼念親友最多，其次是爲朝廷官員而寫，另有兩篇是代人捉筆。孔平仲傳世文章中抒情者並不多見，〈祭劉相〉、〈祭應卿文〉、〈祭周茂叔文〉都可以看到他情眞意切的一面。

行狀性質與祭文不同。《文心雕龍》卷五〈書記〉：「狀者，貌也。體貌本原，取其事實，先賢表謚，並有行狀，狀之大者也。」。徐師曾認爲行狀的內容必須「具死者世系、名字、爵里、行治、壽年之詳，或牒考功太常使議謚，或牒史館請編錄，或上作者乞墓誌碑表之類皆用之」〔註 47〕，而作者最好是亡故者的門生、故吏、親舊，這些人因爲對其人有深刻了解，所以能詳實記錄。孔平仲現存行狀僅一篇，蓋爲其好友張舉（字子厚）父所寫。張舉和孔家兄弟過從甚密，孔武仲也曾爲張舉的《睦州唱和集》作序〔註 48〕，孔平仲對張家也有一定程度的了解，所以行狀在世系方面描寫頗爲深入。

〔註 46〕見《文體明辨序說・道場疏》：「按道場疏者，釋、老二家慶禱之詞也。慶詞曰『生辰疏』，禱詞曰『功德疏』，二者皆道場之所用也。又按陳鐸曾《文筌》云：『功德疏者，釋氏禱佛之詞。』及考諸集與《事文類聚》，並有二家疏語，則知疏者，不特用於釋氏明矣。」，頁 2142。

〔註 47〕見《文體明辨序說》，頁 2119。

〔註 48〕《清江三孔集》卷十五有〈張子厚睦州唱和集序〉。

墓誌銘也是敘述亡故者世系、姓名字號、爵里、行蹟、年壽、卒葬年月，只是須刊於金石，埋於地下。有一部分甚至是根據行狀而作。但講求可以信今傳後，不能潤飾太過，成爲諛墓之文。宋集珍本《清江三孔集》卷三八有墓誌銘五篇傳世。對象包括總角之交何墨、年友陶舜咨母孔夫人、江州太平觀任道士、何昌言之父何正彥和胡靜。五人身分、地位與孔平仲關係各有不同，孔平仲都能如實敘述其生平以傳後世。

（四）書紀傳後

三孔兄弟皆以史學見長，文仲的史論有〈舜論文帝論〉、〈伊尹論〉、〈周公論〉、〈李訓論〉，其中〈李訓論〉還被王士禎譽爲「足破群瞽拍肩之論」〔註 49〕。

武仲傳世作品也有〈書紀傳後〉、〈論介子推〉、〈書晉語後〉、〈書儒林傳後〉、〈書谷永傳後〉、〈書晉武紀後〉、〈論華軼王恭事〉、〈書唐憲宗紀後〉、〈書裴度傳後〉、〈顏眞卿傳評〉、〈書裴垍傳後〉、〈書朱梁本紀後〉、〈書後唐紀後〉、〈書石晉紀後〉、〈書周紀後〉、〈書孫晟傳後〉（《清江三孔集》卷十八）李春梅謂其「大多有感而發，立論平實，文辭不事雕琢」，「往往就常見的事實翻新出奇，從別人意想不到的角度切入，得到意料之外的結論」〔註 50〕。獨以不見孔平仲史論文章爲憾，只能從小說中窺得一二。

直到宋集珍本《清江三孔集》問世，卷三九、四十書紀傳後總共收錄文一十六篇，方知孔平仲史論文章數目實不減於二位兄長，其中有針對特定人物的傳紀而寫，如：〈書晉武帝記〉、〈書郭子儀傳〉、〈書裴度傳〉……也有針對史書而寫，如：〈梁史〉、〈書漢紀後〉……可惜原書保存狀況欠佳，非但文字模糊難辨，無一能完整呈現全貌，甚者連標題都不可辨識，更難藉此論其優劣了。

（五）書簡

曾棗莊《宋文通論》第二十二章〈宋人書信〉謂以書名篇的文章至少有三類：一爲奏議；二爲論說文，如李翺《復性書》、《平賦書》；三爲書信，即「同輩相告」、「朋舊往復」之書〔註 51〕。

前面提到宋集珍本《清江三孔集》卷三五收錄孔平仲以書名篇的文章六

〔註 49〕《居易錄》卷一二：「其論李訓義不顧難，忠不避死，而惜其情銳而氣狹，志大而謀淺，足破群瞽拍肩之論。」

〔註 50〕見〈臨江三孔研究〉，頁 37。

〔註 51〕見《宋文通論》，頁 779。

篇，其中〈寄呂大諫書〉捨棄「上……書」改以「寄」替代，究其內容所述，旨在感謝呂大諫從自己在太學時就一路照顧，即使兩人未曾謀面，而關懷不稍減。因此歸至南方之後，不敢休息，作文若干以獻，答謝呂大諫對自己「獨知之如此」，「深期之如此」之恩。對象雖是上司，文章實以敘私人情誼爲主，何況致謝也是宋人書信重要內容之一，故置於此。

〈答張芸叟書〉內容著重在議論，卻是不折不扣的往來之書，而且是宋人書信中經常出現的論學之作。張舜民（字芸叟）是孔平仲的同年，他將自己所寫的〈莊子序〉寄給孔平仲，孔平仲對於張舜民所提出「老子以道治身，釋氏治性，孔子治國，未有不先治性、治身而可治天下國家者也」的說法，頗不以爲然。所以回信表達「道之塞也屢矣，賴有聖賢時而辟之」的想法，希望張舜民「自茲以往，拔乎流俗，勿爲背宗黨寇語」。短短數百字，展現捍衛儒學的決心。

此外宋集珍本《清江三孔集》卷三五另有小簡，也是書信體。不稱書而謂之簡，蓋因「書」仍有一定禮數必須遵守，小簡則不須拘泥格式。今存四篇，分別是〈與李純仁〉、〈再與李純仁〉、〈與李先之〉及（上安撫小啓）〔註 52〕，李純仁是孔平仲的兒女親家，李先之則是二人共同的友人，內容則以話家常爲主。

（六）雜著

宋集珍本《清江三孔集》卷三六收錄孔平仲〈星說〉、〈說車〉、〈燭說〉、〈敘夢〉、〈議邊〉五篇議論性質的文章，總其名曰「雜著」。

吳訥《文章辨體序說》云：「說者釋也，述也，解釋義理而以己意述之也。說之名，起自吾夫子之《說卦》，厥後漢許慎著《說文》，蓋亦祖述其名而爲之辭也。魏晉文載《文選》而無其體，獨陸機《文賦》備論作文之義，有曰『說，煒煒而譎』，是豈知言者哉！至昌黎韓子，憫斯文日弊，作《師說》，抗顏爲學者師。迨柳子厚及宋室諸大老出，因各即事即理而爲之說，以曉當世，以開悟後學，由是六朝陋習，一洗而無餘矣。」曾棗莊依據《文心雕龍・論說》：「論也者，彌綸群言，而研精一理者也。」（卷四）認爲論是比較嚴肅的，論斷事理「以當爲宗」；說則比較自由活潑，更加強調感情和文采。因此論說文中，雜說往往比正論更有文學價值〔註 53〕。

〔註 52〕《全宋文》作〈上安撫簡〉，頁 186。
〔註 53〕見《宋文通論》，頁 627。

〈星說〉是孔平仲科學精神的體現。古人認爲星象有異則「水旱、霜雹、螟蝝、賊盜、疾疫流行」，孔平仲極力推翻「某星主某州郡，某星爲某分野」的說法，認爲人事不應受牽制。

〈說車〉藉漢武帝造大車將巡狩天下，經御史大夫兒寬挺身勸諫，終於覺醒毀車返匠的故事，說明爲臣者當早諫，防患於未然。

〈燭說〉則是巧妙的以眾所熟知的蠟燭爲喻，室外之燭因爲容易受到風的影響，燃燒狀況和亮度均不如室內之燭穩定，藉此說明養心之道就是要減少外在的干擾，即所謂「其心如鑑，來斯應之，而爲之應者無累也」。

徐師曾《文體辨明序說》:「按劉勰云:『議者，宜也。周爰諮謀，以審事宜也。《周書》曰:「議事以制，政乃不迷」，此之謂也。昔管仲稱軒轅有明臺之議，則議之來遠矣。至漢，始立駁議。駁者，雜也，雜議不純，故曰駁也。』蓋古者國有大事，必集群臣而廷議之，交口往復，務盡其情，若罷塩鐵、擊匈奴之類是也。厥後下公卿議，乃始撰詞，書之簡牘以進，而學士偶有所見，又復私議於家，或商今，或訂古，由是議寖聖焉。〔註 54〕」

從孔平仲〈古來〉、〈青州作〉，〈南卒〉等詩，不難看出他對當時朝廷的軍事布局和國防政策是有想法的，在〈議邊〉中他再次提出將軍矜功、士卒矜勇之敝，並呼籲國防費用出自百姓，留意邊鄙之事，當以防禦守城爲先，不可貪軍功而輕啓戰端。

至於敘又和說、議不同，徐師曾《文體辨明序說》:「按《爾雅》云:『序，緒也。』字亦作『敘』，言其善敘事理、次第有序若絲之緒也……其爲體有二:一曰議論，二曰:敘事。〔註 55〕」孔平仲〈敘夢〉著重在敘事，以賦體常用的設問手法，描述「孔氏子弊弊於事」，想閉門讀書求知，卻「常爲困所奪，又有夢焉。因此想要訴諸於天帝，沒想到竟於夢中與夢神對話，夢神先以一段充滿奇幻想像的鋪陳，說出做夢不只是休息，還可以看到現實無法窺見的奇特景象，反過來責怪孔平仲「子不德我而反訴我」有欠公允。最後孔平仲醒悟居廟堂、坐高位「或戮死東市，或摧削迫逐者」才是做夢，心悅誠服向夢神謝罪，並且「斥衣冠、正枕席」甘於夢中。

（七）記

徐師曾《文體辨明序說》:「按《金石例》云:『記者，記事之文也。』

〔註 54〕見《文體明辨序說》，頁 2103。
〔註 55〕見《文體明辨序說》，頁 2106。

但《文選》並沒有這類文章，劉勰也未曾提及此一文體，由是可知漢魏以前作者不多，到唐代才出現以敘事爲主的記，宋人又加入議論的因素，讓記體的內容更爲豐富。由於記有著狀物、抒情、敘事、議論錯綜并用的特徵，後人也將這一類型的文章名爲「雜記文」。曾國藩《經史百家雜鈔・序例》:「雜記類，所以記事者。經如《禮記》(之)〈投壺〉、〈深衣〉、〈內則〉、〈少儀〉;《周禮》之〈考工記〉皆是。後世古文家修造宮室有記，遊覽山水有記，以及記器物，記瑣事皆是。〔註 56〕」

宋集珍本《清江三孔集》卷三五收錄孔平仲記體文章四篇，其中〈江州甘棠湖南堤清暉館記〉即爲曾國藩所謂修造宮室的建築物記。甘棠湖南堤原本是唐李渤所建，熙寧八年的一次大水災讓清暉館蕩然無存，南堤也受損，直到元豐三年江州知州李昭遠才修復南堤，並且重建清暉館（說詳上編第貳章〈仕宦考上〉之〈江州交遊及生活〉)。

〈吉州通判廳題名記〉也是建築物記的一種。廳壁記或廳壁題名記出現的時間較晚，是唐宋人才開始書寫的新題材。孔平仲這篇記是應吉州通判王公濟之託而作，由於王公濟追憶前賢，而將太平興國初訖元豐二年到此任職的官員四十六人姓名刻於廳壁，孔平仲有感於人事更迭快速，也希望能藉此建立史料，而留下這篇短文。

〈九江王廟記〉則是孔平仲記體文中唯一夾帶議論的記體文。和〈江州甘棠湖南堤清暉館記〉同樣作於江州錢監時期。江州地方人士自來相傳九江王廟所祀之神乃九江王黥布，孔平仲以其豐富的史學知識推斷「項羽裂秦地以封諸有功者，於是以布爲九江王，都六其地，乃今六安縣，而不在潯陽」。「按《地理志》，尋陽隸廬江郡，南有九江，合爲大江。蓋候諸宓妃名山大川之在其境內者，則九江王當爲江神」。因此在元豐三年秋收祭祀時作此以釐清誤會（說詳年譜)。

〈夢蟾圖記〉是一篇書畫記，即曾國藩所謂記器物記的變體。此圖源自一個奇怪的夢境，元祐元年十月初六孔平仲夢見「日光斜照一高巖，中有物如蝦蟇，雪色，僅一升器大，目圓而明，眉源黑而纖長。有二道士侍其側，手各持文言」。經人指點才知道「此是上界眞人，號娑婆羅一青蓮白衣菩薩」，因此圖其型來供養並作此以其事。

〔註 56〕見《文體明辨序說》，頁 2116。

（八）序

曾棗莊《宋文通論》第二十三章〈宋代的贈序文〉將以序名篇的文章分爲序跋之序、字序之序、記序之序、贈序之序四大類〔註 57〕。宋集珍本《清江三孔集》卷三五收錄了孔平仲以序名篇的文章四篇，首篇〈送范成老赴省序〉即是贈序。姚鼐謂：「贈序類者，老子曰：『君子贈人以言。』顏淵、子路之相違，則以言相贈處。梁王觴諸侯於范臺，魯君擇言而進。所以致敬愛、陳忠告之誼也。〔註 58〕」范成老九江人，「彊記有文辞，尤邃於史氏之學，貫穿馳騁，俊辯動人，一鄉之子弟，多從之遊，以爲先生長者」，頗得孔平仲賞識，因此在他赴省試之際，作此序勉勵他「僥幸者不可常，而用力者果有効」，希望范成老能夠貫徹「疾其耕、敏其耘、勞苦其筋骨，而不以天時自幸」的信念，參與禮部考試。文章簡潔，而立意深遠。

〈朱都實字序〉則是較爲罕見的文體，《文體辨明序說・字說》云：「按《儀禮》士冠三加三醮而申之以字辭，後人因之，遂有字說、字序、字解等作，皆字辭之濫觴也。〔註 59〕」朱都實名易，字明叟。是孔平仲在九江時的同事，登進士第二十餘年，猶困拎州縣，未得大顯。因此在朱明叟改名求字序時，以《禮記》中〈樂記〉和〈祭義〉都曾提到的「致樂以治心，則易直子諒之心油然生矣」這段話和朱明叟共勉。文章雖短小，二人情誼躍然紙上。

〈李侍郎文集序〉、〈史館陳公詩序〉，皆爲序跋類文章。前者是應長沙進士李京之託，爲其叔祖李受的文集所撰寫（說詳〈年譜〉元豐二年）。後者則是崇寧元年提舉永興軍刑獄、暫代慶州知州時爲慶州通判陳龍仁父親的詩集所寫的序。兩篇序都是代序性質，且都不長，中肯而已。

三、文學特色與平議

由於宋集珍本《清江三孔集》的問世，擴大了世人對孔平仲文章的視野，就今日所見作品分析，孔平仲的文章具有以下幾個特色：

第一、簡潔流暢。創新語言，自然流暢，不僅是孔平仲的詩學主張，他對文章的看法，也和二位兄長一樣重視實用，不刻意雕琢，辭以意爲先，有

〔註 57〕見曾棗莊著《宋文通論》，頁 828。

〔註 58〕見《古文辭類纂》（台北：台灣中華書局，1970）第一冊〈序目〉，頁 6。

〔註 59〕見《文體明辨序說》，頁 2118。

著北宋散文代表性人物歐陽修、蘇軾平易自然之風〔註60〕。這樣的特色在他所作的表、啓當中，尤其顯著。特別是他的得意之作〔註61〕〈永興提刑謝表〉：

> 《呂刑》三千，人命所繫；秦關百二，地望非輕。自愧薄材，荐當煩使。中謝。臣編摩末學，廢放餘生，齒髮已衰，精力不逮。南宮數月，曾蔑補於秋毫；西部列城，又俾司於邦憲。恩波淪骨，感涕交頤。此蓋伏遇皇帝陛下以堯禹之仁，兼乾坤之量，方曲成於萬物，豈求備於一人，故此孤孱，亦叨推擇。臣敢不悉心職事，圖報國家，庶集涓埃，上裨海岳。

也只用了短短一百五十餘字，就將自己由貶謫南荒遇赦復官，繼而任職朝廷，最後來至西境的過程，簡單扼要地敘述一回，無怪乎光是破題四句，就讓同樣是古文名家的晁補之佩服不已。

他的啓同樣受到推崇，曾棗莊就說：

> 孔平仲〈寄孫學士啓〉的行文十分曲折，首謂在京承教太少「昔某之客京師，方執事之主文墨，謂見遇之不厚，則已爲門生；謂所居之相遼，則同在郡邑。惟是天資之懶慢，加之日事以因循，未嘗接諸子之遊，少得承先生之教，可嗟鄙昧，不自發明」。次言南歸後請教已難「及奔走以南歸，在崎嶇之遠，服猿狖之與伍，蛇虺之與居，雖文史之前陳，而明識之內竭。每有鄙泥，但掩卷以長吁；何從咨詢，驚去德之已遠。將于千里之外，而往有求；尚以前日之稽，頗用自愧」。接著又「自解」求教無遠近，孫學士不會以自己過去承教少而「見尤」。「而先聖典策，雖萬世之下而得觀；中國詩書，雖四夷之人而獲見。立教者固無遠近，成德者豈有親疎？彼往者之不追，及叩之而必應，用此自解，未必見尤。迺有閒暇之時，作爲文章之伎，託自置郵之內，委諸衡石之前，願於校讎之休，賜以觀覽之辱」。全文一氣貫注，雖爲駢句，但讀起來幾與散文無異。又〈國學解元謝啓〉云：「某者，學不足以通天下，而涉獵以自鄙；才不足以動世俗；而蟲篆之爲羞。幼承父兄教訓之勤，長蒙庠序熏灼之美。僅能秉筆，趨於大較之前；不圖積薪，輒在群公之上」。

〔註60〕高克勤〈北宋散文簡論〉：「以歐陽修、蘇軾爲代表的平易自然、流暢婉轉的風格，這就是北宋散文的主體風格。」頁83。刊登在《蘇州大學學報》，1996年第4期，81～83。

〔註61〕見宋朱弁《曲洧舊聞》卷七，說詳本文上編第三章〈永興提刑〉。

又〈謝試館職啓〉云：「某生於卑薄之鄉，長於冗散之吏，時之所汰，志亦自灰，流落四方，侵尋半世。視顏且老，年已抱孫；投紱儻歸，官當任子。豈期末路，亦綴清涂，繇彰貢之劇邦，陟蓬萊之秘府。一門兄弟，如以次升；同時朋儕，最爲後至。蓋自知其無所取，故不敢以爭先，例被甄收，諒由汲引」。孔氏諸啓皆明白如話，頗能代表古文革新後的啓文。

第二、敘事周詳。《宋史》稱孔文仲「舉進士，南省考官呂夏卿，稱其詞賦贍麗，策論深博，文勢似荀卿、楊雄」，除此之外，孔文仲的其他作品，無論是直陳時事、闡述政治主張的奏議，或是以古喻今的史論，皆表現出思想縝密、議論嚴密的一面。孔平仲現存作品論事雖不及孔文仲犀利，但敘事周詳、層次分明，歐陽修曾贊美曾鞏之文「明白詳盡，雖使聾盲者得之，可以釋然矣」（《歐陽修全集》卷一五〇〈與曾舍人四通〉）。這句話用來形容孔平仲的文章，也同樣合適。

更難能可貴的是無論處境如何，他都能條分縷析、侃侃而談。以〈虔倅謝宋提刑〉一文爲例，之前他任江州錢監時，因爲同僚以細故挾怨攻擊而身陷囹圄，好不容易虎口逃生，轉往虔州任職（詳上編第貳章〈仕宦考上〉之〈喪妻又因案下獄〉），幸運獲得宋彭年賞識，連番上章獎掖，面對長官的盛情，孔平仲仍舊不改初衷，希望按照自己的規劃，以道進退。這樣的想法，如何啓齒？孔平仲以極簡的筆墨，表達自己的意願：

伏蒙恩造，再賜薦論，仰恃謙光，一陳悃愊。某至愚極陋，寡偶少徒。樗櫟常材，更無過分之望；駑駘短步，但欲計程而行。改官今已八九年，知己凡有十七狀。或云臺閣清要，或云錢穀繁難。在他人得之以爲異顧，但不肖處此殊非本心。儻其粗可持循，苟無曠敗，自縣而倅郡，自倅而領州。所謂關陞，已爲儌倖；至如汎舉，乃是空言。若非相知之深，豈信自守如此？恭惟某官內明而養之以恕，外寬而濟之以嚴。美聲和風，非干人譽；忠規德範，克廣家聲。惟是冥頑，最叨獎拔，備驅使者半歲，辱保任者兩章。以至自爲褒拂之辭，親擇吉良之日，拜賜多矣，論報云何！鍛之厲之，以成其剛，培之築之，以永其固。俯仰於心而無愧，進退以道而不回。必有到於古人，乃不玷於門下，過此以往，未知所裁。

孔平仲以宋彭年對自己的「相知之深」爲寫作主軸，深信對方必能明瞭他「但欲計程而行」，「更無過分之望」的心情，既感激宋彭年的厚愛，也婉轉道出內心的期待。篇幅雖然不長，但陳說清楚，不卑不亢，有君子之風。

元符初，董必以孔平仲不推行常平法、陷失官米的罪名，將他置獄潭州，孔平仲上書章惇爲自己辯護，原文已見第叁章〈仕宦考上〉之〈失米案始末〉，由於篇幅過長，不再重複載錄。但透過這篇文章，可以看到當此生死交關之際，孔平仲還能條理分明的先將衡州「去朝廷數千里遠」，「百姓有疾苦，君相何由知焉」的情形勾勒出來；接著再把不同年度的米價、衮紐、息本一一列舉，以實際數據來說明自己謹守「穀價貴則量減錢，糴賤則量添錢」的原則；最後以提舉司「巧裝事節，誣奏屬官」，已經造成官吏冤死的事實，希望章惇能夠秉持向來「聰明疎達，事至立斷」的處理模式，還給自己和衡州百姓公道。字裡行間皆能看出他敘事明白詳細的特質。

第三、筆法多變。孔平仲的寫作筆法富於變化，即使過去只留下啓、狀，仍可看出此一特色。稱章惇「以天人之學蘊諸中，以神明之才厝於外。鬱然楝梁之器，渙乎河漢之章。以古人敬謹結主知，以天下治安爲已任。越唐房、杜，軼漢蕭、曺。致君澤民者已三朝，出將入相者幾十載。」(〈上章樞密啓〉) 謂劉摯「徧歷二丞之要，更踐兩省之華，果用師言，即居眞宰。蕭、曹、丙、魏之輔漢，房、杜、姚、宋之昌唐」(〈賀劉相啓〉)。不僅展現其學過養，也看得出他在修辭方面也是力求變化的。

宋集珍本叢刊《清江三孔集》收錄的文章更讓人見識到孔平仲的文采，在〈敘夢〉中有一段夢神力陳夢境瑰瑋奇幻的描述，就充分展現他過去鮮爲人知的寫作手法，由於原文過長，茲錄其中一小段：

> 波湯幻化者，所以娱子；千仞之臺，百常之闕，垂玕綴碧，翡翠之帷，歌者舞者，語而笑者，如是其盛麗也。石嶄嶄而高，泉泱泱而流，雲光雪華，風夕景秋，杖履而行，泮渙優游，如是其淡泊閑佚也。乘龍象，挾日月，出宇宙，騎虹蜺而下崑崙，仙迎鬼趣，與趨與氣翱翔，如是其放肆也……

如此饒富想像又波瀾變化的文章，即使與杜牧〈阿房宮賦〉相比亦毫不遜色。不難想見孔平仲的文章只是佚失過多，而非全無佳作，時人對他的讚譽也是其來有自。

第四、擅用譬喻。擅用比喻是孔武仲寫作文章的一大特色，他的〈蝗說〉、〈雞說〉、〈冰說〉、〈說醫〉，寓莊於諧，頗爲生動，並且還有諷刺時政的現實性〔註62〕。王士禎謂「〈蝗說〉謂新法之害，〈鼠說〉謂熙豐用事之人，〈雞說〉謂王呂之不終。魯雞以喻安石，蜀雞以喻惠卿也。」（《居易錄》卷十二）孔平仲在這部分也不遑多讓。〈送范成老赴省序〉：

> 雖然吾將送范子以言：去年歲大熟，今年歲大旱，吾有田江上，夾流而畝，使二人耕之，某勤而某墮。去年雨暘順適，雖惰者亦飽禾，乃笑勤者曰：「奚必如是區區也！吾亦能飽也。」今年自夏造秋不雨，某率其父子引江而轉之灌注＃衍隣之壤赤地，而某獨加收；向之笑者飢餓不能出門，而某獨有餘，猶去歲之給。此亡他，傚幸者不可常，而用力者果有効也。吾亦欲范子疾其耕、敏其耘、勞苦其筋骨，而不以天時自幸，則吾見子穫登于場、載溢于箱、仰足以事其親、俯足以蓄其家，而不盻盻然以覲他人之飽也……（宋集珍本叢刊《清江三孔集》卷三十五）

以力田方能排除天候因素，年年五穀豐登，勉勵范成老不可自恃天賦過人，而忽略勤學的重要性。又〈燭說〉云：

> 置燭，一於室，一於户。外之燭已見跋，而室中之十五焉。其爲燭一也，短長同，＃＃不易也，而其如此者，撓之以風，而室中不與也。嗚乎！人之養其心也，亦如是而已乎……（宋集珍本叢刊《清江三孔集》卷三十六）

巧妙的以眾所熟知燭爲喻，藉此說明養心之道就是要減少外在的干擾，讓原本抽象的理論變得淺顯易懂。即使少了孔武仲諷喻時事的意圖，還是能夠恰如其分表現內心所要傳達的想法。

而他最精采的一段譬喻，見於〈謝舉充館閣啓〉：

> 於此有舟焉，其容斛以萬計，其高十尋，其修百丈。其始爲之，則天下之良工也，登千仞之山，擇磊落之材，暴晾積貯，經十餘年。待其性定體堅，勝耐燥濕，然後擇日而支解之，而繩墨之。小大薄厚，方圓曲直，均得其宜，巧若有神。於是鍛金銅、合油石以爲之固，調丹青、叢刻鏤以爲之飾，績神僊雲物之象於四隅，以爲之觀。左右户牖，前後洞達，入而居之，如深宮大廈也。其外則斷會稽之

〔註62〕見〈臨江三孔研究〉，頁37～38。

竹，以爲之篙；鋸鄧林之木以爲之柁、爲之艣，編楚澤之蒲，垂之如雲，以爲之幔；畫六鷁之首，望之如飛，以怖蛟龍水怪之屬。其材既成，其具既備，將以朝發吳會，夕艤扶桑，尾閭可濟，而天漢可到也。然而閣於荒陂巨野之間，頓於泥沙沮洳之地者，二十餘年於此矣。萑葦之所環合，風雨之所摧撼，雀鼠集焉，牛羊入焉。遠而望之，以爲斷堤也；逼而察之，以爲逋宅也。不爲樵夫牧童之所毀撤而薪櫝之，則幸矣，敢冀任重而致遠乎？嗚呼！物有宜興而廢，當用而捨者，固若是乎？然是舟也，天材之精，人工之至，雖棄之之久，未嘗壞也。使復進於清冷之波，浮於浩渺之淵，則其絕巨溟、浮天潢，不難也，特患人力未及爾……

他以舟自比，用心選材暴晾積貯，並找尋良工，不惜花費十餘年始得築成，就如同他自己從小敦品勵學，期盼有朝一日能爲世所用；但是宦海沉浮，始終屈居下僚，又像「閣於荒陂巨野之間，頓於泥沙沮洳之地」的船隻，儘管功能齊全，卻苦無見用的一天。透過這樣的形式，表達自己等待知遇的心情，自信之餘，也表現出孔門哀而不傷的精神。

綜合以上所言，不難想像他們兄弟三人之所以能夠躋身成爲北宋中晚期著名的文臣，贏得「孔氏崛起，震驚南斗，一時聲名，風生雷吼，江西氏族，無出其右」（《盧溪文集》卷四五〈故孔氏夫人墓誌銘〉）的聲譽，絕非徒然。只是過去孔平仲因爲傳世文章不多，後人在所見有限的情況下，所作的評論難免有所蔽，王士禎就曾說「毅父文僅表、啓，無可觀，蓋佳處不傳多矣，惜哉！〔註 63〕」提起孔平仲「佳處不傳多矣」固然是事實，但認爲他的「表、啓無可觀」恐怕是見仁見智的看法。孔平仲的表、啓具有「明白如話」的特色，而且是曾棗莊所稱「古文革新後的啓文」代表，以一句「無可觀」加以否定，著實有欠公允。況且書、表、啓、狀這類文章，在現代人眼中或許是「死的文學」，對古代士人而言卻是爲官必備的基本要求，宋代文人作品中都有這一類作品，因爲長於此道受推崇進而獲得文名，也是十分尋常的事。

拜宋集珍本叢刊《清江三孔集》之賜，孔平仲更多的文章得以呈現在後人眼前，儘管仍無法一窺全豹，也沒能留下像范仲淹〈岳陽樓記〉，歐陽脩〈醉翁亭記〉、〈瀧岡阡表〉、〈祭石曼卿文〉，蘇軾〈留侯論〉、〈超然臺記〉、〈潮州韓文公廟碑〉……這樣膾炙人口的佳作，但由他所作文章類型之多、範圍之

〔註 63〕《居易錄》卷十二。

廣、變化之大，也已經讓人大開眼界。況且曹丕曾說「夫文本同而末異，蓋奏議宜雅，書論宜理，銘誄尚實，詩賦欲麗。此四科不同，故能之者偏也；唯通才能備其體。」（〈典論論文〉），孔平仲能做到這一點，至少證明自己具有「通才」的能力，在當時的文名絕非憑空而來。

第三節 《續世說》及其他

《宋史》本傳稱「平仲長史學，工文詞」，工文詞見諸於詩文作品；長史學可以由他的幾本筆記小說來探討。其中最不具爭議性的是《續世說》，這本書無論是《宋史》本傳還是〈藝文志〉，或《直齋書錄解題》、《文獻通考》所著錄，皆云是孔平仲所作，本論文下編有詳細論述，本章先來看其他二本雜說類著作。

一、《珩璜新論》

《珩璜新論》舊名《孔氏雜說》，宋趙希弁撰《郡齋讀書志・附志》卷五上〈雜說類〉：「《孔氏雜說》一卷，右孔平仲毅父之記錄也。《圖志》謂之珩璜論。」宋陳振孫撰《直齋書錄解題》卷十〈雜說類〉：「《孔氏雜說》一卷，清江孔平仲毅甫撰。案：《文獻通攷》作孔武仲。」《宋史》卷二〇六〈藝文志〉也說孔平仲有《孔氏雜說》一卷。朱熹〈跋孔毅夫談苑〉：「又世傳孔書有《珩璜新論》者……」（說詳下文）已改稱《珩璜新論》。清黃虞稷撰《千頃堂書目》卷一二〈雜家四〉：「宋孔平仲《珩璜新論》一卷。」《四庫全書總目》卷一二〇〈子部三十・雜家四〉：「《珩璜新論》一卷：宋孔平仲撰。平仲字毅父，一作義甫，清江三孔之一也……是書一曰《孔氏襍說》。然吳曾《能改齋漫錄》引作《雜說》，而此本卷末有淳熙庚子（1180）吳興沈詵跋，稱渝川丁氏刊板已名《珩璜論》。則宋時原有二名。今刊本皆題《襍說》，而鈔本皆題《珩璜新論》，蓋各據所見本也。是書皆考證舊聞，亦間托古事以發議，其說多精核可取。蓋清江三孔在元祐熙寧之間，皆卓卓然以文章名，非言無根柢者可比也。卷末附錄《襍說》七條，在詵跋之前，皆此本所佚，疑爲詵所補鈔，今併附入以成完書。至珩璜之名，詵已稱莫知所由，又以或人碎玉之解爲未是。考《大戴禮》載曾子曰君子之言可貫而佩，珩璜皆貫而佩者，豈平仲本名《襍說》，後人推重其書取貫佩之義，易以此名歟！」

《拜經樓藏書題跋記》卷四云：「有書賈攜散浦畢氏舊抄本《珩璜新論》來，書分四卷……按晁氏《讀書志》載《孔氏雜說》一卷，或云即此書，果而，則一卷者乃舊本也。」且載陳鱣跋云：「凡遇宋朝故事俱空一格，知出自宋刻。其書亦作一卷，不分四。」由是可知此書原本應爲一卷，後經傳抄乃出現四卷本。今傳本有一卷、四卷、及不分卷三種，一卷者有：《格致叢書》本、《古今說海》本、《說郛》本、《說庫》本、《唐宋叢書》本、《四庫全書》本、《墨海金壺》本、《珠叢別錄》本、《宋人小說》本；四卷者有：《寶顏堂密笈》本、《學海類編》本、《叢書集成初編》本；不分卷則有藝苑叢書抄本、明嘉靖三十七年楊氏七檜山房抄本、明王氏郁岡齋抄本、清抄本。」

四庫館臣云「是書皆考證舊聞，亦間托古事以發議，其說多精核可取。」其實《珩璜新論》的內容不止如此，茲分述如下：

（一）傳述舊聞

《文心雕龍．史傳》開宗明義就說：「開辟草昧，歲紀綿邈，居今識古，其載籍乎。」由此可知史書的功能就在傳述前人故實，讓後世可以憑藉典籍所載達到「識古」的目的。孔平仲撰寫《珩璜新論》出發點不外是想讓人居今識古，所以在這本書裡頭他往往將前史資料重新一番整理，如云：

> 晉孔安國，字安國；安帝名德宗，字德宗；恭帝名德文，字德文；會稽王名道子，字道子；乃至《北史》慕容超宗、馮子琮、魏蘭根，《南史》蔡興宗，唐郭子儀、辛京杲、戴休顏、張孝忠、尚可孤、孟浩然、顏見遠、田承嗣、田緒、張嘉貞、宇文審、李嗣業，皆以名爲字。

又云：

> 封侯或以地名，或以功名，或以美名，無定制也。按《史記．衛霍傳》：如蘇建爲平陵侯，衛伉爲宜春侯，此用地名也。天子曰：嫖姚校尉去病，比再冠軍，封爲冠軍侯。趙破奴再從驃騎將軍，封爲從驃侯，此用功名也。漢時張騫爲博望侯，取其廣博瞻望。霍光封博陸侯，注云：「博，大也。陸，平也。取其嘉名，無此縣也。」後漢彭城王，始賜號靈壽王，此用美名也。

都是透過自己的史學素養，將同質性的事歸納在一起，讀此即可省下從眾多卷帙中查閱的麻煩。

（二）考辨史實

史籍所載既爲陳跡，是非善惡，各家看法未必相同，故曰「夫追述遠代，代遠多僞。公羊高云『傳聞異辭』，荀況稱『錄遠詳近』，蓋文疑則闕，貴信史也。然俗皆愛奇，莫顧實理。傳聞而欲偉其事，錄遠而欲詳其跡。于是棄同即異，穿鑿傍說，舊史所無，我書則傳。此訛濫之本源，而述遠之巨蠹也。」（《文心雕龍・史傳》）孔平仲對於史書所記是否合乎常理這一點十分在意，因此書中也會針對一些不正確的史實進行考辨，如云：

> 〈郊祀志〉：漢武三月出，行封禪禮，並海上，北至碣石，巡自遼西，歷北邊，至九原，五月復歸於甘泉。百日之間，周萬八千里。嗚呼！其荒唐甚矣。

就是透過科學的方法，以實際的數據證明百日內行走一萬八千里路，絕非可能，據此推翻《漢書》的說法〔註 64〕。另外一些歷史事件、人物由於文獻記載不同，治史者所作的詮釋也有差異，就像《珩璜新論》提出褚大和褚先生非一人〔註 65〕、四岳爲一人〔註 66〕的見解，經明清二代學者研究，都肯定孔平仲所言不虛〔註 67〕。所以說「盡信書不如無書」，孔平仲不僅在史實考辨這方面有其獨到之處，他求眞求是的治史精神，也值得效法。

（三）尋根溯源

一般人於前代典章、制度、稱謂、語彙往往習焉不察，因此衍生出事類探源這樣一門學問，《珩璜新論》也有這方面的討論，如：

> 謂天子爲「官家」，蕭梁時已有此語。《梁簡文諸子傳》：建平王大球，見武帝禮佛，謂母曰：「官家尚爾，兒安敢辭？」

〔註 64〕君按：《珩璜新論》所説，蓋節錄自《漢書》卷二五上〈郊祀志〉。

〔註 65〕《珩璜新論》：「或疑褚先生爲褚大，非也。按：〈儒林傳〉：褚大，董仲舒弟子也。〈平準書〉：褚大爲武帝使。而褚先生者，哀、成間人也。〈孝武帝紀〉注：褚先生，名少孫，爲漢博士。」

〔註 66〕《珩璜新論》：「吾嘗以『四岳』爲一人，通二十二人之數，而或者疑是四人。按：〈顯宗紀〉注：『三公一人爲三老，次卿一人爲五更。』《後漢・禮儀志》：『養三老、五更之儀，先吉日，司徒上太傅若講師故三公人名，用其德行年耆高者一人爲老，次一人爲更。』以此推之，四岳亦是一人，但擇當時大臣之賢者居之，無他人也。〈顯宗紀〉注又云：『五更，知五行者。』安知四岳非知四嶽之事者乎？《書》：『內有百揆。』四岳若以爲四人，則百揆亦須爲百人矣。」

〔註 67〕見楊興良〈北宋三孔史學思想初探〉，頁 16～19。

> 丞相封侯，自漢公孫弘始也。三公封侯，自魏崔林始也。以災異策免三公，自東漢馬防始也。三公在外，自張溫始也。唐自武德以來，三公不居宰輔者，惟王思禮一人而已。

尋根溯源雖然只是作整理的工作，對於後人認識前代事物卻極有幫助。

（四）糾謬辨僞

孔平仲對文字校勘非常重視，加上本身深厚的學養，在這方面見解頗爲精到，《珩璜新論》云：

> 古字通用，後人草則加草，木則加木，遂相承而不知也。如「倚卓」遂作「椅桐」之「椅」，「棹船」之「棹」。「廳」者，於此聽事也，只合作「聽」字，後人以爲屋也，加广魚檢反，如庭廉之類，今訛遂作厂字。《玉篇》：厂呼旦反者，山石之厓巖，人可居也？今禮部韻亦訛也。

對《前漢書》、《後漢書》、《三國志》中的錯字、別字他不但一一指出〔註68〕；其他因爲約定俗成而誤用的情況〔註69〕，他也有所糾正。

（五）托古議今

同一名物，評價、看法古今未必一致，其中的差異也不是尋常人所能清楚理解，《珩璜新論》對這方面也有所說明：

> 漢時婦人封侯，蕭何夫人同封酇侯，樊噲妻呂須封臨光侯，是也。晉時婦人有謚，虞潭母卒，謚曰「定」；桓溫母卒，謚曰「敬」，是也。婦人有稱卿之例，山濤謂妻曰：「我後作三公，但不知卿堪公夫人否？」楊素婦鄭氏性悍，素忿之曰：「我若作天子，卿定不堪作皇后」，是也。今升朝官皆封妻爲縣君，不甚以爲貴，以其多也。按：

〔註68〕《珩璜新論》：「蔡邕以『致遠恐泥』爲孔子之言，李固以『其進銳者，其退速』爲出於老子，杜甫以東方朔割肉爲社日，皆援引之誤也。《前漢・敘傳》述〈武紀〉『外博四荒』。按：《書》『外薄四海』，則『博』爲誤矣。《魏・高堂隆傳》隆潛諫太子『猶之未遠，是用大簡。』按：《書》『是用大諫』，則『簡』爲誤矣。《後漢》『懷挾』字都作『協』，如〈方術傳〉云：『懷協道藝』是也。〈胡廣傳〉『議者剝異』，合作『駁』字。〈朱浮傳〉『保宥生人』，合作『佑』字。〈王充傳〉『乳藥求死』，合作『茹』字。」

〔註69〕《珩璜新論》：「突厥畏李靖，徙牙於磧中。牙者，旗也。〈東京賦〉：竿上以象牙飾之，所以自表識也。太守出，有門旗，其遺法也。後人遂以『牙』爲『衙』，早衙、晚衙，亦太守出則建旗之義。或以『衙』爲廨舍，早晚皷聲，謂之『衙鼓』，報牌謂之『衙牌』，兒子謂之『衙内』，皆不知之耳。《唐韻》注：『衙，府也。』是注亦訛也。」

> 《晉·外戚傳》：杜乂妻裴氏，恭皇后之母，以后之貴，封高安鄉君，孝武進崇為廣德縣君。晉時縣君之貴如此。

就將漢朝以降女性所受諡號、封誥舉例說明，讓人可以輕易從中辨別演進與不同。

（六）駁斥迷信

自魏晉以下，文人喜談佛老者所在多有。但身為聖人之後，孔平仲和蘇氏兄弟、黃庭堅、張商英等人不同，他始終堅持「攘斥佛老，獨樹儒學」。因此《珩璜新論》中不僅出現「祥瑞之不可憑也」、「相之不可憑也」、「陰陽之說，似可信又不足憑」……等言論。對於佛教，反對尤甚，故云：

> 佛果何如哉？以捨身為福則梁武以天子奴之，不免淨居之禍；以莊嚴為功，則晉之王恭修營佛事，務在壯麗，其後斬于倪唐；以持誦為獲報，則周嵩精于佛事，王敦害之，臨刑猶於市誦經，竟死刃下。佛果何如哉？佛出於西胡，言語不通，華人譯之成文，謂之「經」，而晉之諸君子甚好於此，今世所長「經」，說性理者，大抵多晉人文章也，謝靈運繙經臺，今尚存焉。唐傅奕謂佛入中國，孅兒幻夫，摸象莊老，以文飾之。姚元崇《治令》其說亦甚詳……

可見在孔平仲眼裡禮佛、誦經對於禍福都不具影響，因而以歷史前例呼籲不可迷信其術。

二、《孔氏談苑》

無論是《宋史·藝文志》或孔平仲本傳都未提到著有《孔氏談苑》這部書。但宋趙希弁撰《郡齋讀書志·附志》卷五上〈雜說類〉清楚記載：「《孔氏談苑》五卷，右孔平仲毅父記錄之文也。毅父清江人，文仲、武仲之弟，有《續世說》行於世。」《續通志》卷一百六○〈藝文略·瑣事〉亦稱：「《孔氏談苑》四卷編，宋孔平仲撰。」《續文獻通考》卷一七九〈經籍考〉也著錄「《孔氏談苑》四卷。」儘管三家所見的《孔氏談苑》卷數上有所出入，不過對於此書出孔平仲之手看法卻是一致。

朱熹〈跋孔毅夫談苑〉云：「孔毅夫《談苑》，清江張元德藏其手稿，然多是抄取江鄰幾《嘉祐雜志》中語，此本方是一傳，以失校已多脫誤。又世傳孔書有《珩璜新論》者，多是類集古今事實之近似者，而一本附記近世見聞數十事，自趙獻公以下無不遭其詆毀。嘗細考之，筆勢不甚相似，或好事者附益之，惑亂後生，甚可惡也。因閱此帙，筆其後以曉之。慶元丁巳（1197）八月，晦翁。」（《晦庵集》卷八四）雖然朱熹沒有說明自己看到的《孔氏談苑》手稿共有幾卷，卻道出二件事：一是孔平仲的《談苑》內容很多是抄取自江鄰幾《嘉祐雜志》。二是朱熹在南宋寧宗慶元三年（歲次丁巳，1197）看到的《孔氏談苑》已經呈現出「以失校已多脫誤」的狀態。

即使無法證明目前所見四卷本《孔氏談苑》，和朱熹所見內容相差幾許，但是朱熹所指「多是抄取江鄰幾《嘉祐雜志》中語」，恐怕還有待商榷。所謂「抄取」，一般認爲不但內容多有雷同，文字敘述也不應相去太遠。茲以四庫全書所收《孔氏談苑》及《寶顏堂秘笈》本〔註 70〕爲底本，和江鄰幾的《嘉祐雜志》作比較，其實兩者行文出入不過數個字，可視爲「抄取」的，計有以下十六條：

1、丁崖州雖險詐

2、高敏之以鍾乳飼牛

3、契丹鴨淥水出牛魚

4、雄、霸沿邊塘泊

5、司馬遷誤以子我爲宰我

6、王禹玉上言請以正月爲端月

7、林瑀、王洙同作直講

8、眞宗上仙，明肅召兩府諭之

9、丁晉公在崖州

10、程侍郎言某爲御史接伴北使

11、大內都知張惟吉請謚

12、猴部頭猿父也

13、舉子以巨軸獻胡旦

14、沈文通說故三司副使陳洎

15、山谷《茶磨銘》云

16、京師上元放燈三夕

加上《孔氏談苑》卷一自行註明是引用江鄰幾〔註 71〕者一條，總共不過

〔註 70〕收錄在池潔整理《全宋筆記》（鄭州：大象出版社，2006），第二編，第五冊。

〔註 71〕《孔氏談苑》卷二云：「江鄰幾云：『南郊賞給，舊七百萬，今一千二百萬；官人俸，皇祐中四千貫，今一萬二千貫。合同司歲會支左藏庫錢八九萬貫，

十七條，遠不及目前四卷本的十分之一。

另外敘述同一件事，但文字迥異、重點不同，原是宋人筆記的特色。以《孔氏談苑》卷二石中立這一條為例：

石中立，字曼卿，初登第，有人訟科場覆考，落數人，曼卿是其數。次日，被黜者皆受三班借職，曼卿為詩曰：「無才且作三班士，請士爭如錄事參。從此罷稱鄉貢進，且須走馬東西南。」後試館職，為直學士，性滑稽，善戲謔。嘗出，馭者又失鞍，馬驚，曼卿墜地，從吏遽扶掖升鞍，曼卿曰：「賴我石學士，若瓦學士，豈不破！」次遷郎官，有上官弼郎中勸以謹口，對曰：「下官口干上官鼻何事！」一日，又改授禮部郎中，時相勉之曰：「主上以公清通詳練，故授此職，宜減削詼諧。」對曰：「某授誥云，特授禮部郎中，余如故，以此不敢減削。」天禧為員外郎，時西域獻獅子，畜於御苑，日給羊肉十五斤，率同列往觀。或曰：「吾輩忝預郎曹，反不及一獸。」石曰：「若何不知分！彼乃苑中獅子，吾曹園外狼耳，安可並耶？」續除參政，在中書堂，一相曰：「取宣水來。」石曰：「何也？」曰：「宣徽院水甘冷。」石曰：「若司農寺水，當呼為農水也。」坐者大笑。

篇中匯集數段和石曼卿詼諧幽默有關的故事，而這些事蹟不少也重複載於其他筆記。光是石曼卿自嘲是石學士而非瓦學士，釋惠洪《冷齋夜話》〔註 72〕、曾慥《類說》〔註 73〕、祝穆《古今事文類聚》〔註 74〕皆有記載，只是詳略不一罷了。宣水、農水這段對話也一樣別見於他書〔註 75〕。諸如此類實不宜視為「抄取」。

近歲至三十五六萬貫。祿令皇太子料錢千貫，無公主料錢例。』宋次道云：『李長主在宮中請十千，晚年增至七百千，福康出降後，月給千貫。』」

〔註 72〕《冷齋夜話》卷八〈石學士〉：「石曼卿隱於酒，謫仙之流也，然善戲。嘗出報慈寺，馭者失控，馬驚，曼卿墮馬。從吏驚，遽扶掖升鞍，市人聚觀，意其必大詬怒。曼卿徐著鞍，謂馭者曰：『賴我石學士也，若瓦學士，則固不破碎乎？』」

〔註 73〕《類說》卷五五〈石曼卿馬〉：「石曼卿喜戲謔，嘗出，馭者失鞍，馬驚，曼卿墮地，從吏遽扶掖升鞍。曼卿徐曰：『賴我石學士也，若瓦學士，豈不破碎乎？』」

〔註 74〕《古今事文類聚》別集卷二〇〈跌碎石學士〉：「石曼卿善戲謔，嘗出，御者失鞚，馬驚，曼卿墮地，從吏遽扶掖升鞍。曼卿曰：『賴我是石學士，若瓦學士，豈不跌碎乎？』」

〔註 75〕《類說》卷五五〈宣水〉：「石叅政在中書堂，一相曰：『取宣水來！』石曰：『何也？』曰：『宣徽院水甘冷。』石公曰：『若司農寺水，當呼為農水也。』」

比對《孔氏談苑》和《嘉祐雜志》中事蹟重複，敘述卻是截然不同，應是各記所聞而有所重出，非關抄取的，共有以下十七條：

《孔氏談苑》	《嘉祐雜志》
眞宗將立明肅作后，令丁謂諭旨於楊大年，令作冊文。丁云：「不憂不富貴。」大年答曰：「如此富貴，亦不願。」王旦相，罕接見賓客，惟大年來則對榻臥談。卒時，屬其家事一付大年，丁晉公來求婚，大年令絕之。（卷一）	眞廟將立明肅爲后，令丁晉公諭旨楊大年，丁云：「不憂不富貴。」大年答：「如此富貴亦不願。」（卷上）
藝祖載誕，營中三日香，人莫不驚異。至今洛中人呼應天禪院爲香孩兒營。（卷一）	藝祖誕日，滿營皆香，三日不歇，至今洛人呼應天院爲香孩兒營。（補遺）
孫奭尙書侍讀仁宗前，上或左右瞻視，或足敲踏床，則拱立不讀，以此奭每讀書，則上體貌益莊。王隨佞佛，在杭州常對聾長老誦所作偈，此僧既聵，離席引首，幾入其懷，實則不聞也，隨嘆賞之，以爲禪機之妙。（卷二）	王隨作相，病已，甚好釋氏，時有獻嘲者云：「誰謂調元地，番成養病坊。但見僧盈室，寧憂火掩房。」在杭州，常對一聾長老誦己所作偈，僧既聵，離席引首，幾入其懷，實無所聞，番嘆賞之，以爲知音之妙。施正呂說此。（卷下）
仁宗祫享之際，雪寒特甚。上奉玉露腕，侍祠諸臣袖手執笏，見上恭虔，皆恐惕揎袖。（卷二）	祫享，行禮之際，雪寒特甚，上秉圭，露腕助祭，諸臣見上恭虔，裹手執笏者惕然，皆揎袖。（卷上）
眞宗禁銷金，自東封歸，杜倢伃者，昭憲太后之侄女也，迎駕服之，上怒，送太和宮出家，由此人莫敢犯。（卷二）	眞宗禁銷金，自東封回，杜婕好者，昭憲太后侄女，迎駕服之，眞宗見之，怒，送太和宮，令出家爲道士，是以天下無敢犯禁者。（補遺）
景德中，天下二萬五千寺，今三萬九千寺。陳述古判祠部云：章伯鎭勘會省案，歲給椽燭十三萬條。內酒坊，祖宗朝糯米八百石，眞廟三千石，仁宗八萬石。（卷二） 小江南民言：「正旦晴，萬物皆不成。」元豐四年正旦，九江郡天無片雲，風日明快，是年果旱。又曰：「芒種雨，百姓苦。」蓋芒種須晴明也。「春雨甲子，赤地千里；夏雨甲子，乘船入市。」乘船入市者，雨多也。又於四月一日至四日卜一歲之豐凶云：「一日雨，百泉枯。」言旱也。「二日雨，傍山居。」言避水	本朝景德中，天下二萬五千寺；嘉（君按：疑有闕文）間，三萬九千寺。陳襄述古判祠部日說云。（補遺） 同州民謂雨沾足爲爛雨。（卷上）

也。「三日雨，騎木驢。」言踏車取水，亦旱也。「四日雨，餘有餘。」言大熟也。禪師惠南嘗言：「上元一夕晴，庥熟；兩夕晴，庥中熟；三夕晴。庥大熟。若陰雨，庥不登。」占亦如此，云絕有效驗。京東一講僧云：「雲向南，雨潭潭；雲向北，老鸛尋河哭；雲向西，雨沒犁；雲向東，塵埃沒。」老翁言雲向南與西行則有雨，向北與東行則無雨，云亦有效驗。大理少卿杜純云，京東人言「朝霞不出門，暮霞行千里」，言雨後朝晴尚有雨也，須晚晴乃眞晴耳。九江人畏下旬雨，云：「雨不肯止。」劉師顏視月占旱云：「月如懸弓，少雨多風；月如仰瓦，不求自下。」同州人謂雨沾足爲「爛雨」。（卷二）	
晏殊言，作知制誥日，誤宣入禁中，時眞宗已不豫，出一紙文書，視之，乃除拜數大臣。殊奏云：「臣是外製，不敢越職。」上頷之，召到學士錢惟演，殊奏臣恐泄漏，乞只宿學士院。翌日庥出，皆非向所見者，深駭之而不敢言也。（卷二）	晏相言作知制誥，誤宣入禁中，眞宗已不豫，出一紙文字，視之，乃除拜數大臣，奏：「臣是外製，不敢越職領之。」須臾，召到學士錢惟演，晏奏：「臣恐泄漏，乞宿學士院。」翌日，庥出，皆非向所見者，深駭之，不敢言。（補遺）
眞宗上仙，明肅召兩府入諭之，一時號泣。明肅曰：「有日哭在，且聽處分。」議畢，王曾作參政，當秉筆，至云：「淑妃爲皇太妃。」曾卓筆云：「適來不聞此語。」丁崖州曰：「遺詔可改邪？」眾皆不敢言。明肅亦知之。始惡丁而嘉王曾之直也。（卷三）	眞宗上仙，明肅召兩府諭之，一時號泣，明肅曰：「有日哭在，且聽處分。」議畢，王文正曾作參政，秉筆至淑妃爲王太妃，卓筆曰：「適來不聞此語。」丁崖州曰：「遺詔可改邪？」眾亦不敢言。明肅亦知之。始惡謂，而嘉王之直。（補遺）
澶淵之幸，陳堯叟有西蜀之議，王欽若贊金陵之行，持遲未決。遣訪寇準，準云：「惟有熱血相潑爾。」浸潤者云：「殊無愛君之心。」講和之後，兵息民安，天意悅豫，而欽若激以城下之盟，欲報東門之役。既弗之許，則說以神道設教，鎮服人心。祥符中所講禮文，悉起於此也。（卷三）	澶淵之幸，陳堯叟有西蜀之議，王欽若勸金陵之行，持疑未決，遣訪上谷，云：「直有熱血相潑爾。」後浸潤者以爲殊無愛君之心。講和之後，民安兵弭，天意悅豫，而忌相激以城下之盟爲恥，須訓兵積財以報東門。既弗之許，則說以神道設教，塡服戎心，祥符中所講禮文，悉起於此，蒲卿云。（補遺）
夏守恩作殿帥，舊例諸營馬糞錢分納諸帥，守恩受之，夫人別要一分，王德用作都虞候，獨不受。又章獻上仙，內官請坐甲，王獨以爲不須。興國寺東火，	夏守恩太尉作殿帥，舊例：諸管馬糞錢，分納諸帥。夏既納一分，魚軒要一分，時王相德用作都虞侯，獨不受，又章獻上仙，內臣請坐甲，王獨以謂不當爾。興國寺東

張耆樞相宅近，須兵防衛，王不與。以此數事作樞密副使。（卷三）	火，樞貂張耆相宅近，須兵防衛，不與。以此數事，擢爲樞密副使。（卷下）
省試《王射虎侯賦》云：「講君子必爭之藝，飾大人所變之皮。」《貴老爲其近於親賦》，云：「睹茲黃耇之狀，類我嚴君之容。」試官大噱。（卷三）	省試，《王射虎侯賦》云：「講君子必爭之藝，飾大人所變之皮。」《貴老爲近親賦》：「見龍鐘之黃耇，思彷彿於吾親。」試官掩卷大噱，傳爲口實。（卷上）
程戡侍郎自言爲御史時，接伴遼使，張觀中丞教之曰：「待之以禮，答之以簡。」戡佩服其言。或云不然，使人見人語簡，便生疑心，激惱人，不若曠然以誠接之。（卷三）	程侍郎言：某爲御史接伴人使，中丞張觀云：「待之以禮，答之以簡。」戡佩服其言。又說：高敏之奉使，接伴虜使走馬墜地，前行不顧。翌日，高馬蹶，墜地，戎使亦不下馬。張唐公將奉使，王景彝云：「某接伴時，舊例：使副每日早先立驛廳，戎使方出，相揖。某則不然，先請戎使立階下，然後前揖登階。」唐公云：「我出疆，彼亦如此，奈何？」遂如舊例。（卷上）
大內都知張惟吉請謚，禮官以吉前持溫成喪不當居皇儀殿，一夕爭之至明，時宰阿諛順旨，惟吉頓足泣下，緣此得謚忠惠。陳執中以不正諫前事，至死，禮官謚曰榮靈。（卷三）	入內都知張惟吉請謚，禮官以惟吉前持溫成喪不當居皇儀、爭之至力，時宰不知典則，阿諛順旨，惟吉頓足泣下，緣此得謚忠惠。陳執中死，禮官以前事不正諫，請謚榮靈。寵祿光大曰榮，勤不成名曰靈。 二則均見（卷上）
滕元發云：一善醫者云：「取《本草》白字藥服之，多驗。」蘇子容云：「黑字是後人益之。」（卷三）	一善醫維取本草白字藥用之，多驗。蘇子容云：「黑字是後漢人益之。」（補遺）
余靖不修飾，作諫官，乞不修開寶塔。時盛暑，上入內云：「被一汗臭漢薰殺，噴唾在吾面上。」（卷三）	丁未，開寶寺靈寶塔災，諫官余靖言：「臣伏見開寶寺塔爲天火所燒……（中略）」時盛暑，靖對上極言，靖素不修飾，上入內云：「被一汗臭漢薰殺，噴唾在吾面上。」上優容諫臣如此。（補遺）
永叔夢爲鸜鵒，飛在樹上，意甚快悅，聞榆莢香特異。永叔嘗自言，上有一兄，未晬而卒，母哭之慟，夢神人別以一子授之，白毫滿身，母既娠，白毫無數，永叔生，毛漸退落。（卷三）	歐永叔自云：嘗夢鸜鵒飛在樹上，意甚恬快，聞榆莢香特異。（補遺）

就宋人筆記小說而言，這樣的情形並非絕無僅有，何況江鄰幾的時代和孔平仲相去不遠，二人目見耳聞難免大同小異，即使二書內容有雷同之處，也是理所當然，不能因此斷言何者爲抄襲，也不能當成這部書不是孔平仲所作的依據。

至於《孔氏談苑》的內容，《四庫全書總目》卷一四〇〈子部・小說家類〉：「《孔氏談苑》四卷，浙江鮑士恭家藏本。舊本題宋孔平仲撰，平仲有《珩璜新論》，已著錄。是書多錄當時事而頗病叢襍。趙與旹《賓退錄》嘗駁其記呂夷簡、張士遜事，謂以宰相押麻不合當時體制，疑爲不知典故者所爲，必非孔氏眞本。今考其所載，往往與他書相出入，如：梁灝八十二爲狀元一條，見於《遯齋閒覽》；錢俶進寶一條、王禹玉上元應制一條，見於錢氏《私志》；宰相早朝上殿一條，見於王文正《筆錄》；上元燃燈一條、詔勅用黃一條，見於《春明退朝錄》；寇萊公守北門一條，見於《國老談苑》。其書或在平仲前，或與平仲同時，似亦摭拾成編之一證。至於王雱才辨傲狠，新法之行，雱實有力，而稱之爲不慧，殊非事實。至張士遜死入地獄等事，尤誕幻無稽，不可爲訓。與旹所論，未可謂之無因。姑以宋人舊本，存備考稽云爾。」

四庫館臣以「多錄當時事而頗病叢襍」來概括《孔氏談苑》的特色，稱得上是一語中的。《孔氏談苑》和《續世說》、《珩璜新論》最大的不同就在於書中所記，十之八、九都與北宋有關，內容不僅涵蓋極廣，而且全屬信筆寫下、沒有規則可循。這點或許在孔平仲編撰此書時就已露出端倪。按照《說文解字》的講法，苑原本就是爲了養禽獸而設〔註 76〕；隨著時代轉變「苑」的意義由養禽獸、植樹木的地方，引申爲薈萃之處，衍生出文苑、藝苑等詞彙。孔平仲之所以將此書名爲「談苑」，也許就是帶著匯集眾說的期待而寫下。因此內容雖以記錄北宋時人軼事趣聞爲主軸，卻不拘一格，有敘述詩賦本事，如孟棨作《本事詩》者，篇幅也很可觀，如：

> 王曾在青州爲舉人時，或令賦梅花詩，曾詩云：「而今未說和羹用，且向百花頭上開。」識者已許曾必狀元及第，仕宦至宰相。（卷二）
>
> 裴晉公作《鑄劍戟爲農器賦》云：「我皇帝嗣位三十載，寰海鏡清，方隅砥平，驅域中盡歸力穡，示天下弗復用兵。」則平淮西一天下，已見於此賦矣。（卷三）

也有談故實由來，如：

> 御史臺故事，三院御史言事，必先自中丞，自劉子儀爲中丞，始榜臺中御史有所言，不須先白中丞，至今如此。（卷三）
>
> 唐人奏事非表非狀者，謂之「榜子」，亦曰「錄子」，今謂之「劄子」。（卷三）

〔註 76〕見《說文解字》卷一：「苑：所以養禽獸也。」

當然前代的制度、定例都在《孔氏談苑》收錄的範圍之列，前面提過引述江鄰幾「南郊賞給」亦是其中之一。其他還有：

舊制，宰相早朝，上殿命坐，有軍國大事則議之，從容賜茶而退。自餘號令除拜，刑賞廢置，事無巨細，並執狀進入，止於禁中親覽，批紙尾用御寶可其奏，謂之印畫，降出奉行。自唐至五代，其制不改，古所謂坐而論道者也。國初，范質、王溥等自以前朝舊相，居不自安，共奏請中書庶務大者，且劄子面取進止，朝退各行其事。自是奏御浸多，或至旰昃，賜坐啜茶之禮遂廢，固不暇於論道矣。遂爲定製。（卷四）

另外還包括記錄四夷風俗，如：

羌人以自計構相君臣，謂之立文法。以心順爲心白人，以心逆爲心黑人，自稱曰倘，謂僧曰尊，最重佛法。居者皆板屋，惟以瓦屋處佛。人好誦經，不甚鬥爭。王子醇之取熙河，殺戮甚眾，其實易與耳。（卷一）

描述異象奇觀：

虢州朱陽鎮，一夕鳧雁之聲滿空，其鳴甚悲。逮旦，鳧雁死於野中無數，或斷頭，或折翅，或全無所傷而血汙其喙。村民載之入市，市人不敢買。蓋此鎮未嘗有此物，怪之也。又一年，王沖叛，朱陽之民殲焉。（卷一）

泛論物之習性：

枇杷須接，乃爲佳果。一接，核小如丁香荔枝，再接，遂無核也。（卷一）

人畜鷺鷥雖馴熟，然至飲秋水則飛去。京師夏間競養銅嘴，至九月多死。鴟生三子，內一子則鷹也。然鴟多生兩子也。（卷二）

專講夢境妖妄：

沈文通說，故三司副使陳洎卒後，婢子附語云：坐不葬父母，當得爲貴神，今爲賤鬼，足脛皆生長毛。（卷三）

知江州瑞昌縣畢從範素健無所苦，一夕，會客，客前燭皆明，惟從範前燭數易屢滅。是夕，暴病卒。蓋陰氣先有所薄爾。（卷三）

有書生謁李林甫云管於文，後化爲筆。（卷四）

內容十分多樣。

至於四庫館臣質疑是「不知典故者所爲，必非孔氏眞本」那幾條，除了趙與旹《賓退錄》已經考辨的例子，針對「王雱才辨傲狠，新法之行，雱實有力，而稱之爲不慧」一事，余嘉錫在其所著《四庫提要辨證》已清楚指出是《四庫提要》依據誤本，不是孔平仲不知事實〔註 77〕。至於「張士遜死入地獄」，全文如下：

> 陳靖爲吏部員外郎，曉三命，自言官高壽長。一旦卒，附婢子語，平生最厚薛向，向往見之，婢子冠帶而出，語言動作，眞靖也。向問：「吏部平生自知命，何乃至此？」答云：「某甚有官壽，皆如術數，但以不葬父母，乃被尅折。」既而泣下。向欲質以一事，乃問以陰中善惡之報。靖言：「世間所傳，皆不誣也。只如張退傅，官職壽康，人所仰望。然酆都造獄明年三月成矣，不可不戒也。」向密記其說。明年，車駕遊池，宣召張士遜。士遜至，向適於稠人中望見之，以爲士遜精健如此，鬼語乃妄言耳。明日，聞士遜薨矣。(《孔氏談苑》卷三)

以內容來看，這一條確實有蹊蹺。身爲聖人之後，孔平仲向來堅持維護儒家傳統，極力反對佛老，《續世說》、《珩璜新論》中不斷出現祥瑞、相術、陰陽、勘輿之說不可信亦不足憑的言論，何以會在《孔氏談苑》中大談夢境、鬼魂、神仙、妖妄之事？是因爲此書本是道聽途說、摭拾成編，所以態度不如編寫《續世說》、《珩璜新論》時嚴謹？或是流傳過程中有「好事者附益之」，造成今日所見並非全出自孔平仲筆下的情形。

但也不能因若干瑕疵而廢棄此書，畢竟書中所言仍有可信之處，如卷二云：「江南民言：『正旦晴，萬物皆不成。』元豐四年正旦，九江郡天無片雲，風日明快，是年果旱……」而孔平仲有〈夏旱〉詩，開頭即云：「元豐四年夏六月，旱風揚塵日流血。高田已白低田乾，陂池行車井泉竭。」兩者若合符節。

又云：「元祐二年，辛雍白光祿寺丞移太常博士，顧子敦自給事中除河朔漕，付以治河。京師語曰：『治禮已差辛博士，修河仍用顧將軍。』子敦好談兵，人謂之顧將軍也。」對應孔武仲〈送顧子敦使河北序〉曰：

> 上之二年，顧公子敦自河東轉運使召給事中。天下方向太平之治，褒徠羣言，以廣視聽。子敦在門下，事有不便，輒争還之，議論堅

〔註 77〕見《四庫提要辨證》(北京：中華書局，2007)，卷十七〈子部八〉，冊三，頁 1063～1068。

決，不少迎合。是時河北數有水災，澶魏故道，久堙未復，議臣紛然，計有未定。子敦日日語人曰：「此不難辨也。昔大禹濬九川、陂九澤，以一人之經營，而及萬世。蓋親見而力行之耳。」語聞，即日拜天章閣待制使河北，俾條便宜，悉以來上。士大夫籍籍交語，以爲侍從之官所論者，天下之事也。河爲數州之患，雖急，一方之事也，子敦以侍從之官，輟而使一方，忽所大而治所小，非計也。然子敦不爲變志動心，朝廷不爲易辭反令者，朝廷知體，而子敦知務也。夫河之爲中國患久矣，近歲尤爲汗漫。自小吳之決，恩、冀、深、洺之民，鳥驚獸駭，炊不暇暖釜，飲未及濡脣，而原野一旦化爲平流矣，是天下之大變也。夫以天下之大變，而當聖主勤政急治之時，其謀度施爲，宜如何也？而以常情疑之，陋矣。子敦自少喜論兵，以孫武、諸葛爲師法，時人咸謂才堪將帥。及三方用師，天下之士，爭以軍謀戰法進取于朝廷。子敦深蔵遠引，默默若無能者，知兵之未可用也。已而師出無效，子敦之智益明。今河之害，可謂大矣，舉朝之人，睥睨前却，不敢徑往以蹈後悔。子敦獨日夜計畫，以爲巳任，非確不易，其肯爲之乎？余于是爲河北之人賀曰：顧公來，若等可以安坐而食，高枕而卧矣。

《孔氏談苑》所記非全然虛妄之語。只要稍加分辨，仍有其價値。

小結：自富詩才堪繼惲，孜孜常以民存心

三孔兄弟之所以受人推崇，不只是學問出眾，更在品德端正。宋孫覿讚美他們三人「皆以鴻儒碩德相望」〔註1〕。爲王遴所編之《清江三孔集》作序的周必大也說他們的作品「雖曰存一二於千百，然讀之者知爲有德之言，而非雕篆之習也。」明代的王直也說「二劉、三孔以博學宏材，德業之偉，儷美於當時，足以繼古人而儀後進。」〔註2〕這樣的人格養成，和他們的家庭有著密切的關聯。

儘管身爲「曲阜苗裔，宣聖之後」，西江泉井安山孔氏這一支裔入宋以來卻只是尋常的田家〔註3〕，直到孔延之「出白屋、起江表」(蘇頌〈中書舍人孔公墓誌銘〉)，登進士，加上日後三孔兄弟在文壇與政壇的突出表現，才樹立家族的聲譽。而孔延之是一個少孤貧、靠著晝耕夜讀、學業有成、登科仕進的人，其個性氣仁色溫，寡言笑，不苟隨；爲人居官，皆以忠厚自持，是世人眼中的篤行君子。但面對強權他卻能見義慷慨，不顧避上官，不輕易動搖。三孔兄弟幼承庭訓，受到父親的人格感召，不只要成爲學問出眾的文人才士，也期許和父親及遠祖孔子一樣是個德業並重的君子。

談到仕宦，孔家父子四人都不算順遂，但是孔文仲晚年曾在朝廷任起居舍人、左諫議大夫、中書舍人，元祐三年過世之時，正值他同知貢舉後不久、

〔註1〕《鴻慶居士集》卷三〇〈西山老文集序〉：「余嘗論三巨公相繼出江右，爲世大宗師。其外有二劉、三孔、王文公之子元澤、曾南豐之弟子開與鄧聖求、李泰伯皆以鴻儒碩德相望，三、四州不過數百里之間。今胡公又出而與諸作者爲並江西人物……」

〔註2〕見王直《抑菴文後集》卷五〈臨江府清江縣儒學題名記〉。

〔註3〕曾敏行《獨醒雜志》卷九：「三孔之先本田家……」

聲望最高之際，身後兩宮對他的厚恤可謂備極尊榮。孔武仲雖因坐黨籍奪職，病逝於池州，但在這之前，他也曾擔任起居郎兼侍講邇英殿、起居舍人、給事中、禮部侍郎、寶文閣待制，榮耀更勝孔文仲。唯獨孔平仲半生江湖漂泊，留居廟堂之日屈指可數。

論才情孔平仲一點都不輸給兩位兄長，他年方二十就考取國學解元，這份成就得來不易，就如同他自己所說「舉天下之士，其多至於十萬；而預歲中之選者，不足乎二千。又況太學之居，尤爲豪俊之會，南窮北際，陸走川浮，紛然而來，豈可勝計？以敵其小，不若敵其大之爲武；得於外，不若得於中之爲榮。皆抱師友講習之功，累年積學之力，以相比量。復得館殿儒雅之臣，深見偉識之士，爲之衡鑑。苟充其數，爲幸已深，矧在上游，豈易以處？」（〈國學解元謝啓〉）隔年他又順利考上進士，更證明蘇轍以「時有江南生，能使多士服。同儕畏鋒鋭，兄弟更馳逐。文成劇翻水，賦罷有餘燭。連收頷底髭，未耗髀中肉」（〈次韻孔平仲著作見寄四首〉其一）形容他，良非虛美之辭。

如此青年才俊，孔平仲對自己的未來當然也是滿懷憧憬，他高談「西山縻虎足，北海拔龍鬚。一劍何時起，功成泛五湖」（〈喻意〉）；還自比是匣中神劍「夜夜鳴不休。欲汙四夷血，思僇佞臣頭。不願就軒馬，賤用良自羞。深韜度歲月，怨氣射斗牛。仗君遠提攜，可以安九州。莫作鉛刀顧，此非繞指柔。」（〈論志〉）這些激昂慷慨的詩句，充分表現出他對「建永世之功，流金石之業」的殷切期盼。

雖然孔平仲初入仕途，擔任的不過是洪州分寧主簿，但憑藉眞才實學，他很快得到長官的青睞，程師孟、方嶠、周豫等人都曾薦舉他，前程原是一片看好，卻因兄長孔文仲舉制科時對策直切遭黜，讓他在任滿待選之際被波及，受命教授密州；好不容易三年將屆，隨辟入京，又以父喪宦途中斷。制滿之後，先充都水監勾當公事，再監江州錢監，不僅都是無法施展抱負的閒官，錢監任內還受同事所誣鋃鐺入獄。就這樣屈居下僚十餘年，才「用呂公著薦，爲秘書丞、集賢校理」（《宋史》本傳）。孰知在京師不滿二年，又在朝廷厚恤之下，爲兄長護柩返鄉歸葬，再次江湖漂泊、四處宦遊。年過半百，才得一郡，豈料竟以失米論罪，不止身陷囹圄，更投荒嶺外。即使不到一年半載，他就脫離瘴鄉，獲處善邦。然而這次南遷對年華日長的孔平仲來說，無疑是人生又一次的打擊。偏偏上蒼仍未因此終止劫難，在短暫任職吏部之後，他又遠走西北，不久再坐黨籍，管勾宮觀。此後行蹤成謎，連卒年至今都懸而未決。

綜觀孔平仲一生，早年他對自己始終「拘于山谷深僻之鄉，困于簿領塵勞之役」（〈謝提刑大博舉京官啓〉），也曾深深感嘆「濯纓空有滄浪志，斂板猶趨塵土中」。有次在病中，他難得向好友吐露心聲，詩云：

> 吾生十五猶童孩，胷中膽氣摩天開。自憐少年輒有老夫志，恐是天仙犯帝怒，謫在下世馳驅乎塵埃。壯志若鐵石，頑直未易摧。奈何諸侯不薦賢，天子不聞才，空使丈夫兒，藏頭縮角埋蒿萊。天不管，地不顧，此理得不嗚呼哉。今朝大飲致沉疾，朋友戢迹絕往来。使人孤眠北窗下，風雨蕭蕭良可哀。冷笑今之世人少信義，旦暮之間輒變喜愛成嫌猜。介之不恤我，扶力吟詠攄幽懷。（〈疾中偶成呈介之〉）

可以看出他的失望和矛盾。他曾惋惜黃庭堅「此才不使重臺閣，四十青衫尚爲縣」（〈因讀黃魯直所與周法曹詩詩與字俱好以此寄之〉），令人感傷的是比黃庭堅還要大上一歲的孔平仲，寫此詩時連一縣之長都沒當過。但現實也不盡如他所說悲觀，以他爲賢而舉其爲職官、京官者，就目前孔平仲本人的文章而言，亦不下十人，只是「特剡褒章，已通上聽。曠日持久，未有聞者」（〈謝趙資政舉京官啓〉）罷了。

不過孔平仲畢竟是懷抱政治理想和社會責任的知識份子，又是聖人之後，他並不貪求躁進，而是謹守達則兼濟天下，窮則獨善其身的出處態度。〈七字至一字〉：

> 仕宦千憂出海濤，功名一笑付秋毫。榮望棄如脫屣，歸心斷若操刀。東堂展圖畫，北牖綴風騷。晴煎越茗，寒汎宮醪。超世網，釋天弢。就逸，辭勞。高，高。

〈睡起〉：

> 睡起西風掠鬢輕，蕭然庭院晚寒生。浮雲便作飛鴻意，細雨仍兼落葉聲。物不求餘隨處足，事如能省即心清。山林朝市皆相似，何必區區隱釣耕。

如此襟抱，讓人想起唐朝的白居易。葉夢得嘗贊許白居易「與楊虞卿爲姻家而不累於虞卿，與元稹、牛僧孺相厚善而不黨於元稹、僧孺，爲裴晉公所愛重而不因晉公以進，李文饒素不樂而不爲文饒所深害者，處世如是，人亦足矣〔註4〕。」孔平仲與張商英、賈易皆有往來，也曾受知於章惇、曾布，然而他總是秉持「和而不同」的祖訓，堅持做個「周而不比」的君子。更難能可貴的是白居易猶未能全忘聲色杯酒，還寄情於佛氏〔註5〕；孔平仲也結交方外，和朋友往來中偶爾也會受對方影響，說出「自性本空觀水月，外塵相染喻風鈴。昨宵共說無生話，勝讀西來一藏經」(〈秋夕旅館談禪用元韻呈林夫〉)之類的言語；然其出處的態度始終以儒家爲依歸。〈智若禹之行水賦〉：

古有大智，中潛至明。何行水以爲喻，蓋存心之自誠。淵然瓶物之謀，敏而外發；沛若決川之勢，順以東傾。夫惟靈萬類而生，毓五常之粹，不滯於物，其端曰智。然順其故則不致於交譎，悖其本則浸成於大僞。居惟適正，委美質之自然；舉若下鴻，措安流於無事。審利圖害，籌安計危。蘊千慮以無惑，包萬殊而不遺。每優游而處此，不汨亂以行之。內畜清明，陶天眞而去詐；遠侔疏鑿，適地勢以流卑。湛然恬養於中，廓然識周於外。不滌源而滌性之垢，不治水而治情之害。較迹無間，成功亦大。可通塞壅，順意表以彌綸；如決懷襄，貫地中而滂沛。大抵多計者流於機巧，好辨者溺於空虛。其弊明甚，惟人戒歟。故我抱靈鑒以無隱，導沉幾而自如。心常惡其鑿也，勢若排而注諸。舜以是而察邇言，聰明並決；堯因之而急先務，障蔽皆除。夫運至計以利仁，紹徽謀於平土，德一也，何獨議乎智？人一也，何獨尊乎禹？蓋智之於物兮，必順適其理；而禹之於水兮，亦疏導其苦。苟能此道，宜効皋陶之謨；一失其原，或謂白圭之愈。後世蘇、張之辯勝，莊、老之道鳴，其耀才者或籠愚而不正，其矯枉者又絕聖以無營。皆與性以相戾，譬濬川而逆行。

〔註4〕見《避暑錄話》卷上〈子雲言谷口鄭子眞〉條。

〔註5〕《避暑錄話》卷上云：「(白樂天)自刑部侍郎以病求分司時，年才五十八，自是蓋不復出，中間一爲河南尹，期年輒去；再除同州刺史，不拜。雍容無事，順適其意，而滿足其欲者十有六年。方太和、開成、會昌之間，天下變故，所更不一。元稹以廢黜死，李文饒以讒嫉死，雖裴晉公猶懷疑畏，而牛僧孺、李宗閔皆不免萬里之行。所謂李逢吉、令狐楚、李珏之徒，泛泛非素與遊者，其冰炭低昂，未嘗有虛日，顧樂天所得，豈不多哉？然吾猶有微恨，似未能全忘聲色杯酒之類，賞物太深，若猶有待而後遣者，故小蠻、樊素，每見於歌詠，至甘露十家之禍，乃有『當君白首同歸日，是我青山獨往時』之句，得非爲王涯發乎？覽之使人太息，空花妄想，初何所有，而況冤親相尋，繳繞何已！樂天不唯能外世，故固自以爲深得於佛氏，猶不能曠然一洗，電掃冰釋於無所有之地，習氣難除至是。」

亦猶戕柳以爲之棬，並非其質；揠苗而助之長，反害其生。噫！喻玉譽者楚有屈平，倖著龜者秦聞樗里。或以易變而貽誚，或以不知而爲恥。皆莫若順其性以行焉，所謂智者樂水。

「智者若禹之行水也」出自《孟子．離婁下》，原是孟子教人養氣修身，培養善性，不能完全不用心、完全不當一回事事。而是既要把它當作一件事，放在心上，不要忘記。但孟子所說的「不要忘記」，又不等於要去揠苗助長，揠苗助長就是多事，就是「鑿」。後世學者有將孟子所讚賞的大禹「行其所無事」的治水之道跟道家的無爲因順相提並論。應該說這兩者之間確有某些相似之處，但卻又不可完全等同。因爲道家的「無爲」是完全排斥用「智」的，而孟子只是否定「鑿」，卻並不否定不鑿之「智」。所以，在人性和人性修養問題上，孟子主張「行其所無事」，應該是既不多事，也非完全無事。孔平仲進一步將這個道理生活化，他不反對白居易大隱隱於市，詩中也常提到「支離聊度日，那復論行藏」（〈晚興〉）、「用舍隨時未是窮，躬耕何必返耕農。辰惟去速須行樂，木爲非材尚見容」（〈呈陸農師〉五首其四）等言論；卻無法接受屈原投水的行徑，〈屈平〉：

進居卿相謀何拙，退卧林泉道未降。堪笑先生不知命，褊心一斥便沈江。

正因爲有寧可退臥林泉也不貪求躁進這樣的認知，所以就算經歷波譎雲詭的官場洗禮，孔平仲依然秉持「茹藜藿而不慍，享玉食而不驕，汙俗不能遷，濁世不能亂。其生也膏潤流澤于天下，其死也精與日月而常存」（孔武仲〈靜說〉）的人格氣節。

不可否認孔平仲是才華洋溢的，無論他的官位高低，他的人生抉擇是兼濟，還是獨善，他的作品總是表現出憂國愛民的情懷。熙寧六年密州乾旱，當時孔平仲深以「職在學校，不預祭祀」（〈祈雨〉）爲憾，毫不考慮寫下〈常山四詩〉提供祭典使用。元豐四年江州不雨時，監錢監的他也透過詩歌記錄百姓所受之苦，期盼早日天降甘霖，勿使無辜百姓淪爲餓莩。等到他知衡州，有能力爲民謀福利之際，他毅然決然糶米救急，即使因此惹禍上身，爲提舉董必所劾，再次面臨牢獄之災，他上書章惇爲自己辯解，強調的還是「群縣有窔塞，百姓有疾苦，君相何由知焉！此某今日之言，所以爲民訴也」。擔心的也是「一郡被劾，一路望風而慄，如使一路失當而莫正，則他路倣傚，民之受禍未已也」。甚至不惜說出「若使此言得聞，此法明白，朝廷之澤下流，遠方之民得所。某即日棄官，沒齒林下，亦所甘心焉」（以上均見〈上章丞相辯米事〉）。

對於刑罰，他也是站在人民這一邊，除了〈愍囚〉：

> 囚豈不樂有父母，囚豈不樂有室家。公行刼掠自取死，迫于窮餓情非它。
>
> 腥膻所得能幾許，哭入東市肩相摩。嗚呼法令難力救，囚乎囚乎奈若何。

〈熙寧口號〉：

> 百姓命懸三尺法，千秋誰恤兩端情。近聞崇尚刑名學，陛下之心乃好生。
>
> （其五）

因此曾經多次擔任提刑的他，除了期勉自己以「決獄求生」（〈賀坤成節表二〉），來回報朝廷。對朝廷「重庶獄之命」、「飲食毉療之節」（〈謝恤刑表二〉），他也代替囚犯深深致上謝意。

由於對百姓的關心，孔平仲欣賞江州德安令朱君貺，在朱君貺罷任還朝時，特別以「潯陽五邑誰善政，歷陵令尹朱爲姓。孜孜常以民存心，四境安娛吏無橫」（〈送朱君貺德安宰罷任還〉）點出朱君貺在任內的表現。又在〈送張通判〉提到張氏三年佐郡，最讓人懷念的就是「清若冰壺斷若金，孜孜常見恤民深」。另一方面，孔平仲嘗稱讚柳公權「自富詩才堪繼惲，兼深儒學有如芳」（〈和項元師見遺柳書〉），他的《續世說》還錄下柳公權和唐文宗的故事：

> 柳公權初學二王書，遍閱近代筆法體勢，勁媚自成一家。當時公卿大臣，碑板不得公權手筆者，人以爲不孝。外邦入貢，皆別署貨，具曰：此購柳書。上都西明寺金剛經碑，備有鍾王歐虞褚陸之體，尤爲得意。文宗夏日與學士聯句，帝曰：「人皆苦炎熱，我愛夏日長。」公權續曰：「薰風自南來，殿閣生微涼。」文宗吟諷，以爲詞清意足，令公權題於殿壁，方圓五寸，帝視之，歎曰：「鍾、王復生，何以加焉。」大中初，轉少師，入謝宣宗，召升殿御前，書三紙。一紙眞書十字，曰：衛夫人傳筆法於王右軍；一紙書十一字曰：永禪師眞草千字文得家法；一紙草書曰謂語助者焉哉乎也，賜銀錦等，仍令自書謝狀，勿拘眞行。帝尤奇惜之。（〈巧藝第 35 則〉）

由此可知柳公權不止擅長書法，才學也有可觀之處。其實無論「自富詩才堪繼惲」，或者「孜孜常見恤民深」都是孔平仲「夫子自道」之辭，也是他的生平寫照。

孔平仲豐富的才學，不止表現在詩文當中，他還具有過人的史才和史識。多數文人在仕途受挫之時，往往選擇參禪悟道、縱情吟誦；孔平仲雖然偶而也會和方外往來，卻始終秉持儒家學者的態度，不向佛老尋求心靈慰藉。昔孔子周遊列國，看到世衰道微，邪說暴行紛起，失望之餘，選擇將心思放在寫作《春秋》一書，希望後人能夠理解他的用意，不是僭越史官的權限〔註6〕。孔平仲也師法遠祖的精神，他「囊括諸史，派引群義」，「發史氏之英華，便學者之觀覽」（秦果《續世說・序》）纂成《續世說》，除了延續吳兢《貞觀政要》的作法，爲帝王政治教化提供典範，書中更處處可見「孜孜常以民存心」的精神，因此《續世說》不同於一般資閒談的筆記小說，更有著孔平仲的人文關懷與政治理想。這也是本論文以此書爲研究對象的原因。

〔註6〕《孟子・滕文公下》：「世衰道微，邪說暴行有作。臣弒其君者有之，子弒其父者有之。孔子懼，作《春秋》。《春秋》，天子之事也。是故孔子曰：『知我者，其惟《春秋》乎！罪我者，其惟《春秋》乎！』」